MANESSE BIBLIOTHEK DER WELTLITERATUR

Conrad · Meistererzählungen

W0381886

JOSEPH CONRAD

MEISTERERZÄHLUNGEN

Übersetzung aus dem Englischen
und Nachwort
von Fritz Güttinger

MANESSE VERLAG

ISBN 3-7175-1526-8 (Leinen)
ISBN 3-7175-1527-6 (Leder)

Copyright © 1977 by Manesse Verlag, Conzett + Huber, Zürich
Alle Rechte vorbehalten · Druck: Conzett + Huber AG, Zürich
Imprimé en Suisse · Printed in Switzerland

Die Tremolino

Abenteuer stellen sich nie auf Verlangen ein. Wer mit dem Vorsatz, Abenteuer zu erleben, auszieht, wird nichts als Enttäuschungen einheimsen, er müsste denn ein Liebling der Götter oder ein grosser Held sein wie der edle Ritter Don Quijote de la Mancha. Gewöhnliche Sterbliche wie wir, die wir nur allzu gern böse Riesen als brave Windmühlen links liegenlassen, werden von Abenteuern unverhofft heimgesucht und in unserer Selbstgenügsamkeit gestört. Und wie ungebetene Besucher das so an sich haben, überfallen sie uns oft zu ungelegener Zeit. Auch erkennen wir sie zumeist nicht als solche und verstehen sie nicht zu würdigen. Erst nach vielen Jahren, wenn wir in vorgerücktem Alter auf die Erlebnisfülle unseres Daseins zurückblicken, sehen wir vielleicht da und dort etwas schwach aufleuchten, als versammle sich darauf alles Licht unseres bereits abendlichen Himmels. An diesem Leuchten können wir die wahren Abenteuer erkennen, zu denen wir in jungen Jahren einst ohne unser Zutun kamen.

Wenn es mir schon beschieden war, in jungen Jahren vom Mittelmeer, der ehrwürdigen (und oft höchst übellaunigen) Amme aller Seefahrer, geschaukelt zu werden, dann musste das Schicksal auch für die entsprechende Wiege sorgen, und das geschah durch eine bunt zusammengewürfelte Schar junger Leute (alle zwar älter als ich), die fröhlich in den Tag hineinlebten, als wären sie trunken von der Sonne der Provence.

Das Ding, das mir in jenen Jahren als Wiege diente, war das Werk eines berühmten Genueser Schiffbauers, war an der Küste Korsikas von einem andern tüchtigen Mann aufgetakelt worden und wurde in seinen Papieren als eine *tartane* von sechzig Tonnen beschrieben. In Wirklichkeit war es eine richtige *balancelle,* mit zwei kurzen, nach vorn überhangenden Masten und zwei geschweiften Rahen, jede so lang wie der Schiffskörper – ein wahres Kind des Mittelmeers, mit zwei mächtigen dreieckigen Segeln, den Schwingen eines schlanken Seevogels vergleichbar, und einem Seevogel gleich schwebte es gewissermassen über die Wasserfläche dahin.

Tremolino hiess es. Welch ein Name für das unerschrockenste kleine Fahrzeug, das je seine Verschanzung in tosenden Gischt tauchte! Von Zittern und Zagen konnte da keine Rede sein, und wenn es Tage und Nächte lang unter mir erbebte, geschah es nur aus hochgemuter Anspannung all seiner Kräfte. Gelehrt hat es mich in seinem kurzen, aber glanzvollen Leben nichts, aber es hat mir alles gegeben. Ihm verdanke ich die Liebe zur See, die sich mir mit dem Beben des behenden kleinen Körpers und dem Sirren des Windes unter den Lateinersegeln mit sanfter Gewalt ins Herz schlich und mein ganzes Sinnen und Trachten unterjochte. Die *Tremolino!* Noch heute kann ich den Namen nicht aussprechen oder auch nur hinschreiben, ohne dass sich mir das Herz im Leibe zusammenkrampft, wenn ich an das

Entzücken und Erschrecken dieses ersten Liebeserlebnisses denke.

Zu viert bildeten wir, was man heute wohl ein Syndikat nennt, dem die *Tremolino* gehörte, ein höchst erstaunliches internationales Syndikat. Und alle waren wir begeisterte Royalisten der lauteren, legitimistischen Sorte – weiss der Himmel warum! Nun verhält es sich, wenn Männer sich zusammentun, im allgemeinen so, dass einer durch sein Alter und seine grössere Lebenserfahrung den Ton angibt und der Vereinigung ein einheitliches Gepräge verleiht. Wenn ich erwähne, dass der Älteste von uns sehr alt, äusserst alt war – nahezu dreissig Jahre alt – und dass er mit Vorliebe behauptete, er lebe durch das Schwert, dann habe ich wohl genügend dargetan, wie es mit unserer gemeinsamen Lebensweisheit stand. Er stammte aus einem vornehmen nordkarolinischen Geschlecht, die Anfangsbuchstaben seines Namens waren J.M.K.B., und er lebte, soviel ich weiss, tatsächlich durch das Schwert, oder vielmehr durch seinen Degen. Er ist dann später auch durch das Schwert umgekommen, auf dem Balkan, wo er für die Sache irgendwelcher Serben oder Bulgaren kämpfte, die weder katholisch noch vornehm waren – jedenfalls nicht, was er selber darunter verstand.

Der arme J.M.K.B., *américain, catholique et gentilhomme,* wie er sich selber zu nennen pflegte, wenn er, was selten vorkam, einmal aus sich herausging. Ob es wohl heute in Europa noch solch vornehme Haudegen von kühnem Zuschnitt und schmächtigem Körperbau gibt, mit feinen Manieren und einem dunkeln Schicksalsblick? Seine Familie war wohl im Sezessionskrieg zugrunde gerichtet worden und hatte dann offenbar die nächsten zehn, zwölf Jahre hindurch in der Alten Welt ein unstetes Wanderleben geführt.

Nach ihm an Alter und Lebensweisheit kam Henry C., der sich aus den starren Banden einer, wenn ich mich recht erinnere, in einer Londoner Vorstadt ansässigen, wohlhabenden Familie losgerissen hatte. Auf diese berief er sich, wenn er sich Unbekannten kleinlaut als «schwarzes Schaf» vorstellte. Noch nie habe ich ein harmloseres Exemplar eines Verworfenen gesehen. Niemals.

Seine Angehörigen hatten immerhin so viel Lebensart, ihm von Zeit zu Zeit etwas Geld zu überweisen. In den Süden, in die Provence verliebt, in ihre Bevölkerung, ihre Sonne und ihre Lyrik, durchstreifte er schmalbrüstig, hochgewachsen und kurzsichtig, wie er war, ihre Strassen und Gassen, wobei seine langen Füsse dem Körper weit voraus waren und die weisse Nase über dem rötlichen Schnurrbart in einem aufgeschlagenen Buch steckte, hatte er doch die Angewohnheit, im Gehen zu lesen. Wie er es fertigbrachte, dabei nicht in Abgründe oder ins Wasser zu stürzen, ist mir noch heute ein Rätsel. Seine Manteltaschen waren immer prall voll von handlichen Ausgaben verschiedener Dichter. Wenn er gerade nicht damit beschäftigt war, in Parkanlagen, Wirtschaften, auf der Strasse oder an sonstwelchen öffentlichen Orten Vergil, Homer oder Mistral zu lesen, dann verfasste er Sonette – in französischer Sprache – auf die Augen, Ohren, Haare und andere zutage tretende Vorzüge einer Schönheit namens Thérèse, der Tochter einer gewissen Madame Léonore, die in einer der engsten Gassen der Altstadt eine kleine Matrosenkneipe betrieb.

Kein reizenderes Antlitz, mit den ebenmässigen Zügen einer antiken Gemme und in seiner zarten Färbung einem Blütenblatt gleich, war je auf einen leider etwas plumpen Körper geraten. Lammfromm und eitel, wie Dichter sind, las er ihr seine Verse jeweils in der Kneipe vor. Wir begleiteten ihn gerne dorthin, wenn es auch nur geschah, um die göttliche Thérèse unter dem wachsamen Auge ihrer Mutter lachen zu sehen. Sie hatte ein sehr hübsches Lachen. Es galt weniger den Sonetten, die sie als schmeichelhaft empfinden musste, als vielmehr der einzigartigen Aussprache des armen Henry, dessen Französisch dem Trillern eines Singvogels glich, falls es Vögel gibt, die in einem stammelnden, näselnden Tonfall trillern.

Der dritte Miteigner war Roger de la S., ein höchst nordisch aussehender provenzalischer Adelsträger, blond, einsachtzig, von gebieterischem Auftreten, wie es sich für den Abkommen skandinavischer Seefahrer gehört. Er hatte einen sarkastischen Ton, trug das Manuskript eines Lustspiels in drei Akten mit sich herum und im Herzen eine hoffnungslose Leidenschaft für seine schöne Kusine, die mit einem reichen Talghändler verheiratet war. Ohne Umschweife nahm er uns jeweils zum Mittagessen mit. Die Geduld der guten Frau war bewundernswert, und auch ihr Gatte war eine nachsichtige Seele und voller Schicksalsergebenheit, die sich auch auf «Rogers Freunde» erstreckte. Insgeheim war er wohl über diese Heimsuchungen entsetzt. Es war jedoch ein karlistischer Salon, den seine Frau führte, und so gewährte man uns denn bereitwillig Zutritt. Die Frage, ob sich in Katalonien zugunsten des *Rey neto*, der damals eben über die Pyrenäen gezogen war, ein Aufstand anzetteln liesse, wurde dort lebhaft erörtert.

Don Carlos hat zweifellos viele sonderbare Freunde gehabt, wie das bei Kronprätendenten gemeinhin der Fall ist, doch bestimmt keine seltsameren als das *Tremolino*-Syndikat, das seine Sitzungen in einer Hafenkneipe abzuhalten pflegte; und bestimmt hat auch die alte Stadt Massilia seit den Tagen der frühesten Phönizier keine seltsamere Vereinigung von Schiffseignern gekannt. Wir kamen jeweils zusammen, um den Operationsplan für die nächste Reise der *Tremolino* zu besprechen und festzulegen. An diesen Unternehmungen war auch eine Bank beteiligt – eine sehr angesehene Bank. Doch ich fürchte, ich könnte am Ende zu viel verraten. Auch Damen der Gesellschaft waren daran beteiligt (ich fürchte, ich verrate wirklich zu viel) – alle möglichen Damen, die einen alt genug, um zu wissen, dass auf Prinzen kein Verlass ist, andere jung und voller Rosinen im Kopf.

Eine dieser jungen Frauen verreiste immer wieder überstürzt nach Paris zu Besprechungen – *Por el Rey!* – mit hochgestellten Persönlichkeiten, die sie dann nach ihrer Rückkehr in trautem Kreise höchst ergötzlich nachzuahmen verstand. Sie war nämlich Karlistin, noch dazu baskischer Herkunft, hatte etwas von einer Löwin in ihrem Gesichtsausdruck und die flatterhafte kleine Seele eines Sperlings, im schönsten Pariser Federkleid, versteht sich, das allerdings zur allgemeinen Bestürzung oft unerwartet von ihr abzufallen pflegte.

Doch ihre Nachahmung einer tatsächlich sehr hochgestellten Pariser Persönlichkeit – wie der Mann mit dem Gesicht zur Wand in einer Zimmerecke stand, sich das Genick rieb und hilflos stöhnte: «Rita, du bringst mich noch ins Grab!» –, da musste man sich einfach ausschütten vor Lachen, sofern man jung und sorglos genug war. Sie hatte einen Onkel, der noch lebte; er war Priester in einer kleinen Berggemeinde in Guipuzcoa und ebenfalls ein sehr erfolgreicher Karlist. Als dem seefahrenden Mitglied des Syndikats, dessen Pläne weitgehend von Doña Ritas Nachrichtenbeschaffung abhingen, oblag es mir oft, liebevoll ergebene Botschaften an den alten Mann weiterzuleiten. Diese Botschaften galt es den aragonischen Maultiertreibern auszuhändigen, die zu bestimmten Zeiten in der Nähe des Golfs von Rosas auf die *Tremolino* warteten; von diesen wurden sie dann ins Landesinnere gebracht, zusammen mit den verschiedenen gesetzwidrigen Waren, welche die *Tremolino* heimlicherweise ausgeladen hatte.

Nun habe ich aber wirklich, wie befürchtet, aus der Schule geplaudert, was den Inhalt meiner Seewiege anbetrifft. Mag es stehenbleiben. Und falls jemand findet, ich sei damals ein verheissungsvolles Bürschchen gewesen, mag das ebenfalls stehenbleiben. Mir liegt lediglich am guten Ruf der *Tremolino,* und ich behaupte, dass ein Schiff keine Schuld trifft, was auch immer seine Besatzung sich zuschulden kommen lässt.

Jedenfalls war nicht die *Tremolino* daran schuld, dass das Syndikat so sehr auf Doña Ritas Witz und Weisheit und auf ihre Nachrichtenbeschaffung angewiesen war. Sie hatte für die gute Sache – *Por el Rey!* – am Prado in Marseille ein kleines möbliertes Haus gemietet. Dauernd mietete sie kleine Häuser, um jemandem behilflich zu sein, den Kranken und Elenden, heruntergekommenen Künstlern, ausgeplünderten Glücksspielern, vorübergehend glücklosen Spekulanten – *vieux amis,* wie sie jeweils in Nachsicht heischendem Ton erklärte, nicht ohne mit den schönen Achseln zu zucken.

Ob auch Don Carlos zu ihren «alten Freunden» gehörte, lässt sich schwer sagen. Es ist in Herrengesellschaften schon Unwahrscheinlicheres behauptet worden. Ich weiss bloss, dass ich, als ich eines Abends nach einem bedeutenden Erfolg der Karlisten unvorsichtigerweise in den kleinen Salon eintrat, an Hals und Leibesmitte gepackt und dreimal ungestüm im Zimmer umhergewirbelt wurde, wobei Stühle krachend umstürzten und eine warme Altstimme eine Walzermelodie summte.

Aus der sinnverwirrenden Umarmung entlassen, kam ich unvermittelt und ungewollt auf den Teppich zu sitzen. Erst dann wurde ich inne, dass J.M.K.B. mir ins Zimmer gefolgt war, elegant, korrekt, schicksalträchtig und streng im Frack. In Beantwortung seines höflich fragenden Blicks hörte ich Doña Rita etwas verwirrt und verärgert murmeln: *«Vous êtes bête, mon cher. Voyons! Ça n'a aucune conséquence.»* Ich war es zufrieden, in diesem Fall weiter nicht von Belang zu sein; soweit reichte damals mein weltmännisches Wesen immerhin.

Ich rückte mir den Kragen zurecht, der eigentlich ein runder über einer kurzen Jacke hätte sein sollen, und machte die glückliche Bemerkung, ich sei gekommen, um mich zu verabschieden, da ich noch am selben Abend mit der *Tremolino* unter Segel zu gehen gedenke. Unsere Gastgeberin, noch etwas ausser Atem und das Haar ein ganz klein bisschen in Unordnung, fuhr nun J.M.K.B. an, wann denn *er* endlich unter Segel zu gehen oder sonst etwas zu unternehmen gedenke, um sich dem royalistischen Hauptquartier anzuschliessen? Habe er im Sinn, fragte sie ironisch, bis zum Vorabend des Einmarsches in Madrid zu warten? So brachten wir durch eine wohlabgewogene Mischung von Takt und beissendem Spott die Stimmung im Zimmer wieder ins Gleichgewicht, lange bevor ich von den beiden, die sich inzwischen wieder versöhnt hatten, Abschied nahm, um mich zum Hafen hinunter zu begeben und dort die *Tremolino* mit dem üblichen leisen Pfiff vom Kai aus anzupreien. Das war unser verabredetes Zeichen, und es wurde von dem wachsamen Dominic, dem Padrone, unfehlbar gehört.

Er hob jeweils wortlos eine Laterne empor, um die schmale, schwanke Laufplanke zu beleuchten. «Es geht also wieder los», bemerkte er jeweils leise, sobald ich das Deck betrat. Wenn ich auftauchte, bedeutete das plötzliche Abreise, aber nichts auf der Welt war so plötzlich, dass Dominic sich hätte überrumpeln lassen. Sein dichter schwarzer Schnurrbart, der jeden Morgen vom Barbier um die Ecke mit einer heissen Brennschere gekräuselt wurde, schien ein ständiges Lächeln zu verbergen. Doch niemand hatte je die wahre Form seiner Lippen gesehen. Der schwerfällige, unerschütterliche Ernst des breitschultrigen Mannes legte den Verdacht nahe, er habe überhaupt noch nie gelächelt. In seinen Augen lauerte ein Blick erbarmungsloser Ironie, als habe er die Lebensweisheit mit Löffeln gefressen; und wenn seine Nasenflügel sich im geringsten weiteten, verlieh das seinem sonnverbrannten Gesicht einen Anstrich ausserordentlicher Verwegenheit. Es war übrigens das einzige Mienenspiel, das er sich gestattete, war er doch ein Südländer von der in sich gekehrten, bedächtigen Art, ungefähr vierzig Jahre alt und auf dem Binnenmeer befahren wie kein zweiter.

Ruchlos und durchtrieben, hätte er es an Findigkeit mit dem vielverschlagenen Sohn des Laertes und der Antikleia aufnehmen können. Wenn er seine Kräfte nicht mit den Göttern selbst mass, dann nur deshalb, weil die olympischen Götter tot sind. Jedenfalls konnte ihm kein weibliches Wesen Angst einjagen. Ein einäugiger Koloss hätte bestimmt den kürzeren gezogen gegen Dominic Cervoni von Korsika, nicht Ithaka, wenn er auch weder ein König noch ein Königssohn war. Immerhin stammte er aus einem höchst angesehenen Geschlecht – dem der Caporali, behauptete er. Das bleibe dahingestellt. Das Geschlecht der Caporali reicht ins zwölfte Jahrhundert zurück.

In Ermangelung erlauchterer Gegner machte Dominic von seiner Verschlagenheit Gebrauch im Kampf gegen irdische Mächte, gegen Zollbeamte und die Leute der Küstenwache, auf dem Wasser und an Land. Er war der richtige Mann für uns, dieser moderne und gesetzlose, von seiner eigenen Legende umwobene Fahrensmann. Gelegentlich erzählte er uns stückweise von seinen Liebesabenteuern, von bestandenen Gefahren und blutigen Kämpfen, immer im selben gemessenen, ironischen Ton. Katalanisch, das auf Korsika gesprochene Italienisch und das Französische der Provence waren ihm gleicherweise geläufig. Im Landgangszeug – weisses, gestärktes Hemd, schwarze Jacke, runder Hut –, wie ich ihn einst Doña Rita vorstellte, machte er gute Figur. Er nahm durch eine taktvolle Zurückhaltung für sich ein, die durch etwas fast unmerklich Verspieltes in seinem Ton und Auftreten noch hervorgehoben wurde.

Beherzt und selbstsicher wie er war, flösste er sogleich Vertrauen ein. Nach einer halbstündigen Besprechung im Esszimmer, während welcher Rita und er sich erstaunlich rasch näherkamen, sagte sie zu uns im Stil einer grossen Dame: *«Mais il est parfait, cet homme.»* An Bord der *Tremolino,* in einem schwarzen *caban,* der malerischen Pelerine südländischer Seeleute, sah er mit seinem wuchernden Schnauzbart und den gnadenlosen Augen im Schatten der Kapuze wie ein Seeräuber oder ein Mönch aus, als wäre er in die düstersten Geheimnisse des Meeres eingeweiht.

Jedenfalls, das hatte Doña Rita gleich festgestellt, kam er uns wie gerufen. Unbefriedigend, ja unerklärlich im Zusammenhang mit Dominic war einzig und allein sein Neffe, César. Es war befremdlich zu sehen, wie der sonst gnadenlos kühne Blick des unerschrokkenen Mannes sich schmachvoll verschleierte, wenn von seinem Neffen die Rede war.

«Ich hätte nie gewagt, ihn an Bord der *Tremolino* zu bringen», entschuldigte er sich einmal. «Aber was soll ich anfangen? Seine Mutter ist tot, und mein Bruder ist untergetaucht.»

Auf diese Art erfuhr ich, dass unser Dominic einen Bruder hatte. Dabei hiess «untergetaucht» natürlich nur, dass einer in Fortsetzung einer ererbten Vendetta erfolgreich seine Pflicht erfüllt hatte. Die Fehde, die seit einer Ewigkeit zwischen dem Geschlecht der Cervoni und dem der Brunaschi bestand, war so alt, dass sie nachgerade erloschen schien. Eines Abends sass Pietro Brunaschi nach einem arbeitsamen Tag auf einem Stuhl vor dem Haus, mit einem Napf Fleischbrühe auf den Knien und einem Stück Brot in der Hand. Dominics Bruder, auf dem Heimweg, das Gewehr umgehängt, nahm plötzlich Anstoss an diesem Bild feierabendlicher Zufriedenheit, das so offensichtlich darauf angelegt schien, Hass und Rachsucht zu schüren. Zwar hatte er mit Pietro persönlich nie Streit gehabt, doch, wie Dominic erklärte, «all unsere Toten erhoben ihre Stimme». Hinter einem Steinmäuerchen hervor rief er: «O Pietro, schau, was da kommt!» Und als der andere arglos aufblickte, zielte er auf dessen Stirn und beglich die alte Rechnung so glatt, dass der Tote mit dem Napf auf den Knien und dem Stück Brot in der Hand auf seinem Stuhl sitzen blieb.

Deshalb – weil einem auf Korsika die Toten keine Ruhe lassen – musste Dominics Bruder ins Maquis gehen, in den Buschwald im Gebirge, um den Landjägern für den belanglosen Rest seiner Tage zu entkommen, und Dominic oblag es, sich seines Neffen anzunehmen und einen Mann aus ihm zu machen.

Ein weniger verheissungsvolles Unternehmen liess sich gar nicht denken; nicht einmal das Material für die Aufgabe schien vorhanden. Die Cervoni, wenn auch nicht die Verkörperung männlicher Schönheit, waren doch von altem Schrot und Korn. Dieser ausserordentlich magere und bleiche junge Mann dagegen wirkte so blutleer wie eine Schnecke.

«Eine böse Fee muss das Kind meines Bruders aus der Wiege gestohlen und gegen diese Teufelsbrut ausgewechselt haben», sagte mir Dominic mehr als einmal. «Schau ihn dir an! Schau ihn dir doch bloss an!»

César anzuschauen, war nicht erfreulich. Seine ledrige Haut, die auf dem Schädel durch das schüttere, schmutzig-braune Haar durchschien, war gleichsam auf die breiten Knochen gepappt. Ohne irgendwie entstellt zu sein, kam er dem, was man gemeinhin unter einem «Unmenschen» versteht, bedenklich nahe. Dass es im Grunde sein Charakter war, der diese Wirkung hervorbrachte, leidet keinen Zweifel. Ein hoffnungslos verkommenes Wesen war in ihm Gestalt geworden, wobei die körperlichen Eigenschaften, einzeln genommen, nichts besonders Auffälliges hatten. Man gewann den Eindruck, er müsse sich klamm und kalt wie eine Schlange anfühlen. Dem leisesten Verweis, den gelindesten, triftigsten Vorhaltungen begegnete er mit einem böse funkelnden Blick und einem hasserfüllten Zähnefletschen, wozu meist noch ein hörbares Knirschen kam.

Es geschah weniger seiner Verlogenheit, Frechheit und Faulheit als dieses teuflischen Mienenspiels wegen, dass sein Onkel ihn so oft zu Boden schlug. Nicht dass er ihn brutal zusammengeschlagen hätte. Er holte einfach mit seinem kräftigen Arm weit und würdevoll aus, und schon fiel César wie ein Kegel um – ein komisches Schauspiel. Grässlich anzusehen war dann allerdings, wie César, wenn er einmal auf dem Deck lag, sich krümmte und in ohnmächtiger Wut mit den Zähnen knirschte. Auch geschah es mehr als einmal, dass er ganz und gar verschwand. Unglaublich, aber wahr. Wenn er eine solche Ohrfeige einsteckte, ging er manchmal zu Boden und verschwand einfach mit den Füssen voran in eine offene Luke hinein oder hinter aufgestellte Fässer, je nachdem, wo er gerade mit der Pranke seines Onkels Bekanntschaft machte.

Einmal – im alten Hafen, unmittelbar vor der letzten Fahrt der *Tremolino* – verschwand er solcherart sogar aussenbords, zu meiner grossen Bestürzung. Dominic und ich hatten achtern etwas besprochen, und César hatte sich heimlich an uns herangepirscht, um uns zu bespitzeln; auch das gehörte nämlich zu seinen liebenswürdigen Eigenschaften. Als ich ihn längsseit aufklatschen hörte, blieb ich vor Schreck wie angewurzelt stehen; Dominic hingegen trat ruhig an die Reling und wartete, bis der Kopf seines nichtsnutzigen Neffen wieder auftauchte.

«Ohé, César!» rief er verächtlich zu der prustenden Jammergestalt hinunter. «Halt dich dort an der Trosse fest – *charogne!*»

Er gesellte sich wieder zu mir, um das unterbrochene Gespräch weiterzuführen.

«Und César?» fragte ich besorgt.

«*Canaglia!* Der soll dort baumeln», lautete die Antwort. Und er fuhr seelenruhig fort, die angeschnittene Frage zu erörtern, während ich mich vergeblich bemühte, die Vorstellung loszuwerden, wie César dort bis zum Kinn im Wasser des alten Hafens zappelte, in dieser Brühe voller Unrat. Schon beim Gedanken daran wurde mir übel. Nach einer Weile rief Dominic einen Bootsführer an, der gerade nichts zu tun hatte, und hiess ihn César auffischen; bald darauf kam dieser schlotternd und triefend vom Kai aus wieder an Bord, verfaultes Stroh im Haar und ein schmuddliges Stück Orangenschale auf der Schulter. Er klapperte mit den Zähnen und warf uns einen scheelen Blick zu, während er sich nach vorn verzog. Ich hielt es für meine Pflicht, Dominic zur Rede zu stellen, innerlich überzeugt, dass es eine Kraftverschwendung war und gar nichts nützte, wenn er immer gleich tätlich gegen ihn wurde.

«Ich muss versuchen, einen Mann aus ihm zu machen», rechtfertigte sich Dominic verdrossen. Die Antwort, die sich aufdrängte, war, dass er damit Gefahr laufe, eine Leiche aus ihm zu machen, aber ich konnte sie mir verklemmen.

«Schlosser will er werden!» stiess Cervoni hervor. «Vermutlich um zu lernen, wie man Kassenschränke knackt.»

«Warum soll er denn nicht Schlosser werden?» fragte ich.

«Wer würde ihn in die Lehre nehmen?» rief er, und ich sah zum erstenmal etwas wie wahre Verzweiflung, als er leiser hinzusetzte: «Wo könnte ich ihn unterbringen? Er stiehlt ja, Gott sei's geklagt. *Par la Madone!* Ich glaube, er wäre imstande, uns Gift ins Essen zu tun, der fiese Kerl!»

Er fuchtelte mit den geballten Fäusten himmelwärts. Doch César hat nie Gift in unsere Becher geschüttet. Es lässt sich nicht nachweisen, aber er ging wohl anders zu Werke.

Die betreffende Reise, auf die ich im einzelnen nicht einzugehen brauche, führte uns aus zwingenden Gründen weit nach Süden. Bevor wir auf dem Rückweg den wichtigsten und wirklich gefährlichen Teil des Unternehmens erledigen konnten, sahen wir uns genötigt,

Barcelona anzulaufen, um dort bestimmte Erkundigungen einzuziehen. Man könnte meinen, damit hätten wir den Kopf dem Löwen geradewegs in den Rachen gesteckt, aber in Wirklichkeit war es nur halb so schlimm. Wir verfügten dort über mehrere Freunde in einflussreicher Stellung und über viele andere, die keineswegs hochgestellt, aber trotzdem brauchbar waren, weil sie sich kaufen liessen. Es bestand für uns keine Gefahr, behelligt zu werden, im Gegenteil, die wichtige Auskunft kam uns sogleich von seiten eines Zollbeamten zu, der an Bord erschien, um angeblich eifrig mit einem Metallstab in der Schicht von Orangen herumzustochern, die den in der Ladeluke sichtbaren Teil unserer Fracht bildete.

Ich vergass zu erwähnen, dass die Ladung der *Tremolino* jeweils als Obst und Korkrinde ausgewiesen war. Als der diensteifrige Zollbeamte wieder an Land ging, steckte er Dominic einen nützlichen Zettel zu, und ein paar Stunden darauf fand er sich ausserdienstlich erneut an Bord ein, nach Trank und Dank lechzend. Selbstverständlich wurde ihm beides zuteil. Während er in der Kammer sass und seinen Likör schlürfte, suchte Dominic aus ihm herauszuholen, wo die Küstenwache sich gegenwärtig aufhalte. Vor dieser mussten wir uns in acht nehmen. Um ungeschoren davonzukommen, war es für uns unerlässlich, genau zu wissen, wo die Küstenwache gerade stationiert war. Die Auskunft hätte nicht günstiger ausfallen können. Der Zollbeamte nannte einen etwa zwölf Meilen weit entfernten Ort an der Küste, wo das Patrouillenfahrzeug gegenwärtig ahnungslos und keineswegs seeklar vor Anker lag, die Segel abgeschlagen, da die Rahen geschrapt und frisch gestrichen wurden.

Vorsichtshalber war ich fast den ganzen Tag unter Deck geblieben, da diesmal viel auf dem Spiel stand.

«Wir könnten jederzeit auslaufen, wenn bloss dieser César an Bord wäre; seit dem Frühstück hat er sich nicht mehr blicken lassen», erklärte Dominic auf seine bedächtige Art.

Warum er weggegangen war und wohin, das entzog sich unserer Kenntnis. Die üblichen Mutmassungen, die man anstellt, wenn ein Seemann fehlt, kamen bei César nicht in Betracht. Er war viel zu abstossend, um für Liebe, Freundschaft, Würfelspiel oder auch nur für nichtssagenden geselligen Verkehr zu taugen. Allerdings war er schon mehrmals auf diese Art weggeblieben.

Dominic ging an Land, um nach ihm zu fahnden, kehrte jedoch nach zwei Stunden allein zurück, höchst verärgert, wie ihm anzumerken war; das unsichtbare Lächeln unter seinem Schnauzbart hatte sich nämlich verstärkt. Wir fragten uns, wo der elende Kerl wohl geblieben sein mochte, und sahen rasch nach, ob unsere Wertsachen noch vorhanden waren. Es fehlte aber nichts.

«Er kommt bestimmt zurück», erklärte ich zuversichtlich.

Zehn Minuten später rief einer an Deck: «Ich sehe ihn kommen.»

César hatte bloss Hemd und Hose an. Die Jacke hatte er offenbar zu Geld gemacht.

«Schuft!» war alles, was Dominic sagte, unheimlich leise. Seine Wut hielt er vorläufig im Zaum. «Wo hast du den ganzen Tag gesteckt, du Landstreicher?» begehrte er in drohendem Ton zu wissen.

César war durch nichts zu bewegen, die Frage zu beantworten. Es war, als würdige er uns nicht einmal einer Lüge. Zähnefletschend stand er uns gegenüber und wich nicht von der Stelle, als Dominic ausholte. Natürlich ging er zu Boden. Doch diesmal fiel mir auf, dass er, als er sich wieder erhob, länger als sonst auf allen vieren blieb und über die Schulter zurück einen Blick zu seinem Onkel hinaufwarf, wie ich ihn so hasserfüllt noch nie gesehen hatte. Dem immerwährenden Hass schien etwas Neugieriges und besonders Boshaftes beigemischt, das mich innerlich beschäftigte. «Wenn er es je fertigbringt, uns das Essen zu vergiften», dachte ich bei mir, «dann ist das der Blick, mit dem er uns betrachtet, während wir uns zu Tisch setzen.» Natürlich glaubte ich keinen Augenblick daran, dass er jemals unser Essen vergiften werde. Er hielt ja selber mit. Ausserdem verfügte er nicht über Gift. Und ich vermochte mir nicht vorzustellen, dass jemand von Geldgier so verblendet sein könnte, einem solchen Jammerkerl Gift zu verkaufen.

Als es dunkel wurde, gingen wir unauffällig ankerauf, und die ganze Nacht hindurch verlief alles nach Wunsch. Die Brise war böig und frischte von Süden her auf, was für uns raumen Wind bedeutete. Ein paarmal schlug Dominic bedächtig und rhythmisch die Hände zusammen, als wolle er dem Verhalten der *Tremolino* Beifall zollen. Beschwingt hob und senkte sie sich unter unseren Füssen, während sie bebend dahinbrauste.

Unter den Segelschiffen, die bei Tagesanbruch achteraus in Sicht kamen, wie sie platt vor dem aufkommenden Sturm dahinliefen, fiel mir besonders eines auf, und ich stiess Dominic an. Unter prangenden Segeln ragte es hoch empor und wirkte, von vorn gesehen, wie eine schummrige graue Säule.

«Schau dir den dort an, Dominic», sagte ich. «Er scheint es eilig zu haben.»

Der Padrone äusserte sich vorerst nicht, er schlug bloss den schwarzen Mantel um sich und stand auf, um besser zu sehen. Seine von Wind und Wetter gebräunten Züge, von der Kapuze eingerahmt, hatten etwas Gebieterisches; unverwandt spähte er mit den tiefliegenden, gnadenlosen Augen wie ein Meeresvogel in die Ferne.

«Chi va piano va sano», bemerkte er schliesslich, mit einem ironischen Blick über die Reling; schliesslich machten wir selber ungemein hohe Fahrt.

Die *Tremolino* gab ihr Bestes her und schien die weiss überkämmenden Seen, über die sie dahintanzte, kaum zu berühren. Ich kauerte mich wieder hin, in den Windschutz der niedrigen Verschanzung. Nachdem Dominic mehr als eine halbe Stunde schwankend ausgeharrt hatte, ein Bild geballter Wachsamkeit, liess er sich neben mir nieder. Die Augen unter der mönchischen Kapuze hatten einen grimmigen Glanz, der mich erstaunte.

«Er ist wohl ausgelaufen, um die frische Farbe von den Rahen abzuwaschen», sagte er nur.

«Wie!» rief ich und richtete mich auf. «Ist es die Küstenwache?»

Die ständige Andeutung eines Lächelns unter Dominics Seeräuberschnauz schien ausgeprägter zu werden – ein richtiges Lächeln, grimmig, tatsächlich fast sichtbar durch das nasse, ungekräuselte Haar hindurch. Danach musste er eine gewaltige Wut haben. Indessen war ihm auch anzumerken, dass er vor einem Rätsel stand, und diese Feststellung gab mir zu denken. Dominic vor einem Rätsel! Lange betrachtete ich übers Heck hinweg die graue Säule, die leicht schwankend in unserer Kielspur aufragte, immer im gleichen Abstand.

Inzwischen sass Dominic, die schwarze Kapuze in der Stirn, mit untergeschlagenen Beinen auf dem Deck, den Rücken zum Wind, und gemahnte von weitem an einen Araberscheich in seinem Burnus. Über der reglosen Gestalt wedelte die Quaste am Zipfel der Kappe im Sturmwind hin und her. Schliesslich gab ich es auf, Wind und Regen zu trotzen, und kauerte mich wieder hin. Es war ein Schiff der Küstenwache, das stand fest. Was es hier suchte, das war etwas, worüber man nicht sprach, doch bald darauf fiel zwischen zwei Gewitterwolken hindurch ein Sonnenstrahl auf seine Segel, und unsere Leute fanden von selber heraus, was es damit auf sich hatte. Von dem Augenblick an achteten sie weder auf einander noch auf sonst irgend etwas. Sie hatten für nichts anderes mehr Augen und Sinn als für die schlanke, säulenartige Erscheinung achteraus, die nachgerade merklich schlingerte. Eine Weile blieb sie blendend weiss, verblasste dann langsam in einer Regenbö zu nichts und tauchte, fast schwarz, wieder auf, einem Pfeiler vor schiefergrauem Hintergrund vergleichbar. Seit wir sie gesichtet hatten, war der Abstand derselbe geblieben.

«Sie wird die *Tremolino* niemals einholen», frohlockte ich.

Dominic schaute nicht zu mir herüber. Er schien an etwas anderes zu denken, bemerkte jedoch zutreffend, der stürmische Wind begünstige unseren Verfolger. Seine Tuchfläche war dreimal so gross wie die unsere. Es galt, bis zum Einbruch der Nacht den Abstand zu wahren, was für uns ein leichtes war, dann seewärts anzuliegen und das weitere Vorgehen zu besprechen. Doch Dominic schien innerlich im Dunkel eines ungelösten Rätsels umherzutappen und versank bald völlig in Schweigen. Wir kamen stetig voran, immer im selben Abstand. Kap San Sebastian, an Backbord voraus, schien in den Regenböen zurückzuweichen und stürzte uns dann gleichsam wieder entgegen, jedesmal deutlicher.

Ich meinesteils war keineswegs überzeugt, dass dieser «Schnüffler» (wie die Leute das Schiff geringschätzig nannten) wirklich hinter uns her war. Bestimmte Erwägungen, fand ich, machten es wahrscheinlich, dass er rein zufällig seine Tätigkeit an einen andern Ort verlegte. Als ich dies Dominic auseinandersetzte, geruhte er zu mir herüberzuschauen.

«Ich sage dir, er ist hinter uns her», behauptete er missmutig, nach einem flüchtigen Blick achteraus.

Wenn Dominic dieser Meinung war, musste es wohl so sein. Doch stolz auf meine frisch erworbenen Kenntnisse, war ich damals ein grosser nautischer Besserwisser.

«Ich begreife bloss eines nicht», wandte ich ein, «wie brachte der Kerl es fertig, bei dem herrschenden Wind genau dort zu sein, wo er war, als wir ihn zuerst sichteten? Er kann doch unmöglich im Laufe der Nacht zwölf Meilen aufgeholt haben. Und auch sonst ist da noch einiges unmöglich...»

Wie ein lebloser schwarzer Kegel hatte Dominic achtern in der Nähe des Ruderkopfs gesessen, mit der kleinen Quaste, die am Zipfel auswehte, und eine Zeitlang blieb er noch reglos in Gedanken versunken sitzen. Dann beugte er sich mit einem kurzen Auflachen zu mir herüber und teilte mir das bittere Ergebnis seines Nachdenkens mit. Es sei ihm jetzt alles völlig klar. Das Schiff sei dort gewesen, wo wir es zuerst sichteten, nicht weil es uns eingeholt habe, vielmehr seien wir im Laufe der Nacht an ihm vorbeigekommen, während es, womöglich beigedreht, schon auf der Lauer lag, mitten auf unserem Weg.

«Verstehst du – es war schon da», knurrte Dominic leise. «Es war schon da! Wir sind bekanntlich gut acht Stunden früher ausgelaufen, als man von uns erwartete, sonst hätten die Kerle Zeit gehabt, uns auf der andern Seite des Kaps aufzulauern, und dann» – er klappte dicht vor meiner Nase die Zähne aufeinander –, «dann hätte es uns mir nichts, dir nichts geschnappt.»

Allmählich wurde auch mir die Sache klar. Die Leute der Küstenwache hatten Augen im Kopf und waren nicht dumm. Wir hatten sie im Dunkel der Nacht überholt, während sie gemächlich unterwegs waren, um sich in den Hinterhalt zu legen, im Glauben, sie hätten genügend Vorsprung. Als sie dann bei Tagesanbruch voraus eine *balancelle* sichteten, hatten sie Segel gesetzt und die Verfolgung aufgenommen. In diesem Fall mussten sie aber –

Dominic packte mich am Arm.

«Ja, ja! Sie sind ausgelaufen, weil sie Kenntnis hatten von uns – das ist doch klar? –, bestimmte Kenntnis... Man hat uns verraten. Warum? Wofür? Wir haben doch an Land alle immer gut bezahlt... ich werde verrückt!»

Er schien dem Ersticken nahe, zupfte am Knopf des Mantelkragens, sprang mit offenem Mund auf, als müsse er sich die Seele aus dem Leib schreien, hatte sich aber sogleich wieder in der Gewalt, schlug die Pelerine noch dichter um sich und setzte sich wieder aufs Deck, so still wie zuvor.

«Gewiss», bemerkte ich, «da muss irgendein Schurke an Land seine Hand im Spiel gehabt haben.»

Er zog den Rand der Kapuze noch tiefer in die Stirn, bevor er brummte: «Ein Schurke... ja... das ist klar.»

«Nun», sagte ich, «einholen werden sie uns nicht, das ist auch klar.»

«Einholen können sie uns nicht, nein.»

Wir hielten um das Kap herum dicht der

Küste entlang, um der Stromversetzung zu entgehen. Auf der andern Seite blieb der Wind, vom Landvorsprung abgehalten, kurze Zeit vollkommen aus, so dass die beiden hohen Segel schlaff gegen den Mast klatschten, während achteraus die Brandung tobte. Und als der erste Windstoss sie wieder blähte, sahen wir zu unserer Verblüffung das neue Grosssegel, dem wir das zuallerletzt zugetraut hätten, glattweg aus den Lieken fliegen. Sogleich fierten wir die Rah weg und retteten alles Tuch, aber es war kein Segel mehr, nur noch ein Haufen durchnässter Fetzen, der an Deck ein Hindernis bildete und auf Dominics Befehl über Bord geworfen wurde.

«Am liebsten hätte ich auch die Rah aussenbords werfen lassen», sagte er, als wir wieder nach achtern gingen, «aber das wäre zu umständlich gewesen. Lass dir nichts anmerken», fuhr er leise fort, «ich muss dir etwas Furchtbares mitteilen. Hör zu: es ist mir aufgefallen, dass die Einfassung des Lieks zerschnitten war. Hörst du? Mit einem Messer an verschiedenen Stellen zerschnitten. Und doch hat es die ganze Zeit über standgehalten. Nicht genügend zerschnitten. Erst als das Segel dann plötzlich vollschlug, ist es passiert. Aber das ist jetzt nebensächlich. Hör zu: hier an Bord wird Verrat geübt. Verflucht, hinter unserem Rükken wird Verrat geübt. Dreh dich nicht um!»

Wir schauten damals achteraus.

«Was fangen wir nun an?» fragte ich entsetzt.

«Nichts. Schweig still! Sei ein Mann.»

Um zu zeigen, dass ich ein Mann sein

konnte, nahm ich mir vor, keinen Laut von mir zu geben, solange Dominic es fertigbrachte, den Mund zu halten. In gewissen Lebenslagen ist Stillschweigen das einzige, was sich gehört. Ausserdem wirkte das Erlebnis des Verrats auf mich gewissermassen betäubend. Wohl mehr als eine Stunde lang sahen wir den Verfolger immer näher aus den Regenböen hervor auftauchen, die ihn manchmal gänzlich verhüllten. Doch selbst wenn er nicht sichtbar war, spürten wir ihn wie ein Messer an der Kehle. Er holte bedenklich auf. Und die *Tremolino* schlingerte unter ihrem einen Segel munter dahin, bei steifer Brise und weniger hohem Seegang; ihre leichtgemute Bewegung hatte etwas entsetzlich Unbekümmertes. Noch eine halbe Stunde verstrich. Ich hielt es nicht mehr aus.

«Das arme Ding – es ist nicht mehr zu retten», stammelte ich plötzlich, den Tränen nahe.

Dominic verzog keine Miene. Ein Gefühl unabwendbarer Einsamkeit wandelte mich an, jung und unerfahren wie ich war. Vor meinem innern Auge tauchten meine Mitverschworenen einer nach dem andern auf. Gegenwärtig weilte der ganze royalistische Klüngel wohl in Monte Carlo. Ich sah sie vor mir, scharf und ganz klein, mit gezierten Stimmen und steifen Gebärden, wie Marionetten. Plötzlich fuhr ich zusammen. Was war das? Geheimnisvolle, gnadenlose Worte drangen leise unter der schwarzen Kapuze hervor.

«Il faut la tuer.»

Ich hörte es deutlich.

«Was sagst du, Dominic?» fragte ich, ohne mehr als die Lippen zu bewegen.

Und abermals die leisen Worte: «Die *Tremolino* – sie muss vernichtet werden.»

Mein Herz begann heftig zu pochen.

«Ja – aber wie?» sagte ich stockend.

«Du liebst sie doch?»

«Gewiss.»

«Dann musst du es auch übers Herz bringen, es zu tun. Du musst sie selber steuern, und ich werde dafür sorgen, dass sie eines raschen Todes stirbt, ohne auch nur einen Holzsplitter zu hinterlassen.»

«Ist das möglich?» fragte ich leise, ganz im Bann der schwarzen Kapuze, die, reglos achteraus gewandt, geheime Zwiesprache zu halten schien mit dem uralten Meer der Zauberer, Sklavenhändler, Flüchtlinge und Kriegsleute, diesem sagenhaften Meer voller Schrekken, wo Schiffer in Urzeiten einen schemenhaften alten Fahrensmann im Dunkeln laut weinen hörten.

«Ich kenne eine Klippe», flüsterte die Stimme des Wissenden unter der Kapuze hervor. «Doch – Vorsicht! Es muss geschehen, bevor unsere Leute merken, was wir vorhaben. Wem können wir jetzt noch trauen? Ein Messer, ritsch, über das Fockfall, und das Vorsegel kommt auch noch herunter. Dann ist es in zwanzig Minuten mit unserer Freiheit aus. Und auch die Besten unter der Mannschaft haben wohl Angst vor dem Ertrinken. Da ist zwar noch unser Beiboot, aber unter solchen Umständen kann niemand damit rechnen, mit dem Leben davonzukommen.»

Die Stimme erstarb. Wir waren mit dem Beiboot im Schlepp aus Barcelona ausgelaufen; nachher wäre es zu gewagt gewesen, es binnenbords holen zu wollen; wir liessen es deshalb darauf ankommen. Mehr als einmal schien es um das Boot geschehen, doch immer wieder tauchte es auf einem Wellenkamm auf, offenbar unverwüstlich.

«Ich verstehe», sagte ich leise. «Meinetwegen, Dominic. Wann?»

«Noch nicht. Zuerst müssen wir näher heran», kam es gespenstisch unter der Kapuze hervor.

Es war abgemacht. Jetzt brachte ich den Mut auf, mich umzuwenden. Unsere Leute hockten mit angstvoller Miene da und dort an Deck und liessen den Verfolger nicht aus den Augen. Zum erstenmal an diesem Vormittag sah ich César beim Fockmast längelang auf dem Deck liegen und fragte mich, wo er denn bisher gesteckt habe. Dabei hätte er sich die ganze Zeit unbemerkt neben mir aufhalten können, so versunken waren wir in den Anblick des herannahenden Schicksals. Keiner hatte diesen Vormittag etwas gegessen, nur zum Wasserfass waren die Leute gegangen.

Ich lief in die Kammer hinunter. Dort hatte ich in einem Spind zehntausend Francs in Gold, von dessen Vorhandensein, soviel mir bewusst war, ausser Dominic kein Mensch an Bord etwas ahnte. Als ich wieder an Deck stieg, hatte Dominic sich inzwischen umgewandt und betrachtete unter seiner Kapuze hervor angelegentlich die Küste. Voraus war die Sicht durch Kap Creux begrenzt. Zur Linken lag eine ausgedehnte Bucht, von heftigen Böen aufgewühlt und voller Dunst. Der Himmel achteraus hatte ein bedrohliches Aussehen.

Sobald Dominic mich erblickte, fragte er gleichmütig, was denn mit mir los sei. Ich trat dicht an ihn heran und sagte mit möglichst unbeteiligter Miene, ich hätte mein Spind aufgebrochen vorgefunden, und der Geldgürtel sei weg. Am Abend vorher war er noch dort gewesen.

«Was wolltest du denn damit?» fragte er mich betroffen.

«Umgürten wollte ich ihn, was denn sonst», erwiderte ich, erstaunt, ihn mit den Zähnen klappern zu hören.

«Das verdammte Gold!» knurrte er. «Das Gewicht des Gürtels hätte dir das Leben kosten können.» Ein Schauder überlief ihn. «Davon reden wir später.»

«Ich bin bereit.»

«Noch nicht. Ich warte, bis die Regenbö dort herankommt.» Ein paar bleierne Minuten verstrichen.

Schliesslich kam die Bö heran. Unser Verfolger, von einem trüben Wirbelwind überholt, geriet ausser Sicht. Ein Beben durchlief die *Tremolino,* und sie schoss voran. Das Land voraus war ebenfalls verschwunden; wir schienen allein in einer Welt von Wasser und Wind.

«Übernimm du das Ruder», sagte Dominic plötzlich im Befehlston. Er beugte sich dicht an mein Ohr. «Die *Tremolino* gehört dir. Du musst ihr eigenhändig den Todesstreich versetzen. Ich – ich habe noch etwas anderes zu erledigen.» Laut sagte er zu dem Mann am Ruder: «Überlassen Sie die Ruderpinne dem *signorino.* Sie verholen dann mit den andern das Beiboot rasch längsseit, sobald ich das Wort gebe.»

Der Mann gehorchte erstaunt, ohne etwas zu erwidern. Die andern spitzten die Ohren. Ich hörte sie untereinander tuscheln: «Was soll das? Laufen wir etwa die Küste an, um zu Fuss zu flüchten? Der Padrone wird schon wissen, was er tut.»

Dominic begab sich nach vorn, blieb stehen, um einen Blick auf César zu werfen, der, wie gesagt, beim Fockmast auf dem Bauch lag, trat über ihn hinweg und duckte sich unter der Fock durch, so dass ich ihn nicht mehr sah. Ich vermochte überhaupt nichts als das grosse dreieckige Focksegel zu sehen. Doch Dominic wusste nun, wo wir uns befanden. Knapp hörbar drang sein Ruf von vorne zu mir her: «Jetzt!»

Ich stemmte mich gegen die Pinne, wie mir aufgetragen worden war. Nochmals hörte ich einen leisen Ruf, und dann brauchte ich nur noch Kurs zu halten. Noch nie ist ein Schiff so freudig in sein Verderben gelaufen, als schwebe es im Raum auf und ab, schwirrend wie ein Pfeil. Dominic tauchte gebückt wieder unter der Fock hervor und blieb dann gegen den Mast gestützt stehen, einen Zeigefinger in gespannter Erwartung erhoben. Eine Sekunde vor dem Aufprall fiel sein Arm herunter. Da biss ich auf die Zähne. Und dann –

Splitternde Planken und zertrümmerte Balken! Wie ein grauenhafter Mord lastet dieser

Schiffbruch auf meiner Seele. Ein lebendes, treues Herz mit einem Schlag zermalmt zu haben! Eben noch das Brausen und der schwebende Schwung der Fahrt – dann ein Krachen und Totenstille. Ein Augenblick entsetzlicher Bewegungslosigkeit, das Singen des Windes in ein schrilles Heulen verwandelt, die schweren Seen träge und bedrohlich um den Leichnam brodelnd. In einer Schrecksekunde sah ich die Fockrah brutal herumkommen und die Männer alle an einem Haufen, wie sie fluchend an der Bootsleine holten. Wohltuend, weil seltsam vertraut, war es, César unter ihnen zu sehen und Dominics nur allzu bekannte Gebärde, das flache Ausholen mit dem kraftvollen Arm. Ich weiss noch, dass ich bei mir dachte: «Natürlich, das muss ja sein», und dann traf mich, während ich noch auf allen vieren krabbelte, die hin und her schwingende Ruderpinne, die ich losgelassen hatte, hinters Ohr und schleuderte mich weg.

Ich glaube nicht, dass ich mehr als ein paar Minuten lang bewusstlos war, doch als ich wieder zu mir kam, lief das Beiboot vorm Wind in eine geschützte Bucht hinein, wobei zwei Mann mit den Riemen bloss zu steuern brauchten. Dominic, einen Arm um meine Schulter, hielt mich im Heck des Bootes gestützt.

Wir landeten in einer Gegend, wo wir uns auskannten. Dominic nahm einen der Riemen aus dem Boot mit. Er dachte wohl an den Fluss, den wir bald überqueren mussten, in einem flachen Kahn, bei dem oft die Stange fehlte. Doch zunächst galt es, die Anhöhe hinter dem Kap zu ersteigen. Dominic war mir dabei behilflich; mir war noch ganz wirblig im Kopf. Oben angelangt, hielt ich mich an ihm fest; wir machten halt, um zu verschnaufen.

Rechterhand, unter uns, lag die ausgedehnte, brodelnde Bucht völlig leer da. Dominic hatte Wort gehalten. Nicht das kleinste Stück Holz war um die dunkle Klippe zu sehen, von der die *Tremolino,* mit einem Schlag vom Leben zum Tod gebracht, in tiefes Wasser gerutscht war, um dort zur ewigen Ruhe gebettet zu liegen. Die offene See war mit Dunstschwaden verhängt, und mitten im nachlassenden Regengeprassel brauste wie ein Schemen die Küstenwache unter vollen Segeln ahnungslos weiter, immer noch nordwärts. Unsere Leute stiegen auf der andern Seite bereits den Hang hinunter, um den flachen Kahn zu suchen, der, wie wir aus Erfahrung wussten, nicht immer leicht zu finden war. Mit umflortem Blick schaute ich ihnen nach... zwei, drei, vier.

«Dominic, wo ist denn César?» rief ich.

Als wolle er den Namen nicht mehr hören, machte der Padrone diese wegwischende Gebärde. Ich trat einen Schritt zurück und schaute ihn gross an. Das offene Hemd gab seinen sehnigen Hals und die dichtbehaarte Brust frei. Er stiess den Riemen aufrecht in den weichen Boden, krempelte umständlich den rechten Ärmel hoch und hielt mir den entblössten Arm vors Gesicht.

«Das hier ist der Arm, der den Schlag austeilte», sagte er äusserst bedächtig, wobei in der betonten Zurückhaltung das unterdrückte, heftige Gefühl mitschwang. «Für das übrige hat leider dein eigenes Gold gesorgt. Ich hatte es ganz vergessen.» Plötzlich verschränkte er krampfhaft die Hände. «Ich hatte es vergessen. Ich hatte es vergessen», wiederholte er.

«César hat den Gürtel gestohlen?» fragte ich verwirrt.

«Wer denn sonst? *Canaglia!* Er muss dir tagelang nachgespürt haben. Und das Ganze war sein Werk. In Barcelona war er den ganzen Tag weg. *Traditore!* Hat seine Jacke verkauft, um ein Pferd zu mieten. Ha, ha! Eine schöne Geschichte! Ich sage dir, er war es, der uns die dort auf den Hals geladen hat...»

Dominic deutete aufs Meer hinaus, wo die Küstenwache nur noch ein dunkler Punkt war. Dann liess er den Kopf hängen.

«... ein Denunziant», murmelte er bedrückt. «Ein Cervoni! Ach, mein armer Bruder!»

«Und du hast ihn ertränkt.»

«Ein einziges Mal habe ich zugeschlagen, und der elende Kerl versank wie ein Stein wegen dem Gold. Ja. Doch er hatte Zeit, mir am Gesicht abzulesen, dass ihn nichts retten konnte, solange ich lebte. Und war ich nicht berechtigt – ich, Dominic Cervoni, der ihn an Bord deiner *feluca* gebracht hat – meinen Neffen, einen Verräter?»

Er zog den Riemen aus dem Boden heraus und war mir beim Abstieg behilflich. Die ganze Zeit über schaute er mir nicht ein einziges Mal in die Augen. Er stakte uns über den Fluss, warf den Riemen dann wieder über die Schulter und wartete, bis die andern einen gewissen Vorsprung hatten, bevor er mir den

Arm bot. Nach einer Weile kam das Fischerdörfchen, dem wir zustrebten, in Sicht. Dominic blieb stehen.

«Glaubst du, du kommst ohne meine Hilfe bis zu den Häusern dort?» fragte er ruhig.

«Ja, ich glaube schon. Aber warum denn? Wo willst du denn hin, Dominic?»

«Irgendwohin. Welch eine Frage! Du bist offenbar noch sehr jung, dass du einem Mann, in dessen Familie dergleichen vorgekommen ist, eine solche Frage stellen kannst! Ein Verräter. Was hat mich bloss bewogen, diese Teufelsbrut als Familienglied anzuerkennen? Diebstahl, Betrug, Feigheit, Lügen – andere mögen damit fertig werden. Aber ich war sein Onkel, und deshalb – ich wollte, er hätte mich vergiftet – *charogne!* Das hingegen, dass ich, ein Korse, als Padrone deines Schiffs um Verzeihung bitten muss, einen Verräter an Bord gebracht zu haben, noch dazu einen Cervoni, das ist zuviel. Ich bitte dich also um Verzeihung, und du darfst Dominic ins Gesicht spucken, weil ein Verräter in der Familie uns alle in den Schmutz zieht. Diebstahl kann unter Männern wiedergutgemacht werden, eine Lüge kann richtiggestellt, ein Mord gerächt werden, doch was kann man tun, um Verrat zu sühnen?... Nichts.»

Er wandte sich ab und schritt dem Flussufer entlang von mir weg, wobei er mit dem Arm fuchtelte und immer wieder vor sich hin fluchte: *«Ah, canaille, canaille, canaille!»* Zitternd vor Schwäche und keines Wortes mächtig, blieb ich verlassen stehen und schaute der trostlosen Gestalt dieses Seefahrers nach, der einen Riemen geschultert trug, eine kahle Geröllhalde hinauf, unter dem trüben, bleiernen Himmel des letzten Tags der *Tremolino.* Bedächtig schritt er dahin, kehrte dem Meer den Rücken, und so entschwand Dominic meinem Blick.

Was wir begehren und bewundern, richtet sich nach dem Wesen des Menschen, das keine Grösse hat, und so legen wir unseren kleinen Massstab selbst an die Zeit. Eingekapselt im Gehäuse einzelmenschlichen Wahns scheinen dreissig Jahrhunderte Menschheitsgeschichte im Rückblick geringfügiger als dreissig Jahre des eigenen Lebens. Und so nimmt Dominic Cervoni in meiner Erinnerung seinen Platz neben dem sagenhaften Fahrensmann dieses wundersamen und schrecklichen Meeres ein, dem vom Schicksal umhergetriebenen, gottlosen Abenteurer, der vom heraufbeschworenen Schatten eines Wahrsagers zu hören bekam, ihm stehe eine Reise ins Landesinnere bevor, einen Riemen über der Schulter, bis er auf Menschen stosse, die weder Schiffe noch Riemen jemals zu Gesicht bekommen hätten. Mir scheint, ich sehe sie im Dämmerlicht eines unwirtlichen Landes nebeneinander stehen, wie sie, eingeweiht in alle Geheimnisse der See, das Erkennungszeichen ihres harten Berufs mit sich führen, umringt von schweigenden und neugierigen Männern: genau wie ich, der ich dem Meer ebenfalls den Rücken gekehrt habe, die paar Seiten in der Abenddämmerung mit mir führe, in der Hoffnung, es finde sich irgendwo im Binnenland ein stiller, geduldiger Zuhörer.

Die Lachmöwe

I

Während wir auf dem Ufergelände einer grossen fernöstlichen Hafenstadt herumlungerten, wie unbeschäftigte Seeleute es an Land zu tun pflegen, kam ein Mann von den Kontorhäusern her gegangen. Er strebte schräg der Landungstreppe zu und fiel mir auf, weil er unter all den weissgekleideten Gestalten auf dem Gehsteig, von dem er heruntertrat, der einzige war, der einen hellgrauen Flanellanzug trug.

Ich hatte Zeit, ihn zu beobachten. Er war beleibt, aber nicht grotesk, hatte ein rundliches Gesicht und eine glatte, sehr helle Haut. Als er näher kam, bemerkte ich ein Schnurrbärtchen, das infolge der weissen Haare darin noch blonder wirkte, als es war. Auch hatte er für einen beleibten Mann ein recht energisches Kinn. Im Vorübergehen nickte er meinem Freund zu und lächelte.

Bei diesem Freund handelte es sich um Hollis, der in jungen Jahren in jenem Teil des mittelprächtigen Orients so viel erlebt und so viele absonderliche Bekannte gehabt hatte. Er sagte: «Das ist eine Seele von Mensch.»

Ich wandte mich sogleich um und schaute der seltenen Naturerscheinung nach. Der seelengute Mensch hatte einen breiten Rücken. Ich sah, wie er einen Sampan heranwinkte, hineinstieg und sich entfernte, auf eine Gruppe von Küstenfahrern zu, die unweit des Ufers vor Anker lagen.

«Ein Fahrensmann, wie?» fragte ich.

«Gewiss. Führt jenen dunkelgrauen Dampfer dort, die ‹*Sissie* – Glasgow›. Er hat noch nie etwas anderes geführt als die ‹*Sissie* – Glasgow›, nur war es nicht immer die gleiche *Sissie.* Die erste, die er hatte, war nur halb so lang wie die dort, und wir sagten dem armen Davidson jeweils, sie sei für ihn eine Nummer zu klein geraten. Schon damals war Davidson recht korpulent. Wir warnten ihn, er werde in einem so eng anliegenden Kahn schwielige Schultern und Ellbogen bekommen. Davidson konnte es sich gestatten, über unser Geplänkel zu lächeln – er verdiente gut mit seiner *Sissie.* Sie gehörte einem behäbigen Chinesen, der ganz wie ein Bilderbuch-Mandarin aussah, mit dünnem, herabhängendem Schnurrbart und dem würdevollen Auftreten, wie es nur solchen Orientalen gegeben ist.

Chinesen haben als Arbeitgeber den Vorteil, dass sie so vornehm denken. Wenn sie sich einmal überzeugt haben, dass man ehrlich ist, schenken sie einem ihr uneingeschränktes Vertrauen. Dann kann man überhaupt nichts mehr falsch machen. Dabei sind sie gute Menschenkenner. Davidsons Chinese merkte als erster, was der Mann wert war, aus irgendwelchen grundsätzlichen Erwägungen heraus. Eines Tages hörte man ihn in seinem Kontor in Gegenwart mehrerer Weisser erklären: ‹Kapitän Davidson ist ein guter Mensch.› Das stand damit fest. Und danach liess sich nicht mehr sagen, ob Davidson zu dem Chinesen gehörte oder der Chinese zu Davidson. Es war der Chinese, der kurz vor seinem Tod in Glasgow die neue *Sissie* für Davidson bestellte.»

Wir traten in den Schatten des Amtsgebäudes und lehnten uns mit aufgestützten Ellbogen an die Balustrade.

«Sie war wirklich als Trost für den armen Davidson gedacht», fuhr Hollis fort. «Kann man sich etwas Rührenderes denken als einen alten Mandarin, der mehrere tausend Pfund ausgibt, um seinen weissen Angestellten zu trösten? Nun, dort draussen liegt sie. Die Söhne des alten Chinesen haben sie geerbt, mitsamt ihrem Kapitän; und bei seinem Gehalt und den Nebeneinkünften verdient er eine schöne Stange Geld – alles ist wie früher, Davidson lächelt sogar, hast du's bemerkt? Das Lächeln ist das einzige, was nicht mehr ganz so ist wie früher.»

«Sag mal, Hollis», warf ich ein, «was verstehst du in diesem Zusammenhang eigentlich unter ‹gut›?»

«Ach, es gibt Menschen, die von Natur aus gut sind, so wie andere von Natur aus witzig sind. Dergleichen ist angeboren. Noch nie hat ein so einfaches, zartbesaitetes Gemüt in einer so, sagen wir mal, bequemen Hülle gesteckt. Was haben wir früher über Davidsons sittliche Bedenken gelacht! Kurz und gut, er ist über die Massen menschenfreundlich, und auf eine andere Art von Güte kommt es wohl hienieden nicht an. Und da seine Menschenfreundlichkeit noch eine Spur feiner ist als landesüblich, kann man ihn wohl eine Seele von Mensch nennen.»

Ich wusste von früher her, dass Hollis grossen Wert auf feine Abstufungen legte. So sagte ich denn «aha», weil ich in dem sympathischen

Dicken, der an uns vorübergegangen war, tatsächlich den von Hollis beschriebenen Menschen zu sehen vermochte. Allerdings war mir nicht entgangen, dass sein Lächeln wie von einem tiefen Gram überschattet wirkte.

«Wer hat ihm denn seine Menschenfreundlichkeit so übel vergolten», fragte ich, «dass er ihm sein Lächeln verdarb?»

«Das ist eine lange Geschichte. Wenn du willst, erzähle ich sie dir. Mensch, du wirst staunen. Erstaunlich ist vor allem, wie die Sache Davidson vollkommen über den Haufen warf – und offenbar bloss, weil er ein so gutes Herz hat. Erst vor ein paar Tagen hat er mir ausführlich davon erzählt. Er sagte, schon als er diese vier Kerle am Tisch die Köpfe zusammenstecken sah, sei es ihm nicht ganz geheuer gewesen. Ganz und gar nicht geheuer sei es ihm dabei gewesen. Du darfst nicht etwa glauben, Davidson sei ein Einfaltspinsel. Diese Kerle –

Doch ich glaube, es ist besser, ich fange am Anfang an. Das war damals, als zum erstenmal die alten Silbertaler von der Regierung zurückgerufen wurden, um gegen eine Neuprägung eingewechselt zu werden. Ich trat damals gerade einen langen Heimaturlaub an. Jeder Händler auf den Inseln war darauf bedacht, seine alten Taler rechtzeitig hierher zu verfrachten, und die Nachfrage nach leeren französischen Weinkisten – für ein Dutzend Flaschen Vermouth oder Rotwein, weisst du –, so etwas hatte es ja noch nie gegeben. Gewöhnlich wurden die alten Taler in Beuteln von je hundert abgepackt. Wie viele solcher

Beutel in einen Harass hineingingen, weiss ich nicht. Eine ganze Menge. Hübsche Summen müssen damals auf dem Wasser unterwegs gewesen sein. Hier an der Sonne können wir aber nicht bleiben. Wo könnten wir denn...? Ach ja, gehen wir doch in das Lokal dort drüben!»

Wir begaben uns also dorthin. Unser Auftauchen zu so früher Stunde in der langen, leeren Gaststube löste unter dem chinesischen Personal offensichtlich Bestürzung aus. Doch Hollis ging voran zu einem der Tische zwischen den mit Bambusvorhängen abgeschirmten Fenstern. Ein dämmriges Licht flirrte an der Decke und an den weissgetünchten Wänden und tauchte die vielen leeren Tische und Stühle in einen geheimnisvollen Glanz.

«Schon gut, wir warten mit dem Essen, bis es bereit ist», winkte Hollis dem bekümmerten chinesischen Aufwärter ab. Er beugte sich über den Tisch, die graumelierten Schläfen in die Handflächen gestützt, um mir mit dem Gesicht näher zu sein.

«Davidson führte damals den Dampfer *Sissie* – den kleinen, mit dem wir ihn immer aufzogen. Und zwar besorgte er das allein, mit einem malaiischen Serang als einzigem Deckoffizier. Einem weiteren Weissen an Bord am nächsten kam der Maschinist, ein portugiesischer Mischling, spindeldürr und noch dazu blutjung. Man kann wirklich sagen, Davidson bewältigte die Sache allein, und das war in der Hafenstadt natürlich bekannt. Ich betone das, weil es mit den kommenden Ereignissen etwas zu tun hat, wie du noch hören wirst.

Da sein Dampfboot so klein war, kam er damit schmale Flüsse hinauf und in seichte Buchten hinein, durch Riffs und über Sandbänke hinweg, und konnte Landesprodukte an Orten einsammeln, wo ausser Eingeborenenbooten sich sonst kein Fahrzeug hingetraut hätte. Das zahlt sich oft aus. Man wusste von Davidson, dass er mit seinem Boot Orte aufsuchte, von denen andere kaum gehört hatten.

Als nun die alten Taler zurückgerufen wurden, fand Davidsons Chinese, die *Sissie* sei gerade das Richtige, um sie bei den kleinen Händlern in entlegenen Teilen des Archipels abzuholen. Geschäftlich lohnt sich das. Die Kisten mit den Talern wurden jeweils achtern im Proviantraum verstaut, gegen hohe Frachtgebühr, ohne dass es einen viel Mühe oder Platz kostete.

Auch Davidson fand, es sei eine gute Idee; und so stellten sie denn miteinander eine Liste der Ankerplätze auf, die er auf seiner nächsten Fahrt anlaufen sollte. Schliesslich flocht Davidson, der die Route natürlich im Kopf hatte, die Bemerkung ein, auf dem Rückweg könnte er eigentlich einen Abstecher zu einer gewissen Siedlung an einem Fluss machen, wo ein verarmter Weisser in einem Eingeborenendorf wohnte. Davidson wies darauf hin, der Betreffende habe bestimmt Bambusrohr zu verschiffen.

‹Wahrscheinlich genug, um das Boot vorne auszulasten›, sagte er. ‹Und das ist immerhin besser, als mit leerer Last zurückzukehren. Auf einen Tag mehr oder weniger kommt es ja nicht an.›

Das war kaufmännisch gedacht, und der Chinese, als Eigner der *Sissie,* konnte nur zustimmen. Allerdings tat Davidson ohnehin, was er wollte. In den Augen des Chinesen war alles recht, was er vorschlug. Indessen handelte es sich bei diesem Vorschlag nicht bloss um eine kaufmännische Angelegenheit, denn Davidsons Menschenfreundlichkeit spielte da auch mit. Man muss nämlich wissen, dass dieser arme Teufel am Fluss nicht dauernd hätte dort wohnen können, wenn nicht Davidson bereit gewesen wäre, von Zeit zu Zeit dort vorbeizukommen. Das war auch dem Chinesen bekannt. So setzte er denn nur sein würdevolles Lächeln auf und sagte: ‹Jawohl, Kapitän Davidson. Ganz wie Sie wollen.›

Wie es zu dem Verhältnis zwischen Davidson und dem armen Teufel gekommen war, werde ich dir noch erklären. Zuerst aber einiges über den Teil der Angelegenheit, der sich hier zutrug – das Vorspiel gewissermassen.

Du weisst so gut wie ich, dass es dieses Lokal, wo wir sitzen, schon seit vielen Jahren gibt. Nun, am nächsten Tag kam Davidson ungefähr um zwölf herein, um etwas zu essen.

Und hier kommt nun die einzige Stelle in dieser Geschichte, wo der Zufall eine Rolle spielt. Hätte Davidson sein Gabelfrühstück zuhause eingenommen, wäre sein freundliches Lächeln auch jetzt noch, nach rund zwölf Jahren, genau wie früher.

Aber er kam hierher und sass vielleicht genau an diesem Tisch, als er einem Freund von mir sagte, seine nächste Fahrt gelte den alten Silbertalern. Lachend setzte er hinzu, seine Frau mache viel Aufhebens davon; sie habe ihn gebeten, an Land zu bleiben und für die Fahrt einen Stellvertreter aufzubieten; sie habe ein ungutes Gefühl wegen der Kisten voller Geld. Er habe ihr gesagt, Seeräuber gebe es nur noch in Jugendbüchern. Doch obwohl er sie auslachte, tat sie ihm doch leid; wenn sie sich nämlich etwas in den Kopf gesetzt hatte, konnte man es ihr nicht mehr ausreden. Während er unterwegs war, würde sie sich dauernd Sorgen machen. Nun, das liess sich nicht ändern. Es war schlechterdings niemand verfügbar, der ihn hätte vertreten können.

Der Freund von mir, der mit dem gleichen Paketboot nach England fuhr, erwähnte eines Abends im Roten Meer diese Unterhaltung, während wir mehr oder weniger wehmütig von dem sprachen, was wir eben hinter uns gelassen.

Man kann nicht behaupten, Davidson habe gesellschaftlich eine grosse Rolle gespielt. Dazu verhilft einem ein guter Charakter nur selten. Wer ihn näher kannte, wusste ihn zu schätzen; bekannt war er aber hauptsächlich dafür, dass er verheiratet war. Du weisst ja, wir waren zumeist Junggesellen, der Einstellung nach jedenfalls, wenn auch nicht immer den Papieren nach. Vielleicht dass es ein paar Ehefrauen gab, in diesem Fall waren sie aber unsichtbar, in weiter Ferne, nie erwähnt. Wozu auch? Nur Davidson war sichtlich verheiratet.

Der Ehestand passte zu ihm, so sehr, dass kein Mensch es ihm übelnahm, als sich herausstellte, dass er verheiratet war. Sobald er sich hier einigermassen eingelebt hatte, liess Davidson seine Frau nachkommen, aus Westaustralien. Sie traf mit der *Somerset* ein, in der Obhut Kapitän Ritchies – du weisst doch, Ritchie mit dem Affengesicht. Dieser war des Lobes voll über ihre Sanftmut und ihren Liebreiz. Sie schien die vom Himmel auserkorene Lebensgefährtin für Davidson. Bei ihrer Ankunft fand sie für sich und das Töchterchen, das sie hatten, einen hübschen Bungalow auf dem Hügel vor. Bald danach schaffte er für sie einen Einspänner und ein Pony an, mit dem sie ihn abends am Kai abholte. Wenn Davidson strahlend das Gefährt bestieg, war es sogleich prallvoll.

Wir pflegten Davidsons Frau von weitem zu bewundern – ein Jungmädchenkopf wie aus einem Poesiealbum. Von weitem. Ihn aus der Nähe bewundern zu können, war uns nicht oft vergönnt, weil sie uns keine Gelegenheit dazu gab. Wir hätten Davidsons Bungalow gerne dann und wann einen Besuch abgestattet, hatten jedoch das Gefühl, wir seien dort nicht genehm. Nicht dass sie je eine schnöde Bemerkung gemacht hätte. Sie sagte überhaupt nicht viel. Ich war wohl derjenige, der am häufigsten bei den Davidsons aus und ein ging. Was mir nebst der etwas faden Sanftmut an ihr auffiel, war die eigensinnige Kinderstirn und der kleine rote hübsche Mund, der so gar keinen Zug ins Grosse hatte. Allerdings bin ich da voreingenommen. Den meisten hatten es ihr unschuldsvolles Profil und ihr weisser Schwanenhals angetan. Davidsons Frau hatte damals viele geheime Verehrer, das kann ich dir sagen. Mir schien jedoch, sie vergelte das mit einem tiefen Argwohn, der sich auf uns alle erstreckte, ja manchmal sogar auf ihren Gatten, als sei sie irgendwie eifersüchtig. Frauen, auf die sie hätte eifersüchtig sein können, gab es zwar keine. Sie hatte überhaupt keinen Umgang mit Frauen; andere Kapitänsgattinnen waren keine vorhanden, höchstens dass die Frau des Hafenmeisters sie gelegentlich besuchte. So galt Davidsons Frau als ein scheues Reh. Sie wirkte ganz wie ein solches. Und dieser Eindruck war so allgemein, dass der Freund, von dem ich dir erzählte, sich an das Gespräch mit Davidson lediglich deshalb erinnerte, weil es ihm unvorstellbar war, dass Davidsons Frau überhaupt Aufhebens von etwas machen könne.

Mich verwundert es auch – allerdings nicht im selben Masse. Diese gewölbte Stirn – wie? Ich hatte sie schon immer im Verdacht gehabt, etwas kindisch zu sein. Und ich sagte zu meinem Freund, Davidson habe sich wohl über diese hausfrauliche Betulichkeit geärgert. Ganz im Gegenteil, meinte mein Freund, Davidson sei eher gerührt und bekümmert gewesen. ‹Es war niemand da›, setzte er hinzu, ‹der ihn hätte vertreten können, vor allem, weil er einen gottverlassenen Ort an einem Fluss anzulaufen gedachte, wo sich ein Bekannter von ihm namens Bamtz niedergelassen hatte.›

Und abermals gab mein Freund seiner Verwunderung Ausdruck. ‹Sag mir doch›, rief er, ‹was für eine Beziehung kann zwischen Davidson und einem Menschen wie Bamtz bestehen?›

Ich weiss nicht mehr, was ich darauf antwortete. Ich hätte es ihm in zwei Worten sagen können – Davidsons Herzensgüte. Diese scheute auch vor unwürdigen Subjekten keineswegs zurück, falls auch nur der leiseste Anlass zu Mitleid bestand. Glaube bloss nicht, Davidson habe da nicht klargesehen. Jedermann wusste, was Bamtz war – ein Nichtstuer mit Bart. Wenn ich an Bamtz denke, erblicke ich als erstes diesen langen schwarzen Bart vor mir und eine Menge Nachsicht heischender Fältchen um die Augenwinkel. Einen solchen Bart gab es kein zweites Mal von hier bis in die Südsee, wo ein Bart an sich einen wertvollen Besitz darstellt. Für Bamtz war er in anderer Hinsicht wertvoll. Du weisst doch, welchen Eindruck ein schöner Bart den Orientalen macht. Ich erinnere mich, wie vor Jahren der Grosskaufmann Abdullah von Zambir sein Erstaunen und seine Bewunderung nicht verhehlen konnte, als er zum erstenmal dieses Barts ansichtig wurde. Bekanntlich hat dann Bamtz jahrelang immer wieder auf Kosten Abdullahs gelebt. Sein Bart war in der Tat einzigartig, und dasselbe lässt sich von ihm selber sagen. Ein einzigartiger Nichtstuer. Er verstand die Kunst, auf Kosten anderer zu leben. Dass sich einer in der Grossstadt auf diese Art durchnassauert, ist nichts Besonderes. Doch Bamtz brachte es fertig, sich in der Wildnis am Rande des Urwalds dem Nichtstun zu ergeben.

Er verstand es ausgezeichnet, sich bei den Eingeborenen Liebkind zu machen. Sobald er irgendwo im Innern in einem Dorf am Fluss eintraf, schenkte er jeweils dem Radscha oder dem Dorfältesten oder dem wichtigsten Händler einen billigen Karabiner oder Feldstecher oder etwas dergleichen und ersuchte ihn dann kraft dessen um ein Haus, indem er sich geheimnisvoll als einen Händler ganz besonderer Art ausgab. Er tischte ihnen alle möglichen Märchen auf, liess sich eine Zeitlang von ihnen aushalten und drehte dann irgendein krummes Ding, es sei denn, man wurde seiner schon vorher überdrüssig und forderte ihn auf, sein Bündel zu schnüren. Dann zog er jeweils kleinlaut ab, als geschehe ihm das grösste Unrecht. Ein komisches Leben. Und doch kam er irgendwie immer mit heiler Haut davon. Es heisst, der Radscha von Dongola habe ihm Waren im Werte von fünfzig Talern und das Reisegeld geschenkt, bloss um ihn loszuwerden. Jawohl. Dabei hätte der Mann ihn geradesogut umbringen und draussen ins Meer werfen lassen können. Wer in aller Welt hätte schon nach Bamtz gefragt?

Man wusste von ihm, dass er kreuz und quer durch den Malaiischen Archipel und nordwärts bis in den Golf von Tonkin herumzigeunert war. Allerdings verachtete er von Zeit zu Zeit auch einen Aufenthalt in der Kulturwelt nicht. Und während er sich in Saigon, bärtig und würdevoll, als angeblicher Buchhalter über Wasser hielt, geschah es, dass er auf Annie stiess, die Lachmöwe, wie sie allgemein genannt wurde.

Von ihrem Vorleben wollen wir soweit als möglich schweigen. Sehr herzhaft kann ihr berühmtes Lachen nicht mehr gewesen sein, als Bamtz sie in einem Bumslokal ansprach. Sie war fast mittellos in Saigon gestrandet; dabei hatte sie für ein Kind zu sorgen, einen Jungen von fünf oder sechs Jahren.

Ein Kerl, Perlenfischer Harry genannt, hatte sie in diesen Teil der Welt verschleppt – aus Australien, glaube ich – und dann einfach sitzenlassen. Sie blieb, tauchte bald da, bald dort auf und war den meisten von uns wenigstens vom Sehen bekannt. In der malaiischen Inselwelt hatte jeder schon von der Lachmöwe gehört. Ein silberhelles Lachen stand ihr stets zur Verfügung, wenn man so sagen will. Es klang sehr angenehm, genügte aber offenbar nicht, um ihr Glück zu machen. Das arme Geschöpf war bereit, bei jedem halbwegs anständigen Mann auszuharren, solange er es duldete, wurde aber immer wieder sitzengelassen, wie nicht anders zu erwarten war.

In Saigon hatte der Kapitän eines deutschen Frachtdampfers sie abgehängt, nachdem sie ihn nahezu zwei Jahre lang auf seinen Fahrten hin und her der chinesischen Küste entlang bis nach Wladiwostok begleitet hatte. ‹Das ist jetzt aus, mein Täubchen›, hatte er gesagt. ‹Ich fahre nach Hause, um das Mädchen zu heiraten, mit dem ich schon die ganze Zeit über verlobt war.› Und Annie erwiderte: ‹Gut, wenn's sein muss. Wir gehen doch in aller Freundschaft auseinander, nicht?›

Sie legte immer Wert darauf, in gutem Einvernehmen zu scheiden. Der Deutsche sagte, natürlich gingen sie in aller Freundschaft auseinander, schaute aber im Augenblick der

Trennung eher missmutig drein. Sie lachte und kam an Land.

In Wirklichkeit war es ihr nicht ums Lachen. Sie ahnte, dass es so nicht weitergehen konnte. Am meisten machte ihr die Zukunft ihres Jungen zu schaffen. Bevor sie mit dem Deutschen wegfuhr, hatte sie das Kind in Saigon bei einem älteren französischen Ehepaar untergebracht. Der Mann war Portier in einem Regierungsgebäude, doch seine Zeit war um, und die beiden gedachten nach Frankreich zurückzukehren. Sie musste den Jungen wieder zu sich nehmen, und nachdem sie ihn einmal bei sich hatte, vermochte sie ihn nicht mehr wegzugeben.

So stand es um sie, als sie Bamtz flüchtig kennenlernte. Sie konnte sich nichts vormachen, was diesen Menschen betraf. Sich mit Bamtz einzulassen, hiess, mit sehr wenig vorliebnehmen, auch in materieller Hinsicht. Sie hatte trotz allem immer auf sich gehalten; Bamtz dagegen war, rundheraus gesagt, ein verkommenes Subjekt. Brutal war er allerdings nicht, wenn er auch mit seinem Bart eher wie ein Seeräuber als wie ein Buchhalter wirkte. Im Gegenteil, er war - auch im Dusel - immer manierlich. Und Verzweiflung bringt, wie das Unglück, manchmal die merkwürdigsten Menschen zusammen. Vermutlich war sie damals der Verzweiflung nahe. Sie war nicht mehr die Jüngste, weisst du.

Von seiner Seite ist das Verhältnis wohl schwerer zu erklären. Eines musste man Bamtz allerdings lassen: von farbigen Freundinnen hatte er nie etwas wissen wollen. Da man ihm keine sittlichen Bedenken zutrauen kann, nehme ich an, dass es aus Vorsicht geschah. Auch war er selber nicht mehr der Jüngste. Sein wertvoller schwarzer Bart wies damals schon viele weisse Haare auf. Vielleicht war er einfach des Alleinseins müde. Was immer die beiden dazu bewogen haben mochte, sie verschwanden miteinander aus Saigon. Und selbstverständlich machte sich niemand Gedanken darüber, was wohl aus ihnen geworden sei.

Ein halbes Jahr später ging Davidson bei einer Siedlung, Mirrah geheissen, vor Anker. Es war das allererste Mal, dass er diesen Fluss hinaufgekommen war, wo sich noch nie ein europäisches Schiff hatte blicken lassen. Ein Javaner, den er an Bord hatte, bot ihm fünfzig Taler, wenn er ihn dorthin bringe – es muss sich um ein ausgefallenes Geschäft gehandelt haben –, und Davidson erklärte sich einverstanden, den Versuch zu unternehmen. Die fünfzig Taler, sagte er mir, daran habe es nicht gelegen, die Neugier habe ihn getrieben, und mit der *Sissie* kam er überall hin, wo genug Wasser war, dass ein Suppenteller darauf schwimmen konnte.

Davidson setzte also seinen javanischen Plutokraten dort ab, und da er die Flut abwarten musste und zwei Stunden Zeit hatte, ging er selber an Land, um sich die Beine zu vertreten.

Es handelte sich um eine kleine Siedlung. Einige sechzig Häuser, die meisten davon Pfahlbauten, die übrigen im hohen Gras verstreut; der übliche Fusspfad dahinter; der Urwald, der die Lichtung umschloss und das, was an frischer Luft sonst vorhanden gewesen wäre, in eine stickige Hitze verwandelte.

Die ganze Bevölkerung stand am Ufer und bestaunte wortlos, wie unter Malaien üblich, die im Fluss draussen vor Anker liegende *Sissie.* Sie bedeutete für sie ein wahres Wunder. Von den alten Dorfbewohnern hatten viele kaum je von diesen Feuerschiffen gehört, und die wenigsten der jüngeren hatten je eines gesehen. Davidson hatte den Pfad hinter der Siedlung deshalb ganz für sich. Er hielt inne, als ihm ein übler Geruch in die Nase stieg.

Während er noch dastand und sich den Schweiss von der Stirn wischte, hörte er von irgendwoher rufen: ‹Du lieber Himmel, das ist ja Davy!›

Davidson fiel, wie er sich ausdrückte, die Kinnlade herunter, als er die aufgeregte Stimme vernahm. Nur in jüngeren Jahren war er von seinen Bekannten Davy genannt worden; er hatte den Namen seit einer Ewigkeit nicht mehr gehört. Ganz verdattert schaute er in die Runde und sah eine Weisse aus dem mannshohen Gras auftauchen, in welchem eine Hütte versteckt stand.

Stell dir vor: an diesem gottverlassenen Ort, auf keiner Karte verzeichnet und schmuddliger als auch das armseligste Malaiendorf von Rechts wegen sein durfte, kam da eine Europäerin in einem langen blumigen Kleid aus nicht ganz sauberem rosarotem Satin mit ausgefranstem Spitzenbesatz mitten aus dem hohen Gras hervorgerauscht, kohlschwarze Augen in einem weisslichen Gesicht. Davidson glaubte zu träumen. Aus der Senkgrube, deren Geruch ihm in die Nase gestiegen war, kamen laut schnaubend zwei verdreckte Büffel hervor und stapften, durch die Erscheinung aufgeschreckt, blindlings durchs Gebüsch davon.

Die Frau trat mit ausgestreckten Armen herzu, legte Davidson die Hände auf die Schultern und rief: ‹Sieh mal an, du hast dich fast gar nicht verändert! Immer noch derselbe gute Davy.› Und sie lachte hellauf.

Ein Schreck durchfuhr Davidson. ‹Die Lachmöwe›, sagte er betroffen.

‹Alles was von ihr übrig ist, Davy. Alles was von ihr noch übrig ist.›

Davidson schaute zum Himmel empor, aber da war kein Ballon, aus dem sie hätte gefallen sein können. Als er den verstörten Blick wieder senkte, gewahrte er ein kleines Kind, welches sich mit braunen Händchen an dem rosaroten Satinkleid festhielt. Der Junge, in schmutzig-weisser Bluse und zerschlissenen kurzen Hosen, war ihr durchs Gras nachgelaufen. Davidson machte grosse Augen, als erblicke er einen leibhaftigen Klabautermann. Es war aber nur ein brauner Lockenkopf mit sommersprossigem Gesicht, braungebrannten Beinen und verschmitzten Äuglein. Von seiner Mutter ermahnt, den Herrn zu begrüssen, fertigte er Davidson ab, indem er ihn französisch anredete.

‹*Bonjour.*›

Wortlos schaute Davidson wieder zu der Frau auf. Sie schickte den Kleinen in die Hütte zurück, und als er im Gras verschwunden war, wandte sie sich Davidson zu, wollte etwas sagen, kriegte aber nur die Worte heraus: ‹Das ist mein Tony›, und brach dann in Tränen aus. Sie musste sich an Davidsons Schulter lehnen. Er, im Grunde seines guten Herzens bekümmert, blieb wie angewurzelt stehen.

Eine seltsame Begegnung, wie? Bamtz hatte sie geschickt, um nachzusehen, welcher Weisse da gelandet sei. Und sie hatte ihn erkannt, von damals her, als Davidson, der in jungen Jahren selber nach Perlen getaucht war, mit Harry dem Perlenfischer und andern verkehrte, der stillste einer ziemlich lärmigen Schar.

Bevor Davidson wieder an Bord ging, hatte er die Lebensgeschichte der armen Lachmöwe bruchstückweise erfahren und hatte draussen auf dem Fusspfad sogar mit Bamtz selber gesprochen. Annie war in die Hütte gelaufen, um ihn zu holen, und er kam herangeschlendert, die Hände in der Tasche, mit dem unbeteiligten, lässigen Auftreten, hinter dem sich sein kriecherisches Wesen verbarg. Ja-a-a, er glaube, er werde sich hier endgültig niederlassen – mit ihr. Dies mit einem Kopfnicken gegen die Frau, die neben ihnen stand, eine abgezehrte, rührend besorgte Gestalt mit schwarzem Haar, das ihr über die Schultern fiel.

‹Keine Schminke und Färbemittel mehr für mich, Davy›, warf sie ein, ‹wenn du tust, was er möchte. Du weisst ja, ich war immer bereit, einem Mann zur Seite zu stehen – wenn man mir nur Gelegenheit dazu gegeben hätte.›

Davidson zweifelte nicht daran, dass sie es

ernst meinte. Ob Bamtz zu trauen war, das hingegen schien ihm keineswegs über jeden Zweifel erhaben. Bamtz wollte von Davidson die Zusage, Mirrah mehr oder weniger regelmässig anzulaufen. Er glaubte eine Möglichkeit zu sehen, einen Handel mit Bambusrohr aufzuziehen, falls er damit rechnen konnte, dass ihm ein Fahrzeug Tauschmaterial brachte und seine Ware abholte.

‹Ich habe ein paar Dollar für den Anfang. Die Leute hier sind in Ordnung.›

Mit der Prau eines Eingeborenen war er an diesen Ort geraten, wo ihn keiner kannte, und er hatte es auf seine bedächtige Art fertiggebracht, sich beim Oberhaupt der Siedlung beliebt zu machen.

‹Der Orang Kaja hat mir dieses leerstehende Haus zur Verfügung gestellt, solange ich hier bleiben will›, erklärte er.

‹Tu's doch, Davy›, rief die Frau auf einmal. ‹Denk an den armen Jungen.›

‹Haben Sie ihn gesehen? Drolliger kleiner Kerl›, sagte der einstige Landstreicher so beflissen, dass Davidson, angenehm überrascht, ihn mit einem wohlwollenden Blick bedachte.

‹Es lässt sich machen›, erklärte er. Den Gedanken, vorerst die Bedingung zu stellen, dass Bamtz sich der Frau gegenüber anständig verhalte, verwarf er aus übertriebenem Zartgefühl und weil er überzeugt war, Versprechungen eines solchen Menschen seien nicht viel wert. Annie begleitete ihn ein Stück weit, wobei sie ihm ernsthaft zuredete.

‹Es ist des Jungen wegen. Wie hätte ich ihn bei mir behalten können, wenn ich mich in

Städten herumtreiben müsste? Hier wird er nie erfahren, dass seine Mutter ein Flittchen war. Und dieser Bamtz hat den Jungen gern. Er hängt wirklich an ihm. Dafür darf man dem Himmel wohl dankbar sein.›

Davidson überlief ein Schauder. Wie tief musste ein Menschenwesen gesunken sein, dass es dem Himmel für die freundlichen Gefühle eines Bamtz dankbar war.

‹Glaubst du denn, dass du es aushältst, hier in der Wildnis?› fragte er besorgt.

‹Warum nicht? Du weisst, ich habe noch bei jedem ausgeharrt, bis er von mir genug hatte. Und wie stehe ich jetzt da? Doch innerlich ist bei mir alles wie früher. Jedem habe ich die Stange gehalten, einem nach dem andern. Nur eben – mit der Zeit werden sie es leid. Ach, Davy, Harry hätte mich nicht abschütteln sollen. Er war es, der mich auf krumme Wege brachte.›

Davidson bemerkte, Harry der Perlenfischer sei schon seit mehreren Jahren tot; vielleicht habe sie davon gehört?

Sie gab ihm mit einer Handbewegung zu verstehen, dass sie davon gehört hatte, und schritt wortlos neben ihm her, fast bis zum Ufer. Dann sagte sie, die Begegnung mit ihm habe die alte Zeit wieder in ihr aufleben lassen. Seit Jahren habe sie nicht mehr geweint. Sie sei sonst keine Tränensuse. Lachmöwe genannt zu werden, das habe den Tränenstrom ausgelöst. Harry sei der einzige gewesen, den sie geliebt habe. Die andern –

Sie zuckte die Achseln. Immerhin, sie tat sich etwas darauf zugute, den aufeinanderfolgenden Freunden immer treu gewesen zu sein. Nie habe sie jemanden hintergangen. Als Kamerad sei sie, was ein Mann sich wünscht. Doch die Männer wollten Abwechslung. Sie verstünden die Frauen nicht. Es habe wohl so kommen müssen.

Davidson suchte sie verblümt vor Bamtz zu warnen, doch sie fiel ihm ins Wort. Sie kenne sich aus und wisse, was von Bamtz zu halten sei. Er habe aber den Jungen erstaunlich liebgewonnen. Davidson ging deshalb nicht weiter darauf ein; er sagte sich, die arme Lachmöwe könne sich nachgerade nichts mehr vormachen. Sie drückte ihm beim Abschied fest die Hand.

‹Es ist des Jungen wegen, Davy – es ist des Jungen wegen. Ist er nicht ein kluges Kerlchen?›

II

Alles das geschah ungefähr zwei Jahre, bevor Davidson hier in diesem Lokal sass und sich mit meinem Freund unterhielt. Du wirst bald sehen, wie voll das Lokal sein kann. Jeder Platz wird besetzt sein, und die Tische, wie du siehst, stehen so dicht beieinander, dass die Stühle sich mit den Rückenlehnen beinah berühren. Auch geht es hier um die Mittagszeit ziemlich lärmig zu.

Davidson pflegte keine lauten Reden zu führen, musste aber in diesem Fall wohl lauter sprechen, um sich seinem Gegenüber verständlich zu machen. Und hier spielte nun der Zufall seine Rolle, indem er für ein paar scharfe Ohren dicht hinter Davidsons Stuhl sorgte. Es stand zehn zu eins zu wetten, dass derjenige, dem die Ohren gehörten, nicht genug Kleingeld in der Tasche hatte, um hier zu essen. Doch er hatte es. Vermutlich hatte er im Laufe der Nacht jemandem beim Kartenspiel ein paar Taler abgeluchst. Fector hiess er, ein krummer Hund, kurz und drahtig, mit trübem Blick. Er bezeichnete sich als Presseberichterstatter, genau wie gewisse Damen sich vor Gericht als Schauspielerinnen ausgeben.

Fremden stellte er sich als einen Menschen vor, der es als seine Aufgabe betrachte, Missstände aufzudecken und ihnen abzuhelfen. Dabei liess er durchblicken, er sei ein Märtyrer. Tatsache ist, dass er oft genug getreten, geschlagen, ins Gefängnis gesteckt und aus so ziemlich jedem Ort zwischen Ceylon und Shanghai mit Schimpf und Schande verjagt worden war, nämlich als berufsmässiger Erpresser.

In diesem Beruf muss man wohl Köpfchen haben und ein scharfes Gehör. Es ist nicht anzunehmen, dass er von dem, was Davidson sagte, jedes Wort mitbekam, aber er hörte genug, um sein Köpfchen zu beschäftigen.

Er wartete, bis Davidson gegangen war, und eilte dann ins Eingeborenenviertel in eine Art Gasthof, der von einem Portugiesen, wie man ihn überall trifft, und einem höchst übel beleumdeten Chinesen geführt wurde. Hotel Macao hiess das Haus, war aber eigentlich bloss eine Spielhölle, vor der man Neulinge warnte. Vielleicht erinnerst du dich?

Dort hatte Fector am Abend zuvor zwei unwahrscheinliche Gesellen kennengelernt, ein Paar, noch befremdlicher als der Portugiese und der Chinese. Einer der beiden war Niclaus – du weisst doch, der Bursche mit dem Hängeschnauz und einer gelben Haut wie der eines Mongolen, nur dass seine Augen nicht schräg und seine Backen nicht so flach waren. Es liess sich nicht sagen, welchem Menschenschlag er angehörte. Von einem gewissen Blickwinkel aus konnte man ihn für einen gelbsüchtigen Weissen halten, und das war er wohl auch. Er war Eigner einer malaiischen Prau und nannte sich Nakhoda, was soviel heisst wie Kapitän. Aha, jetzt erinnerst du dich! Allem Anschein nach konnte er keine andere europäische Sprache ausser Englisch, doch auf seiner Prau führte er die holländische Flagge.

Der andere war der Franzose ohne Hände. Gewiss. Genau derselbe, den wir '79 in Sydney kannten, als er am unteren Ende der George Street einen Tabakladen besass. Du erinnerst dich an den Koloss hinter dem Ladentisch, das grosse weisse Gesicht und das lange, schwarze, aus einer hohen Denkerstirn zurückgekämmte Haar. Immer versuchte er, mit seinen Armstümpfen auf dem Knie eine Zigarette zu drehen, erzählte endlos Geschichten von Polynesien und pflegte das, was er ‹*mon malheur*› nannte, abwechselnd zu bejammern und zu verfluchen. Die Hände waren ihm von einer Dynamitladung weggerissen worden, während er in irgendeiner Lagune fischte. Seither war er noch tückischer geworden als vorher, und das will etwas heissen.

Dauernd redete er davon, eines Tages ‹seine

Tätigkeit wiederaufnehmen› zu wollen (worin immer diese bestehen mochte), wenn er nur einen klugen Gefährten auftreiben könnte. Dass der kleine Laden kein Betätigungsfeld für ihn darstellte, war klar, und die kränkliche Frau mit dem verbundenen Gesicht, die manchmal durch die Hintertür hereinguckte, war keine Gefährtin für ihn. Es ging denn auch nicht lange, und er verschwand aus Sydney, nachdem er Scherereien mit der Zollbehörde gehabt hatte. Waren, die aus einem Freilager abhanden kamen, oder dergleichen. Die Frau liess er zurück; irgendeinen Begleiter muss er aber gefunden haben – allein wäre er niemals zurechtgekommen. Mit wem er wegging und wohin, und ob sich später noch welche zu ihm gesellten, das steht dahin.

Auch kann ich mit dem besten Willen nicht sagen, was ihn hierherführte. Gegen Ende meiner Zeit hier begann man von einem verstümmelten Franzosen zu reden, der da und dort gesichtet worden war. Doch damals wusste noch keiner, dass er sich mit Niclaus zusammengetan hatte und in dessen Prau wohnte. Er hat wohl Niclaus verschiedentlich zu Untaten angestiftet. Jedenfalls waren sie Partner. Zwar hatte Niclaus Angst vor dem Franzosen, seiner Wutausbrüche wegen, die furchtbar waren. Er sah dann aus wie der wahre Teufel; doch ein Mann ohne Hände, ausserstande, eine Waffe zu laden oder sich ihrer zu bedienen, kann höchstens mit den Zähnen auf einen losgehen. Vor dieser Gefahr glaubte Niclaus sich jederzeit schützen zu können.

Die beiden sassen allein in der Gaststube dieses berüchtigten Hotels, als Fector auftauchte. Nachdem er um die Sache herumgeredet hatte, unschlüssig, wie weit den beiden zu trauen war, rückte er mit dem heraus, was er in dem Speiselokal mitangehört hatte.

Zunächst konnte er damit keinen grossen Erfolg buchen; erst als er den betreffenden Fluss und den Namen Bamtz erwähnte, horchten die beiden auf. Niclaus, der mit seiner Prau wie ein Eingeborener umhersegelte, war mit der Gegend vertraut. Der Koloss von einem Franzosen, der, die Stümpfe in die Tasche gesteckt, auf und ab ging, blieb bockstill stehen. ‹*Comment?* Bamtz! Bamtz!›

Er war ihm im Laufe seines Lebens schon mehrmals begegnet. ‹Bamtz!› rief er. ‹*Mais je ne connais que ça!*› Und er bedachte ihn mit einem so unflätigen Beiwort, dass es nachher, als er Bamtz ‹*une chiffe*›, einen Lump, nannte, geradezu schmeichelhaft klang. ‹Mit dem können wir machen, was wir wollen›, erklärte er zuversichtlich. ‹Doch, sicher. Diesem Kerl müssen wir unbedingt schleunigst auf die Bude steigen. Das wäre ja gelacht, wenn wir da nicht ein Ding drehen, von dem wir längere Zeit leben können.›

Er sah schon die ganzen Taler vor sich, zu Silberbarren eingeschmolzen und irgendwo an der Küste Chinas an den Mann gebracht. Die Flucht schien ihm kein Problem. Dazu war Niclaus mit seinem Segelboot da.

In seiner freudigen Erregung begann er, mit seinen Stümpfen, die er bisher in der Tasche behalten hatte, in der Luft herumzufuchteln. Dann, als werde er ihrer zum erstenmal ansichtig, hielt er sie sich vor die Augen, erging sich in wilden Schmähreden und bejammerte sein Unglück und seine Hilflosigkeit, bis es Niclaus gelang, ihn zu beschwichtigen.

Doch er war es, der den Plan ausheckte, und es war sein Unternehmungsgeist, der die beiden andern mitriss. Keiner von beiden gehörte zum kühnen Freibeutertyp; namentlich Fector hatte in seinem ganzen Abenteurerleben noch nie andere Waffen als Lügen und üble Nachrede verwendet.

Noch am selben Abend brachen sie mit Niclaus' Prau auf, um Bamtz einen Besuch abzustatten. Das Boot hatte, seine Ladung von Kokosnüssen losgeworden, einen Tag oder zwei unter der Kanalbrücke gelegen. Sie müssen an der vor Anker liegenden *Sissie* vorbeigekommen sein und sie zweifellos aufs angelegentlichste betrachtet haben, als den Schauplatz ihres geplanten Beutezugs, ihres Meisterstreichs.

Zur grossen Überraschung von Davidson schmollte seine Frau mehrere Tage lang, bevor er die Fahrt antrat. Ich weiss nicht, ob ihm je der Gedanke kam, dass sie ungeachtet ihres engelhaften Profils ein höchst störrisches Wesen war. Es gefiel ihr nicht in den Tropen. Er habe sie hierhergebracht, wo sie keine Seele kenne, sagte sie, und jetzt verhalte er sich auch noch rücksichtslos. Ihr schwante nun einmal nichts Gutes, und allen Einwendungen Davidsons zum Trotz wollte sie nicht einsehen, warum ihre Vorahnungen nichts gelten sollten. Am Vorabend seiner Abreise fragte sie ihn voller Misstrauen: ‹Warum bist du eigentlich so erpicht auf diese Fahrt?›

‹Ich bin nicht darauf erpicht›, widersprach der gute Davidson. ‹Ich kann es nun mal nicht ändern. Es ist niemand da, der an meiner Stelle gehen könnte.›

‹So, es ist niemand da›, wiederholte sie und wandte ihm den Rücken.

Sie verhielt sich den ganzen Abend hindurch so abweisend, dass Davidson aus Taktgefühl beschloss, sich schon jetzt von ihr zu verabschieden und die Nacht an Bord zu verbringen. Dabei war ihm sehr elend zumute, und zwar merkwürdigerweise mehr seinetwillen als seiner Frau wegen. Er hatte den Eindruck, sie sei eher gekränkt als bekümmert.

Drei Wochen danach hatte er eine beträchtliche Anzahl Kisten voll alter Taler beisammen. Sie waren achtern im Proviantraum verstaut, wobei das Luk unter dem Tisch in der Kajüte mit einer Eisenstange und einem Sicherheitsschloss dichtgemacht war. Er hatte mehr davon zusammengebracht, als er erwartet hatte, und befand sich auf der Rückfahrt und unweit der Mündung des Flusses, an dem Bamtz wohnte, wo es diesem anscheinend recht gut ging.

Es war schon so spät am Nachmittag, dass Davidson sich allen Ernstes überlegte, ob er diesmal nicht auf den Abstecher verzichten solle. Er hielt nicht viel von Bamtz, der ein heruntergekommener, aber nicht eigentlich ein unglücklicher Mensch war. Zwar empfand er Mitleid mit der armen Lachmöwe, aber nicht mehr, als ihr unter den Umständen zukam. Doch seine Gutherzigkeit war von besonderer Art. Es war ihm klar, dass die beiden von ihm abhängig waren, und dass sie, falls er sie im Stich liess, ihre Abhängigkeit einen ganzen langen Monat hindurch in banger Erwartung spüren würden. So veranlasste ihn seine Menschenfreundlichkeit, bei einbrechender Dunkelheit Kurs auf die Küste zu nehmen, wobei er die *Sissie* durch ein Gewirr von Untiefen hindurchzusteuern hatte. Doch als er die Flussmündung erreichte, war es bereits Nacht.

Wie eine finstere Schneise durch den Urwald lag der schmale Wasserlauf da. Und da sich in der Fahrrinne immer Baumknorren befanden, die in der Dunkelheit nicht zu erkennen waren, wendete Davidson behutsam und liess die *Sissie,* mit lediglich soviel Dampfdruck als unbedingt nötig, übers Heck mit der Flut flussaufwärts treiben, lautlos und unsichtbar in der undurchdringlichen Dunkelheit und Stille.

Es war eine langwierige Sache, und als Davidson nach Verlauf zweier Stunden glaubte, auf der Höhe der Lichtung zu sein, lag die Siedlung bereits im Schlaf – die ganze Unendlichkeit von Wäldern und Flüssen schlief.

Sobald Davidson im geballten Dunkel des Ufers ein Licht wahrnahm, wusste er, das konnte nur bei Bamtz sein, unerwartet zu dieser nächtlichen Stunde, aber als Leuchtfeuer willkommen. Mit einem Schlag der Schraube und leichtem Ruderdruck legte er die *Sissie* längsseit an Bamtz' Landungssteg, ein dürftiges Gebilde aus ein paar Pfählen und Brettern, auf das der einstige Landstreicher aber sehr stolz war. Zwei Malaien sprangen auf den Steg hinunter, schlugen die ihnen zugeworfenen Taue um die Pfosten, und schon war die *Sissie* ohne ein einziges lautes Wort oder Geräusch festgemacht. Und gerade noch rechtzeitig, der Strom kenterte nämlich, bevor sie richtig vertäut war.

Davidson nahm etwas zu sich, und als er dann an Deck stieg, um vor dem Schlafengehen zum Rechten zu sehen, stellte er fest, dass das Licht im Haus immer noch brannte.

Das war höchst ungewöhnlich, aber da man dort so spät auf war, beschloss Davidson, hinzugehen und Bamtz zu sagen, er habe es eilig, man solle, was an Bambusrohr vorrätig war, so früh als möglich an Bord schaffen.

Behutsam schritt er über die wackligen Bretter, da er keinen Wert auf eine Fussverstauchung legte, und suchte sich einen Weg durch das freie Gelände bis zur Leiter. Das Haus war nichts als ein besserer Pfahlbau, alleinstehend und ohne Umzäunung.

Wie manch ein Dicker war Davidson sehr behend. Er stieg die sieben Sprossen empor, ging über die Bambusplattform, doch was er durch den Eingang sah, liess ihn plötzlich innehalten.

Vier Männer sassen beim Schein einer einzigen Kerze um den Tisch herum, auf dem eine Flasche, ein Krug und Gläser standen. Es wurde aber nicht getrunken; auch ein Spiel Karten lag unberührt da. Sie unterhielten sich im Flüsterton, ohne seiner gewahr zu werden. Davidson selber war so verdattert, dass er eine

Zeitlang völlig reglos verharrte. Es herrschte Stille, abgesehen vom Geraune der vier, die über dem Tisch die Köpfe zusammensteckten.

Und Davidson, wie schon einmal bemerkt, war die Sache gar nicht geheuer – ganz und gar nicht geheuer.

Das Ganze endete mit einem Aufschrei, der aus dem dunkeln Innern des Zimmers kam. ‹Oh, Davy, hast du mich erschreckt!›

Jenseits des Tisches vermochte Davidson Annies bleiches Gesicht knapp zu erkennen. Ihr schrilles Lachen ertönte aus dem Helldunkel zwischen den aus Matten bestehenden Wänden – ha, ha, ha!

Beim ersten Laut fuhren die Köpfe auseinander und hefteten den Blick steinern auf Davidson. Die Frau trat herzu; sie hatte ausser einem losen, beblumten Morgenrock und Strohsandalen an den blossen Füssen nicht viel an. Den Kopf hatte sie nach Malaienart mit einem roten Tuch umwickelt, wobei hinten das Haar frei herabfiel. Ihr berufsmässig buntes europäisches Gefieder war ihr im Laufe dieser zwei Jahre buchstäblich ausgegangen, nur eine lange Bernsteinkette baumelte als einziges Überbleibsel an ihrem Hals, denn ihre sonstigen, ohnehin nur ärmlichen Schmuckstücke hatte Bamtz während der Flucht aus Saigon alle zu Geld gemacht – als ihre Verbindung begann.

Sie trat am Tisch vorbei ins Licht, mit ausgestreckten Armen wie immer, eine blind suchende Seele mit hohlen Wangen und irrem Blick, wie es Davidson vorkam. Rasch eilte sie herzu, fasste ihn am Arm und zog ihn herein.

‹Dich schickt der Himmel heute nacht. Meinem Tony geht es gar nicht gut – komm und schau nach ihm. Komm schon – bitte!›

Davidson entsprach der Bitte. Der einzige der Männer, der sich rührte, war Bamtz; er stand halbwegs auf, liess sich aber gleich wieder auf den Stuhl fallen. Im Vorbeigehen hörte ihn Davidson etwas vor sich hin brabbeln, etwas wie ‹das arme Kerlchen›.

Der Kleine lag mit hochrotem Gesicht in einem aus Kisten zusammengenagelten Kinderbettchen und schaute Davidson verschlafen mit grossen Augen an. Allem Anschein nach ein schlimmer Fieberanfall. Doch während Davidson versprach, an Bord zu gehen, um Arznei zu holen, und ganz allgemein Beschwichtigendes vorbrachte, fiel ihm unwillkürlich auf, wie seltsam sich die Frau an seiner Seite benahm. Bald schaute sie verzweifelt auf das Kinderbett herab, bald streifte sie Davidson und die im andern Zimmer mit einem verängstigten Blick.

‹Ja, meine Ärmste›, sagte er leise, indem er ihr Verhalten auf seine Weise auslegte, ‹ich fürchte, das sieht nicht gut aus für dich. Wie kommen die überhaupt hierher?›

Sie packte ihn am Arm und raunte ihm zu: ‹Nicht gut für mich! Nein! Es geht um dich! Sie haben es auf die Taler abgesehen, die du an Bord hast.›

‹Woher wollen die etwas von den Talern an Bord wissen?› entfuhr es Davidson.

Sie schlug leise die Hände zusammen. ‹Dann ist es also wahr! Du hast welche an Bord? Dann sei aber auf der Hut!›

Sie schauten auf den Jungen in dem Bettchen, wohlwissend, dass man sie vom andern Zimmer aus beobachten konnte.

‹Wir müssen dafür sorgen, dass er so rasch als möglich zum Schwitzen kommt›, bemerkte Davidson in seinem gewöhnlichen Ton. ‹Du musst ihm etwas Heisses zu trinken geben. Ich gehe einen Spritkocher und noch anderes holen.› Und leise setzte er hinzu: ‹Wollen sie mir wirklich ans Leben?›

Sie verharrte reglos, mit gesenktem Blick. Davidson glaubte schon, sie habe ihn gar nicht gehört, als sie mit unverändertem Ausdruck zu sprechen begann.

‹Der Franzose – ohne weiteres. Die andern nicht, ausser du leistest Widerstand. Ohne ihn hätten sie nichts getan als geredet. Er ist der Teufel, der hinter ihnen her ist. Ich habe mich mit ihm angebiedert. Was bleibt einem anderes übrig, wenn man bei einem Mann lebt wie dem meinen. Bamtz hat eine Heidenangst vor ihnen, und sie wissen es. Er macht aus lauter Angst mit. Ach, Davy, schau dass du wegkommst mit deinem Boot – schleunigst!›

‹Zu spät›, bemerkte Davy. ‹Es sitzt bereits auf dem Schlamm.›

‹Wenn der Junge nicht in diesem Zustand wäre, hätte ich mit ihm Reissaus genommen – zu dir – in den Wald – irgendwohin. Ach, Davy, glaubst du, er stirbt?› rief sie plötzlich laut.

Unter der Tür stiess Davidson auf drei der Männer. Sie machten ihm Platz, ohne ihm ins Gesicht zu schauen. Doch Bamtz war der einzige, der den Blick mit offensichtlich schlechtem Gewissen gesenkt hielt. Der Mordskerl von einem Franzosen war auf seinem Stuhl geblieben; er hielt die Stümpfe in der Tasche vergraben und sprach Davidson an.

‹Ist das nicht ein Jammer mit dem Kind? Die arme Mutter – es dreht einem beinah das Herz um. Aber ich tauge ja zu nichts mehr auf der Welt. Ich könnte einem kranken Freund nicht einmal das Kissen glattstreichen. Ich habe keine Hände mehr. Würden Sie bitte einem harmlosen alten Krüppel eine der Zigaretten dort zwischen die Lippen stecken? Es beruhigt die Nerven – ich habe es dringend nötig.›

Davidson erfüllte den Wunsch mit seinem von Natur aus freundlichen Lächeln. Da nach aussen hin seine Ruhe um so ausgeprägter wird, je mehr Anlass zu Beunruhigung besteht, und da sein Blick, wenn ihn innerlich etwas beschäftigt, äusserst still und gleichsam schläfrig wird, mag man es dem Franzosen zugute halten, dass er fand, dieser Mensch sei ja ein Schaf und reif für die Schlachtbank. Mit einem ‹*merci bien*› wuchtete er seinen schweren Leib empor, um mit der Zigarette an die Kerzenflamme zu kommen, und Davidson verliess das Haus.

Unterwegs zu seinem Dampfer und auf dem Weg zurück hatte er Zeit, seine Lage zu überdenken. Ausser Bamtz war Niclaus, der weisse Nakhoda, der einzige, den er vom Sehen kannte. Zuerst neigte er zu der Ansicht, die vier seien nicht Manns genug, um es zum äussersten kommen zu lassen. Das war der Hauptgrund, warum er darauf verzichtete,

Vorkehrungen an Bord zu treffen. Die friedfertigen Malaien kamen bei einer Auseinandersetzung mit Weissen überhaupt nicht in Frage, und der junge Maschinist wäre schon beim Gedanken an Handgreiflichkeiten von Krämpfen befallen worden. Davidson wusste, dass er in dieser Angelegenheit auf sich selber angewiesen war, falls es überhaupt ernst galt.

Natürlich unterschätzte Davidson die Energie des Franzosen und die gewaltige Verlokkung, die die Kisten voller Taler für einen so hoffnungslosen Krüppel darstellen mussten. Mit seinem Teil der Beute konnte er in Wladiwostok, Haiphong, Manila oder sonstwo in weiter Ferne wieder einen Laden aufmachen.

Auch wäre Davidson, dem es weiss der Himmel nicht an Mut fehlt, nie der Gedanke daran gekommen, dass das nicht allgemein bekannt sei, und dass er insbesondere diesen fiesen Kerlen, die ihn nach seinem Aussehen beurteilten, als ein ahnungsloser, ungefährlicher Mensch vorkam, wie er da aufs neue durchs Zimmer ging, mit allerlei Dingen für den kranken Jungen beladen.

Alle vier sassen sie wieder um den Tisch. Da Bamtz es nicht über sich brachte, den Mund aufzumachen, war es Niclaus, der für die andern einsprang und ihm mit belegter Stimme zurief, er möge doch bald herüberkommen, um mit ihnen ein Glas zu trinken.

‹Es wird wohl etwas dauern›, erwiderte Davidson, ohne stillzustehen. ‹Der Junge braucht Pflege.›

Es war genau das Richtige, um keinen Verdacht aufkommen zu lassen. Davidson hatte ohnehin das Gefühl, er dürfe sich hier nicht allzu lange aufhalten.

Er setzte sich auf ein leeres Nagelfässchen in der Nähe des behelfsmässigen Kinderbetts und betrachtete den Jungen, während die arme Lachmöwe umherging, das heisse Getränk zubereitete, es dem Jungen einlöffelte, sein hochrotes Gesicht prüfend betrachtete und Davidson unterdessen Stück um Stück Bescheid zuraunte. Es sei ihr gelungen, sich mit dem teuflischen Franzosen anzufreunden. Davy werde ja begreifen, dass sie sich einem Mann angenehm zu machen verstehe.

Und Davidson nickte, ohne sie dabei anzuschauen.

Der Mordskerl habe ihr nachgerade sein Vertrauen geschenkt. Beim Spiel halte sie die Karten für ihn. Bamtz! Ach, Bamtz sei viel zu verschüchtert, um etwas dagegen einzuwenden, wenn sie den Franzosen bei guter Laune erhalte. Und dieser habe die Überzeugung gewonnen, sie sei eine Frau, mit der man Pferde stehlen könne. So sei es allmählich dazu gekommen, dass die vier in ihrer Gegenwart offen redeten. Lange sei sie nicht schlau daraus geworden, was die Kerle vorhatten. Da sie nicht damit gerechnet hatten, bei Bamtz eine Frau anzutreffen, seien sie zunächst verblüfft und höchst verärgert gewesen.

Sie gab sich mit dem Jungen ab, und kein Mensch, der ins Zimmer schaute, hätte an den beiden, die da am Krankenbett leise Worte wechselten, etwas Verdächtiges wahrgenommen.

‹Jetzt finden sie, ich stelle meinen Mann

besser, als Bamtz es je vermochte›, bemerkte sie mit leisem Lächeln.

Der Kleine stöhnte. Sie kniete hin und beugte sich wehmütig über ihn. Dann fragte sie Davidson, ob er an Besserung glaube. Davidson gab sich zuversichtlich, doch sie setzte traurig hinzu: ‹Der arme Kleine! Was wird er schon vom Leben haben? Weniger als ein Hund. Aber ich könnte ihn nicht mehr aus den Händen geben, niemals.›

Tiefes Mitleid mit dem Kleinen erfüllte Davidson. Sie legte eine Hand an sein Knie und warnte ihn eindringlich vor dem Franzosen. Er dürfe ihn nie an sich herankommen lassen. Natürlich wollte Davidson wissen warum. Ein Mensch ohne Hände kam ihm nicht sehr bedrohlich vor.

‹Pass bloss auf, dass er dir nie zu nahe kommt›, sagte sie nochmals leise, zögerte einen Augenblick und gestand dann, der Franzose habe es im Laufe des Nachmittags so eingerichtet, dass er mit ihr allein war, und habe sie gezwungen, ein eisernes Gewicht von sieben Pfund (aus dem Satz von Gewichtsteinen, die Bamtz geschäftlich brauchte) an seinem rechten Armstumpf zu befestigen. Sie habe es tun müssen, aus Angst vor seinen Wutausbrüchen. Bamtz sei ja ein feiger Kerl, und von den andern hätte es keinen gekümmert, was mit ihr geschah. Der Franzose habe ihr indessen unter furchtbaren Drohungen eingeschärft, den andern gegenüber ja nichts davon verlauten zu lassen, was sie da für ihn getan. Nachher habe er versucht, sie Bamtz abspenstig zu machen. Er habe ihr versprochen, wenn sie in dieser Sache getreulich zu ihm halte, werde er sie nach Haiphong oder sonstwohin mitnehmen. Ein armseliger Krüppel brauche jemanden, der für ihn sorge – für immer.

Davidson fragte erneut, ob die Kerle ihm wirklich nach dem Leben trachteten. Es war, wie er mir versicherte, das Unglaublichste, was ihm zeitlebens je vorgekommen. Annie nickte. Der Franzose sei fest entschlossen, sich des Silbers zu bemächtigen. Davy müsse damit rechnen, dass sie sich um Mitternacht an Bord schlichen, ganz bestimmt um zu stehlen, vielleicht auch um zu morden. Ihre Stimme hatte einen müden Ton, und den Blick hielt sie auf den Jungen geheftet.

Davidson wollte es noch immer nicht ganz in den Kopf; seine Verachtung für diese Kerle war allzu gross.

‹Hör zu, Davy›, sagte sie. ‹Ich trete mit ihnen hinaus, wenn sie aufbrechen, und es müsste sonderbar zugehen, wenn ich nicht etwas zum Lachen fände. Das fällt bei mir nicht auf. Lachen oder weinen – was verschlägt's. In der nächtlichen Stille kannst du mich an Bord ohne weiteres hören. Finster ist es auch. Ach, es ist finster, Davy – stockfinster!›

‹Lass dich bloss nicht auf gefährliche Sachen ein›, mahnte Davidson. Bald darauf machte er sie auf den Jungen aufmerksam, der, nicht mehr so gerötet, in einen tiefen Schlaf versunken war. ‹Schau, er wird wieder gesund.›

Am liebsten hätte sie den Kleinen an die Brust gedrückt, doch hielt sie an sich. Davidson schickte sich zum Gehen an. Rasch flüsterte sie ihm noch zu: ‹Pass auf, Davy! Ich habe ihnen gesagt, dass du meistens achtern in der Hängematte schläfst, unter dem Sonnensegel über der Kajüte. Man hat mich über deine Gewohnheiten und den Dampfer ausgefragt, und ich habe ihnen alles gesagt, was ich wusste. Ich konnte mich nicht absondern. Und wenn ich es ihnen nicht erzählt hätte, hätten sie es von Bamtz erfahren – du begreifst doch?›

Mit einer beschwichtigenden Handbewegung ging er hinaus. Die Kerle um den Tisch schauten nach ihm, alle ausser Bamtz. Diesmal war es Fector, der sprach: ‹Wollen Sie nicht ein Spielchen mit uns machen, Käpt'n?›

Davidson erklärte, nachdem es dem Kleinen jetzt besser gehe, wolle er lieber an Bord, sich schlafen legen. Fector war der einzige der vier, den er gewissermassen zum erstenmal sah; den Franzosen hatte er sich nämlich bereits angesehen. Was ihm auffiel, war Fectors trüber Blick, sein verkniffener Mund. Ekel stieg in ihm auf, während sein friedfertiges Lächeln, sein sanfter Ton und seine gespielte Ahnungslosigkeit ihnen Mut machten. Sie tauschten bedeutsame Blicke.

‹Wir spielen weiter›, bemerkte Fector. ‹Es wird wohl spät werden.›

‹Macht nicht mehr Lärm als nötig.›

‹Ach, wir sind eine ruhige Gesellschaft. Und falls das Befinden des Kranken sich verschlimmern sollte, wird bestimmt einer von uns hinuntergeschickt, damit Sie wieder den Doktor spielen können. Greifen Sie also nicht gleich zum Schiessprügel.›

‹Er ist nicht schiesswütig›, warf Niclaus ein.
‹Jedenfalls schiesse ich nie, ohne einen guten Grund dazu zu haben›, bemerkte Davidson.

Bamtz lächelte hämisch. Der Franzose war der einzige, der aufstand und sich verbeugte, als Davidson mit einem Kopfnicken wegging. Die Armstümpfe behielt er jedoch geflissentlich in der Tasche. Davidson wusste jetzt warum.

Er begab sich ans Ufer hinunter, innerlich mit dem, was er erfahren hatte, beschäftigt und aufs höchste aufgebracht. Beim Gedanken an das Siebenpfundgewicht am Armstumpf des Franzosen musste er lächeln. Der Schuft hatte vorgesorgt, falls es bei der Verteilung der Beute zu Meinungsverschiedenheiten kommen sollte. Er verfügte über ein Machtmittel, von dem die andern nichts ahnten, und konnte sich beim Gerangel ums Geld mit tödlichen Schlägen Geltung verschaffen, selbst gegen Kumpane mit Schusswaffen, namentlich wenn er als erster tätlich wurde.

‹Damit könnte er es mit jedem von ihnen aufnehmen. Es wird aber gar nicht dazu kommen. Es wird keinen Streit um diese Taler hier absetzen›, dachte Davidson, als er leise an Bord ging. Er hielt sich nicht damit auf, nachzusehen, ob sich jemand an Deck befinde. Von seiner Mannschaft waren ohnehin die meisten an Land, und die übrigen schliefen in irgendeinem dunkeln Winkel.

Er hatte sich sein Vorgehen ausgedacht und machte sich planmässig ans Werk.

Von unten holte er einen Haufen Kleider und verteilte sie so in der Hängematte, dass der Eindruck entstand, es liege jemand darin; über das Ganze warf er dann das helle Laken, mit dem er sich jeweils zudeckte, wenn er draussen schlief. Damit fertig, lud er seine beiden Revolver durch und kletterte in eines der Boote, die achtern in den Davits hingen. Dann harrte er des Kommenden.

Und abermals beschlichen ihn Zweifel daran, dass ihm so etwas widerfahren könne. Fast schämte er sich, hier an Bord auf der Lauer zu liegen. Langweilig war es auch. Und dann wurde er schläfrig. Die Stille wirkte ermüdend. Wenn doch wenigstens Wasser gegen die Bordwand geplätschert und ihm Gesellschaft geleistet hätte. Doch die Flut war abgelaufen, und die *Sissie* lag auf weichem Schlamm. Plötzlich kreischte im nächtlichen Wald am andern Ufer ein Arguspfau. Davidson fuhr auf, sogleich wieder hellwach.

Immer noch brannte im Haus drüben das Licht. Alles war wieder still, doch Davidson war nicht mehr schläfrig. Ihm schwante nichts Gutes.

‹Ich werde doch nicht etwa Angst haben›, sagte er sich.

Es war ihm, als versiegle die Stille sein Gehör, und die bange Erwartung wurde allmählich unerträglich. Er musste sich dazu zwingen, reglos zu verharren. Trotzdem war er drauf und dran, aus dem Boot zu springen, als ein leises Gekräusel auf der Stille, eine blosse Schwingung in der Luft, die Spur eines silberhellen Lachens an sein Ohr drang.

Einbildung!

Er blieb völlig reglos liegen. Jetzt fiel es ihm

nicht mehr schwer, mäuschenstill zu sein, aber es war die Reglosigkeit einer grimmig entschlossenen Maus. Dennoch wurde er dabei eine schlimme Vorahnung nicht los, ganz unabhängig von der Gefahr, in der er schwebte. Nichts erfolgte. Es war blosse Einbildung gewesen!

Allmählich regte sich die Neugier in ihm, zu erfahren, wie die Kerle ans Werk zu gehen gedachten. Er überlegte es sich hin und her, bis ihm das Ganze ungereimter als je vorkam.

Die Hängelampe in der Kajüte hatte er wie immer brennen lassen. Es gehörte zu seinem Plan, dass alles so aussehen sollte wie immer. Plötzlich kam im schummrigen Schein des Kajütsoberlichts ein gewaltiger Schatten lautlos den Niedergang herauf, tat zwei Schritte gegen die Hängematte zu (sie hing unmittelbar über dem Oberlicht) und blieb stehen. Der Franzose.

Die Minuten begannen atemlos zu verrinnen. Davidson ahnte, dass dem Franzosen – dem armen Krüppel – die Rolle zugeteilt war, über seinen Schlummer zu wachen, während die andern zweifellos in der Kajüte daran waren, das Luk des Proviantraums aufzustemmen.

Wie sie weiter vorzugehen gedachten, nachdem sie sich der Silbertaler bemächtigt hatten (es waren zehn Kisten, jede von zwei Mann leicht wegzuschaffen), das wird man nie erfahren. Sie waren in der Kajüte, soweit hatte Davidson recht. Er erwartete jeden Augenblick, das Geräusch des Aufbrechens zu hören. Indessen verhielt es sich so, dass einer von ihnen (vermutlich Fector, der Übung darin hatte, Schreibtische zu plündern) sich darauf verstand, ein Schloss fachgerecht zu knacken, und offenbar über das entsprechende Werkzeug verfügte. Während Davidson nun jeden Augenblick gewärtigte, etwas davon zu hören, dass sie sich drunten an die Arbeit machten, hatten sie die Stange bereits entfernt und zwei der Kisten heraufgeholt.

Der Franzose im Dämmerschein des Oberlichts rührte sich so wenig wie ein steinernes Standbild. Davidson hätte ihn mit der grössten Leichtigkeit erschiessen können, war aber nicht von Mordlust erfüllt. Ausserdem wollte er zuerst Gewissheit haben, dass die andern am Werk waren, bevor er das Feuer eröffnete. Da die erwarteten Geräusche ausblieben, war er nicht einmal sicher, ob sie schon alle an Bord waren.

Während er noch angestrengt lauschte, trat der Franzose, als sei er sich inzwischen schlüssig geworden, einen Schritt vor, dann noch einen. Gebannt schaute Davidson ihm zu, wie er ein Bein vorstellte, den rechten Armstumpf – den beschwerten – aus der Tasche zog, damit weit ausholte und das Siebenpfundgewicht auf die Hängematte herabsausen liess, wo der Kopf des Schlafenden hätte sein sollen.

Davidson machte mir gegenüber kein Hehl daraus, dass sich ihm damals die Haare sträubten. Wenn die Lachmöwe nicht gewesen wäre, hätte jetzt sein Kopf ahnungslos dort gelegen. Die Verblüffung des Franzosen muss schlechthin überwältigend gewesen sein. Er taumelte von der leicht schaukelnden Hängematte hinweg und war, ehe Davidson sich rühren konnte, die Kajütstreppe hinunter verschwunden, um seine Spiessgesellen zu warnen.

Sogleich sprang Davidson aus dem Boot, warf die Oberlichtkappe zurück und sah die Kerle drunten um das Luk kauern. Entsetzt blickten sie auf, und gleichzeitig brüllte der Franzose draussen vor der Tür: *‹Trahison – trahison!›* Alle flitzten sie Hals über Kopf zur Kajüte hinaus, lauthals fluchend. Der Schuss, den Davidson durchs Oberlicht abgegeben hatte, schien niemanden getroffen zu haben, doch er ging sogleich in Deckung und begann auf die dunkeln Gestalten zu schiessen, die vorüber huschten. Die Schüsse wurden erwidert, eine lebhafte Knallerei setzte ein, wobei Davidson, hinter den Ventilator geduckt, den leergeschossenen Revolver wegwarf und den andern in die Rechte nahm.

Dazwischen hörte er die wütenden Zurufe des Franzosen – *‹tuez-le! tuez-le!›* –, die das Fluchen der andern übertönten. Trotz der Schiesserei waren sie indessen bloss darauf bedacht, das Feld zu räumen. Als die letzten Schüsse aufblitzten, sah Davidson sie mit Ach und Krach über die Reling klettern. Dass er mehr als einen getroffen hatte, dessen war er sicher. Zweimal hatte er einen Aufschrei gehört, und zwar von verschiedenen Stimmen. Offenbar war aber keiner ernsthaft verletzt.

Davidson lehnte gegen die Verschanzung und lud ohne Eile seine Revolver nach. Dass sie zurückkommen würden, stand nicht zu befürchten. Anderseits hatte er aber auch nicht im Sinn, sie im Dunkeln an Land zu verfolgen. Was sie gegenwärtig trieben, war ihm unklar. Vermutlich befassten sie sich mit ihren Verletzungen.

Unweit des Ufers verfluchte der Franzose aufs lästerlichste seine Kumpane, sein Pech, die ganze Welt. Plötzlich verstummte er; dann hörte man ihn mit dem gellenden Ruf: ‹Die Frau ist's! – die Frau ist's, die uns verkauft hat!› in der Dunkelheit davonlaufen.

Davidson verschlug es den Atem. Er hatte plötzlich ein schlechtes Gewissen. Die Kriegslist, die er an Bord angewendet hatte, wurde Annie zum Verhängnis. Er zögerte keinen Augenblick. Jetzt galt es, die Frau zu retten. Mit einem Sprung setzte er an Land. Doch er stand noch kaum auf festem Boden, als er einen schrillen Aufschrei hörte, der ihm durch Mark und Bein ging.

Im Haus war immer noch Licht. Mit dem Revolver in der Hand strebte er darauf zu, als ein zweiter Aufschrei, mehr zu seiner Linken, ihn abschwenken liess.

Er schwenkte ab, blieb aber gleich darauf stehen. Diesmal zögerte er nun in grausamer Ratlosigkeit. Er ahnte, was geschehen war. Der Frau war es gelungen, aus dem Haus zu flüchten, und jetzt wurde sie im Gelände von dem Franzosen wutentbrannt verfolgt. Vermutlich wollte sie sich an Bord in Sicherheit bringen.

Ringsum herrschte Stille. Ob sie nun an Bord gelangt war oder nicht, die Stille bedeutete jedenfalls, dass der Franzose ihre Spur verloren hatte.

Immer noch beklommen, wenn auch nicht mehr im selben Masse, wandte sich Davidson wieder dem Ufer zu. Er war noch keine zwei Schritte weit gekommen, als hinter ihm abermals ein Aufschrei ertönte, wieder in der Nähe des Hauses.

Offenbar hatte der Franzose, nachdem er die Frau aus den Augen verloren, sich gesagt, sie werde versuchen, heimlich ihren Kleinen zu holen, und hatte ihr in der Nähe des Hauses aufgelauert. So ähnlich muss es gewesen sein. Als sie in den Lichtschein vor dem Haus trat, hatte er sich, rachlustig wie er war, zu früh auf sie gestürzt. Sie hatte jenen zweiten Aufschrei ausgestossen und war von neuem geflüchtet.

Diesmal hielt sie auf das Ufer zu, aber nicht in gerader Linie. Die Schreie kamen bald von da, bald von dort. Davidson machte kehrt und suchte im Dunkeln nach dem Gehör in ihre Nähe zu kommen. Er wollte rufen: ‹Hierher, Annie! Hier bin ich!›, brachte es aber nicht über sich. Wie sie da um ihr Leben lief, das war um so entsetzlicher, als er es nicht sah, nur ahnte. Kalter Schweiss trat ihm auf die Stirn, und die Kehle schnürte sich ihm zusammen. Ein letzter Notschrei brach plötzlich ab.

Die Stille, die darauf folgte, war noch furchtbarer. Davidson wurde dabei ganz übel. Er gab sich einen Ruck und schritt geradeaus, den Revolver in der Hand, angstvoll ins Dunkel spähend. Plötzlich sprang eine massige Gestalt vom Boden auf, keine drei Meter von ihm entfernt, und raste davon. Unwillkürlich schoss er, wollte die Verfolgung aufnehmen, stolperte aber über etwas Weiches, so dass er längelang hinfiel.

Noch während er stürzte, wusste er, es konnte nichts anderes als der Körper der armen Lachmöwe sein. Er richtete sich auf, blieb aber auf den Knien und suchte sie aufzuheben. Sie lag auf dem Gesicht, das lange Haar ringsum auf dem Boden. Zum Teil war es feucht. Als Davidson den Kopf abtastete, stiess er auf eine Stelle, wo die Schädeldecke nachgab. Doch schon vorher war ihm klar, dass sie tot war. Der Franzose hatte sie mit einem Fusstritt von hinten her zu Boden geschleudert, hatte sich auf sie gestürzt und war dabei gewesen, ihr mit dem Gewichtstein, den sie selber an seinem Stumpf befestigt hatte, den Schädel zu zertrümmern, als Davidson unversehens aus dem Dunkel auftauchte und ihn vertrieb.

Als Davidson da neben der Frau kniete, der ein so jammervolles Ende beschieden war, beschlich ihn ein Schuldgefühl. Sie war für ihn gestorben. Er war wie betäubt. Zum erstenmal bekam er es mit der Angst zu tun. Jeden Augenblick konnte der Mörder sich auf ihn stürzen. Davidson verhehlte mir gegenüber nicht, dass er am liebsten auf allen vieren davongekrochen wäre, um den Schutz seines Schiffes aufzusuchen. Er behauptet sogar, er habe es anfänglich getan...

Man kann sich Davidson kaum vorstellen, wie er auf allen vieren von der Ermordeten hinwegkriecht, vollkommen entnervt und geknickt, weil er sich sagte, sie sei in gewissem Sinne seinetwegen gestorben. Weit konnte er auf jeden Fall nicht gekommen sein. Was ihn innehalten liess, war der Gedanke an den Jungen, das Kind der Lachmöwe, das vom Leben weniger zu erwarten hatte als ein Hund. Es kam Davidson wie ein heiliges Vermächtnis vor. Er richtete sich auf, machte kehrt und schritt, innerlich bebend, auf das Haus zu.

Trotz seiner Erschütterung war er fest entschlossen, doch dieser eingeschlagene Schädel liess ihn nicht los, und er kam sich in der Dunkelheit sehr schutzlos vor; bald da, bald dort glaubte er die leisen Schritte des Mörders ohne Hände zu hören. Indessen wurde er nie schwankend in seinem Entschluss. Es ist ihm ja dann gelungen, mit dem Kleinen unbehelligt zu entkommen. Das Haus traf er leer an. Völlige Stille umgab ihn die ganze Zeit, nur einmal, als er gerade mit Tony auf dem Arm die Leiter hinunterkletterte, drang ein leises Stöhnen an sein Ohr. Es schien aus der Finsternis zwischen den Pfählen zu kommen, auf denen das Haus stand, doch er hielt sich nicht damit auf, Nachforschungen anzustellen.

Es hat keinen Sinn, dir ausführlich zu erzählen, wie Davidson mit der Bürde, die ihm das grausame Schicksal dieser Frau aufgeladen hatte, an Bord gelangte; wie am nächsten Morgen seine verängstigte Mannschaft, die die Vorgänge an Bord aus der Ferne verfolgt hatte, sich eilfertig wieder einfand; wie Davidson an Land ging und mit Hilfe des schrekkensbleichen Maschinisten die Leiche der Frau in ein Laken wickelte und an Bord schaffte, um sie später auf See zu bestatten. Während er damit beschäftigt war, nicht ohne vorsichtig um sich zu schauen, bemerkte er am Eckpfahl des Hauses weisse Kleidungsstücke, die dort auf einem Haufen lagen. Dass es der Franzose war, der dort lag, litt keinen Zweifel. In Anbetracht der Wehlaute, die er nachts gehört hatte, ist Davidson überzeugt, dass der Mörder von dem aufs Geratewohl abgegebenen Schuss tödlich verletzt worden war.

Was die andern betrifft, hat Davidson keinen je wieder zu Gesicht bekommen. Ob sie sich nun im Dorf oder im Urwald versteckt hielten oder an Bord der Prau, die Niclaus gehörte und die man hundert Meter oder so flussaufwärts auf dem Schlamm liegen sah, Tatsache ist, dass sie ein für allemal verschwanden, und Davidson hatte anderes zu tun, als sich um sie zu kümmern.

Sobald die *Sissie* wieder flott war, machte er, dass er den Fluss hinunterkam. Nachdem er etwa zwanzig Meilen auf die offene See hinausgelaufen war, übergab er die Leiche dem Meer, wobei er alles selber besorgte. Er beschwerte sie mit ein paar Eisenstangen, verlas den dafür vorgesehenen Text, hob die Planke an, war der alleinige Leidtragende. Und während er der Toten so die letzte Ehre erwies, fasste ihn der ganze Jammer ihres Lebens und ihres grauenhaften Todes an.

Er machte sich Vorwürfe, die Warnung, die sie ihm hatte zugehen lassen, nicht auf andere Art beherzigt zu haben. Einfach zu zeigen, dass er auf der Hut war, hätte doch sicher genügt, um die Kerle von ihrem Vorhaben abzuschrecken. Nur, er hatte eben nie ganz daran geglaubt, dass es soweit kommen werde.

Nachdem er die Leiche der armen Lachmöwe gut zwanzig Meilen südsüdwestlich von Kap Salatan dem Meer übergeben hatte, stand Davidson vor der Aufgabe, das Kind der Obhut seiner Frau zu übergeben. Und hier beging nun der gute Davidson einen verhängnisvollen Fehler. Er wollte ihr nicht die ganze furchtbare Geschichte erzählen, da sie damit Kenntnis erhalten hätte von der Gefahr, der er entronnen war. Und das, nachdem er sie noch vor kurzem ihrer unvernünftigen Befürchtungen wegen ausgelacht hatte.

‹Wenn ich ihr alles erzählt hätte›, erklärte mir Davidson, ‹hätte sie keinen ruhigen Augenblick mehr gehabt, sooft ich unterwegs war.›

Er sagte seiner Frau deshalb bloss, der Junge sei Vollwaise, und da er (Davidson) den Eltern viel verdanke, fühle er sich verpflichtet, für das Kind zu sorgen. Eines Tages werde er ihr mehr erzählen können, vorläufig baue er auf ihre Herzensgüte, auf ihr warmes, menschliches Mitgefühl.

Er wusste nicht, dass ihr Herz ungefähr von der Grösse einer verschrumpelten Erbse war und auch das entsprechende Mass an Wärme aufwies; und ferner, dass sie nur insofern des Mitleids fähig war, als es ihr selber galt. Er war befremdet und enttäuscht von dem kühlen Misstrauen, mit dem sie seinen unvollständigen Bericht aufnahm. Sagen tat sie nicht viel. Sie hatte nie viel zu sagen. Sie war eine Gans von der stummen Sorte.

Wie die Geschichte lautete, die Davidsons Mannschaft im Eingeborenenviertel in Umlauf zu setzen für gut befand, ist unerheblich.

Davidson selber zog einige seiner Freunde ins Vertrauen; ausserdem erstattete er dem Hafenmeister offiziell Bericht von der ganzen Sache.

Der Hafenmeister staunte. Er fand indessen, es habe keinen Sinn, die Sache in aller Form weiterzuverfolgen. Die holländischen Behörden würden am Ende, nach viel Scherereien und Schreiberei, doch nichts unternehmen. Schliesslich war der Raubüberfall missglückt. Die Strolche konnte man getrost ihrem Schicksal überlassen. Die arme Frau war ohnehin nicht mehr zum Leben zu erwecken, und den Mörder hatte die gerechte Strafe ereilt. Am besten, fand er, man lasse die Sache auf sich beruhen.

Das war durchaus vernünftig. Immerhin, er war beeindruckt.

‹Das ist ja furchtbar›, meinte er.

‹Schlimm genug›, pflichtete Davidson bei, voller Gewissensbisse. Doch das Schlimmste stand ihm noch bevor. Seine Frau kam nämlich in ihrer Beschränktheit allmählich zu der Überzeugung, Tony sei Davidsons Kind, er habe die faule Geschichte nur erfunden, um es in ihr hochanständiges Heim einzuschmuggeln, wider jede Ehrbarkeit und Tugend, in Verletzung ihrer heiligsten Gefühle.

Davidson entging nicht, dass zuhause eine etwas gespannte Stimmung herrschte. Doch seine Frau gehörte zu denen, die nie aus sich herausgehen, was in den Augen des friedfertigen Menschen, der Davidson war, vielleicht einen ihrer Vorzüge ausmachte. Frauen werden aus allen möglichen Gründen geliebt, sogar auf Grund von Eigenschaften, die man eigentlich für abstossend halten sollte. Sie beobachtete ihn stillschweigend und hegte weiterhin ihren Verdacht.

Dann stattete eines Tages Ritchie der sanften, schüchternen Frau einen Besuch ab – der Mann mit dem Affengesicht, unter dessen Obhut sie hierhergereist war. Er betrachtete sich als etwas Besonderes, als ihren ältesten Freund in den Tropen, und spielte sich als grosser Verehrer auf. Auch war er immer sehr gesprächig. Er hatte zufällig von der Geschichte gehört und kam darauf zu sprechen, in der Meinung, sie wisse Bescheid. Im Laufe des Gesprächs liess er etwas von Annie der Lachmöwe verlauten.

‹Annie die Lachmöwe!› ruft Davidsons Frau überrascht. ‹Was ist damit?›

Ritchie begann sogleich Ausflüchte zu machen, doch sie fiel ihm bald ins Wort. ‹Ist dieses Geschöpf tot?› fragt sie.

‹Ich glaube, ja›, stammelte Ritchie. ‹Ihr Gatte behauptet es wenigstens.›

‹Sie wissen es aber nicht bestimmt?›

‹Nein, woher denn.›

‹Das genügt mir›, sagt sie und verlässt das Zimmer.

Als Davidson nach Hause kam, war sie bereit, es ihm zu besorgen, nicht indem sie ihm eine Szene machte, vielmehr als träufle sie ihm kaltes Wasser den Rücken hinunter. Sie sprach von seinem Verhältnis mit einem liederlichen Frauenzimmer, von seinem Versuch, sie hinters Licht zu führen, von ihrer Entwürdigung.

Davidson bat sie, ihm zuzuhören, und erzählte ihr die ganze Geschichte, im Glauben, damit auch ein steinernes Herz zu erweichen. Er suchte ihr sein Schuldgefühl begreiflich zu machen. Sie hörte ihn an, sagte: ‹So ist das!› und kehrte sich von ihm ab.

‹Glaubst du mir denn nicht?› fragte er ganz entsetzt.

Sie sagte weder ja noch nein; alles, was er von ihr zu hören bekam, war: ‹Dieser Balg muss mir aus dem Haus!›

‹Ich kann den Jungen doch nicht auf die Strasse setzen›, rief Davidson, ‹das kannst du doch nicht verlangen!›

‹Ach was. Es wird wohl Kinderheime geben für solche Fälle.›

‹Das tu' ich nie und nimmer›, erklärte Davidson.

‹Schön, dann weiss ich Bescheid.›

Danach war Davidsons Zuhause für ihn eine lautlose, frostige Hölle. Eine gekränkte Gans ist schlimmer als ein tobender Teufel. Er schickte den Jungen nach Malakka zu den Weissen Patres. Eine besonders kostspielige Erziehung war das nicht, aber Davidsons Frau nahm es ihm übel, dass er den Jungen nicht gänzlich verstiess. Sie steigerte sich in einen solchen Zustand von Gekränktheit und verletzter Ehre hinein, dass Davidson sie eines Tages bat, doch Vernunft anzunehmen und nicht ihnen beiden das Leben zu vergällen, worauf sie ihm in einer kühlen Aufwallung erklärte, schon sein Anblick sei ihr verhasst.

Nun war Davidson bei seinem ausgeprägten Zartgefühl nicht der Mann, um sich einer Frau, die ihn nicht ausstehen konnte, gewaltsam aufzudrängen. Er nickte betrübt, und bald danach veranlasste er, dass sie zu ihren Eltern zurückkehren konnte. Das war genau, was sie in ihrer gekränkten Würde begehrte. Ausserdem hatte es ihr in den Tropen nie gefallen, und die Leute, mit denen sie hier verkehren musste, waren auch nicht nach ihrem Geschmack. So zog sie denn mit ihrem reinen, empfindsamen, mickrigen Gemüt nach Fremantle oder sonstwohin in dieser Richtung. Und das Töchterchen nahm sie natürlich mit. Was hätte Davidson mit einem kleinen Mädchen anfangen sollen, selbst wenn sie eingewilligt hätte, es bei ihm zu lassen, was völlig undenkbar war.

Das ist die Geschichte, die schuld daran ist, dass Davidsons Lächeln verkümmerte – und zwar bloss, weil Davidson ein so gutherziger Mensch ist.»

Hollis war zu Ende. Doch bevor wir vom Tisch aufstanden, fragte ich ihn, ob ihm bekannt sei, was aus dem Jungen der armen Lachmöwe wurde.

Sorgfältig zählte er das Herausgeld nach, das ihm der chinesische Aufwärter brachte, und schaute dann empor.

«Ach, das kommt noch dazu. Er war ein kluges Kerlchen, bekanntlich, und die Patres gaben sich bei seiner Ausbildung alle erdenkliche Mühe. Davidson hoffte, der Junge werde ihm dereinst zum Trost gereichen. Auf seine stille Art ist er ein liebebedürftiger Mensch. Nun, Tony ist zu einem erfreulichen jungen Mann herangewachsen – aber was willst du! Er möchte unbedingt Priester werden und träumt nur davon, als Missionar zu wirken. Die Patres versichern Davidson, es handle sich um eine ernsthafte Berufung, Tony sei hervorragend geeignet als Missionar. So wird also der Junge der armen Lachmöwe irgendwo in China das Leben eines Heiligen führen, vielleicht sogar zum Märtyrer werden, und Davidson mag sehen, wo er bleibt. Er wird sein Leben ohne jede menschliche Wärme um ihn herum beschliessen müssen, und alles nur wegen dieser alten Silbertaler.

Das andere Ich

I

Rechterhand ragten die Bambuspfähle von Fischreusen reihenweise wie zur Hälfte überschwemmte, rätselhaft angeordnete Lattenzäune über die Wasserfläche empor, unbegreiflich in ihrer Einteilung der tropischen Fischwelt und verwahrlost – als seien sie von irgendeinem nomadischen Fischervolk, das längst weitergezogen war, zurückgelassen worden; weit und breit war nämlich nirgends etwas von einer menschlichen Behausung zu erblicken. Links befand sich eine Gruppe kleiner, kahler Inseln, wie Trümmer von Mauern, Türmen und Blockhäusern, deren Fundamente in ein blaues Meer eingelassen waren, das selber massiv wirkte, so still und unbewegt lag es zu meinen Füssen; sogar die Lichtspur der untergehenden Sonne glänzte spiegelglatt, ohne das lebhafte Glitzern, das sonst ein nicht wahrnehmbares Gekräusel verrät.

Und als ich mich umwandte, um einen letzten Blick auf den Schlepper zu werfen, der uns soeben vor die Barre, wo wir ankerten, hinausbugsiert hatte, sah ich den flachen Küstenstrich nahtlos Kante an Kante an die unbewegte Wasserfläche gefügt, eine halb braune, halb blaue Ebene unter dem ungeheuren Himmelsgewölbe. An der einen fehlerhaften Stelle der tadellosen Fuge flankierten zwei unbedeutende Baumgruppen die Mündung des Meinam, aus dem wir soeben herausgekommen waren – der Auftakt zu unserer Heimreise.

Weit hinten auf der braunen Fläche bildete die grössere und höhere Masse des Wäldchens um die Paknam-Pagode herum den einzigen Ruhepunkt für das Auge in dem ganzen eintönigen Sichtkreis. Da und dort verriet ein Aufleuchten wie von verstreuten Silbermünzen die Windungen des grossen Stroms, und auf der vordersten – innerhalb der Barre – dampfte jetzt der Schlepper geradewegs ins Land hinein und geriet ausser Sicht, als hätte ihn die Erde mühelos verschluckt. Nachdem Schiffskörper, Schornstein und Masten meinem Blick entschwunden waren, verfolgte ich noch die dünne Rauchfahne, die bald da, bald dort über der Ebene schwebte, je nach den Flusskrümmungen, doch immer schwächer und weiter entfernt, bis ich sie zuletzt hinter dem mitraförmigen Hügel der Pagode aus den Augen verlor. Und dann war ich allein mit meinem Schiff, das vorne im Golf von Siam ankerte.

Es befand sich am Ausgangspunkt einer grossen Fahrt; ruhig lag es in einer ungeheuren Stille auf dem Wasser, und der Schatten seines Takelwerks wurde von der untergehenden Sonne weit nach Osten geworfen. Ich befand mich ganz allein an Deck. Nicht das leiseste Geräusch war zu hören, und ringsum war nichts, das sich regte, nichts, das lebte, kein einziges Kanu auf dem Wasser, kein Vogel in der Luft, keine Wolke am Himmel. Alles schien am Anfang der langen Fahrt den Atem zu verhalten, gleichsam um abzuschätzen, ob wir für die anstrengende Aufgabe taugten, deren wir uns fern aller menschlichen Zuschauer, nur mit Himmel und Meer als Schiedsrichter, zu entledigen hatten.

Es muss an irgendeinem grellen, die Sicht behindernden Schein in der Luft gelegen haben, dass ich erst kurz vor Sonnenuntergang jenseits des höchsten Kamms einer der kleinen Inseln etwas ausmachte, das mir das feierliche Gefühl vollkommener Einsamkeit raubte. Rasch brach die Dunkelheit herein, und mit der in den Tropen üblichen Plötzlichkeit kam über der schattenhaften Erde ein Schwarm von Sternen hervor, während ich noch verweilte, eine Hand leicht auf der Reling wie auf der Schulter eines guten Freunds. Doch bei all den Himmelskörpern, die auf mich herabschauten, konnte ich nicht mehr in Ruhe mit meinem Schiff Zwiesprache halten. Auch waren inzwischen Störgeräusche entstanden – Stimmen, Schritte vorschiffs; der Steward flitzte das Hauptdeck entlang, ein eifrig dienstbarer Geist; eine Handglocke bimmelte dringlich unter dem Hüttendeck...

Meine beiden Offiziere warteten im erleuchteten Salon in der Nähe des gedeckten Tischs auf mich. Wir setzten uns sogleich hin, und während ich dem Ersten eine Portion herauslegte, sagte ich: «Ist Ihnen bewusst, dass innerhalb der Inselgruppe ein Schiff vor Anker liegt? Ich habe seine Toppen über dem Hügelkamm gesehen, als die Sonne unterging.»

Er hob rasch sein harmloses, aber furchtbar bärtiges Gesicht und gab seine üblichen Ausrufe von sich: «Du meine Güte! Was Sie nicht sagen!»

Mein Zweiter Steuermann war ein pausbackiger, wortkarger junger Mann, viel zu bedächtig für sein Alter, fand ich; doch als sich unsere Blicke trafen, stellte ich ein leichtes Kräuseln seiner Lippen fest. Sogleich senkte ich den Blick. Ich hatte nicht im Sinn, an Bord meines Schiffes spöttischem Lippengekräusel Vorschub zu leisten. Auch darf nicht unerwähnt bleiben, dass ich von meinen Offizieren sehr wenig wusste. Infolge gewisser Ereignisse, die in diesem Zusammenhang belanglos sind, war ich erst vor vierzehn Tagen zum Kapitän dieses Schiffs ernannt worden. Auch von der Mannschaft wusste ich nicht viel. Alle waren sie schon seit gut anderthalb Jahren beisammen, und ich stellte den einzigen Fremden an Bord dar. Ich erwähne das, weil es mit dem Nachfolgenden etwas zu tun hat. Am meisten aber beschäftigte mich, dass auch das Schiff für mich ein unbekanntes Wesen war, und offen gestanden, ich war mir selber noch etwas fremd. Als jüngster Mann an Bord (abgesehen vom Zweiten) und vorläufig als Träger alleiniger Verantwortung noch unerprobt, war ich willens, die Leistungsfähigkeit der andern als selbstverständlich anzunehmen. Sie mussten einfach ihrer Aufgabe gewachsen sein; dagegen fragte ich mich, in welchem Masse ich wohl dem schönen Bild entspräche, das jeder sich von sich selber macht.

Mittlerweile suchte der Erste unter beinahe sichtbarer Mitwirkung seiner Kulleraugen und Koteletten eine Theorie zu entwickeln, was es mit dem vor Anker liegenden Schiff auf sich habe. Sein hervorstechender Charakterzug war, dass er sich immer alles ernsthaft zurechtlegen musste. Er war ein höchst gewissenhafter Mensch, der sich, wie er zu sagen pflegte, über alles Vorfallende Rechenschaft zu geben suchte, auch wenn es sich nur um einen elenden Skorpion handelte, wie er ihn vor einer Woche in seiner Kammer gefunden hatte. Wie dieser hatte an Bord gelangen können, und warum er sich gerade seine Kammer ausgesucht hatte statt die Speisekammer (wo es so dunkel war, wie Skorpione es lieben), und wieso er ausgerechnet im Tintenfass auf seinem Schreibtisch ertrinken musste – alles das beschäftigte ihn ohne Ende. Für das Schiff inmitten der Inselgruppe liess sich viel leichter eine Erklärung finden; und als wir uns anschickten, vom Tisch aufzustehen, gab er seine Erklärung ab. Offenbar handle es sich, meinte er, um ein auf der Ausreise befindliches Schiff, das erst kürzlich eingetroffen sei und soviel Tiefgang habe, dass es nur bei Springflut über die Barre hinwegkomme. Deshalb habe es diesen natürlichen Hafen aufgesucht, statt die paar Tage auf offener Reede zu warten.

«Das stimmt», bestätigte der Zweite plötzlich mit seiner heiseren Stimme. «Das Schiff hat einen Tiefgang von mehr als sechs Metern. Es ist die *Sephora* aus Liverpool, mit einer Ladung Kohlen. Seit hundertdreiundzwanzig Tagen unterwegs.»

Verblüfft schauten wir ihn an.

«Der Kapitän des Schleppers hat es mir gesagt, als er an Bord kam, um Ihre Post abzuholen», erklärte der junge Mann. «Er rechnet damit, die *Sephora* übermorgen den Fluss hinaufzubringen.»

Nachdem er uns solchermassen mit seinen ausgedehnten Kenntnissen überwältigt hatte, verzog er sich. In bedauerndem Ton bemerkte der Erste, er könne sich die Launenhaftigkeit des jungen Burschen nicht erklären. «Was hinderte ihn denn, uns das alles gleich zu sagen?»

Als er Miene machte, aufzustehen, hielt ich ihn zurück. In den letzten zwei Tagen hatte die Mannschaft alle Hände voll zu tun gehabt, und vorige Nacht waren die Leute kaum zu ihrer Nachtruhe gekommen. Ich war mir dessen peinlich bewusst, dass ich - ein Fremder - aus dem Rahmen fiel, als ich ihn anwies, die Leute zur Koje gehen zu lassen, ohne eine Ankerwache aufzusetzen; ich gedächte selber bis ungefähr ein Uhr an Deck zu bleiben und mich dann vom Zweiten Steuermann ablösen zu lassen.

«Um vier wird er den Koch und den Steward aufpurren», erklärte ich abschliessend, «und Sie dann wecken. Natürlich müssen beim leisesten Anzeichen von Wind alle Mann an Deck, damit wir ankerauf gehen können.»

Er verbarg sein Erstaunen. «Jawohl, Herr Kapitän.» Draussen streckte er den Kopf in die Kammer des Zweiten, um ihm Mitteilung zu machen von meiner ausgefallenen Idee, fünf Stunden Ankerwache selber zu übernehmen. Ich hörte den andern ungläubig rufen: «Was? Der Kapitän selber?» Dann brabbelten sie noch etwas, eine Tür ging zu, dann noch eine, und bald danach begab ich mich an Deck.

Schlafen konnte ich ohnehin nicht, solange mir noch alles fremd war. Das hatte mich veranlasst, die ungewöhnliche Anordnung zu treffen, als erwartete ich, in den einsamen Nachtstunden mit dem Schiff ins Einvernehmen zu kommen, von dem ich noch nichts wusste, noch weniger als von seiner Mannschaft. Ich hatte es ja bisher kaum richtig gesehen, solange es an der Kaimauer festgemacht lag, an Deck mit allen möglichen Dingen verstellt, wie jedes Schiff im Hafen, und von allen möglichen Leuten überlaufen. Nachdem es jetzt seeklar war, kam mir das langgestreckte Hauptdeck unter dem Sternenhimmel sehr schön vor. Sehr schön das ganze Schiff, sehr geräumig für seine Grösse, sehr verlockend. Ich stieg vom Hüttendeck hinunter und erging mich mittschiffs, wobei ich mir die Fahrt durch den Malaiischen Archipel, den Indischen Ozean hinunter und den Atlantik hinauf vorstellte. Sie war mir in all ihren Abschnitten wohlvertraut, mit all ihren Eigenheiten, allen vorkommenden Fragen, die es auf hoher See zu entscheiden galt – nur die Verantwortung als Kapitän war für mich neu. Doch ich beruhigte mich bei dem einleuchtenden Gedanken, das Schiff sei schliesslich wie andere auch, die Leute seien wie andere Leute, und auch das Meer werde wohl keine Überraschungen eigens zu meiner Schmach und Schande aufgespart haben.

Nachdem ich zu diesem tröstlichen Schluss gelangt war, bekam ich Lust auf eine Zigarre und ging unter Deck, um mir eine zu holen. Drunten herrschte Stille. Offenbar lag achtern alles in tiefem Schlaf. Ich trat wieder aufs Achterdeck hinaus. In dieser warmen, windstillen Nacht fühlte ich mich in meinem Schlafanzug und barfuss sehr wohl; die brennende Zigarre im Mund, begab ich mich nach vorne und fand dort dieselbe tiefe Stille vor. Nur als ich an der Tür zum Mannschaftsraum vorbeikam, hörte ich den tiefen, ruhigen, vertrauensvollen Atemzug eines Schlafenden dort drin. Und plötzlich verspürte ich ein Hochgefühl beim Gedanken an die grosse Sicherheit der See, verglichen mit der Unrast an Land, und ich tat mir etwas darauf zugute, mich für dieses Leben ohne Versuchungen und Anfechtungen entschieden zu haben, dessen einfache, geradlinige Zielsetzung ihm eine elementare innere Schönheit verleiht.

Das Ankerlicht im Vortopp brannte mit einer klaren, ungestörten, gleichsam symbolischen Flamme, zuversichtlich und hell im Dunkel der Nacht. Als ich auf meinem Weg nach achtern die andere Schiffsseite entlangging, fiel mir auf, dass das Fallreep, zweifellos für den Kapitän des Schleppers ausgebracht, nicht eingeholt worden war, wie es sich gehört hätte. Das ärgerte mich, weil Genauigkeit in kleinen Dingen das Wesen der Disziplin ausmacht. Dann sagte ich mir, ich hätte ja selber meine Offiziere ihrer Pflicht entbunden, eine Ankerwache aufzusetzen, die nach dem Rechten gesehen hätte. Ob es wohl klug war, jemals von der hergebrachten Arbeitseinteilung abzuweichen, selbst wenn es aus den menschenfreundlichsten Beweggründen geschah? Vielleicht erschien ich damit den andern als komischer Kauz. Nicht auszudenken, wie der Steuermann mit dem üppigen Bartwuchs sich wohl mein Verhalten erklären und was die ganze Mannschaft von der Formlosigkeit ihres neuen Kapitäns halten mochte. Eine ärgerliche Sache.

Keineswegs aus schlechtem Gewissen, vielmehr ganz unwillkürlich, machte ich mich daran, das Fallreep selber binnenbords zu holen. Nun ist ein Fallreep der betreffenden Art nicht schwer und kommt ohne weiteres herein, doch der kräftige Ruck, mit dem ich es an Bord befördern wollte, übertrug sich bloss völlig unerwartet auf mich selber. Was denn!... Ich war so verblüfft ob der Unbeweglichkeit dieses Dings, dass ich reglos verharrte und sie mir zu erklären suchte, ganz wie dieser einfältige Steuermann. Zu guter Letzt reckte ich natürlich doch noch den Kopf über die Reling.

Die Bordwand warf einen dunkeln Schatten auf die glasig schimmernde Wasserfläche. Trotzdem sah ich beim Fallreep sogleich etwas Längliches und Weissliches auf dem Wasser schwimmen. Bevor ich noch daran herumrätseln konnte, leuchtete im Wasser etwas wie der nackte Körper eines Menschen auf, nur kurz, doch es genügte, um mich ein Paar Füsse, die langen Beine, den breiten, bis zum Hals in einen grünlichen, leichenhaften Glanz getauchten Rücken erkennen zu lassen. Eine Hand, halb im Wasser, hielt die unterste Sprosse umklammert. Die Gestalt war vollständig, nur der Kopf fehlte. Eine Leiche ohne Kopf! Die Zigarre fiel mir aus dem Mund und verzischte drunten, was in der vollkommenen

Stille deutlich hörbar war. Das veranlasste ihn wohl, den Kopf zu heben, ein verschwommenes, bleiches Oval im Schatten der Bordwand. Auch so konnte ich der schwarzen Haare wegen den Kopf kaum ausmachen. Immerhin, das kalte Grausen, das mich gepackt hatte, verging. Auch der Augenblick für leere Schreckenslaute war vorbei. Ich trat lediglich auf die Reservespiere und lehnte so weit als möglich über die Reling, um das längsseit schwimmende Rätsel genauer zu sehen.

Während er sich wie ein Schwimmer, der ausruht, am Fallreep festhielt, umspielte ihn das Meeresleuchten bei jeder Bewegung und liess ihn unheimlich, silbrig, wie ein Fisch erscheinen. Er blieb auch so stumm wie ein Fisch und machte keine Anstalten, aus dem Wasser herauszukommen. Wieso kletterte er nicht an Bord? Wollte er am Ende gar nicht? Das eine war undenkbar, das andere beängstigend. Diese bange Ungewissheit gab mir die ersten Worte ein, die zwischen uns fielen.

«Was ist denn?» fragte ich in meinem gewöhnlichen Ton zu dem emporgewandten Gesicht hinunter.

«Muskelkrampf», erwiderte er im selben Ton. Dann, etwas besorgt: «Nicht nötig, jemanden zu rufen.»

«Das hatte ich auch nicht im Sinn.»

«Allein an Deck?»

«Ja.»

Irgendwie hatte ich den Eindruck, er sei drauf und dran, das Fallreep loszulassen und zu entschwinden, so unerklärlich wie er aufgetaucht war, gewissermassen vom Meeresgrund empor (vom Schiff aus entschieden der nächste feste Boden). Doch vorläufig wollte dieses seltsame Wesen bloss wissen, wie spät es sei. Ich sagte es ihm. Dann fragte er: «Der Kapitän schläft wohl?»

«Bestimmt nicht.»

Er schien mit sich selbst zu ringen; ich hörte nämlich etwas wie ein leises, verzweifeltes «Was hilft es schon?». Seine nächsten Worte brachte er nur stockend hervor. Er fragte mich, ob ich nicht den Kapitän unauffällig an Deck rufen könne.

Ich fand, es sei an der Zeit, Farbe zu bekennen. «Der Kapitän bin ich», gab ich ihm zu verstehen.

Ich hörte von drunten ein leises «Sieh mal an!». Das quirlende Wasser um seine Glieder glimmerte, als er mit der andern Hand nach dem Fallreep langte.

«Mein Name ist Leggatt.»

Die Stimme war ruhig und bestimmt. Eine gute Stimme. Die Selbstsicherheit dieses Menschen hatte sich mir irgendwie mitgeteilt.

«Sie können ausgezeichnet schwimmen, scheint es», bemerkte ich gelassen.

«Klar. Ich bin schon seit neun Uhr im Wasser. Die Frage ist bloss soll ich jetzt dieses Fallreep loslassen und weiterschwimmen, bis ich vor Erschöpfung absacke, oder soll ich hier an Bord kommen.»

Ich hatte den Eindruck, es sei nicht nur eine rhetorische Frage, sondern ein echter Zwiespalt, in den sich Mannesmut gestürzt sah. Schon daraus hätte ich entnehmen können, dass es sich um einen jungen Menschen handeln musste; nur die Jugend sieht sich ja vor solch klare Entscheidungen gestellt. Doch damals war es lediglich eine Ahnung. Eine geheimnisvolle Verständigung hatte sich bereits zwischen uns beiden ergeben. Auch ich war jung; jung genug, um mich zu der Frage nicht zu äussern. Auf einmal begann der Mann das Fallreep heraufzusteigen, und ich eilte hinweg, um etwas zu holen, das er anziehen konnte.

Ehe ich in die Kajüte trat, blieb ich im Gang draussen am Fuss der Treppe stehen und horchte. Aus der Kammer des Ersten kam ein leises Schnarchen durch die geschlossene Tür. Die Tür des Zweiten war eingehakt, doch da war aus dem Dunkel kein Laut zu vernehmen. Er war auch noch jung und konnte schlafen wie ein Klotz. Blieb noch der Steward, doch der erwachte bestimmt nicht, bevor er geweckt wurde. Ich holte einen Schlafanzug aus meiner Kammer. Wieder an Deck, sah ich den Nackten aus dem Meer auf dem Grossluk sitzen, weisslich schimmernd in der Dunkelheit, die Ellbogen auf die Knie gestützt und den Kopf in die Hände. Feucht wie er war, schlüpfte er in den Schlafanzug, einen graugestreiften, wie ich ihn auch trug, und folgte mir als Doppelgänger aufs Hüttendeck. Leise begaben wir uns dort miteinander ganz nach achtern.

«Also, was ist?» fragte ich halblaut, nahm die brennende Lampe aus dem Kompasshaus und hob sie auf die Höhe seines Gesichts.

«Eine leidige Sache.»

Er hatte ebenmässige Züge, einen guten

Mund, helle Augen unter ziemlich buschigen, dunkeln Brauen; eine glatte, breite Stirn; keinen Bartwuchs, nur einen kleinen braunen Schnurrbart, und ein wohlgeformtes, rundes Kinn. Im Schein der emporgehaltenen Lampe wirkte sein Gesichtsausdruck in sich gekehrt, geballt, wie der eines Menschen, der für sich allein scharf über etwas nachdenkt. Mein Schlafanzug hatte gerade die richtige Grösse für ihn. Ein wohlgestalter junger Mann von höchstens fünfundzwanzig Jahren. Er nagte an der Unterlippe.

«Ja, ja», sagte ich und stellte die Lampe wieder ins Kompasshaus. Die warme, schwere, tropische Nacht schloss sich wieder um sein Haupt.

«Dort drüben liegt ein Schiff», murmelte er.

«Ja, ich weiss. Die *Sephora.* Wussten Sie von uns?»

«Ich hatte keine Ahnung. Ich bin dort der Erste Steuermann...» Er hielt inne und berichtigte sich. «Besser gesagt, ich war es.»

«Aha! Ist etwas schiefgegangen?»

«Ja. Ganz schief. Ich habe einen Menschen umgebracht.»

«Wie meinen Sie das? Eben erst?»

«Nein, im Laufe der Fahrt. Vor Wochen. Neununddreissig Südbreite. Wenn ich sage, einen Menschen –»

«Wohl ein Wutanfall.»

Ein fast unmerkliches Nicken des schattenhaften, dunkeln Kopfes über dem gespenstischen Grau des Schlafanzugs. Es war, als stehe ich meinem eigenen, nachtschwarzen Spiegelbild gegenüber.

«Eine schöne Bescherung für einen Mann von der *Conway*», bemerkte mein Doppelgänger leise.

«Sie sind von der *Conway?*»

«Ja», sagte er, als wundere er sich selber. Dann, gedehnt: «Sie etwa auch?»

Es verhielt sich tatsächlich so; da ich indessen ein paar Jahre älter war, hatte ich das Schulschiff verlassen, ehe er hinkam. Nachdem wir rasch ein paar Angaben ausgetauscht hatten, entstand eine Pause, und ich dachte an diesen läppischen Steuermann mit seinem wildwuchernden Bart und seinem ewigen «Du meine Güte – was Sie nicht sagen».

Mein Doppelgänger gab mir eine Ahnung davon, was in ihm vorging, indem er bemerkte: «Mein Vater ist Pfarrer in Norfolk. Können Sie sich das vorstellen – ich vor einem Geschworenengericht, des Mordes angeklagt? Nein, ich für mein Teil sehe die Notwendigkeit nicht ein. Es gibt Kerle, die auch einen Engel... Und ein Engel bin ich nicht. Er war einer dieser Menschen, in denen ständig eine blöde Art von Bosheit brodelt. Arme Teufel sind das, die überhaupt keine Daseinsberechtigung haben. Er tat seine Pflicht nicht und hielt alle andern davon ab, die ihre zu tun. Doch wozu darüber Worte verlieren? Sie kennen diese hundsföttische, missratene Sorte...»

Er berief sich auf meine Menschenkenntnis, als sei er sicher, dass sie sich mit der seinen so vollkommen decke wie unsere Bekleidung. Tatsächlich wusste ich, wie gefährlich ein solcher Stänkerer an Bord sein kann, wo keine Möglichkeit besteht, ihn auf dem Rechtswege in die Schranken zu weisen. Auch war mir durchaus klar, dass es sich bei meinem Doppelgänger nicht um einen gemeinen Rohling handelte. Nach Einzelheiten brauchte ich ihn gar nicht erst zu fragen; er erzählte mir in abgerissenen Sätzen, wie die Sache sich im wesentlichen zugetragen hatte. Das genügte mir. Ich sah alles so deutlich, als stecke ich selber im andern Schlafanzug.

«Es geschah, als wir in der Abenddämmerung ein gerefftes Focksegel setzten. Eine gereffte Fock! Sie verstehen, wie es mit dem Wetter stand. Es war das letzte Segel, das uns verblieb, um das Schiff steuerfähig zu erhalten; Sie können sich also denken, wie es schon seit Tagen stürmte. Eine vertrackte Aufgabe war das. Der Kerl kam mir frech. Ich sage Ihnen, bei diesem Schlechtwetter, das kein Ende nehmen wollte, hatte ich selber bald den Koller. Ein höllischer Aufruhr – und das Schiff vollbeladen. Der Kerl war wohl nahe daran, vor Angst durchzudrehen. Es war nicht der Moment, um ihn höflich zurechtzuweisen – ich wandte mich um und schlug ihn zu Boden. Er, wieder auf den Füssen, auf mich los. Wir wurden handgemein, gerade als eine grossmächtige See auf das Schiff zurollte. Alle sahen sie kommen und retteten sich in die Wanten, doch ich hatte ihn an der Gurgel gepackt und schüttelte ihn wie eine Ratte, während man uns von oben zurief: ‹Passt auf! Passt auf!› Dann ein Krachen, als sei der Himmel eingestürzt. Die Leute behaupten, zehn Minuten lang sei vom Schiff so gut wie nichts mehr zu sehen gewesen – bloss noch die drei Masten und ein Stück der Back und des Hüttendecks, alles überspült und in Sprühwasser gehüllt. Ein Wunder, dass man uns überhaupt fand, miteinander vorschiffs hinter der Beting eingekeilt. Es war mir offenbar ernst, ich hielt ihn nämlich noch immer an der Gurgel, als man uns auflas. Er war schwarz im Gesicht. Das war zuviel für die Leute. Es scheint, dass sie uns, ineinander verkrallt wie wir waren, nach achtern schafften und lauthals Mordio schrien, als sie vor die Kajüte stürmten. Dabei stand es schlimm um das Schiff; jeder Augenblick konnte bei dem tobenden Aufruhr der letzte sein; man bekam graue Haare vom blossen Hinschauen. Soviel ich weiss, geriet auch der Kapitän, wie alle andern, völlig ausser sich. Seit einer Woche hatte der Mann kein Auge mehr zugetan, und dass ihm nun auf dem Höhepunkt des Sturms noch diese Sache zugemutet wurde, brachte ihn fast um den Verstand. Warum man mich nicht einfach über Bord warf, nachdem man mich von dem Toten losgekriegt hatte, weiss ich jetzt noch nicht. Es brauchte viel, um uns zu trennen, hat man mir gesagt. Eine Geschichte, grässlich genug, um einen alten Richter und ehrbare Geschworene aufhorchen zu lassen. Das erste, was ich hörte, als ich wieder zu mir kam, war das Heulen dieses endlosen Sturms und darüber die Stimme des Alten. Er hielt sich an meiner Koje fest und schaute mich unter dem Südwester hervor an. ‹Leggatt, Sie haben einen Mann umgebracht. Sie können nicht mehr als Erster Steuermann dieses Schiffs dienen.›»

Seine geflissentlich leise Stimme wirkte auf die Dauer etwas eintönig. Er stützte sich mit einer Hand auf die Kante des Oberlichts und rührte sich, soweit ich sah, nicht von der Stelle. «Nette kleine Geschichte für ein friedliches Teekränzchen», schloss er im selben Ton.

Auch ich stützte mich mit einer Hand auf die Kante des Oberlichts und rührte mich, soviel mir bewusst war, nicht von der Stelle. Wir standen weniger als einen Schritt voneinander entfernt. Mir fiel ein, falls der alte «Du meine Güte – was Sie nicht sagen» den Kopf aus dem Niedergang strecken und uns beieinander finden sollte, würde er glauben, doppelt zu sehen oder einen Hexenzauber vor sich zu haben – den fremden Kapitän, der sich am Steuerrad mit seinem eigenen grauen Gespenst unterhielt. Dem galt es unbedingt zuvorkommen. Ich hörte den andern leise weitersprechen.

«Mein Vater ist Pfarrer in Norfolk», sagte er. Offenbar hatte er vergessen, dass er mir diesen wichtigen Umstand bereits mitgeteilt hatte. Wahrhaftig eine nette kleine Geschichte.

«Es ist besser, Sie begeben sich jetzt in meine Kammer», bedeutete ich ihm und ging behutsam voraus. Mein Doppelgänger kam hinterher. Barfuss wie wir waren, verursachten wir keinerlei Geräusch. Drunten liess ich ihn eintreten und zog die Tür leise wieder zu, worauf ich den Zweiten Steuermann weckte und dann an Deck stieg, um mich ablösen zu lassen.

«Vorläufig sieht es noch nicht nach Wind aus», bemerkte ich, als er herantrat.

«Nein, nicht eigentlich», pflichtete er verschlafen bei, mit knapp so viel Unterordnung als unbedingt nötig, wobei er noch ein Gähnen unterdrückte.

«Nun, das ist alles, worauf Sie zu achten haben. Sie haben Ihre Anweisung.»

«Jawohl.»

Ich ging ein paarmal auf dem Hüttendeck auf und ab, bis ich sah, wie er sich mit dem Gesicht nach vorn und einem Ellbogen in den Webeleinen des Besanwants aufstellte. Erst dann begab ich mich unter Deck. Der Erste schnarchte noch immer friedlich weiter. Im Salon brannte die Lampe über dem Tisch, auf dem eine Vase mit Blumen stand, eine Aufmerksamkeit des Schiffslieferanten – die letzten Blumen auf mindestens drei Monate hinaus. Zwei Büschel Bananen hingen schön gleichmässig am Decksbalken, je eins auf jeder Seite des Ruderkokers. Alles auf dem Schiff war wie zuvor, ausser dass zwei der Schlafanzüge des Kapitäns gleichzeitig im Gebrauch waren, einer reglos im Salon, der andere mäuschenstill in der Kapitänskammer.

Es muss hier beigefügt werden, dass meine Kajüte die Form eines grossen L hatte, wobei die Tür sich im Winkel drin befand und am kurzen Arm des Buchstabens nach innen aufging. Linkerhand stand eine Liegestatt, rechterhand das Bett; mein Schreibtisch und das Tischchen mit dem Chronometer befanden sich gegenüber der Tür. Doch wer sie aufmachte, ohne einzutreten, hatte keinen Überblick über das, was ich den langen (oder senkrechten) Arm des Buchstabens nenne. Er enthielt ein paar Spinde mit einem Bücherregal darauf; an Haken hingen verschiedene Kleidungsstücke, eine Düffeljacke oder zwei, Mützen, Ölzeug und dergleichen. Am Ende dieses Teils war die Tür zum Waschraum, der aber auch vom Salon her betreten werden konnte. Allerdings wurde davon nie Gebrauch gemacht.

Der rätselhafte Ankömmling hatte den Vorteil dieser rechtwinkligen Form erkannt. Als ich meine Kammer betrat, die von einer grossen Wandlampe in kardanischen Ringen über dem Schreibtisch erhellt wurde, vermochte ich ihn nirgends zu erblicken; erst als er hinter den Mänteln im rückwärtigen Teil der Kammer hervortrat, wurde ich seiner gewahr.

«Ich hörte jemanden kommen und ging sogleich dort hinein», erklärte er leise.

Auch ich sprach im Flüsterton.

«Hier kommt keiner herein, ohne anzuklopfen und zum Eintreten aufgefordert worden zu sein.»

Er nickte. Sein Gesicht war hager und die Bräunung am Verblassen. Begreiflich, war er doch, wie ich alsbald erfuhr, fast sieben Wochen lang in seiner Kammer eingesperrt gewesen. Er hatte aber nichts Kränkliches an sich. Von einer Ähnlichkeit mit mir konnte keine Rede sein, doch wie wir da an meinem Bett standen und die Köpfe zusammensteckten, den Rücken zur Tür, hätte sich jedem, dreist genug, sie verstohlenermassen aufzumachen, der unheimliche Anblick eines doppelt vorhandenen Kapitäns geboten, der sich leise mit seinem andern Ich unterhielt.

«Alles das erklärt aber noch nicht, wie Sie dazu kamen, sich an unser Fallreep zu klammern», raunte ich ihm zu, als er mir etwas davon erzählt hatte, wie es an Bord der *Sephora* weiterging, nachdem das Schlechtwetter vorbei war.

«Als wir die Westspitze von Java sichteten, hatte ich Zeit gehabt, alles mehrmals genau durchzudenken. Sechs Wochen lang hatte ich nichts anderes zu tun gehabt; ich durfte ja nur jeweils am Abend eine Stunde lang an Deck, um mir die Beine zu vertreten.»

Er sagte es im Flüsterton, die Arme auf dem Bettgestell verschränkt, und schaute durch das offene Bullauge hinaus. Ich konnte mir gut vorstellen, wie er sich alles planmässig ausgedacht hatte – etwas, wozu ich niemals fähig gewesen wäre.

«Ich rechnete damit, dass es dunkel sein würde, ehe wir uns dem Land näherten», fuhr er fort, so leise, dass ich angestrengt hinhören musste, obwohl wir dicht beieinander standen, fast Schulter an Schulter. «Ich bat deshalb, den Alten sprechen zu dürfen. Es schien ihm immer elend zumute, wenn er mich aufsuchte – als sei er nicht imstande, mir ins Gesicht zu schauen. Diese Fock hatte schliesslich das Schiff gerettet, wissen Sie. Es lag allzu tief im Wasser, um lange vor Top und Takel zu lenzen. Und ich war es, der es fertigbrachte, das Segel für ihn zu setzen. Jedenfalls kam er. Als ich ihn in meiner Kammer hatte – er stand an der Tür und schaute mich an, als hätte ich den Strick schon um den Hals –, da bat ich ihn ohne Umschweife, meine Kammertür nachts unverschlossen zu lassen, während wir durch die Sunda-Strasse liefen. Mancherorts ist da die Küste von Java nur zwei oder drei Meilen entfernt. Mehr brauchte ich nicht. Auf der *Conway* habe ich im zweiten Jahr einen Preis im Schwimmen gewonnen.»

«Das glaube ich gern.»

«Weiss der Himmel, warum man mich in der Nacht immer einschloss. Die Miene, die manche machten – man hätte meinen können, sie hätten Angst, ich würde nächtlicherweile umherschleichen und Leute erwürgen. Seh ich denn aus wie ein Unmensch? Herrgott nochmal, wenn ich einer gewesen wäre, hätte der Alte sich nicht allein in meine Kammer getraut. Sie werden sagen, ich hätte ihn ja auf der Stelle beiseiteschleudern und hinausstürzen können – es war ja schon dunkel. Nein. Es hätte einen Auflauf gegeben, und ich hatte keine Lust, mich mit den Leuten anzulegen und womöglich nochmals einen umzubringen – ich wäre ja nicht ausgebrochen, bloss um mich abermals einsperren zu lassen, und von dergleichen wollte ich nichts mehr wissen. Der Alte weigerte sich, aber es war ihm gar nicht wohl dabei. Er hatte Angst vor den Leuten und auch vor diesem Zweiten Steuermann, der schon seit Jahren mit ihm fuhr – einem grauhaarigen alten Knasterbart. Auch der Steward war schon weiss der Kuckuck wie lange bei ihm – seit siebzehn Jahren oder so –, ein eigensinniger Nölpeter, der mich hasste, bloss weil ich der Erste war. Kein Erster hat es jemals lange auf der *Sephora* ausgehalten, wissen Sie. Die beiden alten Kracher gaben auf dem Schiff den Ton an. Weiss der Himmel, vor was der Kapitän sonst noch Angst hatte – er war nach diesem höllischen Schlechtwetter am Ende seiner Nerven – fürchtete wohl, mit dem Gesetz in Konflikt zu geraten, fürchtete sich womöglich vor seiner Frau, was weiss ich. O ja, sie ist an Bord. Ich glaube zwar nicht, dass sie sich eingemischt hätte. Sie wäre nur allzu gern meiner los und ledig gewesen. Für sie trug ich das Kainszeichen an der Stirn. Meinetwegen. Ich war durchaus bereit, hinfort ein unstetes Wanderleben zu führen – ein genügend hoher Preis für einen Abel jener Sorte. Doch der Alte wollte nichts davon wissen. ‹Die Sache muss ihren Lauf nehmen. Ich vertrete hier Recht und Gesetz.› Dabei zitterte er wie Espenlaub. ‹Sie wollen also nicht?› ‹Nein!› ‹Dann hoffe ich nur, es bringt Sie nicht um den Schlaf›, sagte ich und kehrte ihm den Rücken zu. ‹Ein Wunder, dass *Sie* noch schlafen können›, rief er und schloss ab.

Nun, danach haperte es mit dem Schlafen. Das war vor drei Wochen. Wir hatten eine langsame Fahrt durch die Java-See, zehn Tage lang trieben wir in der Gegend der Karimata-Inseln dahin. Als wir hier vor Anker gingen, fand man wohl, es könne nichts mehr passieren. Das nächste Land, fünf Meilen weit entfernt, ist das Reiseziel der *Sephora*. Der Konsul dort würde meiner wohl bald habhaft werden, dachte man sich, und auf diese kleinen Felseninseln zu flüchten, hätte keinen Sinn gehabt. Da ist wohl kein Tropfen Wasser vorhanden. Ich weiss nicht, wie es geschah, aber heute abend, als mir der Steward das

Essen brachte, liess er mich damit allein und schloss beim Hinausgehen nicht ab. Und ich ass es auf, alles was da war. Danach schlenderte ich aufs Achterdeck hinaus. Ich hatte gar nichts vor, wollte bloss etwas an die frische Luft. Ich weiss nicht, was plötzlich über mich kam, aber ich streifte die Segeltuchschuhe ab und war im Wasser, ehe ich mich dessen versah. Jemand hörte es aufspritzen, und es entstand ein furchtbares Getümmel. ‹Er ist weg! Boote zu Wasser! Er hat sich das Leben genommen! Nein, er schwimmt ja...› Ich schwamm, versteht sich. Für jemanden, der schwimmen kann wie ich, ist es nicht so leicht, sich zu ertränken. Ich landete auf der nächsten der kleinen Inseln, ehe das Boot von der Bordwand absetzte. Ich hörte sie im Dunkeln herumrudern, nach mir rufen, und so weiter, doch nach einer Weile gaben sie es auf. Der Lärm verstummte allmählich, und bald war es auf dem Ankerplatz totenstill. Ich setzte mich auf einen Stein und begann nachzudenken. Es war mir klar, dass man in der Frühe die Suche wiederaufnehmen werde. Einen Schlupfwinkel gab es auf diesen Felsklippen nicht, und auch wenn es einen gegeben hätte, was hätte mir das geholfen? Doch nachdem ich einmal von dem Schiff freigekommen war, gab es kein Zurück mehr, das stand für mich fest. So zog ich denn nach einer Weile mein Zeug aus, verschnürte es zu einem Bündel mit einem Stein darin und versenkte es im tiefen Wasser auf der andern Seite des Inselchens. Das war für mich Selbstmord genug. Mochte man denken, was man wollte, ich hatte jedenfalls nicht im Sinn, mir das Leben zu nehmen. Ich gedachte zu schwimmen, bis mich meine Kräfte verliessen, aber das ist nicht dasselbe. Zunächst schwamm ich zu einem andern dieser Inselchen hinüber, und von diesem aus sah ich zum erstenmal Ihr Ankerlicht. Etwas, worauf ich zuhalten konnte. Ohne Eile schwamm ich weiter, und unterwegs stiess ich auf eine Felsenplatte, die aus dem Wasser hervorragte. Tagsüber wäre sie wohl von Ihrem Hüttendeck aus mit dem Fernglas zu erkennen. Ich kletterte hinauf, um mich zu verschnaufen. Dann setzte ich von neuem an. Dieses letzte Stück war wohl mehr als eine Meile.»

Seine Stimme wurde immer leiser, und die ganze Zeit schaute er unverwandt durchs Bullauge hinaus, in welchem doch nicht einmal ein Stern zu sehen war. Ich hatte ihn nicht unterbrochen. In seinem Bericht – oder vielleicht an ihm selber – war etwas, das eine Äusserung dazu ausschloss. Als er fertig war, konnte ich nur überflüssigerweise bemerken: «Sie sind also auf unser Licht zu geschwommen.»

«Klar – geradewegs darauf zu. Es war wenigstens etwas, worauf ich zuhalten konnte. Sterne vermochte ich am Horizont keine zu sehen, dem stand die Küste im Wege, und die sah ich auch nicht. Das Wasser war wie Glas. Mir war, als schwimme ich in einer klaftertiefen Zisterne, aus der es kein Entrinnen gab. Was mir gar nicht behagte, war der Gedanke, endlos im Kreise herum zu schwimmen, bevor mich die Kräfte verliessen, und da ich auf keinen Fall zurück wollte... Nein. Können Sie sich das vorstellen – ich, splitternackt, mich wehrend wie ein wildes Tier, mit Gewalt auf das Schiff zurückgeschleppt? Jemand hätte dran glauben müssen, das ist klar, und damit wollte ich nichts mehr zu tun haben. So schwamm ich denn weiter. Bis dann Ihr Fallreep –»

«Warum haben Sie das Schiff nicht angepreit?» fragte ich, etwas lauter.

Er berührte mich leicht an der Schulter. Gemächliche Schritte waren unmittelbar über uns zu hören. Der Zweite Steuermann war von der andern Seite des Hüttendecks herübergekommen und dann stillgestanden. Vielleicht beugte er sich sogar über die Reling.

«Er kann uns doch nicht etwa hören?» raunte mir mein Doppelgänger höchst besorgt ins Ohr.

Seine Besorgnis konnte als Antwort auf meine Frage gelten, eine Antwort, die genügend dartat, in welch verzwickter Lage wir uns befanden. Zur Sicherheit riegelte ich leise das Bullauge zu. Ein etwas lauteres Wort hätte an Deck vielleicht vernommen werden können.

«Wer ist das?» wisperte er.

«Mein Zweiter. Ich kenne ihn aber fast so wenig wie Sie.»

Und ich erzählte ihm einiges von mir. Das Schiff sei mir vor rund zwei Wochen anvertraut worden, ganz unverhofft, sei mir aber ebenso unbekannt wie die Besatzung. Im Hafen sei mir keine Zeit geblieben, Umschau zu halten oder gar die Leute zu beurteilen. Diese ihrerseits wüssten auch bloss, dass ich beauftragt war, das Schiff nach dem Heimathafen zu bringen. Im übrigen sei ich hier an Bord fast ebenso fremd wie er.

Dessen war ich mir im Augenblick peinlich bewusst. Ich war mir bewusst, dass es nur sehr wenig brauchte, um mich bei der Mannschaft in Verruf zu bringen.

Inzwischen hatte er sich umgewandt, und wir – die beiden Fremdlinge an Bord – standen einander in völlig gleicher Haltung gegenüber.

«Ihr Fallreep...», murmelte er nach einer Weile. «Wer hätte gedacht, bei einem hier draussen vor Anker liegenden Schiff das Fallreep ausgebracht zu finden! Ich verspürte gerade eine höchst unerfreuliche Anwandlung von Schwäche. Nach dem Leben, wie ich es neun Wochen lang geführt hatte, konnte ich ja unmöglich in Form sein. Ich wäre nicht mehr imstande gewesen, auch nur bis zum Heck zu schwimmen, um mich dort an der Sorgleine festzuhalten. Das Fallreep kam mir wie gerufen. Dann sagte ich mir allerdings: ‹Was hilft das schon!› Als ich einen Kopf über der Reling auftauchen sah, war mein erster Gedanke, alsbald wieder weiterzuschwimmen und den Mann rufen zu lassen – ganz gleich in welcher Sprache. Angeschaut zu werden, machte mir nichts aus – im Gegenteil. Und als Sie mich dann so ruhig anredeten, gleichsam als hätten Sie mich erwartet, hielt ich mich noch etwas länger fest. Ich hatte mich verdammt einsam gefühlt – nicht während des Schwimmens, meine ich. Es tat mir wohl, mit jemandem sprechen zu können, der nicht zur *Sephora* gehörte. Dass ich den Kapitän verlangte, das geschah ganz spontan. Es hätte mir nichts geholfen, das ganze Schiff hätte ja davon erfahren, und ich wusste, am Morgen würden bestimmt welche von der *Sephora* herüberkommen. Na ja, ich wollte einfach mit jemandem reden, bevor ich mich wieder aufmachte. Was ich zu ihm gesagt hätte, weiss ich allerdings nicht. ‹Eine prächtige Nacht, wie?› oder etwas dergleichen.»

«Glauben Sie, man wird hier nach Ihnen fahnden?» fragte ich etwas ungläubig.

«Durchaus denkbar», erwiderte er mit tonloser Stimme.

Er sah auf einmal sehr geschwächt aus und liess den Kopf hängen.

«Hm. Das wird sich zeigen. Vorläufig steigen Sie einmal in das Bett da», flüsterte ich. «Geht's? So.» Dieser erstaunliche Schwimmer war tatsächlich darauf angewiesen, dass ich ihm hinaufhalf. Dann wälzte er sich auf den Rücken und verdeckte mit einem Arm die Augen, so dass er wohl genauso aussah wie ich, wenn ich im Bett lag. Ich betrachtete noch eine Weile mein anderes Ich, bevor ich behutsam die beiden grünen Vorhänge zuzog, die auf einer dünnen Messingstange liefen. Einen Augenblick dachte ich daran, sie zur Sicherheit mit einer Stecknadel zusammenzuheften, setzte mich dann aber auf die Liegestatt, und einmal dort, hatte ich keine Lust mehr, aufzustehen und nach einer Stecknadel zu suchen. Vielleicht etwas später. Ich verspürte eine grosse Müdigkeit, der Geheimnistuerei und des mühsamen Getuschels wegen. Inzwischen war es drei Uhr geworden, ich war seit neun auf den Beinen. An Schlaf war allerdings nicht zu denken. Ermattet wie ich war, sass ich da, schaute zu den Vorhängen hinüber und suchte das vertrackte Gefühl loszuwerden, gleichzeitig an zwei Orten zu sein; auch machte mir ein lästiges Pochen im Kopf sehr zu schaffen. Zu meiner Erleichterung stellte ich plötzlich fest, dass es gar nicht in meinem Kopf pochte, sondern draussen an der Tür. Ehe ich mich dessen versah, hatte ich «Herein!» gerufen, und der Steward trat mit einem Tablett in die Kammer, um mir den Morgenkaffee zu bringen. Ich war also doch noch eingeschlafen. Ganz verstört rief ich: «Hierher! Ich bin hier, Steward!», als sei er meilenweit entfernt. Er stellte erst das Tablett auf das Tischchen neben der Liegestatt und sagte dann gelassen: «Ich sehe, dass Sie hier sind, Herr Kapitän.» Ich spürte, wie er mich kritisch musterte, wagte aber im Augenblick nicht aufzuschauen. Er wunderte sich wohl, warum ich die Vorhänge am Bett gezogen hatte, bevor ich mich auf der Liege schlafen legte. Beim Hinausgehen hakte er wie üblich die offene Tür ein.

Ich hörte, wie oben die Decks geschrubbt wurden. Wind war also noch nicht aufgekommen, das hätte man mir sofort gemeldet. Flaute – in diesem Fall doppelt ärgerlich. Überhaupt kam ich mir mehr denn je verdoppelt vor. Plötzlich erschien der Steward wieder unter der Tür. Ich sprang so unvermittelt auf, dass er zurückfuhr.

«Was wollen Sie denn hier?»

«Das Bullauge schliessen – es wird Reinschiff gemacht.»

«Es ist zu», sagte ich mit einem Anflug von Röte.

«Sehr wohl.» Er entfernte sich aber nicht und erwiderte meinen Blick auf eine merkwürdig zweideutige Art. Nach einer Weile wurde sein Blick unsicher, sein Gesichtsausdruck veränderte sich, und in einem ungewöhnlich sanften, fast schmeichlerischen Ton sagte er: «Darf ich hereinkommen und die leere Tasse abräumen?»

«Bitte!» Ich kehrte ihm den Rücken zu, während er herein und wieder hinaus huschte. Dann hakte ich die Türkette aus, schloss die Tür und schob sogar den Riegel vor. So konnte das auf die Dauer nicht weitergehen. Auch herrschte in der Kajüte nachgerade eine Backofenhitze. Ich schaute rasch nach meinem Doppelgänger und stellte fest, dass er sich überhaupt nicht gerührt hatte; noch immer hatte er den Arm über den Augen, doch seine Brust hob und senkte sich, sein Haar war feucht, sein Kinn glänzte vor Schweiss. Ich langte über ihn hinweg und machte das Bullauge auf.

Es schien mir ratsam, mich an Deck sehen zu lassen. Zwar konnte ich tun, was mir beliebte; niemand durfte mir dreinreden, aber ich wagte es doch nicht, die Kajüte abzuschliessen und den Schlüssel mitzunehmen. Sobald ich mit dem Kopf aus dem Niedergang auftauchte, sah ich meine beiden Offiziere, den Zweiten barfuss, den Ersten in hohen Gummistiefeln, am Rand des Hüttendecks beieinander, während der Steward mitten auf der Treppe stand und eifrig auf sie einredete.

Als er meiner ansichtig wurde, duckte er sich rasch weg, der Zweite eilte aufs Hauptdeck hinunter, wo er lauthals irgendeinen Befehl erteilte, während der Erste herantrat und grüsste.

Er hatte etwas Neugieriges im Blick, das mir gar nicht behagte. Ich weiss nicht, was der Steward ihnen erzählt hatte, ob er mich bloss «seltsam» oder rundweg betrunken genannt hatte, jedenfalls wollte der Mann mich offenbar etwas genauer anschauen. Ich sah ihn mit einem Lächeln herankommen, das, bis er es mir aus der Nähe verpasste, völlig erstarrt war. Ich liess ihm keine Zeit, den Mund aufzumachen.

«Lassen Sie die Rahen vierkant holen, bevor die Leute zum Frühstück antreten.»

Es war der erste Befehl, den ich an Bord dieses Schiffes erteilte, und ich blieb an Deck, um zu sehen, wie er ausgeführt wurde. Ich hatte das Bedürfnis empfunden, mich sogleich zur Geltung zu bringen. Dem spöttischen jungen Mann war dabei das Lächeln vergangen, und gleichzeitig benutzte ich die Gelegenheit, mir die Leute einen nach dem andern genau anzuschauen, während sie sich an mir vorbei nach achtern an die Brassen begaben. Beim Frühstück sass ich, ohne selber etwas zu mir zu nehmen, mit so frostiger Würde oben am Tisch, dass die beiden Steuerleute heilfroh waren, sich so rasch, als mit gutem Anstand vereinbar war, wieder aus dem Salon entfernen zu dürfen; und die ganze Zeit über trieb mich meine innere Zweispurigkeit fast zur Verzweiflung. Dauernd beobachtete ich mich selbst, mein geheimes Ich, das von meinem Tun und Lassen ebenso abhängig war wie mein eigentliches Ich und in diesem Bett dort schlief, hinter der Tür dort, die ich von meinem Platz aus ständig vor Augen hatte. Es war eine Art Bewusstseinsspaltung, die dadurch noch verschlimmert wurde, dass ich ihrer bewusst war.

Eine volle Minute lang musste ich ihn schütteln, doch als er schliesslich die Augen auftat, geschah es in hellwachem Zustand und mit einem fragenden Blick.

«Vorläufig klappt alles», sagte ich leise. «Jetzt müssen Sie in den Waschraum verschwinden.»

Er kam der Aufforderung nach, lautlos, wie ein Gespenst, und dann klingelte ich nach dem Steward, trat ihm kühndreist entgegen und wies ihn an, die Kammer aufzuräumen, während ich mein Bad nehme – «und machen Sie ein bisschen rasch». Da mein Ton keine Widerrede zuliess, sagte er «jawohl» und lief hinaus, um Besen und Schaufel zu holen. Ich nahm ein Bad, wobei mein Plätschern und Vor-mich-hin-Pfeifen hauptsächlich für den Steward bestimmt war, während der geheime Gast bolzgerade in dem engen Raum stand; er sah bei Tageslicht sehr abgespannt aus und konnte kaum die Augen offenhalten.

Als ich ihn dort zurückliess und wieder in meine Kammer trat, war der Steward mit Staubwischen nahezu fertig. Ich liess den Ersten Steuermann kommen und verwickelte ihn in ein belangloses Gespräch. Das hiess zwar, mit seinem grimmig wuchernden Bart unernst umspringen, aber ich bezweckte damit, ihm Gelegenheit zu geben, sich in meiner Kammer gründlich umzusehen. Und dann konnte ich endlich mit gutem Gewissen die Tür zumachen und meinen Doppelgänger wieder in den rückwärtigen Teil der Kammer lassen. Es blieb uns nichts anderes übrig; er musste sich dort auf einem kleinen Klappstuhl still verhalten, halb verdeckt von den schweren Mänteln an der Wand. Wir hörten zu, wie der Steward vom Salon aus in den Waschraum ging, dort Wasser nachfüllte, die Wanne sauber rubbelte, alles wieder mit viel Geklapper an seinen Ort stellte - und schon war er wieder draussen im Salon und drehte den Schlüssel. Auf diese Art gedachte ich dafür zu sorgen, dass mein zweites Ich unsichtbar blieb. Besser liess sich das unter den Umständen nicht einrichten. Und da sassen wir dann; ich am Schreibtisch, bereit, Geschäftigkeit vorzutäuschen; er hinter mir, von der Tür aus nicht zu sehen. Mich mit ihm zu unterhalten, war tagsüber nicht ratsam, und überhaupt hätte ich dieses seltsame Gefühl, mit mir selber im Flüsterton zu verkehren, auf die Dauer nicht ausgehalten. Wenn ich von Zeit zu Zeit einen Blick über die Schulter warf, sah ich ihn dort hinten mit verschränkten Armen und gesenktem Kopf auf seinem Stühlchen sitzen, vollkommen reglos. Jedermann hätte ihn mit mir verwechselt.

Ich kam selber nicht davon los. Immer mal wieder musste ich über die Schulter blicken. Ich schaute eben hin, als jemand draussen «Verzeihung» sagte.

«Was gibt's?» Ich liess ihn nicht aus den Augen und sah deshalb, wie er zusammenzuckte, als der Mann draussen meldete, ein Boot halte auf uns zu. Es war seit Stunden die erste Bewegung, die er machte, dabei hob er nicht einmal den Kopf.

«Gut. Bringt das Fallreep aus.»

Ich zögerte einen Augenblick. Sollte ich ihm etwas zuraunen? Doch was? An seiner Unbeweglichkeit schien sich überhaupt nichts geändert zu haben. Was hätte ich ihm sagen können, das er nicht ohnehin wusste?... Schliesslich begab ich mich an Deck.

II

Der Kapitän der *Sephora* hatte einen schütteren roten Kranzbart und die Art von Haut, die mit solchem Haar einhergeht, ebenso das entsprechende schmierige Blau der Augen. Auch mit seiner Gestalt liess sich nicht viel hermachen – hohe Schultern, mittelmässige Statur, ein O-Bein etwas krummer als das andere. Er schüttelte mir die Hand und schaute unbestimmt umher. Mir schien, eine unlustige Hartnäckigkeit zeichne ihn aus. Ich behandelte ihn mit ausgesuchter Höflichkeit, was ihn zu befremden schien. Vielleicht war er menschenscheu. Er redete so undeutlich, als stehe er nicht zu dem, was er vorbrachte, gab seinen Namen an (Archbold oder so ähnlich – nach so langer Zeit weiss ich das nicht mehr genau), den Namen seines Schiffes und noch mehr dergleichen, in der Art eines Verbrechers, der widerwillig ein Geständnis ablegt. Er habe schauderhaftes Wetter gehabt – schauderhaft – schauderhaft –, noch dazu mit seiner Frau an Bord.

Inzwischen hatten wir im Salon Platz genommen, und der Steward brachte uns auf einem Tablett eine Flasche und Gläser herein. «Danke, nein.» Alkohol trinke er nie. Lieber etwas Wasser. Er leerte zwei Glas. Bei dieser Arbeit bekomme man Durst. Schauderhaft. Seit Tagesanbruch habe er die Inseln rings um sein Schiff abgesucht.

«Wozu denn – zum Spass?» fragte ich im Ton höflicher Anteilnahme.

«Nein.» Er seufzte. «Leidige Pflicht.»

Da er so undeutlich sprach und ich wollte, dass mein Doppelgänger jedes Wort mitbekomme, verfiel ich darauf, mich als schwerhörig auszugeben.

«So jung und schon schwerhörig», bemerkte er, wobei er mich mit seinen schmierig-blauen, nicht besonders klugen Augen unverwandt anschaute. «Wie kam es dazu – infolge Krankheit?» wollte er wissen, ohne das geringste Mitgefühl zu bekunden, in einem Ton, als sei mir, falls es sich so verhalte, höchstens recht geschehen.

«Ja, infolge Krankheit», gab ich munter zu. Er schien betroffen. Indessen hatte ich meinen Zweck erreicht; er musste lauter sprechen. Es lohnt sich nicht, seine Fassung des Vorgefallenen hier wiederzugeben. Es war mehr als drei Monate her, seit sich das alles zugetragen hatte, und er hatte so viel darüber sinniert, dass er nicht mehr wusste, was das alles sollte, war aber noch immer sehr empört.

«Was würden *Sie* dazu sagen, wenn auf Ihrem Schiff dergleichen vorfiele? Ich führe die *Sephora* jetzt seit fünfzehn Jahren und stehe in einem guten Ruf.»

Es ging ihm wirklich nahe – und vielleicht hätte ich Bedauern für ihn aufgebracht, wenn ich mich innerlich vom Standpunkt meines andern Ichs hätte lösen können. Dort hinter der Holzwand, keine zwei Meter von uns entfernt, steckte dieser geheime Gast, von dem niemand etwas ahnte, während wir da im Salon sassen. Ich hatte Kapitän Archbold (falls er so hiess) vor Augen, doch es war der andere, den ich vor mir sah, der Mann im graugestreiften Schlafanzug, der mit verschränkten Armen und gesenktem Kopf barfuss auf seinem Klappstuhl sass und jedes Wort, das zwischen uns fiel, mitanhörte.

«Seit siebenunddreissig Jahren fahre ich jetzt zur See, die als Schiffsjunge eingerechnet, und noch nie habe ich gehört, dass auf einem englischen Schiff so etwas vorgekommen wäre. Noch dazu auf meinem Schiff! Mit der Frau an Bord.»

Ich hörte kaum noch hin.

«Glauben Sie nicht», sagte ich, «dass die Sturzsee, die damals überkam, den Tod des Mannes verursacht haben könnte? Ich habe es erlebt, wie die blosse Wucht einer solchen See einem Mann glattweg das Genick brach.»

«Du mein Gott!» stiess er hervor. «Die Sturzsee! Kein Mensch, von einer See erschlagen, hat je so ausgesehen.» Er schien geradezu entrüstet über meine Vermutung. Und während ich ihn anschaute, keiner aus dem Rahmen fallenden Reaktion gewärtig, rückte er mit dem Kopf nahe an meinen heran und streckte mir so plötzlich die Zunge heraus, dass ich unwillkürlich zurückwich.

Nachdem er mich auf diese anschauliche Art und Weise überrumpelt hatte, nickte er vielsagend. Wenn ich das miterlebt hätte, meinte er, würde ich den Anblick zeitlebens nie vergessen. Das Wetter sei zu schlecht gewesen, um den Mann zu bestatten, wie es sich auf See gehört. Man hatte den Leichnam auf das Hüttendeck hinaufgeschafft, das Gesicht mit einem Stück Flaggentuch bedeckt; ein paar feierliche Worte waren gesprochen worden, und dann übergab man ihn in seinem Ölzeug und den Schaftstiefeln den gewaltigen Seen, die jeden Augenblick das ganze Schiff mitsamt seiner verängstigten Mannschaft zu verschlingen drohten.

«Diese gereffte Fock hat Sie gerettet», warf ich ein.

«Weiss Gott, das kann man wohl sagen», bekräftigte er. «Dass sie diesen Sturmböen standhielt! Da hat der liebe Gott den Daumen dazwischengehalten.»

«Es war das Setzen dieses Segels, was – », begann ich.

«Gottes Hand war da im Spiel», unterbrach er mich. «Anders lässt es sich nicht erklären. Offen gestanden, ich wagte kaum, den Befehl zu erteilen. Wenn uns dieses Segel auch noch zerfetzt worden wäre, hätte uns nichts mehr helfen können.»

Der Schrecken dieses Sturms steckte ihm noch in den Knochen. Ich liess ihn eine Weile weiterreden und bemerkte dann beiläufig, als käme ich auf eine weniger wichtige Sache zurück: «Sie scheinen grossen Wert darauf zu legen, Ihren Ersten den Behörden an Land auszuliefern?»

Er legte in der Tat Wert darauf. Recht und Gesetz: man sah eigentlich nicht ein, warum er so hartnäckig darauf beharrte; es hatte etwas Mystisches, ganz abgesehen von seiner Sorge, er könnte in den Verdacht geraten, «dergleichen Vorschub zu leisten». Siebenunddreissig makellose Jahre auf See, wovon zwanzig als Kapitän und die letzten fünfzehn auf der *Sephora,* schienen ihm eine unabdingbare Verpflichtung auferlegt zu haben.

«Und wissen Sie», fuhr er fort, «ich habe diesen jungen Mann gar nicht angeheuert. Seine Sippschaft hatte Beziehungen zur Reederei. Ich wurde gewissermassen genötigt, ihn zu übernehmen. Er sah sehr aufgeweckt aus, sehr gebildet und all das. Aber sehen Sie – ich mochte ihn eigentlich nie leiden. Ein Mann seines Schlags eignet sich nicht als Erster auf einem Schiff wie dem meinen.»

Ich hatte mich nachgerade so sehr in meinen geheimen Gast hineinversetzt, dass ich fand, man gebe mir persönlich zu verstehen, ich wäre als Erster auf der *Sephora* nicht in Frage gekommen, woran ich allerdings keinen Augenblick zweifelte.

«Nicht die richtige Sorte, verstehen Sie», setzte er überflüssigerweise hinzu und schaute mich scharf an.

Ich lächelte verbindlich. Er schien vorerst nicht weiterzuwissen.

«Vermutlich muss ich einen Selbstmord melden.»

«Wie bitte?»

«Selbst-mord! Das ist's, was ich der Reederei melden muss, sobald wir im Hafen sind.»

«Es sei denn, Sie werden seiner heute noch habhaft», pflichtete ich ihm gleichmütig bei – «lebendigen Leibes, heisst das.»

Er brabbelte etwas vor sich hin, was ich wirklich nicht verstand, und ich hielt ihm fragend eine Ohrmuschel hin, worauf er förmlich schrie: «Das Land, sage ich, das Festland ist mindestens sieben Meilen von meinem Ankerplatz entfernt.»

«Ja, ungefähr.»

Mein ausgesprochener Mangel an Neugier, an Überraschung, überhaupt an jeglicher Anteilnahme begann sein Misstrauen zu erregen. Dabei hatte ich ihm, von dem glücklichen Einfall der Schwerhörigkeit abgesehen, nichts vorgemacht. Überzeugend die Rolle des Unwissenden zu spielen, hatte ich mir nicht zugetraut und hatte es deshalb gar nicht erst versucht. Auch war er bestimmt mit einem vorgefassten Verdacht an Bord gekommen, so dass ihm meine Höflichkeit wohl befremdlich vorkam. Und doch, wie hätte ich ihn denn sonst aufnehmen sollen? Sicher nicht herzhaft! Das war mir aus seelischen Gründen, auf die ich hier nicht einzugehen brauche, einfach nicht möglich. Mir lag lediglich daran, einer direkten Frage vorzubeugen. Vielleicht mürrisch und verdrossen? Ja, aber ein mürrisches Wesen hätte vielleicht bewirkt, dass er mich rundheraus fragte. Ausgesuchte Höflichkeit war am ehesten danach angetan, ihn in Schranken zu halten, weil sie für ihn etwas Neues war. Immerhin bestand die Gefahr, dass er sich über mein abweisendes Verhalten einfach hinwegsetzte. Ich glaube, ich hätte es nicht über mich gebracht, ihm mit einer handgreiflichen Lüge entgegenzutreten, wiederum aus seelischen (nicht moralischen) Gründen. Wenn er gewusst hätte, wie sehr mir davor bangte, er könnte mein Gefühl, mit dem andern eins zu sein, auf die Probe stellen! Hinterher ist mir dann eingefallen, dass er möglicherweise durch die Kehrseite dieses seltsamen Verhältnisses verwirrt wurde, durch etwas an mir, das ihn an den Gesuchten erinnerte, eine geheimnisvolle Ähnlichkeit mit dem jungen Mann, der ihm von Anfang an nicht recht geheuer vorgekommen war.

Ob es sich nun so verhielt oder nicht, jedenfalls dauerte die Gesprächspause nicht sehr lange. Er pirschte sich wieder auf Umwegen an die Sache heran.

«Bis zu Ihrem Schiff hatten wir wohl nicht mehr als zwei Meilen zu rudern, keinesfalls mehr.»

«Weit genug, bei dieser Hitze.»

Abermals trat nun ein misstrauisches Stillschweigen ein. Not macht erfinderisch, heisst es, aber auch Angst kann einen auf Gedanken bringen. Und ich hatte Angst, er werde mir mit einer direkten Frage nach meinem andern Ich auf den Leib rücken.

«Netter kleiner Salon, nicht?» bemerkte ich,

als falle mir zum erstenmal auf, wie sein Blick von einer geschlossenen Tür zur andern schweifte. «Und sehr gut eingerichtet. Hier zum Beispiel», fuhr ich fort, langte lässig über die Rücklehne des Stuhls und stiess die Tür auf, «hier ist mein Waschraum.»

Er verriet sich durch eine lebhafte Bewegung, warf aber nur einen flüchtigen Blick hinein. Ich erhob mich, machte die Tür zum Waschraum zu und forderte ihn auf, sich ein bisschen umzusehen, als sei ich stolz darauf, so gut untergebracht zu sein. Er musste wohl oder übel aufstehen und sich herumführen lassen, legte aber keinerlei Begeisterung an den Tag.

«Besichtigen wir jetzt noch meine Kammer», sagte ich so laut als anging, wobei ich mit geflissentlich schwerem Tritt vorausstapfte.

Er kam hinterher und schaute sich um. Mein Doppelgänger war verschwunden. Ich spielte meine Rolle weiter.

«Sehr behaglich, nicht?»

«Sehr nett. Sehr komf...» Ohne das Wort ganz auszusprechen, drehte er sich um und stiefelte Knall und Fall hinaus, als fürchte er, das Opfer einer abgefeimten Hinterlist zu werden. So glimpflich sollte er allerdings nicht davonkommen, dazu hatte er mir einen allzu grossen Schreck eingejagt. Ich merkte, dass er den Rückzug angetreten hatte, und gedachte ihm keine Ruhe zu lassen. In meiner höflichen Beharrlichkeit schwang wohl ein drohender Unterton mit, jedenfalls gab er plötzlich klein bei. Es blieb ihm nichts erspart – die Kammer des Ersten, die Pantry, die Vorratskammern, ja sogar die Segelkoje, die sich ebenfalls unter dem Hüttendeck befand, überall musste er hineingucken. Als ich ihn schliesslich aufs Achterdeck hinausgeleitete, atmete er sichtlich auf und murmelte etwas, jetzt müsse er aber wirklich auf sein Schiff zurück. Ich wies den Ersten an, zu veranlassen, dass das Boot des Kapitäns klargemacht werde.

Der wilde Wucherbart gab mit der Pfeife, die er um den Hals gehängt trug, einen schrillen Ton von sich und rief: «*Sephora* klar!» Mein Doppelgänger drunten in der Kajüte hatte es bestimmt gehört und war wohl ebenso erleichtert wie ich. Vier Mann kamen von der Back her gelaufen und kletterten aussenbords, während meine eigenen Leute, die ebenfalls erschienen, sich der Reling entlang aufstellten. Ich geleitete meinen Besucher in aller Form zur Fallreepstreppe und hätte des Guten beinahe zuviel getan. Er gab sich ungern geschlagen. Noch auf der Treppe blieb er stehen und fragte mich in diesem eigenartigen, duckmäuserischen Ton: «Sagen Sie... Sie meinen doch nicht, dass...»

Eiligst übertönte ich ihn: «Ach wo... Es hat mich sehr gefreut. Leben Sie wohl.»

Ich hatte geahnt, was er sagen wollte, und nochmals den Schwerhörigen gespielt, um darüber hinwegzukommen. Er war allzu zermürbt, um weiter in mich zu dringen, doch mein Erster, der diesen Abschied aus nächster Nähe mitansah, schien verdutzt und setzte eine bedenkliche Miene auf. Da ich nicht den Anschein erwecken wollte, ich wiche jedem Verkehr mit meinen Offizieren aus, gab ich ihm Gelegenheit, mich anzusprechen.

«Scheint ein netter Mensch zu sein. Seine Leute haben den unsern eine höchst erstaunliche Geschichte erzählt, wenn man dem Steward glauben darf. Sie haben sie wohl vom Kapitän gehört?»

«Ja, ich habe etwas gehört.»

«Eine grauenhafte Sache, nicht?»

«Allerdings.»

«Das übertrifft alles, was man von Mordfällen auf amerikanischen Schiffen hört.»

«Ich finde nicht, dass es sie übertrifft. Ich finde, es hat überhaupt keine Ähnlichkeit damit.»

«Du meine Güte – was Sie nicht sagen! Natürlich habe ich gar keine Erfahrungen mit amerikanischen Schiffen, wie käme ich dazu, Sie kennen sich da bestimmt besser aus. Für mich ist die Geschichte grauenhaft genug... Doch das Merkwürdigste daran ist, dass die Leute von der *Sephora* argwöhnten, der Mann verstecke sich hier an Bord. Tatsächlich. Hat man je so was gehört?»

«Lachhaft, nicht?»

Wir gingen quer übers Achterdeck auf und ab. Von der Mannschaft liess sich vorne niemand blicken (es war Sonntag), und der Erste fuhr fort: «Es kam zu einer kleinen Auseinandersetzung. Die Unsern nahmen es übel auf. ‹Als ob wir dergleichen Unterschlupf gewähren würden!› sagten sie. ‹Möchtet ihr vielleicht im Kohlengatt nachschauen?› Sie wurden regelrecht sauer. Schliesslich vertrugen sie sich dann wieder. Ich bin sicher, er ist ertrunken. Meinen Sie nicht auch?»

«Meinen?»

«Sie hegen keinerlei Zweifel?»

«Überhaupt keine.»

Ich liess ihn plötzlich stehen. Das mochte zwar etwas ruppig wirken, aber es litt mich nicht länger an Deck. Drunten bei meinem Doppelgänger zu sein, war allerdings nicht weniger aufreibend. Überhaupt eine aufreibende Sache, in die ich da geraten war. Auf dem Schiff gab es niemanden, den ich hätte ins Vertrauen ziehen können. Da die Leute die Geschichte erfahren hatten, hätte ich ihn unmöglich als jemand anders ausgeben können, und eine zufällige Entdeckung wäre jetzt peinlicher gewesen denn je...

Da der Steward damit beschäftigt war, den Mittagstisch zu decken, konnten wir uns zunächst nur mit Blicken verständigen. Im Laufe des Nachmittags versuchten wir es dann vorsichtig mit Getuschel. Die sonntägliche Ruhe an Bord war gegen uns, die Stille von Wind und Wasser war gegen uns; die Elemente, die Menschen - alles war gegen unser geheimes Beisammensein, selbst die Zeit - auf die Dauer ging das nämlich so nicht weiter. Von der Vorsehung konnte er sich wohl bei seiner Schuld nichts versprechen. Soll ich gestehen, dass mir dieser Gedanke schwer aufs Gemüt schlug? Und was den Zufall betraf, der im Buch des Erfolgs eine so grosse Rolle spielt, konnte ich nur hoffen, dieses Kapitel sei abgeschlossen. Was liess sich denn an glücklichen Zufällen erhoffen?

«Haben Sie alles mitangehört?» war meine erste Frage, sobald wir nebeneinander standen, auf das Bett gestützt.

Er hatte alles gehört und bewies es mit den eindringlich geflüsterten Worten: «Er behauptete, er habe kaum gewagt, den Befehl zu erteilen.»

Ich verstand, dass sich das auf die gereffte Fock bezog.

«Ja. Er befürchtete, sie könnte schon beim Setzen zerfetzt werden.»

«Ich versichere Ihnen, er hat den Befehl nie gegeben. Er bildet sich das vielleicht ein, aber er hat ihn nie gegeben. Er stand dort mit mir zusammen auf dem Hüttendeck, nachdem das Grossmarssegel aus den Lieken flog, und wimmerte etwas von unserer letzten Hoffnung – er wimmerte, ja, und sonst nichts –, dabei war es bald Nacht! Den Kapitän bei solchem Wetter bloss zetern zu hören, da soll einer nicht verrückt werden? Zum Verzweifeln war das. So nahm ich denn die Sache selber an die Hand; ich liess ihn einfach stehen, ich kochte vor Wut und... Doch wozu Ihnen das alles erzählen? Sie wissen ja Bescheid!... Glauben Sie mir, wenn ich mit den Leuten nicht etwas unsanft umgesprungen wäre, hätte ich sie überhaupt nicht dazu gebracht, etwas zu tun. Den Bootsmann vielleicht. Vielleicht! Es ging nicht nur eine hohe See, es war eine wild gewordene See! So stelle ich mir den Weltuntergang vor; und vielleicht ist einer Manns genug, ihn das eine Mal herannahen zu sehen, und dann Schluss – aber ihn Tag für Tag erleben zu müssen... Ich mache niemandem Vorwürfe; ich war auch nicht viel besser als die andern. Nur – ich war Offizier an Bord des alten Kohlenpotts...»

«Ich verstehe durchaus», versicherte ich ihm ins Ohr. Er war von dem Tuscheln ausser Atem; ich hörte ihn ein bisschen keuchen. Es war alles ganz einfach. Dieselbe verzweifelte Kraft, die vierundzwanzig Mann wenigstens eine Möglichkeit verschafft hatte, den Sturm zu überleben, hatte in einer Art Rückstoss ein unwertes Meutererdasein ausgetilgt.

Doch ich kam nicht dazu, das Für und Wider der Angelegenheit in aller Ruhe abzuwägen – Schritte im Salon, ein heftiges Pochen, eine Stimme: «Wind genug, um ankerauf zu gehen.» Damit wurden Kopf und Herz anderweitig beansprucht.

«Lassen Sie die Leute antreten!» rief ich durch die Tür. «Ich bin gleich an Deck.»

Nun sollte ich also mein Schiff kennenlernen. Bevor ich die Kajüte verliess, trafen sich unsere Blicke – die Blicke der beiden, die an Bord fremd waren. Ich deutete auf den rückwärtigen Teil der Kammer und legte einen Finger an die Lippen. Er machte eine Gebärde, aus der ich nicht recht klug wurde, begleitet von einem schwachen, etwas wehmütigen Lächeln.

Hier ist nicht der Ort, sich über die Gefühle eines Mannes auszulassen, der zum erstenmal spürt, wie ein Schiff unter seinen Füssen auf sein alleiniges Geheiss in Bewegung gerät. In meinem besonderen Fall waren es gemischte Gefühle. Ich war nicht ganz allein mit meinem Schiff, war da doch dieser andere in meiner Kajüte. Besser gesagt, ich war nicht völlig bei der Sache. Ein Stück von mir war abwesend. Dieses Gefühl, gleichzeitig an zwei Orten zu sein, wirkte sich körperlich aus, als sei mir die Geheimnistuerei bereits in Fleisch und Blut übergegangen. Noch war keine Stunde verstrichen, seit wir Fahrt aufgenommen hatten; ich sah mich veranlasst, den Ersten an meiner Seite aufzufordern, Peilung auf die Pagode zu nehmen, da ertappte ich mich dabei, dass ich es ihm ins Ohr flüstern wollte. Ich merkte es noch halbwegs rechtzeitig, doch war mir bereits soviel entschlüpft, dass der Mann stutzte und befremdet zurückfuhr. Von da an trug er eine bedenkliche Miene zur Schau, als habe er Kenntnis von etwas, das er sich nicht erklären konnte. Eine Weile darauf begab ich mich von der Reling zum Kompass hinüber, und zwar so leisetreterisch, dass es dem Rudersmann auffiel – es entging mir nicht, wie er grosse Augen machte. Das waren Kleinigkeiten, gewiss, aber es ist nie gut, wenn ein Kapitän in den Verdacht lächerlicher Marotten gerät. Und es kam noch schlimmer. Es gibt gewisse Worte und Gebärden, die sich bei einem Seemann in einem gegebenen Zusammenhang so unwillkürlich und reflexmässig einstellen sollten wie das Zwinkern eines gefährdeten Auges. Ein bestimmtes Kommando sollte ihm ohne weiteres über die Lippen kommen, eine bestimmte Handbewegung sollte ungewollt erfolgen. Doch mit meiner Geistesgegenwart haperte es. Ich musste mich jedesmal zusammennehmen, um (aus der Kajüte) auf die Forderung des Augenblicks zurückzukommen. Denen, die mich mehr oder weniger kritisch beobachteten, kam ich wohl als ein Zauderer vor.

Und ausserdem waren da noch die Schrekkensaugenblicke. Am zweiten Tag auf See, zum Beispiel, kam ich im Laufe des Nachmittags unter Deck (mit Strohsandalen an den blossen Füssen) und blieb an der offenen Tür zur Pantry stehen, um mit dem Steward zu sprechen. Er war drinnen beschäftigt und kehrte mir den Rücken zu. Als er meine Stimme hörte, fuhr ihm ein solcher Schreck in die Glieder, dass er eine Tasse fallen liess.

«Was ist denn mit Ihnen los?» fragte ich verdutzt.

Er schien völlig verwirrt. «Verzeihung», sagte er. «Ich glaubte bestimmt, Sie seien in der Kajüte.»

«Offenbar nicht.»

«Nein, aber ich hätte schwören können, Sie soeben noch in der Kajüte gehört zu haben. Höchst erstaunlich... Entschuldigen Sie bitte.»

Ein Schauder überlief mich, als ich weiterging. Ich war mit meinem geheimen Doppelgänger nachgerade so sehr eins, dass ich den Vorfall ihm gegenüber in unserem spärlichen, ängstlichen Getuschel nicht einmal erwähnte. Wahrscheinlich hatte er irgendein leises Geräusch verursacht. Ganz liess sich das ja nicht vermeiden. Und doch, abgespannt wie er aussah, schien er stets vollkommen Herr seiner selbst – mehr als nur ruhig, fast unerschütterlich. Auf mein Anraten hielt er sich fortan fast durchweg im Waschraum auf, wo er am sichersten war. Es bestand für niemand auch nur der geringste Anlass, den Raum jemals zu betreten, nachdem der Steward damit fertig war. Viel Platz gab es da allerdings nicht. Der

Mann konnte sich höchstens mit angezogenen Knien auf den Boden legen, den Kopf auf einen Ellbogen gebettet. Manchmal sass er in seinem graugestreiften Schlafanzug auf dem Klappstühlchen, wobei er mit dem kurzgeschorenen Haar wie ein geduldiger Sträfling wirkte. Nachts schmuggelte ich ihn dann jeweils in meine Schlafkammer, wo wir uns im Flüsterton unterhielten, während über uns die regelmässigen Schritte des wachhabenden Offiziers kamen und gingen. Es war ein überaus misslicher Zustand. Zum Glück war in einem Spind in meiner Kammer ein Vorrat an Konserven verstaut. Hartbrot konnte ich jederzeit beschaffen; und so lebte er von kaltem Huhn, Gänseleberpastete, Spargeln, Krevetten, Ölsardinen – kurz, von allen möglichen sogenannten Delikatessen aus der Blechdose. Meinen Frühmorgenkaffee trat ich ihm regelmässig ab; das war alles, was ich in dieser Hinsicht für ihn zu tun wagte.

Jeden Morgen galt es, dieses unwürdige Versteckspiel durchzuführen, damit zuerst die Schlafkammer und dann der Waschraum auf die herkömmliche Art und Weise saubergemacht werden konnten. Nachgerade war mir der Anblick des Stewards verhasst, und die Stimme dieses harmlosen Menschen mochte ich schon gar nicht mehr hören. Ich hatte das Gefühl, er sei es, der die Katastrophe auslösen werde. Wie ein Damoklesschwert hing sie über uns.

Am vierten Tag – wir kreuzten Schlag um Schlag die Ostseite des Golfs von Siam hinunter, bei leichter Brise und glattem Wasser –, am vierten Tag also dieses betrüblichen Hasardspiels mit dem Unvermeidlichen, als wir gerade im Salon bei Tisch sassen, lief dieser Unglücksrabe, nachdem er uns das Essen aufgetragen hatte, geschäftig an Deck. Das schien weiter nicht bedrohlich. Gleich darauf kam er indessen wieder herunter; es stellte sich heraus, dass ihm ein Mantel eingefallen war, welchen ich nach einem Regenschauer zum Trocknen über die Reling gehängt hatte. Ein Schreck durchzuckte mich, wie ich da oben am Tisch sass und ihn mit dem Mantel über dem Arm herankommen sah. Natürlich steuerte er auf meine Kammer zu. Da galt es rasch handeln.

«Steward!» rief ich ihn mit Donnerstimme. Meine Nerven waren nachgerade so zerrüttet, dass ich mich nicht mehr in der Gewalt hatte. Das war es, was den Steuermann mit dem wildwuchernden Bart veranlasste, bedeutungsvoll an die Stirn zu tippen. Ich hatte ihn auf dieser Gebärde betroffen, während er sich an Deck mit dem Zimmermann, offenbar vertraulich, unterhielt. Er stand zu weit weg, als dass ich hätte etwas hören können, aber ich war überzeugt, das stumme Spiel konnte sich nur auf diesen absonderlichen neuen Kapitän beziehen.

«Bitte sehr.» Schicksalsergeben wandte sich der bleichwangige Steward mir zu. Er hatte sich damit abgefunden, dauernd angeschrien, ohne ersichtlichen Grund angehalten oder aus der Kajüte verjagt zu werden, oder plötzlich unbegreifliche Aufträge ausführen zu müssen, aber er litt sichtlich darunter.

«Wo wollen Sie mit dem Mantel hin?»
«In Ihre Kammer.»
«Ist wieder ein Regenschauer im Anzug?»
«Das könnte ich nicht sagen. Soll ich hinaufgehen und nachschauen?»
«Nein, schon gut.»

Meinen Zweck hatte ich damit erreicht, da mein anderes Ich dort drin natürlich alles mitangehört haben musste. Während dieses Zwischenfalls hielten meine beiden Steuerleute den Blick unverwandt auf den Teller gesenkt, doch dieser junge Flegel, der Zweite, gestattete sich wieder ein Lippengekräusel.

Ich erwartete, der Steward werde den Mantel an den Haken hängen und wieder herauskommen. Er liess sich aber Zeit, so dass ich es mir nur mit Mühe versagen konnte, nach ihm zu rufen. Plötzlich wurde mir klar (es war deutlich genug zu hören), dass der Mann aus irgendeinem Grund die Tür zum Waschraum aufmachte. Das war das Ende. In dem winzigen Raum gab es kein Entweichen. Es schnürte mir die Kehle zusammen, und ich erstarrte, des entsetzten Ausrufs aus dem Waschraum gewärtig. Ich war wie gelähmt. Doch alles blieb still. Drückte mein Doppelgänger etwa dem armen Teufel die Gurgel zu? Ich weiss nicht, was ich im nächsten Augenblick getan hätte, wäre der Steward nicht herausgetreten. Er machte die Kammertür zu und blieb dann gelassen bei der Anrichte stehen.

«Noch einmal davongekommen», dachte ich. «Doch, nein! Er ist nicht mehr da! Er ist weg! Er war gar nicht drin!»

Ich legte Messer und Gabel hin und lehnte mich im Stuhl zurück. Mir war ganz wirblig im Kopf. Nach einer Weile, nachdem ich mich genügend erholt hatte, um wieder in ruhigem Ton sprechen zu können, gab ich dem Ersten Anweisung, das Schiff um acht Uhr selber über den andern Bug zu legen.

«Ich werde nicht an Deck kommen», fuhr ich fort. «Ich lege mich schlafen und wünsche vor Mitternacht nicht gestört zu werden, es sei denn, der Wind holt herum. Ich fühle mich unpässlich.»

«Ja, den Eindruck hatte ich vorhin auch», bemerkte der Erste in gleichmütigem Ton.

Die beiden entfernten sich, und ich schaute dem Steward beim Abräumen zu. An seiner Miene war nichts abzulesen. Doch warum wich er meinem Blick aus? Dann fand ich, es wäre vielleicht aufschlussreich, seine Stimme zu hören.

«Steward!»

«Bitte sehr.» Aufgeschreckt wie immer.

«Wo haben Sie den Mantel hingehängt?»

«In den Waschraum, bitte sehr.» Der übliche beflissene Ton. «Er ist noch nicht ganz trocken.»

Ich blieb noch eine Weile am Tisch sitzen. Hatte mein Doppelgänger sich mir nichts, dir nichts verflüchtigt, wie er aufgetaucht war? Doch für sein Auftauchen gab es eine Erklärung, während sein Verschwinden unerklärlich wäre... Langsam trat ich in meine dunkle Kammer, schloss die Tür, machte Licht und wagte eine Zeitlang kaum, mich umzudrehen. Als ich es schliesslich doch tat, sah ich ihn kerzengerade im schmalen, rückwärtigen Teil stehen. Ich war wie vor den Kopf geschlagen; eine Schrecksekunde lang zweifelte ich tatsächlich an seinem körperlichen Vorhandensein. «Ist es denkbar», überlegte ich, «dass er für andere nicht sichtbar ist, nur für mich?» Es war wie ein Spuk. Ohne eine Miene zu verziehen, machte er eine Handbewegung, die besagte: «Au, das hätte ins Auge gehen können!» Allerdings. Ich glaube, ich war so nahe daran gewesen, den Verstand zu verlieren, wie irgendeiner, der dann nicht vollends durchdrehte. Nur diese Handbewegung bewahrte mich gewissermassen davor.

Der Erste war unterdessen dabei, über Stag zu gehen. In der kurzen Stille, die eintritt, nachdem die Leute auf Station geeilt sind, hörte ich ihn auf dem Hüttendeck rufen: «Ruder in Lee!» und von ferne die Wiederholung des Kommandos. Bei der leichten Brise killten die Segel nur schwach, und das Geräusch hörte bald auf. Langsam kam das Schiff herum; in der erwartungsvollen Stille hielt ich den Atem an; man hätte meinen können, es sei überhaupt keine Seele an Bord. Plötzlich ein forsches «Holen Grossrah!», und der Bann war gebrochen. Bei dem Geräusch, das entstand, als die Leute mit der Grossbrasse das Deck entlang liefen, traten wir beide in der Kajüte am gewohnten Ort bei der Bettstatt zueinander.

Er wartete meine Frage nicht ab. «Ich hörte ihn hier herumwirtschaften und konnte mich mit knapper Not im Waschraum hinkauern», erklärte er leise. «Er machte bloss die Tür auf und langte mit dem Arm herein, um den Mantel aufzuhängen. Immerhin...»

«Daran hab' ich gar nicht gedacht», erwiderte ich ebenso leise, noch entsetzter als zuvor, wie knapp wir dem Unheil entgangen waren, und voller Bewunderung über dieses Unnachgiebige in seinem Charakter, das ihm über alles hinweghalf. Seine leise Stimme verriet keinerlei Erregung. Wer immer fast um den Verstand kam, er war es jedenfalls nicht. Er behielt klaren Kopf. Das zeigte sich erneut, als er das Getuschel wieder aufnahm.

«Ich darf nie mehr ins Leben zurückkehren.»

Es war etwas, das ein Gespenst hätte sagen können. Worauf er anspielte, war natürlich der Umstand, dass sein früherer Kapitän die Annahme eines Selbstmords widerwillig gutgeheissen hatte. Sie passte meinem Doppelgänger in den Kram – nur hatte ich damals noch nicht begriffen, worauf er hinaus wollte.

«Sie müssen mich aussetzen, sobald Sie zu den Inseln unter der Küste von Kambodscha kommen», fuhr er fort.

«Sie aussetzen! Wir leben doch nicht in der Welt eines Groschenromans für die Jugend», wehrte ich ab und erregte damit seinen Unwillen.

«Nein, aus einem Jugendbuch stammt diese Geschichte weiss Gott nicht! Aber sie ist nun einmal passiert, und ich habe genug davon. Sie werden doch nicht glauben, ich hätte Angst vor dem, was man mir antun kann. Gefängnis oder Galgen oder was immer – meinetwegen. Aber können Sie sich vorstellen, dass ich zurückkehre und das Ganze einem alten Knasterbart mit Rosshaarperücke und zwölf ehrbaren Bürgersleuten des langen und breiten erkläre? Wie können die wissen, ob ich schuldig bin – oder wessen ich mich überhaupt schuldig gemacht habe? Das ist ganz allein meine Sache. Wie heisst es doch in der Bibel? ‹Verstossen vom Angesicht der Erde.› Gut. Ich bin nicht mehr auf der Erde. So wie ich nachts gekommen bin, so werde ich verschwinden.»

«Ausgeschlossen!» murmelte ich. «Das geht doch nicht.»

«Geht nicht?... Natürlich nicht nackt wie eine Seele am Jüngsten Tag. Diesen Schlafanzug gebe ich nicht wieder her. Mit dem Jüngsten Tag hat es noch gute Weile – und... aber Sie haben verstanden, nicht?»

Plötzlich schämte ich mich meiner Worte. Natürlich hatte ich verstanden, und meine Bedenken, den Mann auszusetzen, waren eine blosse Phrase gewesen, eine Art Feigheit.

«Es kann aber erst nächste Nacht geschehen», raunte ich ihm zu. «Gegenwärtig halten wir vom Land ab, und vielleicht lässt uns der Wind im Stich.»

«Solange wir uns verstehen –», sagte er leise. «Es verschafft mir grosse Genugtuung, es jemandem verständlich gemacht zu haben. Sie hat die Vorsehung mir geschickt.» Und im selben Flüsterton, als hätten wir uns Dinge mitzuteilen, die nicht für jedermanns Ohren geeignet waren, setzte er hinzu: «Wunderbar ist das.»

Wir blieben beieinander und tuschelten auf unsere gewohnte Art, manchmal schwiegen wir auch oder wechselten in langen Abständen bloss ein Wort oder zwei. Und wie immer schaute er dabei unverwandt zum Bullauge hinaus; von Zeit zu Zeit verspürten wir einen Windhauch auf dem Gesicht. Das Schiff hätte im Hafen vertäut liegen können, so sachte und ebenmässig glitt es durch das Wasser, das keinen Laut von sich gab, still und schemenhaft wie eine Geistersee.

Um Mitternacht stieg ich an Deck und legte das Schiff zur Verblüffung des Ersten über den andern Bug. Es war ihm anzumerken, dass er das für unrichtig hielt, und ich hätte es auch nicht getan, wenn es sich bloss darum gehandelt hätte, möglichst rasch aus diesem verträumten Golf herauszukommen. Ich glaube sogar, er sagte dem Zweiten, als dieser ihn ablöste, es verrate einen bedenklichen Mangel an Urteilsvermögen. Der andere gähnte bloss. Der Flegel schlurfte so verschlafen umher und stand so schlampig gegen die Reling gelehnt, dass ich ihn anfuhr: «Sind Sie eigentlich wach?»

«Jawohl, bin wach.»

«Dann benehmen Sie sich gefälligst entsprechend. Und halten Sie scharf Ausguck. Stromversetzung eingerechnet, nähern wir uns noch vor Tag einigen Inseln.»

An der Ostseite des Golfs finden sich zahlreiche Inseln, zum Teil vereinzelt, zum Teil gruppenweise. Sie heben sich vom blauen Hintergrund der Küste ab und scheinen auf der silbrig-ruhigen Wasserfläche zu schwimmen, grau und kahl, oder auch dunkelgrün überwachsen, wobei sich auf den grösseren –

eine Meile lang oder zwei – die Umrisse von Höhenzügen abzeichnen, Bänder von grauem Felsgestein unter dem dunkeln Laubwerk. Was sie an Leben bergen, ist ein ungelöstes Rätsel, da sie weder dem Handel noch dem Reiseverkehr bekannt sind, ja kaum den Geographen. Auf der grössten unter ihnen muss es Dörfer oder mindestens Niederlassungen von Fischern geben, die wahrscheinlich mit ihren eigenen Booten einen gewissen Verkehr mit der Aussenwelt unterhalten. Doch als wir bei einer blossen Mütze voll Wind auf sie zuhielten, vermochte ich den ganzen Vormittag hindurch um die verstreuten Inseln mit dem Fernglas keine Spur von Mensch oder Boot zu erkennen.

Um die Mittagsstunde ordnete ich keine Änderung des Kurses an, worauf der wilde Wucherbart grosse Besorgnis an den Tag legte und sich mir über Gebühr bemerkbar machte. Schliesslich sagte ich: «Ich gedenke die Inseln anzusteuern – so nahe als irgendwie geht.»

Jetzt kam etwas Wildes auch in seinen erstaunten Blick, und er sah vorübergehend wirklich beängstigend aus.

«Wir sind in der Mitte des Golfs nicht besonders gut dran», bemerkte ich beiläufig. «Ich werde heute abend sehen, ob ich auflandigen Wind finde.»

«Du meine Güte! Heisst das, im Dunkeln unter all den Inseln und Klippen und Untiefen?»

«Na ja, wenn es hier überhaupt auflandigen Wind gibt, muss man ihn doch dicht unter der Küste suchen.»

«Du meine Güte!» stiess er nochmals hervor. Den ganzen Nachmittag trug er eine versonnene Miene zur Schau, was bei ihm ein Zeichen vollkommener Ratlosigkeit war. Nach dem Essen suchte ich meine Kammer auf, als wolle ich mich etwas hinlegen. Dort steckten wir beide dann über einer halb entrollten Seekarte auf dem Bett die Köpfe zusammen.

«Da», sagte ich. «Koh-ring muss es sein. Ich habe die Insel seit Sonnenaufgang im Auge behalten. Es gibt da zwei Berge und ein flaches Stück Strand. Sie muss bewohnt sein. Und an der Küste gegenüber ist etwas wie die Mündung eines grösseren Flusses – sicher mit irgendeiner Ortschaft nicht weit davon. Das scheint mir für Sie am aussichtsreichsten.»

«Gut. Dann also Koh-ring.»

Nachdenklich betrachtete er die Seekarte, als wolle er aus erhabener Höhe einen Überblick über die Möglichkeiten und Entfernungen gewinnen – und sehe sich selber durch Kotschinchina wandern und dann über den Rand dieses Papiers hinaus ins Unbekannte vorstossen. Und es war, als habe das Schiff zwei Kapitäne, die seinen Kurs berieten. Ich war von dem ständigen Hinauf und Hinunter so abgehetzt, dass ich darauf verzichtet hatte, mich richtig anzuziehen. Ich steckte immer noch in meinem Schlafanzug nebst Strohsandalen und Panamahut. Seit Tagen schon herrschte eine drückende Hitze, und die Mannschaft war es gewohnt, mich an Deck in diesem Aufzug zu sehen.

«Bei dem anliegenden Kurs kommen wir südlich dran vorbei», erklärte ich ihm leise.

«Wann, das weiss der Himmel, aber jedenfalls nach Einbruch der Dunkelheit. Ich werde bis auf eine halbe Meile herangehen, soweit sich das im Dunkeln abschätzen lässt –»

«Passen Sie bloss auf», ermahnte er mich – und mir wurde plötzlich klar, dass meine ganze Zukunft auf dem Spiel stand, die einzige, für die ich taugte; wenn dem ersten Schiff, das mir anvertraut worden war, etwas zustiess, sah sie trüb aus.

Ich konnte keinen Augenblick länger in der Kammer verweilen. Mit einer Handbewegung bedeutete ich ihm, sich unsichtbar zu machen, und begab mich an Deck. Es war der Zweite, dieser humorlose Flegel, der Wache ging. Ich schritt eine Zeitlang auf und ab, um mir die Sache zurechtzulegen, und winkte ihn dann heran.

«Schicken Sie zwei Mann nach unten, um achtern die Pforten aufzusperren», sagte ich sanft.

Er hatte tatsächlich die Frechheit, oder dann vergass er sich ob der erstaunlichen Anweisung so weit, dass er wiederholte: «Die Pforten achtern aufsperren! Wozu denn das?»

«Einzig und allein aus dem Grund, weil ich es Ihnen sage. Etwas anderes braucht Sie nicht zu kümmern. Lassen Sie sie weit aufsperren und gehörig festzurren.»

Er lief rot an und entfernte sich, machte aber wohl dem Zimmermann gegenüber eine abfällige Bemerkung über meine Art, das Achterdeck zu lüften. Jedenfalls schaute er im Vorbeigehen beim Ersten hinein, um ihm die Neuigkeit mitzuteilen; dieser kam nämlich an

Deck, gleichsam zufällig, und musterte mich verstohlen von unten her – wahrscheinlich um festzustellen, ob ich verrückt geworden oder betrunken sei.

Kurz vor dem Abendbrot gesellte ich mich, unruhiger denn je, vorübergehend wieder zu meinem andern Ich. Es war erstaunlich, wie gelassen er dasass, fast wider die menschliche Natur.

In aller Eile entwickelte ich ihm leise meinen Plan.

«Ich werde so dicht als möglich heranhalten und dann über Stag gehen. Vorher werde ich sehen, dass ich Sie hier heraus und in die Segelkoje schmuggeln kann, die vom Kajütsgang aus erreichbar ist. Aber da ist auch eine viereckige Öffnung – um die Segel herauszuholen – nach dem Achterdeck hinaus. Bei schönem Wetter wird sie nie dichtgemacht, damit die Segel Luft kriegen. Wenn das Schiff beim Wenden fast keine Fahrt mehr hat und alle Mann achtern beim Anbrassen sind, haben Sie freie Bahn, um hinauszuschlüpfen und achtern durch die offene Pforte von Bord zu kommen. Beide Pforten sind offen und festgezurrt. Lassen Sie sich am Tampen ins Wasser hinab, um jedes Aufklatschen zu vermeiden. Falls man Sie hört, könnte das unliebsame Folgen haben.»

Er schwieg eine Weile, dann sagte er: «Ich verstehe.»

«Ich werde nicht dabei sein, wenn Sie von Bord gehen», brachte ich hervor. «Im übrigen – ich hoffe nur, ich habe – auch verstanden.»

«Das haben Sie, von Anfang bis zuletzt.»

Und auf einmal schien er zu stocken. Er fasste mich am Arm, doch das Bimmeln der Glocke, die zum Essen rief, liess mich zusammenfahren. Ihn nicht; er liess mich lediglich los.

Nach dem Abendessen wurde es gut acht Uhr, bis ich wieder unter Deck kam. Die stetige leichte Brise war voller Feuchtigkeit, und die vor Nässe dunkel wirkenden Segel hielten alles, was an Antriebskraft in ihr steckte. Sternenklar funkelte die Nacht, und die lichtlosen Stellen, die sich gegen die niedrigen Sterne verschoben, waren die an uns vorüberziehenden kleinen Inseln. An Steuerbord voraus lag eine grosse, weiter weg, die durch das grosse Stück Himmel, das sie verdrängte, schattenhaft auffiel.

Als ich die Tür aufmachte, erblickte ich mich selber von hinten, über eine Karte gebeugt. Er war aus dem rückwärtigen Teil der Kajüte hervorgekommen und stand am Tisch.

«Genügend dunkel», raunte ich ihm zu.

Er trat zurück und lehnte sich ruhig und gefasst ans Bett, während ich mich auf die Liegestatt setzte. Wir hatten einander nichts zu sagen. Über uns hörten wir den Wachoffizier hin und her gehen. Auf einmal beschleunigte er seine Schritte. Ich wusste, was das bedeutete. Er strebte auf den Niedergang zu; und gleich darauf war da seine Stimme vor der Tür.

«Wir nähern uns rasch dem Land – sind schon ziemlich dicht darunter.»

«Gut», antwortete ich. «Komme gleich an Deck.»

Ich wartete, bis er aus dem Salon hinaus war; erst dann stand ich auf. Auch mein Doppelgänger regte sich. Es galt, die letzten leisen Worte zu wechseln; die natürliche Stimme des andern sollte nämlich keiner von uns beiden jemals hören.

«Hier!» Ich zog ein Schubfach auf und entnahm ihm drei Goldstücke. «Stecken Sie das für alle Fälle zu sich. Ich habe deren sechs und würde sie Ihnen gerne geben, aber ich brauche noch etwas Geld, um Obst und Gemüse für die Mannschaft zu kaufen, wenn wir durch die Sunda-Strasse kommen.»

Er schüttelte den Kopf.

«Stecken Sie's ein», redete ich ihm zu. «Kein Mensch weiss, was –»

Er lächelte vielsagend und tippte an die einzige Tasche des Schlafanzugs. Dort war das Geld allerdings nicht sicher. Doch ich holte ein grosses seidenes Taschentuch hervor, verknotete die drei Goldstücke in einen Zipfel und drängte sie ihm auf. Anscheinend war er gerührt, jedenfalls nahm er sie schliesslich an und knüpfte sich das Tuch rasch unter dem Ärmel ums Handgelenk.

Unsere Blicke begegneten sich; mehrere Sekunden verstrichen, bis ich, immer noch Auge in Auge, nach der Lampe langte und das Licht ausdrehte. Dann schritt ich durch den Salon, wobei ich die Tür zu meiner Kammer weit offen liess...

«Steward!»

Er hielt sich in seinem Übereifer noch in der Pantry auf, wo er vor dem Schlafengehen eine Menage auf Hochglanz polierte. Um den

Ersten, dessen Kammer sich gegenüber befand, nicht aufzuwecken, sprach ich leise.

Er schaute betroffen her. «Bitte sehr!»

«Können Sie mir aus der Kombüse etwas warmes Wasser bringen?»

«Ich fürchte, das Herdfeuer ist schon längst aus.»

«Sehen Sie doch mal nach.»

Er enteilte.

«Jetzt», zischelte ich in den Salon hinein – vielleicht etwas zu laut, aber ich zweifelte, ob ich überhaupt imstande sei, einen Laut hervorzubringen. Sogleich stand er neben mir – der zweifache Kapitän drückte sich an der Kajütstreppe vorbei – durch einen schmalen, dunkeln Gang... eine Schiebetür. Wir befanden uns in der Segelkoje, krochen auf allen vieren über die Segel. Plötzlich kam mir ein Gedanke. Ich sah mich barfuss, barhaupt dahinwandern, der prallen Sonne ausgesetzt. Rasch riss ich mir den Panamahut vom Kopf und suchte ihn meinem andern Ich aufzustülpen. Er wich aus und wehrte ihn ab, ohne ein Wort. Vermutlich fragte er sich, was in mich gefahren sei; doch dann begriff er auf einmal und liess davon ab. Tastend trafen sich unsere Hände zu einem festen Druck, und so verharrten wir einen Augenblick oder zwei... Kein Wort fiel, als sich unsere Hände wieder trennten.

Ruhig stand ich vor der Pantry, als der Steward zurückkehrte.

«Bedaure sehr. Der Kessel ist kaum noch warm. Soll ich den Spritkocher anzünden?»

«Schon gut.»

Langsam stieg ich an Deck. Ich war es mir schuldig, so dicht als möglich unter die Küste zu gehen – jetzt musste er nämlich von Bord, sobald wir über Stag gingen. Er musste! Ein Zurück gab es nicht. Ich trat auf die Leeseite hinüber, und das Herz stockte mir, als ich sah, wie nah das Land voraus schon war. Unter anderen Umständen wäre ich nie und nimmer auf dem anliegenden Kurs geblieben. Besorgt war mir der Zweite gefolgt.

Ich wartete, bis ich das Gefühl hatte, meine Stimme in der Gewalt zu haben.

«Wir kommen luvwärts frei», bemerkte ich dann in ruhigem Ton.

«Das wollen Sie versuchen?» stammelte er ungläubig.

Ohne auf ihn zu achten, sagte ich, gerade laut genug, um vom Rudersmann gehört zu werden: «Hart am Wind bleiben.»

«Am Wind bleiben.»

Die Brise fächelte mir die Wange, die Segel standen voll, es herrschte Stille. Zu verfolgen, wie die dunkle Masse vor uns zusehends grösser und deutlicher wurde, das war zuviel für mich. Ich hatte die Augen geschlossen – das Schiff musste noch näher heran. Unbedingt. Die Stille wurde unerträglich. Hatten wir überhaupt noch Fahrt?

Als ich die Augen aufmachte, schlug mir bei dem neuerlichen Anblick das Herz bis zum Hals herauf. Schwarz türmte sich der im Süden von Koh-ring emporragende Berg über dem Schiff auf, wie ein Stück der ewigwährenden Nacht. Eine ungeheure schwarze Masse ohne jeden Lichtschimmer, ohne jeden

Laut glitt unaufhaltsam auf uns zu und schien doch bereits zum Greifen nah. Mittschiffs sah ich die Schattengestalten der Wache in stummem Entsetzen beieinanderstehen.

«Gehen wir noch weiter?» fragte eine unsichere Stimme an meiner Seite.

Ich liess sie unbeachtet. Ich musste einfach noch weiter.

«Auf Kurs bleiben. Den Wind nicht aus den Segeln schütteln. Das geht jetzt nicht mehr», warnte ich.

«Ich kann die Segel nicht deutlich sehen», erwiderte darauf der Rudersmann mit bebender Stimme.

Waren wir schon dicht genug unter der Küste? Wir waren, zwar nicht im Schatten des Landes, aber doch in dessen Schwärze, gewissermassen bereits davon verschlungen, unwiderruflich, meinem Zutun entzogen.

«Holen Sie den Ersten herauf», wies ich den jungen Mann an, der schreckensbleich neben mir stand, «und rufen Sie alle Mann an Deck.»

Der Widerhall vom hochaufragenden Fels verhalf meiner Stimme zu unerwarteter Lautstärke. Mehrere Stimmen riefen gleichzeitig: «Wir sind alle an Deck.»

Dann wieder Stille, während der grossmächtige Schatten näher heranglitt, ohne jeden Lichtschimmer, ohne jeden Laut. So still war es auf dem Schiff geworden, dass es ein Totenschiff hätte sein können, das langsam dem Schattenreich entgegenzog.

«Grosser Gott! Wo sind wir denn?»

Es war der Erste, der neben mir stöhnte. Er war ganz verdattert und gewissermassen der moralischen Unterstützung seines wildwuchernden Bartes beraubt. Entsetzt schlug er die Hände zusammen und rief lauthals: «Verloren!»

«Ruhe», sagte ich missbilligend.

Er mässigte sich, machte aber eine Gebärde der Verzweiflung. «Was wollen wir denn hier?»

«Auflandigen Wind suchen.»

Er tat, als raufe er sich das Haar, und begann dreist auf mich einzureden.

«Hier kommen wir nicht mehr raus. Jetzt haben wir die Bescherung. Ich hab's ja gewusst. Wir kommen niemals luvwärts davon klar, und es ist zu spät, um noch über Stag zu gehen. Wir treiben ans Ufer, bevor wir herum sind. Allmächtiger!»

Ich packte ihn am Arm, mit dem er sich vor die Denkerstirn schlagen wollte, und schüttelte ihn heftig.

«Wir sind bereits festgekommen», jammerte er, während er sich loszureissen suchte.

«So?... Hart am Wind bleiben!»

«Hart am Wind», wiederholte der Rudersmann in einem angstvollen, hohen Ton, wie ein Kind.

Ich hatte den Ersten nicht losgelassen und schüttelte ihn immer noch am Arm. «Klar zum Wenden, hören Sie? Sie gehen jetzt nach vorn» – Geschüttel – «und bleiben dort» – Geschüttel – «und hören auf zu plärren» – Geschüttel – «und sehen zu, dass die Vorschot richtig übergeholt wird» – Geschüttel, Geschüttel – Geschüttel.

Und die ganze Zeit über wagte ich keinen Blick auf das Land zu werfen, aus Angst, das

Herz könnte mir stillstehen. Als ich ihn aber schliesslich losliess, lief er nach vorn, als gelte es sein Leben.

Ich fragte mich, was wohl mein Doppelgänger drunten in der Segelkoje von der Unruhe an Bord halte. Bestimmt konnte er alles hören, und vielleicht konnte er auch verstehen, warum ich es mir schuldig zu sein glaubte, so dicht unter die Küste zu gehen. Mein erstes Kommando, «Ruder in Lee!», widerhallte bedrohlich unter dem hochaufragenden Schatten von Koh-ring, als hätte ich es in einer Bergschlucht gerufen. Und nun fasste ich das Land angestrengt ins Auge. Bei dem glatten Wasser und der leichten Brise war dem Schiff unmöglich anzumerken, ob es kam. Nein, es war ihm wirklich nicht anzumerken! Und mein anderes Ich schickte sich unterdessen an, sich ins Wasser hinunterzulassen. Vielleicht war er bereits aussenbords...

Die grosse schwarze Masse, die unmittelbar über unseren Toppen dräute, begann sich lautlos von der Bordwand wegzudrehen. Und nun vergass ich den geheimen Fremdling, der im Begriff war, von Bord zu gehen, und dachte bloss noch daran, dass ich selber auf diesem Schiff vollkommen fremd war. Ich kannte es nicht. Gehorchte es? Wie war es zu handhaben?

Ich holte die Grossrah herum und wartete hilflos ab. Vielleicht war das Schiff gestoppt, und sein Schicksal hing in der Schwebe, mit der schwarzen Masse von Koh-ring wie das Tor zur ewig-währenden Nacht hoch über der Heckreling. Was war jetzt von dem Schiff zu erwarten? Hatte es überhaupt noch Fahrt? Rasch trat ich an die Seite, vermochte aber auf dem dunkeln Wasser nichts als ein schwaches Leuchten wahrzunehmen, das verriet, wie spiegelglatt die Wasserfläche war. Es liess sich nicht erkennen, ob wir uns von der Stelle bewegten – und ich hatte das bei diesem Schiff noch nicht im Gefühl. Bewegte es sich? Was ich brauchte, war ein Anhaltspunkt, ein Fetzen Papier vielleicht, den ich über Bord werfen und beobachten konnte, aber ich hatte nichts auf mir. Und ich getraute mich nicht wegzulaufen, um unter Deck etwas zu holen. Dazu fehlte die Zeit. Plötzlich erblickte ich beim angestrengten Hinschauen etwas Weisses, das etwa ein Meter von der Bordwand entfernt auf dem Wasser schwamm. Weiss auf schwarz. Ein Glanz lief unter ihm weg. Was mochte das bloss sein?... Dann erkannte ich meinen eigenen Panamahut. Er war dem andern wohl vom Kopf gefallen... und er kümmerte sich nicht weiter darum. Jetzt hatte ich, was ich brauchte – den Anhaltspunkt. Dabei dachte ich kaum an mein anderes Ich, das jetzt von Bord war, dazu verdammt, alle Freunde zu meiden, ewig als Flüchtling hienieden umherzuwandern, ohne das Kainszeichen auf der Stirn, das einer Mörderhand Einhalt gebot... zu stolz, um sich auf Erklärungen einzulassen.

Und ich behielt den Hut im Auge, dieses Zeichen meiner plötzlichen Sorge um sein leibliches Wohl. Der Hut war als Schutz gegen die Sonne gedacht gewesen, und siehe da, nun rettete er das Schiff, indem er mir über meine Unkenntnis, mein Fremdsein hier an Bord, hinweghalf. Ha! Er trieb nach vorn und bedeutete mir damit gerade noch rechtzeitig, dass das Schiff Fahrt über den Achtersteven machte.

«Ruder um», sagte ich leise zu dem Mann, der wie versteinert dastand.

Seine Augen flackerten wild im Kompasslicht, als er auf die andere Seite sprang und das Rad herumwirbelte.

Ich trat an den Rand des Hüttendecks. Auf dem im Schatten liegenden Hauptdeck standen alle Mann an den Fockbrassen, meines Kommandos harrend. Die Sterne voraus schienen von rechts nach links zu gleiten. Und es war so still auf der Welt, dass ich hörte, wie einer im Ton inniger Erleichterung leise zu seinem Nebenmann sagte: «Wir haben's geschafft.»

Auf mein Kommando kamen die Fockrahen knarrend unter dem fröhlichen Stimmenlärm der Leute herum. Und nun machte sich auch der wilde Wucherbart mit verschiedenen Befehlen bemerkbar. Schon nahm das Schiff Fahrt auf. Und ich war mit ihm allein. Nichts und niemand konnte nun zwischen uns treten und einen Schatten werfen auf das liebevolle Einverständnis eines Seemanns mit dem ersten Schiff, das ihm anvertraut war.

Als ich zur Heckreling schritt, kam ich gerade noch rechtzeitig hin, um am äussersten Rand des Schattens, den die hochaufragende schwarze Masse, dem Eingang zur Unterwelt vergleichbar, auf die Wasserfläche warf – ja, ich kam gerade noch dazu, einen letzten flüchtigen Blick auf meinen weissen Panamahut zu werfen, der dort schwamm und die Stelle bezeichnete, wo der Mann, der sich mit mir insgeheim in meine Kammer und meine Gedanken geteilt hatte, als wäre er mein anderes Ich, von Bord gegangen war, um seine Strafe anzutreten: ein freier Mann, ein stolzer Schwimmer, auf dem Weg zu einem neuen Leben.

Freya von den Sieben Inseln

I

Eines Tages – und das ist nun auch schon wieder viele Jahre her – erhielt ich einen langen Plauderbrief von einem ehemaligen Berufsgenossen, der wie ich fernöstliche Gewässer befahren hatte. Er lebte immer noch dort draussen, war aber inzwischen sesshaft und mit den Jahren wohl behäbig und häuslich geworden, wie das uns allen beschieden ist, abgesehen von denen, die sich der besondern Gunst der Götter erfreuen und frühzeitig dahingerafft werden. Es war einer dieser Briefe, welche sich in Erinnerungen ergehen, ein wehmütiger «Weisst Du noch»-Brief, und unter anderem stand darin: «Du erinnerst Dich doch sicher des alten Nelson.»

Und ob ich mich seiner erinnere! Zunächst einmal, er hiess gar nicht Nelson. Die Engländer im Archipel nannten ihn so; sie hatten sich den Namen mundgerecht gemacht, und er selber hatte nichts dagegen. Eigentlich schrieb er sich Nielsen, aber es wäre allzu schulmeisterlich gewesen, darauf zu bestehen. Er war in den Fernen Osten ausgewandert, lange bevor die Telegraphenkabel aufkamen, hatte für englische Firmen gearbeitet, eine Engländerin geheiratet und jahrelang zu uns gehört, auf den Handelsreisen, die ihn kreuz und quer und in allen Richtungen auf und nieder im Zickzack und in Achterfiguren durch den Malaiischen Archipel führten.

Es gab keinen Winkel in diesen tropischen

Gewässern, in den der unternehmungslustige alte Nelson nicht auf die friedlichste Art vorgedrungen wäre. Seine Fahrten – auf eine Seekarte eingetragen – hätten den ganzen Archipel wie mit einem Spinngewebe überzogen, nur die Philippinen nicht. Dorthin hatte er sich nie getraut, aus einer merkwürdigen Angst vor den Spaniern, oder genauer gesagt, den spanischen Behörden. Was sie ihm seiner Meinung nach hätten antun können, lässt sich nicht sagen. Vielleicht hatte er früher einmal etwas von der Inquisition gelesen.

Indessen hatte er ganz allgemein Angst vor den Behörden. Nicht vor den englischen, die fand er vertrauenswürdig und achtenswert, aber vor den beiden andern Mächten in jenem Teil der Welt. Dabei schreckten ihn die Holländer nicht so sehr wie die Spanier, aber er traute ihnen doch nicht über den Weg. Er traute ihnen ganz und gar nicht. Seiner Ansicht nach wusste man bei den Holländern nie, welch üblen Streich sie einem, der das Unglück hatte, ihr Missfallen zu erregen, zu spielen imstande waren. Natürlich hatten sie auch ihre Vorschriften, wendeten diese aber völlig willkürlich an. Es war betrüblich zu sehen, wie angstvoll und behutsam er mit diesem oder jenem Beamten verhandelte, wenn man bedachte, dass dieser Mann einst seelenruhig und furchtlos auf ein Kannibalendorf in Neuguinea zugeschlendert war (obwohl schon immer beleibt und, wenn man so sagen darf, ein verlockender Bissen). Dabei ging es vielleicht um einen Tauschhandel, der ihm letzten Endes keine fünfzig Pfund einbrachte.

Ob ich mich des alten Nelson erinnerte? Das will ich meinen! Zwar hatte ihn keiner von uns gekannt, als er noch berufstätig war. Er hatte sich zu unserer Zeit bereits zur Ruhe gesetzt. Vom Sultan einer kleinen Inselgruppe, die «Sieben Inseln» genannt, hatte er sich auf einer derselben ein Stück Land gekauft oder gepachtet. Es war wohl ein rechtmässiger Handel, aber ich bin überzeugt, wäre er Engländer gewesen, hätten die Holländer bestimmt irgendeinen Vorwand gefunden, ihn ohne Umschweife zu vertreiben. In diesem Zusammenhang kam ihm die richtige Schreibung seines Namens zustatten. Als anspruchsloser Däne, dessen Verhalten einwandfrei war, blieb er ungeschoren. Da er sein ganzes Geld in die Pflanzungen gesteckt hatte, war er natürlich darauf bedacht, es mit den Behörden nicht zu verderben, und das war auch der Hauptgrund, warum er Jasper Allen nicht gerne sah. Doch davon später. O ja, man erinnerte sich gut an Nelsons grossen, gastfreien Bungalow oben an einem Steilufer, an seine behäbige Gestalt, meistens in Hemd und Hose, beides weiss (die Alpaka-Jacke zog er bei jeder möglichen Gelegenheit aus), an seine blauen Kulleraugen, den struppigen, rotblonden Schnurrbart, dessen Haare wie Borsten nach allen Seiten abstanden, an die Art, wie er sich jeweils plötzlich hinsetzte und sich mit dem Hut Luft zufächelte. Doch es lässt sich nicht verhehlen, dass es vor allem seine Tochter war, deren man sich erinnerte; sie war damals gekommen, um ihm den Haushalt zu führen – als eine Art Herrin der Inseln.

Freya Nelson (oder Nielsen) gehörte zu den Mädchen, die man nicht leicht vergisst. Ebenmässige Züge und bewundernswerte Hautfarbe vermittelten im vollkommenen Oval ihres Gesichts einen Eindruck von Gesundheit, Kraft und Selbstvertrauen – einer naturgegebenen, gefälligen Eigenwilligkeit. Ihre Augen will ich nicht veilchenblau nennen; der eigentliche Farbton war nämlich ganz merkwürdig, nicht so dunkel, dafür leuchtender. Sie schauten einen in jeder Stimmung offen an; ich habe die langen dunkeln Wimpern nie gesenkt gesehen – im Gegensatz zu Jasper, der eine Vorzugsstellung einnahm –, aber ich zweifle nicht daran, dass es sinnverwirrend wirkte. Sie konnte, wie mir Jasper einst in rührend albernem Überschwang mitteilte, auf ihrem Haar sitzen. Durchaus denkbar, durchaus denkbar. Mir war der Anblick dieses Wunders nie vergönnt; ich gab mich damit zufrieden, zu bewundern, wie sie ihr Haar feinsäuberlich aufsteckte. Ausserdem eignete diesem üppigen Haar ein ungemeiner Glanz; wenn die Storen auf der Veranda heruntergelassen waren, so dass dort ein angenehmes Dämmerlicht herrschte, oder im Schatten der Obstbäume beim Haus schien von Freyas Haarpracht ein goldener Lichtschein auszugehen.

Meistens trug sie eine weisse Bluse mit einem ebensolchen Rock, der die braunen Schnürstiefel sehen liess. Wenn an ihrem Kostüm überhaupt etwas Farbiges dran war, dann höchstens ein bisschen Blau. Keine Anstrengung schien ihr etwas anhaben zu können. Sie ruderte gern mit dem kleinen Boot in der Gegend herum, und ich habe sie nach einem langen Ausflug an der prallen Sonne an Land kommen sehen, ohne dass ihr Atem beschleunigt oder auch nur ein einziges Haar in Unordnung gewesen wäre. Wenn sie morgens auf die Veranda hinaustrat, um einen ersten Blick westwärts, Richtung Sumatra, übers Meer hin zu werfen, sah sie so frisch und funkelnd wie ein Tautropfen aus. Doch ein Tautropfen vergeht, und von Vergänglichkeit war gar nichts an Freya. Ich erinnere mich noch gut an ihre runden, kräftigen Arme mit den schmalen Handgelenken und an die breiten, tüchtigen Hände mit den sich verschmälernden Fingern.

Ich weiss nicht, ob sie tatsächlich auf See zur Welt kam, doch das eine weiss ich, dass sie bis zu ihrem zwölften Lebensjahr mit ihren Eltern auf verschiedenen Schiffen unterwegs war. Als der alte Nelson seine Frau verlor, machte ihm die Frage, was er nun mit seiner Tochter anfangen solle, sehr zu schaffen. Eine freundliche Bekannte in Singapur, der seine Ratlosigkeit zu Herzen ging, anerbot sich, Freya in ihre Obhut zu nehmen. Bei ihr verbrachte sie dann einige sechs Jahre, während welcher der alte Nelson (oder Nielsen) den Beruf aufgab und sich auf seiner Insel einrichtete. Als dann die betreffende Bekannte nach Europa verreisen wollte, wurde beschlossen, dass Freya zu ihm ziehen solle.

Als erste und wichtigste Vorkehrung zu diesem Ereignis bestellte Nelson bei seinem Agenten in Singapur ein Klavier, einen sogenannten Stutzflügel. Ich führte damals einen kleinen Dampfer im Handelsverkehr zwischen den Inseln und erhielt den Auftrag, ihm das Ding zu bringen, so dass ich über Freyas Stutzflügel Bescheid weiss. Mit Mühe und Not brachten wir die grossmächtige Kiste auf einer Felsplatte inmitten von Gebüsch an Land, wobei wir fast den Boden eines meiner Boote herausschlugen. Mit den vereinten Kräften meiner gesamten Mannschaft, Maschinisten und Heizer inbegriffen, gelang es uns unter beträchtlichem Aufwand an Erfindungsgeist und mittels Rollen, Hebeln, Flaschenzügen und schiefen Ebenen aus eingeseiften Brettern, die Kiste zum Haus hinauf und bis an den Rand der Veranda zu schaffen, wobei wir uns an der Sonne wie ägyptische Sklaven beim Bau einer Pyramide abplackten. Diese Veranda stellte eigentlich die Wohnstube des Bungalows dar. Nachdem wir die Verschalung entfernt hatten, kam dort endlich das Ungetüm aus Rosenholz zum Vorschein. Ehrfürchtig schoben wir es zentimeterweise zur Wand hin und konnten dann zum erstenmal an diesem Tag aufatmen. Es war entschieden das schwerste Möbelstück auf der Insel seit Erschaffung der Welt. Die Klangfülle, die sich in diesem Bungalow, der als Resonanzraum wirkte, aus dem Instrument herausholen liess, war ganz erstaunlich. Weit aufs Meer hinaus war es zu hören. Jasper Allen erzählte mir, dass er frühmorgens an Deck der *Bonito,* seiner wunderbar schnellen und hübschen Brigg, jeweils deutlich hören konnte, wie Freya ihre Tonleitern übte. Doch der junge Mann ging immer bedenklich nahe am Ufer vor Anker, wie ich ihm mehr als einmal bedeutete. Natürlich ist das Meer dort meistens von einer gleichmässig heiteren Ruhe, und die Sieben Inseln sind in der Regel eine besonders windstille und wolkenlose Gegend. Immerhin, von Zeit zu Zeit machten Nachmittagsgewitter über Bangka oder eine dieser heftigen Donnerböen von der fernen Sumatra-Küste her plötzlich einen Ausfall nach der Inselgruppe und hüllten sie eine Stunde oder zwei in Wirbelwinde und bläulich-schwarzes Gewölk von äusserst bedrohlichem Aussehen. Wenn dann der Wind an den Storen und am ganzen Haus rüttelte, setzte sich Freya jeweils ans Klavier und spielte Wagner, während ringsum grell die Blitze aufleuchteten und der Donner krachte, dass einem die Haare zu Berge stehen konnten. Jasper blieb jeweils auf der Veranda und bewunderte von hinten unverwandt die geschmeidig sich hin und her wiegende Gestalt, den wundersamen Glanz des blonden Haars, die flinken Hände auf den Tasten, den weissen Nacken – während drunten auf dem Wasser die Brigg vor der Ankerkette dümpelte, und zwar keine hundert Meter von unheimlichen, schwarz glänzenden Klippen entfernt. Ha!

Und das, wohlverstanden, bloss damit er nachts, wenn er sich an Bord zur Ruhe legte, das Gefühl haben konnte, seiner im Bungalow schlummernden Freya so nahe zu sein, als irgendwie anging. Hat man je dergleichen gehört! Dabei war diese Brigg dazu ausersehen, dereinst als ihr Heim zu dienen, als das schwimmende Paradies, das er nach und nach wie eine Jacht ausstattete, um künftig mit

Freya zusammen ein seliges Seglerleben zu führen. Dieser Esel! Aber er war immer bereit, etwas aufs Spiel zu setzen.

Einmal schaute ich mit Freya von der Veranda aus zu, wie die Brigg sich von Norden her der Landspitze näherte. Jasper konnte das Mädchen wohl mit dem Fernglas erkennen. Und was tut er? Statt noch anderthalb Meilen den Sandbänken entlang durchzuliegen und dann über Stag zu gehen, um den Ankerplatz anzulaufen, wie es sich für einen Seemann gehört, erspäht er eine Lücke zwischen zwei scharfzackigen Klippen, legt das Ruder plötzlich über und lässt die Brigg zwischen ihnen hindurchschiessen, während die Segel killen und knattern, dass es bis zur Veranda hinauf zu hören war. Ich zog den Atem durch die zusammengebissenen Zähne, und Freya stiess einen Fluch aus. Ja! Sie ballte die Hände, stampfte mit dem hübschen braunen Schuh auf und rief: «Verdammt nochmal!» Dann schaute sie mich mit einem leichten Erröten an und sagte lachend: «Ich vergass ganz, dass Sie da sind.» Freilich, freilich. Wenn Jasper in Sicht war, konnte man damit rechnen, dass sie die Anwesenheit jedes andern vergass.

Ich war so ungehalten über seinen Leichtsinn, dass ich unwillkürlich ausrief: «Ein dummer Junge, wie?»

«Ein Esel ist er», pflichtete sie mit einem Lächeln bei und schaute mir gross ins Gesicht.

«Und alles nur, um zwanzig Minuten früher bei Ihnen zu sein», bemerkte ich.

Wir hörten die Ankerkette ausrauschen, und darauf nahm ihre Miene einen höchst entschlossenen und nichts Gutes verheissenden Ausdruck an.

«Warten Sie bloss, dem werd' ich's beibringen.»

Sie begab sich in ihr Zimmer und zog die Tür hinter sich zu, nachdem sie mir bestimmte Anweisungen erteilt hatte. Lange bevor auf der Brigg die Segel geborgen waren, kam Jasper heraufgelaufen, immer drei Stufen auf einmal; vergass, guten Tag zu sagen, und schaute sich bloss eifrig nach allen Seiten um.

«Wo ist Freya denn? War sie nicht eben noch hier?»

Als ich ihm erklärte, Freya werde ihn eine ganze Stunde lang zappeln lassen, «um es ihm beizubringen», behauptete er, ich hätte sie dazu angestiftet – er werde mich eines Tages doch noch erschiessen müssen; sie und ich seien nachgerade allzu dick befreundet. Dann warf er sich in einen Sessel und versuchte, mir von seiner Fahrt zu erzählen. Doch das Komische war, dass der Junge tatsächlich litt. Es war ihm anzusehen. Die Stimme versagte ihm; er sass bloss noch da und schaute mit leidender Miene stumm zu der Tür hin. Jawohl. Und noch komischer war, dass das Mädchen nach weniger als zwanzig Minuten seelenruhig aus dem Zimmer heraustrat. Darauf verzog ich mich. Das heisst, ich ging, um den alten Nelson (oder Nielsen) auf der hinteren Veranda aufzusuchen, wo sein Stammplatz war. Ich gedachte ihn in ein Gespräch zu verwickeln, damit er nicht auf einem Gang durchs Haus aus Versehen dort auftauche, wo man ihn im Augenblick nicht brauchen konnte.

Er wusste, dass die Brigg angekommen war, nicht aber, dass sich Jasper bereits bei seiner Tochter befand. Das hielt er in der kurzen Zeit wohl gar nicht für möglich. Zwar ahnte er, dass Allen es mit seiner Tochter hatte, das war schliesslich den Vögeln in der Luft und den Fischen im Wasser, den meisten Kauffahrern im Archipel und allen möglichen Leuten in Singapur bekannt. Dagegen hatte er keine Ahnung, in welchem Masse das Mädchen in Jasper verliebt war. Er fand, Freya sei viel zu vernünftig, um sich jemals zu verlieben – bis über beide Ohren, heisst das. Nein, das war es nicht, was ihn veranlasste, während Jaspers Besuchen auf der hintern Veranda zu sitzen und sich auf seine stille Art Sorgen zu machen. Was ihm Sorgen bereitete, war die holländische Obrigkeit. Es lässt sich nicht bestreiten, dass die Holländer das Tun und Treiben Jasper Allens, des Eigners und Kapitäns der Brigg *Bonito,* mit scheelen Blicken verfolgten. Er war ihnen allzu unternehmungslustig. Soviel ich weiss, verstiess er zwar nie gegen die Gesetze, aber seine Betriebsamkeit war ihnen bei ihrem ruhigen Wesen und bedächtigen Vorgehen wohl zuwider. Jedenfalls fand der alte Nelson, der Kapitän der *Bonito* sei zwar ein tüchtiger Seemann und ein netter Junge, aber letzten Endes als Bekanntschaft doch unerwünscht. Er fürchtete, der junge Mann könnte ihn in ein schiefes Licht bringen. Anderseits mochte er ihm nicht rundweg das Haus verbieten, war doch der alte Nelson selber ein netter Mensch. Er hätte es wohl nicht einmal über sich gebracht, die Gefühle eines wuschelköpfigen Kannibalen zu verletzen, es sei denn, er wäre bis aufs Blut gereizt worden. Die Gefühle, wohlverstanden, nicht den leibhaftigen Kannibalen selber. Gegen Speere, Messer, Kriegsbeile, Keulen oder Pfeile hatte der alten Nelson sich durchaus zur Wehr zu setzen verstanden. In jeder andern Hinsicht war er eine furchtsame Seele. So sass er denn bekümmert auf seiner Veranda, und wenn die Stimmen seiner Tochter und Jasper Allens an sein Ohr drangen, verdüsterte sich seine Duldermiene.

Natürlich suchte ich ihm seine Ängste, soweit er sie mir anvertraute, als lachhaft auszureden. Er gab etwas auf mein Urteil und auch, zwar nicht auf meinen Charakter, wohl aber auf meine vermeintlichen Beziehungen zu den holländischen Behörden. Ich wusste zufällig, dass sein grösstes Schreckgespenst, der Gouverneur von Bangka – ein liebenswürdiger Konteradmiral a.D. von herzhaftem Wesen –, ihm entschieden gewogen war. Das brachte ich jeweils vor, um ihn zu trösten, aber es heiterte ihn nur vorübergehend auf, schliesslich schüttelte er doch wieder zweifelhaft den Kopf, als wolle er damit sagen, das sei ja schön und gut, aber es gebe im Wesen holländischer Beamter Abgründe, die ausser ihm noch niemand ausgelotet habe. Einfach lächerlich.

An dem betreffenden Tag war der alte Nelson (oder Nielsen) in höchst verdriesslicher Stimmung; während ich ihn nämlich mit einem komischen und etwas anrüchigen Erlebnis, das ein gemeinsamer Bekannter von uns in Saigon gehabt hatte, zu unterhalten suchte, rief er plötzlich aus: «Wozu braucht er überhaupt ständig hier aufzutauchen?»

Von meiner Geschichte hatte er offenbar kein Wort gehört. Das ärgerte mich; die Geschichte war nämlich wirklich gut. Ich schaute ihn gross an.

«Na, hören Sie!» erwiderte ich. «Wissen Sie denn wirklich nicht, was Jasper hierherführt?»

Es war die erste offene Anspielung auf das Verhältnis zwischen seiner Tochter und Jasper, die ich je gemacht hatte. Er nahm sie erstaunlich ruhig auf.

«Ach, Freya ist ein vernünftiges Mädchen», murmelte er zerstreut, innerlich offenbar noch mit den Behörden beschäftigt. Nein, Freya sei nicht auf den Kopf gefallen. Das kümmere ihn gar nicht. Der junge Mann leiste ihr bloss Gesellschaft, weiter sei nichts dabei.

Als der scharfsichtige Alte mit seinem undeutlichen Gemurmel aufhörte, war es still im Haus. Die beiden andern vergnügten sich unauffällig und zweifellos recht innig. Und was hätte sie inniger vergnügen können, als in aller Stille Zukunftspläne zu schmieden? Seite an Seite auf der Veranda müssen sie die Brigg vor Augen gehabt haben, die als Drittes dabei mitspielte. Ohne sie hätte es ja eine gemeinsame Zukunft gar nicht gegeben. Sie war ihr Vermögen und ihr Heim und erschloss ihnen die ganze Welt. Wer war es, der behauptet hat, ein Schiff sei einem Gefängnis vergleichbar? Ich will mich mit Schimpf und Schande an einer Rahnock aufknüpfen lassen, wenn das wahr ist. Die weissen Segel dieses Schiffs waren die weissen Flügel – Fittiche müsste das wohl in gehobenem Stil heissen –, also die weissen Fittiche ihrer sich in alle Himmel emporschwingenden Liebe. In alle Himmel empor, was Jasper betraf. Freya, als Frau, war eher darauf bedacht, festen Boden unter den hübschen Füssen zu haben.

Doch Jasper war im eigentlichen Sinn des Wortes der Erde entrückt, und zwar seit jenem Tag, als sie einst in wortlosem Einverständnis die Brigg betrachteten und er ihr antrug, sie solle sich mit ihm in den kostbaren Besitz teilen. Ja, er machte ihr die Brigg ganz und gar zum Geschenk. Von allem Anfang an hatte er sein Herz an die Brigg gehängt, die er in Manila einem schwarzgekleideten, salbungsvollen, rätselhaften Peruaner abgekauft hatte, von dem kein Mensch wusste, wie er dazu gekommen war; er erklärte lediglich, er sei «in einer Privatangelegenheit» nach den Philippinen gekommen. Dieses «in einer Privatangelegenheit» war nicht schlecht. Kein wahrer *caballero* durfte danach noch auf genauerer Auskunft bestehen.

Und Jaspar war von Kopf bis Fuss ein *caballero*. Die Brigg hingegen war damals ganz schwarz und rätselhaft und äusserst schmutzig, ein blind gewordenes Schmuckstück der See, oder besser gesagt, ein verwahrlostes Kunstwerk. Der unbekannte Schiffbauer, der die schön geschwungenen Linien ihres Körpers aus dem härtesten Holz mit reinstem Kupfer zusammengefügt hatte, muss nämlich ein Künstler gewesen sein. Weiss der Himmel, in welchem Teil der Welt sie gebaut worden war. Jasper hatte von seinem salbungsvollen Peruaner nicht viel über ihre Vergangenheit in Erfahrung bringen können – falls es sich wirklich um einen Peruaner handelte und nicht um den Teufel in Person, gut getarnt, wie Jasper spasseshalber behauptete. Nach meinem Dafürhalten war sie alt genug, um eines der letzten Freibeuterschiffe zu sein, ein Sklavenschiff vielleicht, oder dann ein Opiumklipper der Frühzeit, wenn nicht sogar ein Opiumschmuggler.

Jedenfalls war sie so seetüchtig wie am ersten Tag, war handig wie ein Segelboot und schien wie gewisse berühmte Schönheiten von abenteuerlichem Lebenswandel das Geheimnis ewiger Jugend zu besitzen, so dass es gar nicht so abwegig war, wenn Jasper sie wie eine Geliebte behandelte. Und diese Behandlung brachte ihre Schönheit wieder zum Vorschein. Er kleidete sie ganz in Weiss – in mehrere Schichten der allerbesten Farbe –, so geschickt und gefällig aufgetragen und von den sorgfältig ausgewählten Malaien seiner Mannschaft so blitzsauber gehalten, dass es wie Emailarbeit wirkte und sich auch so anfühlte. Schmale vergoldete Zierleisten betonten ihre schönen Umrisse, so dass sie ohne weiteres die Eleganz jeder Lustjacht, die sich damals in den Fernen Osten verirrte, auszustechen vermochte. Ich muss gestehen, dass mir persönlich eine dunkelrote Zierleiste auf einem weissen Schiffskörper besser gefällt. Es hebt die Formen wirksamer hervor, abgesehen davon, dass es längst nicht so kostspielig ist; und das sagte ich Jasper auch. Doch nein, es musste unbedingt Goldblatt sein; keine Zier war kostbar genug für die künftige Behausung seiner Freya.

Seine Gefühle für die Brigg und für das Mädchen waren unauflöslich miteinander verschmolzen, und die Glut war beträchtlich. Sie entfachte in ihm eine innere Rastlosigkeit, die sich auf sein ganzes Verhalten auswirkte. Mit seinen scharf geschnittenen Zügen, dem gewellten kastanienbraunen Haar, der schlanken, feingliedrigen Gestalt, dem lebhaften Funkeln in den stahlblauen Augen und den jähen Bewegungen kam er mir oft vor wie ein fortwährend gezogener blitzender Degen. Nur wenn er bei seiner Freya war, wenn er sie vor Augen hatte, wurde seine gespannte Haltung abgelöst durch eine bedächtige, ja andächtige Aufmerksamkeit, der nichts von dem entging, was sie sagte oder tat. Ruhig und gefasst und immer guter Dinge, wie sie war, schien sie beschwichtigend auf ihn zu wirken. Lag es am Zauber ihrer Gesichtszüge, an ihrer Stimme, ihren Blicken? Dabei war das doch gerade, was sein Sinnen und Trachten entflammt hatte – falls das der Urgrund der Liebe ist. Ich bin da nicht zuständig. Und mir scheint, wir sind allzu lange von dem armen Nelson abgekommen, wie er da mit Duldermiene auf der hinteren Veranda sass.

Ich machte geltend, Jasper sei schliesslich kein sehr häufiger Gast; er sei ja mit seiner Brigg dauernd von Insel zu Insel unterwegs. Doch der alte Nelson sagte nur, und zwar voller Besorgnis: «Hoffentlich taucht Heemskirk nie auf, solange die Brigg in der Nähe ist.»

Jetzt fing er noch an, sich Heemskirks wegen zu ängstigen! Heemskirk! Da hörte doch alles auf –

II

Wer war denn dieser Heemskirk, bitte sehr? Man wird gleich sehen, wie grundlos die Angst vor Heemskirk... Gewiss, er hatte einen schlechten Charakter. Das liess sich nicht verkennen, sobald man sein Lachen hörte. Nichts verrät die geheime Veranlagung eines Menschen so deutlich wie der Ton seines Lachens in einem unbewachten Augenblick. Aber, du meine Güte, wenn man sich von jedem bösartigen Gewieher ins Bockshorn jagen lassen wollte, bliebe einem ja nichts übrig, als in der Wüste ein einsames Klausnerleben zu führen. Und auch dort müsste man sich noch mit der unvermeidlichen Gesellschaft des Teufels abfinden.

Dabei ist der Teufel eine ansehnliche Person, die einst bessere Tage gesehen und es in der Rangordnung der himmlischen Heerscharen weit gebracht hat, während Heemskirk, dessen Anfänge sicher nicht sehr glanzvoll waren, lediglich den Rang eines holländischen Marineleutnants bekleidete und sich weder besonderer Beziehungen noch besonderer Tüchtigkeit rühmen konnte. Er war vierzig und befehligte die *Neptun,* ein kleines Kanonenboot, mit dem er im Archipel auf und ab seine Streife herunterritt, um den Handelsverkehr zu überwachen. Sicher keine sehr erhabene Stellung. Bloss ein gewöhnlicher Leutnant mit etwa fünfundzwanzig Dienstjahren auf dem Buckel, der wohl in absehbarer Zeit seinen Abschied nahm - weiter nichts.

Was im Gebiet der Sieben Inseln vor sich ging, kümmerte ihn erst, seit er, wohl aus dem Stadtgespräch von Mintok oder Palembang, erfahren hatte, dass dort ein hübsches Mädchen wohne. Vermutlich aus Neugier begann er in jener Gegend herumzuschnüffeln, und nachdem er dann Freya einmal gesehen hatte, liess er es sich angelegen sein, die Inselgruppe anzulaufen, wann immer es sich in einem halben Tag machen liess.

Es liegt mir fern, zu behaupten, Heemskirk sei ein typischer Vertreter seines Standes gewesen. Ich habe genug holländische Marineoffiziere gekannt, um mich vor dergleichen Verallgemeinerungen zu hüten. Er hatte ein glattrasiertes, flaches Gesicht mit einer Hakennase und einem verkniffenen Mund. In seinem schwarzen Haar waren ein paar Silberfäden, und auch seine unangenehm wirkenden Augen waren fast ganz schwarz. Er hatte die Gewohnheit, verdriessliche Seitenblicke dahin und dorthin zu werfen, ohne den auf einem kurzen Hals sitzenden Kopf zu bewegen. Sein gedrungener Oberkörper, in der dunkeln Halbuniformjacke mit goldenen Achselstücken, wurde von einem breitspurigen Paar dicker, runder Beine getragen, die in weissen Drilchhosen steckten. Sein runder Schädel unter der weissen Mütze sah aus, als sei er auch dick, doch es steckte genug darin, dass Heemskirk sogleich dahinterkam, wie sehr Nelson vor allem, was im entferntesten an Obrigkeit gemahnte, einen heiligen Respekt hatte.

Das verstand Heemskirk denn auch weidlich auszunutzen. Wenn er auf der Insel an Land ging, wanderte er zuerst einmal wortlos überall auf der Plantage umher, als gehöre sie ihm, bevor er sich dann ins Haus begab. Auf der Veranda beanspruchte er jeweils den bequemsten Sessel und blieb zum Mittagessen oder Abendbrot, blieb ganz einfach da, ohne es für nötig zu halten, sich auch nur mit einem einzigen Wort einzuladen.

Er hätte ein paar Ohrfeigen verdient, schon der Art und Weise wegen, wie er sich Freya gegenüber benahm. Wäre er ein nackter, mit Speer und Giftpfeilen bewaffneter Kanake gewesen, hätte sich der alte Nelson (oder Nielsen) mit den blossen Fäusten auf ihn gestürzt. Doch diese goldenen Achselstücke – holländische noch dazu – flössten ihm eine heillose Angst ein, und so liess er es geschehen, dass der Kerl ihn von oben herab behandelte, seine Tochter mit den Augen verschlang und seinen bescheidenen Weinkeller nach und nach leertrank.

Zum Teil habe ich das miterlebt, und einmal suchte ich die Sache zur Sprache zu bringen. Es war jammervoll, die Angst in den Augen des alten Nelson zu sehen. Zuerst rief er aus, der Leutnant sei ein guter Freund von ihm, ein prächtiger Kerl. Ich schaute ihn gross an, eine ganze Weile, bis er schliesslich unsicher wurde und zugab, nach aussen hin sei Heemskirk natürlich kein sehr liebenswürdiger Mensch, aber im Grunde genommen…

«Einen liebenswürdigen Holländer habe ich hier draussen überhaupt noch nie kennengelernt», unterbrach ich ihn. «Liebenswürdigkeit hat zwar nicht viel zu besagen, aber sehen Sie denn nicht – »

Nelson sah plötzlich so entsetzt drein, dass ich es nicht über mich brachte, den Satz zu beenden. Natürlich wollte ich ihm sagen, der Kerl sei hinter seiner Tochter her. Ja, das ist der richtige Ausdruck dafür. Was Heemskirk sich davon versprach, weiss ich allerdings nicht. Vielleicht hielt er sich für unwiderstehlich, oder dann beurteilte er Freya falsch, ihres lebhaften, selbstsicheren, zwanglosen Auftretens wegen. Jedenfalls war er hinter dem Mädchen her, das stand für mich fest. Auch Nelson konnte es nicht entgehen, doch er zog es vor, die Augen davor zu verschliessen. Er wollte nichts davon hören.

«Ich lege Wert darauf, mit den holländischen Behörden gut auszukommen», murmelte er bedrückt.

Ein unheilbarer Fall. Er tat mir leid, und ich glaube, auch Freya empfand Bedauern mit ihrem Vater. Sie hielt sich seinetwegen zurück, und das geschah, wie alles, was sie tat, auf eine schlichte, ungekünstelte, ja gutgelaunte Art und Weise. Es war ihr hoch anzurechnen, steckte doch in Heemskirks Aufdringlichkeit eine Geringschätzung, die schwer zu ertragen war. Holländer seiner Art treten Untergebenen gegenüber sehr anmassend auf, und dieser Marineoffizier fühlte sich über den alten Nelson und dessen Tochter in jeder Hinsicht hoch erhaben.

Freya erweckte eigentlich kein Bedauern in mir. Sie gehörte nicht zu denen, die das Leben tragisch nehmen. Man konnte Mitgefühl aufbringen für sie und die heikle Lage, in der sie sich befand, aber sie schien jeder Lage gewachsen. Ihr heiteres Gemüt heischte eher Bewunderung. Nur wenn Jasper und Heemskirk miteinander zu Gast waren, wie es gelegentlich vorkam, musste sie sich gewaltig zusammennehmen, und auch dann war es ihr kaum anzumerken. Mir allein fiel der Schatten auf, der dann ihr strahlendes Wesen überflog. Einmal konnte ich mich nicht enthalten, ihr meine Bewunderung auszudrücken, was sie mit einem leisen Lächeln überging.

«Die Hauptsache ist, zu verhüten, dass Jasper sich zu einer Unbesonnenheit hinreissen lässt», erwiderte sie, und es entging mir dabei nicht, dass sie sich deswegen wirklich Sorgen machte. «Sie helfen mir doch, ihn in Schranken zu halten, nicht?»

«Versteht sich, wir müssen ihn in Schranken halten», erklärte ich, da mir durchaus klar war, weswegen sie sich sorgte. «Er ist ja völlig unberechenbar, wenn ihn etwas aufbringt.»

«Ja, nicht wahr!» pflichtete sie in sanftem Ton bei; wir machten uns nämlich einen Spass daraus, gemeinsam über Jasper herzuziehen. «Aber ich habe ihn etwas gezähmt. Er ist jetzt recht brav.»

«Trotzdem würde er Heemskirk wie eine Wanze zertreten», bemerkte ich.

«Allerdings!» sagte sie leise und setzte dann rasch hinzu: «Und dazu darf es nicht kommen. Stellen Sie sich vor, die Verfassung, in die der arma Papa geriete. Ausserdem gedenke ich Herrin der geliebten Brigg zu werden und die Gewässer hier zu befahren, nicht wegzuziehen, zehntausend Meilen weit von hier.»

«Je eher Sie an Bord gehen, um auf den Mann und das Schiff aufzupassen, desto besser», erklärte ich aus Überzeugung. «Beide brauchen Ihre besänftigende Hand. Und ich glaube, Jasper kriegt erst wieder klaren Kopf, wenn er Sie einmal von dieser Insel entführt hat. Sie sehen ihn nicht, wenn er fern von Ihnen ist. Ich ja. Er lebt in einem dauernden Überschwang, der etwas Beängstigendes hat.»

Das entlockte ihr wiederum ein Lächeln, aber nur kurz. Es konnte ihr nicht unangenehm sein, von ihrer Macht zu hören, und es fehlte ihr auch nicht an Verantwortungsgefühl. Plötzlich entfernte sie sich rasch, kam doch Heemskirk mit Nelson im Gefolge die Freitreppe zur Veranda herauf. Sobald er mit dem Kopf über dem Boden auftauchte, warf er ungute Blicke dahin und dorthin.

«Wo ist denn Ihre Tochter, Nelson?» fragte er in einem Ton, als gehöre ihm jede Seele auf Erden. Und dann zu mir: «Die Göttin ist entflohen, wie?»

In Nelsons Bucht – wie wir sie nannten – drängten sich an dem betreffenden Tag die Fahrzeuge. Zunächst war da mein Dampfer, dann weiter draussen das Kanonenboot, und schliesslich noch die Brigg, die so dicht unter dem Ufer verankert lag, dass es schien, als könnte man mit etwas Geschick und Berechnung einen Hut von der Veranda auf ihr blankgescheuertes Achterdeck schleudern.

Ihre Messingbeschläge funkelten wie Gold, ihr weisser Anstrich hatte den seidenen Glanz eines Atlaskleids. Das gelackte Mastwerk und die breit ausladenden Rahen, haargenau vierkant geholt, verliehen ihr etwas Martialisches. Sie war wirklich schön. Kein Wunder, dass Jasper als Eigner eines solchen Schiffs und Anwärter auf die Hand eines Mädchens wie Freya in einem dauernden Hochgefühl lebte, wie es vielleicht für den siebenten Himmel taugt, in einer Welt wie der unseren aber nicht ungefährlich ist.

Ich wies Heemskirk höflich darauf hin, bei nicht weniger als drei Gästen im Haus habe Freya wohl allerlei zu erledigen. Natürlich wusste ich, dass sie weggegangen war, um sich mit Jasper in einer Lichtung am einzigen Bach auf Nelsons kleiner Insel zu treffen. Der Kapitän der *Neptun* bedachte mich mit einem argwöhnischen Blick und begann es sich gemütlich zu machen, indem er seinen zylindrischen Torso in einen Schaukelstuhl fallen liess und sich die Jacke aufknöpfte. Der alte Nelson setzte sich ihm bescheiden gegenüber, machte grosse, besorgte Augen und fächelte sich mit dem Hut. Ich suchte ein Gespräch in Gang zu bringen, um uns die Zeit zu vertreiben – keine leichte Aufgabe, wenn der Gesprächspartner ein misslauniger, verliebter Holländer ist, der dauernd von einer Tür zur andern blickt und auf jede Bemerkung höchstens mit einem Schnauben oder einem Knurren antwortet.

Indessen nahm der Abend doch noch einen harmlosen Verlauf. Zum Glück gibt es eine

Stufe der Seligkeit, die keinen Überschwang aufkommen lässt. Jasper verhielt sich ruhig, in den Anblick Freyas versunken. Als wir uns an Bord begaben, jeder auf sein Schiff, machte ich ihm den Vorschlag, ihn am nächsten Morgen auf die offene See hinauszuschleppen. Es geschah in der Absicht, ihn so früh als möglich von hier wegzukriegen. So kamen wir denn im kalten Dämmerlicht der Frühe an dem Kanonenboot vorbei, das schwarz und lautlos am Rand der spiegelglatten Bucht lag. Doch mit tropischer Schnelligkeit war die Sonne ein Stück über die Kimm heraufgekommen, ehe wir um das Riff herum und querab der Landspitze waren. Dort auf dem grössten Felsblock stand Freya, ganz in Weiss, einer Statue mit gerötetem Antlitz gleich, wie ich durch das Fernglas erkannte. Sie liess unmissverständlich ein Taschentuch im Winde flattern, und Jasper, der ins Grosswant seiner weissen Brigg aufgeentert war, winkte mit der Mütze zurück. Bald darauf trennten wir uns, worauf ich Kurs nach Norden nahm und Jasper bei raumem Wind Osten anlag; Banjermassin und noch zwei andere Häfen waren es wohl damals.

Das war das letztemal, dass ich alle beisammen sah – die reizend frische und energische Freya, den arglos kulleräugigen alten Nelson, Jasper mit seinen scharfgeschnittenen Zügen, auf seine Art bewundernswert ruhig und gefasst, weil unter den Augen seiner Freya unsagbar glücklich; alle drei gross, blond und blauäugig, in den verschiedensten Abschattungen, und unter ihnen der dunkelhäutige und schwarzhaarige, anmassende Holländer, fast einen Kopf kürzer und so viel dicker als alle andern, dass er wie ein aufgeblähter Ochsenfrosch wirkte, jedenfalls wie ein groteskes Wesen von einem andern Stern.

Der Gegensatz war mir aufgefallen, als wir nach dem Essen auf der erleuchteten Veranda standen. Er liess mich den ganzen Abend nicht mehr los, und ich weiss noch gut, dass er komisch und gleichzeitig unheildrohend auf mich wirkte.

III

Einige Wochen danach, als ich eines Morgens früh von Süden her in Singapur einlief, sah ich die Brigg in ihrem gewohnten Glanz und Gleichmass vor Anker liegen, als sei sie soeben aus einem Glasgehäuse herausgenommen und behutsam aufs Wasser gesetzt worden.

Sie lag ziemlich weit draussen auf der Reede, während ich hineindampfte und meinen Stammplatz dicht vor der Stadt einnahm. Wir hatten noch nicht einmal fertig gefrühstückt, als ein Steuermannsmaat kam und meldete, Kapitän Allens Boot halte direkt auf uns zu.

Sein elegantes Gig kam behende längsseit, und in zwei langen Schritten setzte er das Fallreep hinauf, schüttelte mir kräftig die Hand und schaute mich fragend an, da er annahm, ich hätte unterwegs bei den Sieben Inseln einen Zwischenhalt eingelegt. Ich langte in die Tasche, um ein säuberlich gefaltetes Briefchen herauszuholen, das er mir ohne weiteres entriss, worauf er sich eilends auf die Brücke begab, um es dort ungestört zu lesen. Ich wartete taktvoll eine Weile, bevor ich ihm folgte; droben sah ich ihn dann rastlos hin und her gehen; bei seinem Gemütszustand kam er überhaupt nie zur Ruhe.

Er nickte mir frohlockend zu.

«Nun, mein Lieber», sagte er, «von jetzt an zähle ich die Tage.»

Ich verstand, was er meinte. Es war mir bekannt, dass die beiden übereingekommen waren, sich ohne die üblichen Formalitäten Hals über Kopf in ihr Glück zu stürzen. Das war ein durchaus folgerichtiger Entschluss. Der alte Nelson (oder Nielsen) hätte niemals eingewilligt, Freya diesem Jasper, der ihn in ein schiefes Licht brachte, widerspruchslos abzutreten. Du lieber Himmel, was würden die holländischen Behörden zu einer solchen Verbindung sagen! Das klingt lächerlich, aber es gibt nichts Hartherzigeres auf der Welt als einen furchtsamen Menschen, der um sein «kleines Besitztum» bangt, wie der alte Nelson es in Nachsicht heischendem Ton zu nennen pflegte. Ein von einer gewissen Angst durchdrungenes Gemüt ist gegen Vernunft, Gefühl und Spott gefeit. Es ist aus Stein.

Jasper hätte dennoch um ihre Hand angehalten und wäre dann nach eigenem Gutdünken vorgegangen, doch Freya hatte darauf bestanden, die Sache solle geheim bleiben, mit der Begründung, ihr Vater wäre imstande, vor Ärger krank zu werden, und dann brächte sie es nicht über sich, ihn allein zu lassen. Damit bewies sie, wie vernünftig Frauen denken und wie unumwunden sie argumentieren. Im übrigen durchschaute Freya ihren Vater, wie nur eine Frau einen Mann durchschauen kann. Wenn seine Tochter einmal weg war, bestand keine Gefahr mehr, dass der alte Nelson sich krank ärgerte. Er würde zwar ein grosses Lamento erheben, aber das ist nicht dasselbe. Die Qual der Unschlüssigkeit, der innere Widerstreit, all das blieb ihm erspart. Als der im Grunde friedfertige Mensch, welcher er war, würde er sich allmählich damit abfinden, sich seinem «kleinen Besitztum» widmen und danach trachten, mit den holländischen Behörden auszukommen.

Alles übrige war dann bloss eine Frage der Zeit. Und Freya fand, sie könne gut warten, während sie mit dem Mann, der sie liebte, in ihrem eigenen Heim auf der schönen Brigg schaltete und waltete. Für sie, die an Deck eines Schiffs die ersten Schritte getan hatte, war das zweifellos das wahre Leben. Wenn es jemals ein Schiffskind, ein richtiges Seemädchen gegeben hat, dann war sie es. Und natürlich liebte sie Jasper und vertraute ihm, wenn auch nicht ohne eine gewisse Besorgnis in ihrem Stolz. Es ist sehr schön und romantisch, ein Florett aus dem feinsten gehärteten Stahl sein eigen zu nennen; ob es auch die beste Waffe ist, um damit die Keulenschläge des Schicksals abzuwehren, bleibe dahingestellt.

Sie wusste, dass sie den festeren Charakter besass. Während seiner Abwesenheit war sie immer ein klein bisschen besorgt. Als ihr bewährter Vertrauter nahm ich mir oft heraus, ihr zuzuraunen: «Je eher, desto besser.» Doch sie hatte auch ihren eigensinnigen Zug, und wie sie den Aufschub begründete, war bezeichnend. «Nicht vor meinem einundzwanzigsten Geburtstag», erklärte sie, «damit kein Zweifel daran aufkommen kann, dass ich alt genug bin, um zu wissen, was ich tue.»

Jasper war ihr dermassen ergeben, dass er gegen die Verfügung nie auch nur aufgemuckt hatte. Für ihn war alles, was sie tat oder sagte, einfach grossartig, und damit Punktum. Ich glaube, er fühlte sich im Grunde sogar etwas geschmeichelt – bisweilen. Und dann hatte er ja, um sich über die Wartezeit hinwegzutrösten, seine Brigg, die vom Geist der Geliebten erfüllt schien, geschah doch alles, was er an Bord tat, vornehmlich ihretwegen.

«Ja, jetzt fange ich bald an, die Tage zu zählen», wiederholte er. «Noch elf Monate. Ich muss sehen, dass ich bis dahin drei Reisen schaffe.»

«Pass bloss auf, dass dir nichts zustösst», mahnte ich. «Man kann sich auch übernehmen.» Doch er setzte sich mit einem Lachen darüber hinweg. «Pah! Nichts, aber gar nichts kann der Brigg zustossen», rief er, als könne seine innere Flamme das nächtliche Dunkel unerforschter Meere erhellen und Freyas Gestalt ihm als Leuchtfeuer den Weg zwischen blinden Klippen hindurch weisen; als wären Wind und Gestirn verpflichtet, seiner Zukunft dienstbar zu sein; als vermöchte die Zaubergewalt seiner grossen Liebe ein Schiff auf einem Tautropfen oder durch ein Nadelöhr segeln zu lassen – bloss weil es diesem Schiff bestimmt war, einem so anmutigen Wesen zu huldigen, dass fortan alles sich wie von selbst ergab.

«Du wirst wohl schon heute unter Segel gehen», sagte ich, nachdem er meine arglose Bemerkung genügend belacht hatte.

Das hatte er auch im Sinn. Er war bloss deswegen nicht schon frühmorgens ankerauf gegangen, weil er mit meiner Ankunft gerechnet hatte.

«Und stell dir vor, was mir gestern passiert ist», fuhr er fort. «Mein Steuermann hat ganz unvermutet abgemustert. Aus zwingendem Grund. Und da sich von einem Tag auf den andern niemand auftreiben lässt, werde ich Schultz mitnehmen. Den berüchtigten Schultz! Warum fährst du nicht aus der Haut? Ich sage dir doch, gestern abend spät habe ich Schultz mit Müh und Not aufgestöbert. ‹Ich bin Ihr Mann, Käpt'n›, sagt er mit seiner volltönenden Stimme, ‹nur muss ich leider gestehen, ich habe so gut wie gar kein Zeug mit. Musste es Stück um Stück versilbern, um zu einer warmen Mahlzeit zu kommen.› Die Stimme, die der Mensch hat! Zum Steinerweichen. Doch es scheint, man kann sich daran gewöhnen. Ich hatte ihn noch nie zuvor gesehen, und weiss der Kuckuck, aber ich spürte plötzlich, wie mir die Augen feucht wurden. Zum Glück war es schon ziemlich dunkel. Er sass in einem Eingeborenengehöft ganz ruhig unter einem Baum, völlig ausgemergelt, und als ich genauer hinschaute, sah ich, dass er bloss ein altes Baumwollhemd und ein Paar ausgefranste Pluderhosen anhatte. Ich kaufte ihm sechs weisse Anzüge und zwei Paar Segeltuchschuhe. Ohne Steuermann wird ein Schiff nicht ausklariert. Irgend jemand muss ich haben. Ich gehe jetzt an Land, um ihn anzuheuern, und nehme ihn dann gleich mit, wenn ich wieder an Bord komme, um auszulaufen. Also, ich bin von allen guten Geistern verlassen, nicht? Völlig verrückt geworden, versteht sich. Los, nimm kein Blatt vor den Mund! Sprich dich aus! Ich sehe es gern, wenn einer sich aufregt.»

Er rechnete offenbar mit Vorhaltungen meinerseits. Ich machte mir deshalb einen Spass daraus, ihm mit betonter Gelassenheit zu antworten.

«Das Schlimmste, was sich gegen Schultz vorbringen lässt», begann ich, mit verschränkten Armen, die Ruhe selber, «ist seine leidige Stehlsucht. Er hat noch auf jedem Schiff gestohlen, auf dem er fuhr, und er wird es wieder tun. Das ist eigentlich alles, was man ihm vorwerfen kann. Kapitän Robinson gehauptet, Schultz habe sich mit ein paar Halunken in einer chinesischen Dschunke zusammengetan, um den Anker vom Steuerbordbug seines Schoners zu klauen, aber das scheint mir nicht recht glaubhaft. Robinsons Geschichte ist etwas an den Haaren herbeigezogen. Eher glaubhaft scheint mir, was die Maschinisten der *Nan-shan* erzählen; sie behaupten, sie hätten Schultz dabei ertappt, wie er nächtlicherweile im Maschinenraum an Messingteilen herumhämmerte, um sie an Land zu Geld zu machen. Doch abgesehen von dieser kleinen Schwäche ist Schultz als Seemann tüchtiger als manch einer, der noch nie einen Tropfen

Alkohol angerührt hat, und charakterlich vielleicht nicht schlechter als andere aus unserem Bekanntenkreis, die noch nie das Geringste gestohlen haben. Natürlich ist er unerwünscht an Bord eines Schiffs, aber da dir keine andere Wahl bleibt, wirst du dich zur Not mit ihm behelfen. Man muss ihn nur zu nehmen wissen. Wichtig ist, ihm kein Geld auszuhändigen, solange man ihn noch braucht. Keinen Cent, auch wenn er noch so sehr darum anhält. Sobald man ihm nämlich Geld gibt, fängt er unweigerlich an zu stehlen. Vergiss das nicht.»

Ich weidete mich an Jaspers ungläubigem Staunen.

«Mensch!» rief er. «Wieso denn? Du willst mich wohl veralbern, wie?»

«Nein, durchaus nicht. Du musst begreifen, wie das bei Schultz zugeht. Er ist weder ein Faulpelz noch ein Schmarotzer. Nein. Er gehört nicht zu denen, die sich im Hafen herumtreiben, um sich vom ersten besten freihalten zu lassen. Doch gesetzt den Fall, er geht mit fünf Dollar in der Tasche an Land, oder auch mit fünfzig. Nach dem dritten oder vierten Glas ist er umnebelt und ein grosser Allerweltsfreund. Entweder lässt er nun sein Geld irgendwo liegen, oder er verschenkt es ringsum, drängt es jedem auf, der es haben will. Dann fällt ihm ein, dass die Nacht erst angefangen hat, dass er bis zum Morgen wohl noch mehr als eine Flasche für sich und seine Freunde braucht. So macht er sich denn wohlgemut nach seinem Schiff auf. In die Beine schlägt ihm der Alkohol nämlich nicht. Er geht an Bord und lässt einfach mitlaufen, was ihm gerade in die Hände gerät – die Kajütslampe, ein aufgeschossenes Tau, einen Sack Hartbrot, einen Kanister Petrol – und das macht er dann ohne die geringsten Bedenken zu Geld. So geht das bei ihm zu, nicht anders. Man muss nur dafür sorgen, dass er gar nicht erst dazu kommt, damit anzufangen. Das ist alles.»

«Sieh mal an!» sagte Jasper. «Dabei hat der Mann eine Stimme, um mit Engeln zu verkehren. Glaubst du, er ist unheilbar?»

Ich bejahte. Zwar sei er noch nie gerichtlich belangt worden, aber es wolle ihn niemand mehr anheuern. Letzten Endes, fürchtete ich, werde er wohl in irgendeinem elenden Winkel verhungern.

«Na ja», meinte Jasper, «wenigstens läuft die *Bonito* keine Hafenstädte an. Die Gefahr, dass er auf Abwege gerät, ist gering.»

Das stimmte. Die Brigg war im Handel an unzivilisierten Küsten eingesetzt, wo in fast unbekannten Buchten irgendwelche Radschas wohnten, wo an schwer zugänglichen Flussläufen Eingeborenendörfer im Urwald versteckt lagen, wo die stillen blauen Gewässer einsamer Meerengen im Sonnenschein glitzerten. Allein, weitab von den regelmässig benützten Seewegen, glitt die strahlend weisse Brigg um bedrohliche Vorgebirge herum, kam unversehens lautlos wie ein Schemen hinter dunkeln, mondbeglänzten Landzungen hervor, oder lag beigedreht, einem schlafenden Meeresvogel gleich, im Schatten eines namenlosen Berges, als warte sie auf etwas. Manchmal sah man sie bei Nebel und Schlechtwetter hochmütig die hohle See vor Java zerteilen, oder dann tauchte sie in weiter Ferne auf, ein winziger, blendend weisser Punkt, der auf dem Hintergrund bläulich-schwarzer Gewitterwolken dahinflog. Gelegentlich kam es vor, dass auf der Fahrstrasse der Postdampfer, wo Zivilisation und geheimnisvolle Wildnis sich berühren, arglose Fahrgäste sich an der Reling scharten und ausriefen: «Ach, da ist eine Jacht», worauf der holländische Kapitän, mit einem feindseligen Blick auf das Schiff, verächtlich knurrte: «Eine Jacht? Ach wo, das ist bloss dieser Engländer, Jasper Allen. Ein Händler.»

«Als Seemann tüchtig, sagst du», bemerkte Jasper, immer noch mit dem hoffnungslosen Schultz beschäftigt, dessen Stimme so herzbewegend wirkte.

«Hervorragend, das kann dir jeder bestätigen. Durchaus brauchbar, nur eben – ein unmöglicher Mensch», erklärte ich.

«Bei mir wird er Gelegenheit haben, ein neues Leben anzufangen», meinte Jasper lachend. «Wo ich diesmal hin will, wird er nicht in Versuchung kommen, zu trinken und zu stehlen.»

Ich legte keinen Wert darauf, mir das genauer erklären zu lassen, hatte ich doch im allgemeinen einen ziemlich guten Begriff davon, welcher Art seine Geschäfte waren.

Doch als wir in seinem Gig an Land gingen, fragte er plötzlich: «Übrigens, hast du eine Ahnung, wo Heemskirk sich aufhält?»

Ich musterte ihn unauffällig und war wieder beruhigt. Er hatte die Frage nicht als Liebender, er hatte sie von Berufs wegen gestellt. Ich sagte ihm, nach dem, was ich in Palembang gehört hätte, sei die *Neptun* dienstlich drunten in der Gegend von Flores und Sumbawa unterwegs. Sie werde ihm nicht über den Weg laufen. Er gab seiner Genugtuung Ausdruck.

«Weisst du», fuhr er fort, «wenn dieser Kerl an der Küste von Borneo zu tun hat, vertreibt er sich die Zeit damit, meine Baken zu zerstören. Ich musste ein paar solcher Seezeichen aufstellen, um leichter in Flussmündungen hinein- und wieder herauszukommen. Anfangs dieses Jahrs hat ein Handelsschiffer aus Celebes, der mit seiner Prau in eine Flaute geraten war, ihn dabei beobachtet. Zwei meiner Baken rammte er mit dem Kanonenboot, eine nach der andern, und machte Kleinholz daraus, und dann brachte er ein Boot zu Wasser, eigens zu dem Zweck, eine dritte aus dem Schlamm herauszureissen, die ich ein Jahr vorher mit Müh und Not als Pegel aufgestellt hatte. Hast du je so etwas Niederträchtiges gehört?»

«Ich würde mich nicht mit ihm anlegen», bemerkte ich in beiläufigem Ton, obwohl mir die Geschichte gar nicht gefiel. «Es lohnt sich nicht.»

«Mich mit ihm anlegen?» rief Jasper. «Ich denke gar nicht dran. Kein Haar werde ich dem Dickschädel krümmen. Mein Lieber, wenn ich an Freyas einundzwanzigsten Geburtstag denke, bin ich aller Welt gut, Heemskirk inbegriffen. Trotzdem, es ist und bleibt eine Affenschande, was er da treibt.»

Auf dem Kai verabschiedeten wir uns in aller Eile, da wir beide dringend zu tun hatten. Ich wäre untröstlich gewesen, hätte ich geahnt, dass dieser flüchtige Händedruck mit einem «Auf Wiedersehen. Gute Fahrt!» der letzte sein sollte.

Bei seiner Rückkehr nach Singapur war ich nicht dort, und er war schon wieder weg, bevor ich eintraf. Er wollte vor Freyas einundzwanzigstem Geburtstag unbedingt noch drei Reisen hinkriegen. Beim alten Nelson verpasste ich ihn abermals um knapp zwei Tage. Freya und ich unterhielten uns geniesserisch über den «Tollkopf», den «ausgemachten Esel». Sie hatte etwas Strahlendes und wirkte übermütiger als sonst, obwohl sie sich erst kurz vorher von Jasper verabschiedet hatte. Es sollte ihr letzter Abschied sein.

«Gehen Sie doch so bald als möglich an Bord», redete ich ihr zu.

Sie schaute mir mit einem Anflug von Röte in die Augen, und ihre Stimme klang etwas belegt.

«Gleich am Tag darauf.»

Ach ja, gleich nach ihrem einundzwanzigsten Geburtstag. Ich freute mich über das tiefe Gefühl, das sie damit verriet. Es war, als sei ihr der Aufschub, auf dem sie selber bestanden hatte, nachgerade doch lästig geworden. Vermutlich hing das mit Jaspers kürzlichem Besuch zusammen.

«Gut so», bemerkte ich beifällig. «Es wird mir bedeutend leichter ums Herz sein, wenn ich diesen Tollkopf einmal unter Ihren Fittichen weiss. Verlieren Sie ja keine Minute. Er wird bestimmt zur Zeit da sein, es sei denn, der Himmel stürze vorher ein.»

«Ja, es sei denn...», sprach sie mir leise nach, wobei sie einen Blick zu dem wolkenlosen Abendhimmel emporsandte. Schweigend schauten wir eine Weile auf die geheimnisvoll still im Dämmerlicht daliegende Wasserfläche hinaus, die aussah, als mache sie sich auf einen langen, langen Traum in der warmen Tropennacht gefasst. Und die friedliche Stille ringsum schien grenzenlos und ohne Ende.

Dann begannen wir wieder, uns im gewohnten Ton über Jasper zu unterhalten. Beide waren wir der Ansicht, er sei in verschiedener Hinsicht allzu verwegen. Zum Glück erwies sich die Brigg als ihm ebenbürtig. Nichts, schien es, war zuviel für sie. Ein höchst artiges Boot, fand Freya. Sie und ihr Vater hatten einen Nachmittag an Bord verbracht. Jasper hatte sie zum Tee eingeladen. Papa sei griesgrämig gewesen... Ich sah den alten Nelson vor mir, wie er unter dem schneeweissen Sonnensegel der Brigg auf seine stille Art seinen Ärger hinunterschluckte und sich mit dem Hut Luft zufächelte. Eine Vatergestalt wie aus einem Lustspiel... Als neuestes Beispiel für Jaspers Verrücktheit wurde mir berichtet, er sei sehr betrübt, weil er sich ausserstande sah, an alle Kammertüren Klinken aus reinem Silber anbringen zu lassen. «Als hätte ich das gestattet!» bemerkte Freya, halb belustigt, halb empört. Und nebenbei vernahm ich auch, dass Schultz, der nautische Kleptomane mit der steinerweichenden Stimme, seinen Posten noch nicht verscherzt hatte. Freya fand nichts gegen ihn einzuwenden. Jasper hatte ihr anvertraut, er gedenke den Kerl auf den rechten Weg zu bringen. Ja, ja, er war aller Welt gut, atmete doch jeder mit Freya dieselbe Luft.

Irgendwie kam ich auch auf Heemskirk zu sprechen und brachte Freya damit unerwarteterweise aus der Fassung. In ihrem Blick spiegelte sich etwas wie Bekümmernis, während sie gleichzeitig an der Unterlippe nagte, als müsse sie sich ein Lachen verbeissen. Ach ja. Heemskirk sei auch da gewesen, sei aber einen Tag nach Jasper eingetroffen. Er sei am selben Tag wie die Brigg ausgelaufen, nur ein paar Stunden später.

«Er ist euch beiden sicher sehr zur Last gefallen», bemerkte ich teilnahmsvoll.

Etwas wie eine erschreckte Heiterkeit blitzte in ihren Augen auf, und plötzlich lachte sie schallend heraus. «Ha, ha, ha!»

Ich lachte mit, wenn auch nicht im selben reizenden Ton. «Ha, ha, ha... ist er nicht grotesk? Ha, ha, ha!» Und als ich an den alten Nelson dachte, an seine hilflos grimmigen Kulleraugen, während er den Leutnant wie ein rohes Ei behandelte, da löste der komische Gegensatz von neuem einen Lachanfall aus.

«Heemskirk», sprudelte ich hervor, «Heemskirk wirkt unter euch drei doch wie – ha, ha, ha! – wie eine melancholische Wanze. Ha, ha, ha!»

Sie lachte nochmals laut auf, lief hinweg in ihr Zimmer und knallte die Tür zu, ehe ich mich dessen versah. Das Lachen verging mir.

«Was habt ihr denn?» fragte der alte Nelson, der eben die Treppe zur Veranda heraufkam.

Er setzte sich hin und blähte die Backen auf, was ihm ein äusserst stumpfsinniges Aussehen verlieh. Doch ich hatte keine Lust mehr zu lachen. «Und worüber», fragte ich mich, «haben wir eigentlich so unbändig gelacht?» Ich war auf einmal niedergeschlagen. Ja, richtig! Freya hatte damit angefangen. «Das Mädchen ist überreizt», dachte ich. Im Grunde nicht verwunderlich.

Auf Nelsons Frage wusste ich nichts zu erwidern, doch er war allzu sehr bekümmert über Jaspers Besuch, um an irgend etwas anderes zu denken. Er stellte sogar das Ansinnen an mich, es Jasper schonend beizubringen, er sei auf den Sieben Inseln unerwünscht. Ich gab zur Antwort, das erübrige sich; es bestehe Grund zur Annahme, dass Jasper Allen sich künftig nicht mehr so häufig hier blicken lassen werde.

Erleichtert stiess er ein «Gott sei Dank» hervor, das mich beinahe wieder zum Lachen reizte, aber seine Stimmung heiterte sich nicht entsprechend auf. Es stellte sich heraus, dass Heemskirk es darauf angelegt gehabt hatte, sich ganz besonders unbeliebt zu machen. Er hatte dem alten Nelson einen Schrecken eingejagt, indem er durchblicken liess, es sei eigentlich verwunderlich, dass die Regierung es einem Weissen überhaupt gestatte, sich in dieser Gegend niederzulassen. «Es steht im Widerspruch zu unserer erklärten Einstellung», hatte er bemerkt. Auch hatte er Nelson vorgeworfen, er sei eigentlich der reinste Engländer, sonst hätte er schon längst Holländisch gelernt.

«Ich habe ihm auseinandergesetzt, ich sei zu alt, um es noch zu lernen», seufzte der alte Nelson (oder Nielsen). «Aber er sagte nur, ich hätte schon längst Holländisch lernen sollen. Schliesslich hätte ich meinen Lebensunterhalt auf holländischem Gebiet verdient. Es sei eine Schande, dass ich nicht Holländisch könne, behauptete er. Wie einen Chinesen hat er mich behandelt.»

Es war offensichtlich, dass ihm Heemskirk schwer zugesetzt hatte. Wie viele Flaschen seines besten Rotweins er geopfert hatte, um den Halbgott gnädig zu stimmen, davon liess er nichts verlauten. Es muss ein grosszügiges Trankopfer gewesen sein. Doch der alte Nelson (oder Nielsen) war überhaupt gastfreundlich; er machte sich nichts daraus, und ich bedauerte nur, dass die Freigebigkeit ausgerechnet dem Kapitän der *Neptun* zugute kam. Am liebsten hätte ich ihm gesagt, er werde höchstwahrscheinlich in Zukunft auch von Heemskirks Heimsuchung verschont bleiben. Ich enthielt mich dessen nur, weil ich (wohl ohne Grund) befürchtete, er könnte Verdacht schöpfen. Als müsste man bei diesem ahnungslosen Lustspielvater mit dergleichen rechnen.

Merkwürdigerweise war es Freya, die über Heemskirk die abschliessenden Worte sprach. Auch bei Tisch kam nämlich Nelson immer wieder auf ihn zurück. Zuletzt entfuhr mir leise ein «Zum Teufel mit dem Leutnant!». Es war mir nicht entgangen, dass es auch Freya allmählich zuviel wurde.

«Und er war gesundheitlich schlecht dran, fandest du nicht auch, Freya?» fuhr der alte Nelson fort und stöhnte. «Vielleicht war er deshalb so gereizt, wie? Er sah gar nicht gut aus, als er so plötzlich wegging. Vielleicht hat er es auf der Leber.»

«Ach, er wird sich mit der Zeit erholen», sagte Freya unwirsch. «Hör doch auf, dir seinetwegen Sorgen zu machen, Papa. Ich glaube, du wirst auf lange hinaus von ihm verschont bleiben.»

Der Blick, den sie mir auf mein leises Lächeln hin zuwarf, barg keinerlei Heiterkeit. Sie schien auf einmal bleich, ihre Augen wirkten hohl. Wir hatten zuviel gelacht. Überreizt! Überreizt beim Herannahen des entscheidenden Augenblicks. Ehrlich, mutig und selbständig wie sie war, muss es für sie doch neben dem Gefühlsaufruhr auch eine Gewissensfrage gewesen sein. Kraft ihrer Liebe hatte sie bisher durchgehalten, aber ebendiese setzte sie auch einer schweren charakterlichen Belastung aus, an der vielleicht auch Gewissensbisse nicht unbeteiligt waren. Schliesslich war sie rechtschaffen – und dort, ihr gegenüber, sass der arme alte Nelson (oder Nielsen) und schaute sie mit seinen Kulleraugen unverwandt an, so rührend komisch in seinem Ingrimm, dass es auch einem unbeschwerten Gemüt naheging.

Er zog sich früh in sein Zimmer zurück, um für einen ruhigen Schlaf zu sorgen, indem er seine Buchhaltung durchging. Wir beide blieben noch eine Stunde oder so auf der Veranda, wechselten aber nur lässig ein paar Worte über belanglose Dinge, als seien wir durch unsere lange Unterhaltung über die einzig wichtige Frage innerlich verbraucht. Und doch war da noch etwas, das sie einem Freund hätte mitteilen können. Aber es geschah nicht. Wortlos gingen wir auseinander. Vielleicht traute sie mir nicht genug gesunden Menschenverstand zu... Oh, Freya!

Als ich den steilen Pfad zum Bootssteg hinunterstieg, vertrat mir im Schatten des Gesteins und Gebüschs unvermutet eine verhüllte weibliche Gestalt den Weg. Lautlos kam sie hinter einem Felsblock hervor. Zuerst war ich verdutzt, doch dann fiel mir ein, dass es niemand anders als Freyas Stubenmädchen sein konnte, ein malakka-portugiesisches Halbblut. Im Haus sah man ab und zu flüchtig ihr olivbraunes Gesicht mit den blendend weissen Zähnen. Zuweilen hatte ich ihr auch schon von weitem zugeschaut, wenn sie in Rufweite unter einem Obstbaum sass und sich das rabenschwarze Haar bürstete und flocht. Das schien ihre liebste Freizeitbeschäftigung zu sein. Schon oft hatten wir uns zugenickt oder ein Lächeln ausgetauscht – manchmal auch ein paar Worte. Sie war ein hübsches Geschöpf. Und einmal hatte ich zu meiner Genugtuung beobachtet, wie sie hinter Heemskirks Rücken Grimassen schnitt – sehr drollig und ausdrucksvoll. Von Jasper wusste ich, dass sie in das Geheimnis eingeweiht war, wie die Kammerzofe in einem Lustspiel. Es war abgemacht, dass sie Freya auf ihrem unwöhnlichen Weg in die Ehe begleiten solle. Was aber hatte sie nachts in der Nähe des Ufers zu suchen? Wandelte sie etwa selber auf Liebespfaden? Doch im Bereich der Sieben Inseln gab es, soviel ich wusste, niemanden, der in Frage gekommen wäre. Hatte sie etwa mir aufgelauert?

Sie zögerte, eingemummelt von Kopf bis Fuss, schattenhaft und scheu. Ich trat einen Schritt heran, und wie mir zumute war, geht niemand etwas an.

«Was gibt's?» fragte ich leise.

«Niemand weiss, dass ich hier bin», flüsterte sie.

«Und es kann uns niemand sehen», flüsterte ich zurück.

Leise drangen die Worte «Ich stehe eine Todesangst aus» an mein Ohr. Im selben Augenblick ertönte von der noch erleuchteten Veranda her, zwölf Meter über uns, völlig unerwartet Freyas Stimme, klar und gebieterisch.

«Antonia!»

Und mit einem unterdrückten Ausruf verschwand das Mädchen ins Gebüsch; dann wurde es still. Das Licht auf der Veranda ging aus. Ich verharrte noch eine Weile und setzte dann, höchst verwundert, meinen Weg zum Bootssteg hinunter fort.

Die Vorkommnisse bei diesem Besuch sind mir besonders gut in Erinnerung, weil es das letztemal war, dass ich Nelsons Bungalow sah. Als ich in Singapur eintraf, fand ich mehrere Kabel vor, die mich veranlassten, meine Tätigkeit von einem Tag auf den andern einzustellen und sogleich nach Hause zu fahren. Nur mit knapper Not gelang es mir, den Postdampfer zu erreichen, der am nächsten Tag auslief, doch hatte ich noch Zeit, zwei kurze Briefchen zu schreiben, eines an Freya, das andere an Jasper. Später schrieb ich ausführlicher, diesmal lediglich an Allen. Eine Antwort erhielt ich nie. Danach stöberte ich in London seinen Bruder auf, oder genau gesprochen, seinen Halbbruder, einen Rechtsanwalt, ein bleiches Männchen, welches mich über den Brillenrand hinweg unbewegt betrachtete.

Jasper war das einzige Kind aus der zweiten Ehe seines Vaters, für die seine Angehörigen nicht viel Verständnis aufgebracht hatten.

«Sie haben seit einer Ewigkeit nicht mehr von ihm gehört», wiederholte ich, innerlich verärgert. «Darf ich mich erkundigen, was ‹seit einer Ewigkeit› in diesem Fall heisst?»

«Es heisst, dass es mir egal ist, ob ich jemals von ihm höre oder nicht», erwiderte der Advokat, plötzlich tückisch geworden.

Man konnte es Jasper nicht verdenken, wenn ihm seine Zeit zu kostbar war, um mit einem so unmöglichen Verwandten Briefe zu wechseln. Aber warum schrieb er *mir* nicht? Ich konnte schliesslich als Freund gelten, war es jedenfalls in dem Masse, dass ich sein Stillschweigen als die begreifliche Vergesslichkeit eines Menschen im Zustand überschwenglicher Seligkeit entschuldbar fand. So wartete ich denn geduldig, ohne dass jemals etwas kam. Und der Ferne Osten schien mir ohne Widerhall abhanden zu kommen, wie ein Stein, der in einen Brunnenschacht von gewaltiger Tiefe fällt.

IV

Mit edlen Beweggründen lässt sich wohl alles und jedes rechtfertigen. Und was konnte an sich edler sein als das Bestreben eines jungen Mädchens, seinem «armen Papa» Sorgen zu ersparen und den Auserwählten davor zu bewahren, unbesonnen zu handeln und damit womöglich ihr ganzes künftiges Glück zu gefährden?

Nichts als zärtliche Fürsorge und Lebensklugheit sprach daraus. Auch darf man nicht vergessen, dass das Mädchen von Natur aus sehr selbständig war und dass im allgemeinen Frauen – ich meine, vernünftige Frauen – von dergleichen nicht gerne viel Aufhebens machen.

Wie bereits bemerkt, traf Heemskirk etwas später als Jasper in Nelsons Bucht ein. Die Brigg dicht unter dem Bungalow liegen zu sehen, bedeutete ihm jedesmal ein Ärgernis. Im Gegensatz zu Jasper eilte er nicht an Land, kaum dass sein Anker Grund gefasst hatte. Nein, er stand jeweils noch geraume Weile auf dem Achterdeck herum, brummte Unverständliches vor sich hin, und wenn er dann Befehl gab, das Boot auszubringen, geschah es in verärgertem Ton. Freyas Vorhandensein, das Jasper beseligte, war für Heemskirk Ursache geheimer Nöte und Anfechtungen.

Während er an der Brigg vorüberkam, rief er sie unwirsch an und fragte, ob der Kapitän an Bord sei. Schultz, der in einem makellosen weissen Anzug über die Heckreling lehnte, fand die Frage neckisch. Belustigt schaute er auf Heemskirks Boot hinunter und antwortete im liebenswürdigsten Ton: «Kapitän Allen ist droben im Haus.» Doch seine Miene nahm rasch einen andern Ausdruck an, als Heemskirk ihn anfuhr: «Was zum Teufel gibt es da zu feixen?»

Er schaute zu, wie Heemskirk an Land ging und, statt geradewegs zum Haus hinaufzusteigen, einen Umweg einschlug.

Der liebeskranke Holländer fand den alten Nelson (oder Nielsen) bei den Trockenschuppen, wo dieser voller Freude die Behandlung seiner Tabakernte beaufsichtigte, die zwar nur klein, aber von ausgezeichneter Qualität war. Heemskirk setzte seiner Freude bald einen Dämpfer auf. Er liess sich neben dem alten Nelson nieder, und durch die entsprechende Art von Gespräch hatte er ihn bald so weit, dass er innerlich vor Angst fast verging. Das Gespräch drehte sich um «die Behörden», und der alte Nelson suchte sich zu rechtfertigen. Wenn er mit englischen Kaufleuten verkehre, geschehe es, weil er doch seine Produkte irgendwie absetzen müsse. Das und noch anderes brachte er in einem möglichst beschwichtigenden Ton vor, was aber Heemskirk nur um so mehr anzustacheln schien.

«Und der Schlimmste ist dieser Allen», knurrte er. «Ein besonderer Freund von Ihnen, wie? Sie haben einer Menge Engländer hier Zutritt verschafft. Eigentlich hätten Sie sich hier gar nicht ansiedeln dürfen. Niemals. Was hat er denn hier überhaupt zu suchen?»

Der alte Nelson (oder Nielsen) wurde ganz aufgeregt und erklärte, Jasper Allen sei keineswegs ein Freund von ihm. Durchaus kein Freund – ganz und gar nicht. Er habe ihm drei Tonnen Reis abgekauft, zur Verpflegung der Landarbeiter. Das sei aber noch lange kein Freundschaftsbeweis.

Darauf entfuhr Heemskirk, was ja schon lange an ihm nagte: «Ja, er verkauft Ihnen drei Tonnen Reis und schäkert dafür drei Tage lang mit Ihrer Tochter. Ich rede mit Ihnen als Ihr Freund, Nielsen. Das geht doch nicht. Sie sind hier sowieso nur auf Zusehen hin geduldet.»

Zuerst war der alte Nelson ganz verdattert, doch fasste er sich rasch wieder. Natürlich gehe das nicht. Klar, versteht sich. Er sei der letzte, der so etwas zuliesse. Aber seine Tochter mache sich nichts aus dem Kerl und sei überhaupt viel zu vernünftig, um sich in jemanden zu verlieben. Er hege da gar keine Bedenken, versicherte er Heemskirk, und zwar voller Überzeugung, so dass der Leutnant, trotz misstrauischen Seitenblicken, es ihm nicht ungern glaubte.

«Was Sie schon wissen!» knurrte er dennoch.

«Doch, ich weiss das», beteuerte der alte Nelson, um so nachdrücklicher, als er damit gegen seine eigenen Zweifel anging. «Meine Tochter! In meinem eigenen Haus, und da soll ich nichts wissen? Das wäre ja gelacht!»

«Die beiden stecken aber auffällig oft beisammen», bemerkte Heemskirk missmutig. «Wohl auch jetzt», setzte er hinzu, wobei es ihm einen Stich gab, was das spöttisch gemeinte Lächeln verzerrte.

Der geplagte Nelson schüttelte den Kopf, empört über die Beharrlichkeit des andern, die ihm so lächerlich vorkam, dass er sich nachgerade darüber ärgerte.

«Pah! Wissen Sie was, Herr Leutnant, gehen Sie ins Haus und genehmigen Sie einen Aperitif. Erkundigen Sie sich nach Freya. Ich muss sehen, dass der Tabak hier noch weggeräumt wird, bevor es dunkelt, aber ich komme dann gleich.»

Heemskirk war nicht unempfänglich für den Vorschlag; er entsprach seinem geheimen Bedürfnis, das indessen nicht dem Alkohol galt. Der alte Nelson rief noch beflissen hinterher, er solle es sich recht bequem machen, auf der Veranda stehe ein Kistchen Zigarren.

Es war die Westveranda, die Nelson meinte, diejenige, die als die gute Stube des Hauses diente und Jalousien aus Bambuslatten erster Güte aufwies. Die Ostveranda, sein eigener Zufluchtsort, war lediglich mit Storen aus Segeltuch ausgestattet. Die Veranda auf der Nordseite konnte eigentlich gar nicht als solche bezeichnet werden, sie war eher eine lange Laube und stand mit den beiden andern nicht in Verbindung; sie war nur von einem Korridor im Innern des Hauses aus zugänglich und eignete sich deshalb ganz vorzüglich für die besinnlichen Stunden eines jungen Frauenwesens und auch für die scheinbar sinnlosen, in Wirklichkeit jede Vernunft übersteigenden Zwiegespräche zwischen einem solchen Wesen und seinem jungen Mann.

Diese Nordveranda war von Klettergewächs überwuchert. Freya, deren Zimmer auf diese

Laube hinausging, hatte sie sich als eine Art Boudoir für sich eingerichtet, mit ein paar Rohrstühlen und einem Sofa derselben Art. Auf diesem Sofa sassen die beiden so eng beieinander, wie es auf dieser unvollkommenen Welt möglich ist, wo weder ein Körper gleichzeitig an zwei Orten sein kann, noch zwei Körper gleichzeitig denselben Raum einnehmen können. Schon den ganzen Nachmittag hatten sie da gesessen, und ich möchte nicht behaupten, ihr Gespräch sei ohne Sinn gewesen. Da sich in Freyas Liebe eine gewisse Besorgnis mischte, in seiner hochgemuten Stimmung könnte Jasper beim kleinsten Missgeschick das Herz entzweibrechen, schlug sie ihm gegenüber immer einen sachlich-nüchternen Ton an. Jasper, kraftvoll und kurz angebunden, wenn er fern von ihr war, schien gleichsam von ihrer Gegenwart überwältigt, als könne er es nicht fassen, greifbar geliebt zu werden. Als Kind eines alternden Mannes, das seine Mutter früh verloren hatte und schon jung auf die See abgeschoben worden war, kannte er zärtliche Gefühle nicht aus Erfahrung.

In dieser vor neugierigen Blicken geschützten Laube also und gegen das Ende eines langen Nachmittags beugte er sich etwas vor, nahm Freyas Hände in die seinen und küsste sie eine nach der andern, während Freya lächelte und teilnahmsvoll auf ihn herabschaute. Im selben Augenblick näherte sich Heemskirk dem Haus von Norden her.

Antonia hielt auf dieser Seite des Hauses Wache. Aber sie passte nicht sehr gut auf. Die

Sonne war am Untergehen; Antonia wusste, dass sich ihre Herrin und der Kapitän der *Bonito* bald trennen würden. So ging sie denn in dem dämmrigen Obstgarten auf und ab, eine Blume im Haar, und sang leise vor sich hin, als plötzlich, einen Schritt von ihr entfernt, der Leutnant hinter einem Baum hervortrat. Wie ein aufgescheuchtes Reh sprang sie zur Seite, doch Heemskirk begriff sogleich, was sie hier sollte; er stürzte sich auf sie, packte sie am Arm und hielt ihr mit der andern Hand den Mund zu.

«Wenn du den geringsten Laut von dir gibst, dreh ich dir den Hals um!»

Die Redensart genügte, um Antonia einzuschüchtern. Deutlich hatte Heemskirk auf der Veranda Freyas goldblonden Kopf dicht neben einem andern erblickt. Er zerrte das keinen Widerstand leistende Mädchen auf Umwegen zu den Hütten für das Personal hin, wo er es mit einem heftigen Stoss entliess.

Antonia glich sonst ganz der getreuen Kammerzofe der italienischen Stegreifkomödie, doch jetzt lief sie in ihrem Schreck lautlos davon, hinweg von diesem kurzen, klumpigen Mann mit dem eisernen Griff. Erst in gebührendem Abstand blieb sie zitternd und bebend stehen, halb den Tränen, halb einem Lachen nahe, und sah noch, wie er das Haus durch den hintern Eingang betrat.

Im Innern war das Haus durch zwei Korridore unterteilt, die sich in der Mitte kreuzten. Als Heemskirk an diesem Punkt den Kopf leicht nach links wandte, konnte er feststellen, wie es sich mit diesem «Beieinanderstecken» verhielt, das der alte Nelson nicht wahrhaben wollte. Es traf ihn wie ein Schlag, und das Blut schoss ihm in den Kopf. Zwei weisse Gestalten hoben sich in unverkennbarer Haltung deutlich vom Hintergrund ab, eng umschlungen, Gesicht an Gesicht. Im Weitergehen erstickte Heemskirk fast an den Flüchen, die in ihm aufstiegen, bis er auf der Westveranda blindlings gegen einen Sessel stolperte und sich dann in einen andern fallen liess, als versagten ihm die Beine den Dienst. Schon allzu lange hatte er sich Freya in Gedanken angeeignet. «So unterhältst du also deine Besucher, du –», dachte er, fand aber vor Entrüstung kein Schimpfwort, das stark genug gewesen wäre.

Freya wehrte sich ein wenig und warf den Kopf zurück.

«Es ist jemand hereingekommen», sagte sie leise. Jasper, der sie fest umfangen hielt, bemerkte gleichmütig: «Dein Vater.»

Freya suchte sich ihm zu entwinden; sie brachte es aber nicht über sich, ihn einfach wegzustossen.

«Ich glaube, es ist Heemskirk», raunte sie ihm zu.

Er schaute ihr verzückt in die Augen, und der Name entlockte ihm ein schwaches Lächeln.

«Der schlechte Kerl rammt immer meine Baken vor der Flussmündung», murmelte er. Etwas anderes bedeutete der Name für ihn nicht, doch Freya fragte sich, ob Heemskirk sie wohl gesehen habe.

«Lass mich los», flüsterte sie gebieterisch. Jasper gehorchte, trat zurück, weidete sich aber weiterhin an ihrem Anblick. «Ich muss mal nachsehen», sagte sie sich voller Besorgnis.

Sie wies ihn in aller Eile an, ein Weilchen zu warten, nachdem sie sich entfernt habe, und dann unauffällig die Veranda hinter dem Haus aufzusuchen und eine Zigarre zu rauchen, bevor er sich blicken lasse.

«Bleib heute abend nicht lange», war ihre letzte Ermahnung, bevor sie enteilte.

Dann trat sie mit ihrem beschwingten Schritt auf die Westveranda hinaus, wobei sie unter der Tür die aufgebundenen Vorhänge am Ende des Gangs herunterschüttelte, um Jaspers Rückzug aus der Laube zu decken. Sobald sie erschien, sprang Heemskirk auf, als wolle er sich auf sie stürzen. Sie blieb stehen, und er machte ihr eine übertrieben tiefe Verbeugung, die Freya unpassend fand.

«Ach, Sie sind es, Herr Leutnant. Guten Abend.»

Sie sagte es in ihrem gewöhnlichen Ton. Im Dämmerlicht der geräumigen Veranda war ihr Gesicht nicht deutlich zu sehen. Wütend wie er war, getraute er sich zunächst nicht, seine Stimme vernehmen zu lassen, und als sie gelassen hinzusetzte: «Papa wird gleich hier sein», bedachte er sie insgeheim mit unflätigen Schimpfnamen, bevor er mit verzerrter Miene etwas hervorbrachte.

«Ihren Vater habe ich bereits gesprochen, bei den Schuppen. Ich habe da allerlei erfahren. Allerlei.»

Freya setzte sich hin. «Er hat uns bestimmt gesehen», dachte sie. Nicht dass sie sich deswegen geschämt hätte. Sie befürchtete bloss, es könnte unliebsame Folgen haben. Allerdings konnte sie nicht ahnen, wie sehr Heemskirk sie in Gedanken bereits als sein eigen betrachtete. So suchte sie in aller Harmlosigkeit ein Gespräch in Gang zu bringen.

«Sie kommen wohl von Palembang her?»

«Wie? Was? Ja, ja, ich komme von Palembang her. Ha, ha, ha! Wissen Sie, was Ihr Vater vorhin sagte? Er fürchtet, es sei hier eher langweilig für Sie.»

«Und von hier aus gehen Sie wohl nach den Molukken?» fuhr Freya fort, um sich Jasper nützlich machen zu können. Gleichzeitig war sie stets froh, die beiden Hunderte von Meilen voneinander entfernt zu wissen, wenn sie sie nicht unter Aufsicht hatte.

Heemskirk knurrte böse.

«Ja, nach den Molukken.» Er funkelte sie an, obwohl er sie im Halbdunkel nur undeutlich sah. «Ihr Vater findet, es sei hier für Sie zu ruhig. Ich will Ihnen etwas sagen. Einen so ruhigen Ort gibt es gar nicht auf Erden, dass eine Frau nicht Gelegenheit fände, jemanden zum Narren zu halten.»

«Lass dich bloss nicht aus der Ruhe bringen», dachte Freya bei sich. Bald darauf kam der Hausdiener, ein junger Malaie, mit den Lampen auf die Veranda. Sie wies ihn sogleich ausführlich an, wo er die Lampen hinstellen solle, sagte ihm, er solle das Tablett mit den Aperitifs bringen und Antonia ins Haus schikken.

«Ich muss Sie vorübergehend allein lassen», erklärte sie und begab sich in ihr Zimmer, um sich umzuziehen, wobei sie sich beeilte, wollte sie doch wieder auf der Veranda sein, ehe ihr Vater sich zu dem Leutnant gesellte. Sie gedachte, das Gespräch zwischen den beiden nach eigenem Gutdünken zu lenken. Doch Antonia, immer noch verängstigt, wies ihr einen blauen Fleck am Arm vor.

«Wie ein Tiger hat er mich aus dem Gebüsch heraus angefallen», erklärte sie mit angstvollem Lachen.

«Der gemeine Kerl!» dachte Freya. «Er wollte uns also ausspionieren.» Sie war empört, konnte sich aber eines schiefen Lächelns nicht enthalten, als sie an den unförmigen Holländer mit den Achselstücken und dem schwarzen Dickschädel dachte, wie er sie im Schein der Lampen angefunkelt hatte. Dann beschlich sie von neuem Besorgnis. Diese hatte sie der Unvernunft dreier Männer zu verdanken, sagte sie sich – Jaspers Ungestüm, der Verängstigung ihres Vaters, Heemskirks Verliebtheit. Den ersten beiden war sie sehr zugetan, und sie nahm sich vor, ihr ganzes diplomatisches Geschick anzuwenden. Alles das, sagte sie sich, werde sie ja bald hinter sich haben.

Auf der Veranda lag Heemskirk in einem Sessel hingeflegelt, die Beine ausgestreckt, die weisse Mütze auf dem Bauch, und steigerte sich in eine so abscheuliche Wut hinein, wie sie einem Mädchen wie Freya völlig unvorstellbar war. Sein Kinn ruhte auf der Brust, der steinerne Blick auf den Schuhspitzen. Freya beobachtete ihn hinter einem Vorhang hervor. Er rührte sich nicht, wirkte lachhaft, aber in seiner Reglosigkeit doch bedrohlich. Leise begab sie sich durch den Korridor auf die Ostveranda, wo Jasper brav im Dunkeln sass, wie ihm von Freya aufgetragen worden war.

«Pst», sagte sie, und er stand sogleich an ihrer Seite.

«Ja, was gibt's?»

«Es ist wegen dieser Wanze», flüsterte sie besorgt. Unter dem Eindruck der bedrohlichen Reglosigkeit des Holländers hätte sie Jasper am liebsten mitgeteilt, dass sie nicht unbeobachtet geblieben waren. Indessen zweifelte sie aber daran, dass Heemskirk es ihrem Vater hinterbringen werde – jedenfalls nicht schon an dem betreffenden Abend. So fand sie denn, es sei wohl am besten, Jasper so rasch als möglich wegzuschicken.

«Was hat er denn angestellt?» fragte Jasper im Flüsterton.

«Ach, nichts! Nichts. Er sitzt da und nimmt übel. Aber du weisst doch, wie er Papa immer ängstigt.»

«Dein Vater ist da ganz unvernünftig», erklärte Jasper.

«Ach, ich weiss nicht.» Etwas von der Behördenfurcht des alten Nelson hatte auf seine Tochter abgefärbt, da sie ihr Tag für Tag ausgesetzt war. «Papa hat Angst, er könnte im Alter noch an den Bettelstab kommen, wie er sich ausdrückt. Hör mal, mein Junge, es ist wohl besser, du verziehst dich morgen in aller Frühe.»

Jasper hatte gehofft, nochmals einen Nachmittag mit Freya zu verbringen, einen Nachmittag stillen Glücks, mit der Geliebten an seiner Seite und der Brigg vor Augen, voller Vorfreude auf eine selige Zukunft. Sein beredtes Schweigen sagte alles, und Freya hatte volles Verständnis für seine Enttäuschung. Doch an ihr lag es, Vernunft walten zu lassen.

«Solange diese Wanze hier im Haus herumkrabbelt, haben wir ohnehin keinen ruhigen Augenblick», gab sie ihm zu bedenken. «Was nützt es uns also, wenn du noch bleibst? Und Heemskirk geht erst, wenn die Brigg nicht mehr da ist. Das weisst du ja.»

«Man sollte Anzeige gegen ihn erstatten, wegen Hausfriedensbruch», lachte Jasper leise.

«Sieh zu, dass du morgen in aller Frühe unter Segel gehst», schärfte ihm Freya nochmals ein.

Er hielt sie nach Art der Liebenden noch zurück, und sie protestierte, ohne sich zu widersetzen, fiel es ihr doch schwer, ihn abzuweisen. Während er sie in die Arme schloss, flüsterte er ihr ins Ohr: «Unsere nächste Zusammenkunft, wenn ich dich das nächstemal so umarme, das wird an Bord sein. Du und ich, an Bord der Brigg – die ganze Welt, das ganze Leben –» Und dann stiess er hervor: «Worauf warten wir überhaupt? Mir ist, ich müsse dich gleich jetzt all dem entreissen. Ich könnte dich auf Händen tragen, zum Ufer hinunter, ohne zu stolpern, ohne auch nur den Boden zu berühren.»

Still lauschte sie der Leidenschaft in seiner Stimme. Sie sagte sich, wenn sie auch nur das leiseste Ja spräche, wenn sie nur mit einem Seufzer ihre Einwilligung kundtäte, wäre er imstande, es zu tun – ohne den Boden zu berühren. Lächelnd schloss sie die Augen und gab sich im Dunkeln einen Augenblick lang einem köstlichen Taumel hin. Doch bevor er sie noch fester umfangen konnte, hatte sie sich ihm entwunden, stand einen Schritt von ihm entfernt und hatte sich wieder völlig in der Gewalt.

Das war die selbstsichere Freya. Doch ging ihr der Seufzer, der sich Jasper entrang, immerhin zu Herzen.

«Du bist ein Tollkopf», sagte sie mit bebender Stimme. Dann in verändertem Ton: «Niemand könnte mich all dem entreissen. Nicht einmal du. Ich gehöre nicht zu denen, die sich zu etwas hinreissen lassen.» Es war, als ducke sich seine weisse Gestalt ein wenig vor dieser kategorischen Behauptung, und sie setzte in sanfterem Ton hinzu: «Genügt es dir nicht, zu wissen, dass ich von dir hingerissen bin?»

Er flüsterte ihr ein Kosewort zu, und sie fuhr fort: «Ich habe es dir versprochen – ich habe dir gesagt, dass ich komme –, und ich werde aus freien Stücken kommen. Du sollst an Bord auf mich warten. Ich klettere dann das Fallreep empor – ohne jede Hilfe – und trete an Deck vor dich hin und sage: ‹Hier bin ich.› Und dann – dann werde ich davongetragen, aber nicht von einem Mann, von der Brigg, deiner Brigg – unserer Brigg... Ich liebe das schöne Schiff!»

Sie hörte einen Laut, etwas wie ein Stöhnen vor Schmerz oder vor Freude, und huschte hinweg. Da war noch dieser andere, auf der

Veranda, dieser dunkle, übellaunige Holländer, der Unheil anrichten konnte zwischen Jasper und ihrem Vater, so dass es zu Streit und unschönen Worten, vielleicht sogar zu Tätlichkeiten kam. Nicht auszudenken! Doch selbst wenn es nicht zum äussersten kam, graute ihr doch davor, monatelang mit einem zerquälten, elenden und aufgebrachten Mann, halb von Sinnen, zusammenleben zu müssen. Und wenn dann der Tag herankam, der Tag, die Stunde, was sollte sie anfangen, falls ihr Vater sie mit Gewalt zurückzuhalten suchte? Ausgeschlossen war das nicht. Könnte sie sich seiner handgreiflich erwehren? Noch mehr allerdings bangte ihr vor seinen kläglich-flehentlichen Bitten. Könnte sie ihnen widerstehen? Was für ein erbärmlicher, lächerlicher Auftritt würde sich da abspielen!

«Aber es wird nicht dazu kommen, er wird nichts sagen», dachte sie, als sie rasch auf die Westveranda hinaustrat, wo sie, da Heemskirk sich nicht regte, in der Nähe des Eingangs Platz nahm und ihn ins Auge fasste. Der Leutnant hatte seine Haltung nicht geändert, nur war ihm die Mütze vom Bauch gerutscht; sie lag jetzt auf dem Boden. Mit gerunzelter Stirn schaute er aus dem Augenwinkel nach ihr hin. Dieser schiefe Blick, zusammen mit der Hakennase und der ganzen unförmigen, hingegossenen Gestalt, kam Freya so komisch vor, dass sie sich eines Lächelns nicht erwehren konnte, obwohl ihr keineswegs danach zumute war. Sie tat ihr Bestes, diesem Lächeln einen verträglichen Anstrich zu geben, wollte sie doch Heemskirk nicht unnötig reizen.

Und tatsächlich schien der Leutnant von diesem Lächeln besänftigt. Es wäre ihm nie eingefallen, dass sein Äusseres – Marineoffizier, in Uniform – einem Mädchen niedrigen Standes, der Tochter des alten Nielsen, lächerlich vorkommen könnte. Und wenn er daran dachte, wie sie Jasper umschlungen gehalten hatte, verspürte er immer noch einen ärgerlichen Kitzel.

«Das verworfene Geschöpf!» dachte er bei sich. «Lächelt auch noch, eh? So vertreibst du dir also die Zeit, mein Kind. Den Vater hältst du ja ganz schön zum Narren. Du hast Geschmack an dieser Art von Zeitvertreib, wie? Na, wir werden ja sehen.» Er setzte sich nicht anders hin, doch auf seinen verkniffenen Lippen zeigte sich ebenfalls ein etwas belustigtes Lächeln, das nichts Gutes verhiess, während er den Blick wieder auf seine Schuhspitzen heftete.

Empörung wallte in Freya auf. Strahlend schön sass sie im Schein der Lampe da, die Hände im Schoss übereinander. «Ein grässlicher Mensch», dachte sie. Plötzlich lief sie rot an vor Zorn. «Sie haben meiner Dienerin einen tödlichen Schreck eingejagt», sagte sie laut. «Was ist bloss in Sie gefahren?»

Er war in Gedanken so sehr mit ihr beschäftigt, dass der Klang ihrer Stimme und die unerwarteten Worte ihn zusammenzucken liessen. Ganz verdattert sah er drein, so dass Freya ungehalten hinzusetzte: «Antonia meine ich. Sie hat blaue Flecken am Arm. Was soll denn das?»

«Wollen Sie etwa Streit mit mir anfangen?»

fragte er ungläubig, mit einem Blinzeln wie dem einer Schleiereule. Komisch sah er aus. Freya hatte wie alle Frauen einen ausgeprägten Sinn für das Lächerliche im Äussern eines Menschen.

«Nein, eigentlich nicht.» Sie konnte nicht anders, sie musste hellauf lachen. Heemskirk stimmte auf einmal misstönend ein. «Ha, ha, ha.»

Stimmen und Schritte waren vom Korridor her zu hören, und Jasper trat mit dem alten Nelson heraus. Dieser schaute seine Tochter voller Genugtuung an, lag ihm doch daran, dass der Leutnant bei guter Laune erhalten wurde. Auch er stimmte in das Lachen ein. «So», sagte er und rieb sich munter die Hände, «jetzt kommt das Abendessen.» Jasper war stracks ans Geländer getreten. Der Himmel war sternenklar, die Wasserfläche drunten unterschied sich vom sammetweichen Blau der Nacht durch eine dichtere Schwärze, in der die Ankerlichter der Brigg und des Kanonenboots rot schimmerten. «Das nächstemal, wenn dieses Ankerlicht dort unten schimmert, warte ich auf dem Achterdeck, bis sie kommt und sagt: ‹Hier bin ich›», dachte Jasper, und das Herz wurde ihm weit vor Glück. Fast hätte er einen lauten Freudenschrei ausgestossen. Es herrschte Windstille. Kein Blättchen regte sich, selbst das Meer war nur ein geduldiger Schatten. In weiter Ferne umspielte das blasse Wetterleuchten der Tropen die tief am wolkenlosen Himmel stehenden Sterne, wie ein unverständliches Signal von einem fremden Planeten.

Das Abendessen verlief ungestört. Freya sass ihrem Vater gegenüber, ruhig, wenn auch etwas bleich. Heemskirk unterhielt sich geflissentlich nur mit dem alten Nelson. Jasper benahm sich vorbildlich; er hielt seine Augen im Zaum und sonnte sich lediglich an der Nähe Freyas, wie man ja auch an der Sonne liegen kann, ohne zum Himmel aufzuschauen. Und eingedenk dessen, was ihm eingeschärft worden war, erklärte er bald nach Tisch, es sei Zeit, dass er an Bord gehe.

Heemskirk schaute nicht einmal auf. Mit einer Zigarre im Schaukelstuhl eingenistet, sah er aus, als brüte er verdrossen über irgendeiner unliebsamen Entladung. Freya kam es jedenfalls so vor. Der alte Nelson sagte sogleich: «Ich begleite Sie zum Bootssteg.» Er hatte mit Jasper ein Gespräch über die Gefährlichkeit der Küste von Neuguinea angefangen und wollte noch ein Erlebnis, das er dort gehabt hatte, an den Mann bringen. Jasper war ja der denkbar beste Zuhörer! Als Freya Miene machte, mitzukommen, runzelte er die Stirn, schüttelte den Kopf und wies mit einem Nicken auf den unbewegt verharrenden, mit halb geschlossenen Augen an seiner Zigarre paffenden Heemskirk. Der Leutnant durfte nicht allein gelassen werden; er hätte es übel aufnehmen können.

Freya kam dem Wink nach. «Vielleicht ist es besser, ich bleibe hier», dachte sie. Im allgemeinen neigen Frauen nicht dazu, sich über ihr eigenes Verhalten Rechenschaft zu geben, geschweige denn, es zu verurteilen. Es sind zumeist die Männer, die diese albernen Verhaltungsmassregeln aufgestellt haben. Doch Freya empfand beim Anblick Heemskirks ein gewisses Bedauern, ja sogar Reue. Seine ruhende Körpermasse liess an einen vollen Bauch denken, dabei hatte er in Wirklichkeit sehr wenig gegessen. Getrunken hatte er allerdings genug. Seine fleischigen Ohrläppchen waren hochrot und stachen auffällig von seiner gelblichen Haut ab. Geraume Weile hielt er die schweren Augenlider gesenkt. Einem solchen Menschen ausgeliefert zu sein, war demütigend, und Freya, die sich selber letzten Endes nichts vormachte, dachte bei sich: «Wäre ich doch Papa gegenüber von Anfang an offen und ehrlich gewesen! Aber was hätte ich dann von ihm alles ausstehen müssen!» Gewiss. Die Männer waren in mancherlei Hinsicht albern: auf liebenswürdige Art, wie Jasper; unverbesserlich, wie ihr Vater; abstossend, wie dieser Mensch, der da so grotesk im Schaukelstuhl lag. Ob es möglich war, ihn günstig zu stimmen? Vielleicht erübrigte es sich? «Ach, mit dem kann man ja überhaupt nicht reden», dachte sie. Und als Heemskirk energisch seine halbgerauchte Zigarre auf dem Tablett auszudrücken begann, noch immer mit abgewandtem Blick, bekam sie es mit der Angst zu tun, huschte zum Klavier hinüber, klappte es hastig auf und schlug schon Tasten an, ehe sie sich noch hingesetzt hatte.

Sogleich war die Veranda, der ganze, auf Pfählen stehende, teppichlose Holzbau mit wildem Schall und Klang erfüllt. Doch durch alles hindurch hörte sie, spürte sie die schwerfälligen Schritte des Leutnants, der hinter ihr auf und ab ging. Er war nicht eigentlich betrunken, aber doch genügend angeregt, um das, was seine Phantasie ihm vorgaukelte, durchaus ausführbar, ja schlau zu finden, bedenkenlos schön und schlau. Freya merkte, dass er unmittelbar hinter ihr stehengeblieben war, spielte aber weiter, ohne den Kopf nach ihm umzuwenden. Ihr Spiel war lebhaft, virtuos, ein dramatisches Musikstück, doch als seine Stimme an ihr Ohr drang, überlief es sie kalt. Es lag an der Stimme, nicht an den Worten. Sie war dermassen bestürzt über die dreiste Vertraulichkeit des Tons, dass sie zunächst gar nicht verstand, was er sagte. Auch sprach er mit schwerer Zunge.

«Ich ahnte es... Natürlich habe ich es geahnt, was Sie hier treiben. Ich bin ja kein Kind mehr. Aber zwischen ahnen und sehen – sehen, jawohl – besteht ein himmelweiter Unterschied. Dergleichen... wissen Sie – man ist schliesslich auch kein Eiszapfen. Und wenn einem ein Mädchen innerlich so zu schaffen macht, wie Sie mir Tag und Nacht zu schaffen machen, dann, verstehen Sie... Ich bin aber ein Mann von Welt. Es muss hier für Sie sehr langweilig sein. Hören Sie mal, könnten Sie nicht aufhören mit diesem verwünschten Geklimper?...»

Dieser letzte Satz war eigentlich der einzige, den sie mitbekam. Sie schüttelte den Kopf und trat verzweifelt aufs Pedal, vermochte aber seine Stimme nicht zu übertönen.

«Mich erstaunt bloss, dass Sie... ein englischer Handelsschiffer, ein Prolet, einer dieser aufdringlichen Kerle, die sich hier breitmachen. Mit dergleichen Gesindel würde ich mich gar nicht einlassen! Wo Sie doch hier einen guten Freund haben, einen Mann von Rang, der bereit ist, sich Ihnen zu Füssen zu werfen – diesen hübschen Füssen –, einen Offizier, von guter Herkunft. Kaum zu glauben, wie? Aber wenn schon! Sie wären auch eines Fürsten würdig.»

Freya, starr vor Schreck und Empörung, wandte sich nicht um. Ein solches Vorkommnis hätte sie nie für möglich gehalten. Einfach auf und davon zu laufen, war nicht ihre Art. Auch hatte sie das Gefühl, falls sie sich von der Stelle rühre, könnte weiss der Himmel was geschehen. Ihr Vater musste ja bald zurückkommen, und dann blieb Heemskirk nichts anderes übrig, als von ihr abzulassen. Also – am besten, sie tat, als wüsste sie von nichts. Laut und fehlerlos spielte sie weiter, als sei sie allein, als gebe es Heemskirk gar nicht. Das brachte ihn allmählich auf.

«Hören Sie mal, Ihren Vater können Sie vielleicht hintergehen», rief er erbost, «aber ich lasse mich nicht für dumm verkaufen! Hören Sie doch auf mit dem Höllenlärm... Freya... He, Sie skandinavische Liebesgöttin, hören Sie auf. Verstehen Sie mich! Das sind Sie nämlich – eine Liebesgöttin. Aber die heidnischen Götter sind bloss verkappte Teufel, und das gilt auch für Sie – Sie abgefeimtes Teufelchen. Hören Sie auf, sage ich, sonst stemme ich Sie mit Gewalt vom Stuhl hoch!»

Er stand hinter ihr und verschlang sie mit den Blicken, vom goldenen Scheitel bis zur

Sohle, die ganze, sich vor den Tasten leicht wiegende schöne Gestalt. Sie hatte ein duftiges Kleid an, die Ärmel endeten am Ellbogen mit einem Spitzenbesatz. Ein Satinband umschlang ihre Taille. In einer hoffnungsvoll-verwegenen Anwandlung fasste er sie mit beiden Händen an dieser Taille – und da erst hörte die lästige Musik endlich auf. Sie sprang empor, um sich der Berührung zu entziehen, wobei der runde Klavierstuhl umkippte, aber nicht rasch genug, dass Heemskirk nicht doch dazu gekommen wäre, ihr einen geräuschvollen Kuss, nicht wie beabsichtigt auf den Nakken, aber doch wenigstens unters Ohr zu verpassen. Eine Stille trat ein. Dann lachte er etwas betreten.

Ihr bleiches, unbewegtes Antlitz und der versteinerte Blick brachten ihn einigermassen aus der Fassung. Sie hatte keinen Laut von sich gegeben. Wortlos stand sie ihm gegenüber, mit einer Hand auf die Ecke des Klaviers gestützt. Mit der andern rieb sie sich dauernd die Stelle, die seine Lippen berührt hatten.

«Was haben Sie denn?» sagte er in gekränktem Ton. «Tun Sie doch nicht so! Sie wollen doch nicht behaupten, ein Kuss sei für Sie dermassen befremdlich... ich weiss Bescheid... Derart lasse ich mich nicht abspeisen.»

Er hatte ihr so angestrengt ins Gesicht gestiert, dass er es nicht mehr deutlich zu sehen vermochte. Alles ringsum verschwamm vor seinem Blick. Er vergass den umgestürzten Stuhl, verfing sich mit dem Fuss darin und kam ins Wanken, während er ihr inständig zuredete: «Mit mir unterhält man sich nicht schlecht. Wie wär's mit einem Probekuss oder zwei...»

Mehr sagte er nicht, er verspürte nämlich eine heftige Erschütterung, mit der ein Knall einherging. Freya hatte so gewaltig ausgeholt, dass der Aufprall ihrer offenen Handfläche auf seiner Backe ihn förmlich abdrehte. Mit einem heiseren Aufschrei fuhr der Leutnant mit beiden Händen nach der linken Gesichtshälfte, die auf einmal eine ziegelrote Färbung angenommen hatte. Freya stand unterdessen kerzengerade da; ein unterdrücktes Lächeln umspielte ihre Lippen, und in der Handfläche spürte sie noch immer ein Kribbeln. Als sie vom Pfad unterhalb der Veranda die schnellen Schritte ihres Vaters hörte, wich der kampflustige Ausdruck ihrer Miene einer aufrichtigen Besorgnis. Der Vater tat ihr leid. Rasch bückte sie sich, um den Klavierstuhl aufzuheben, als wolle sie die Spuren verwischen... Aber es half nichts. Sie stand wieder in ihrer vorherigen Haltung da, eine Hand leicht auf dem Klavier, als der alte Nelson die letzten Verandastufen heraufkam.

«Der Ärmste», dachte sie, «was habe ich da angerichtet. Er wird in Wut geraten und nicht mehr ein noch aus wissen. Warum bin ich ihm gegenüber nicht von Anfang an offen und ehrlich gewesen?» Der erstaunte Blick aus seinen arglosen Kulleraugen traf sie bis ins Mark. Doch sein Blick galt nicht ihr, er war auf Heemskirk gerichtet, der ihm den Rücken zukehrte, sich immer noch die Backe hielt und verbissen vor sich hin fluchte, während er sie aus einem Augenwinkel bedrohlich anfunkelte.

«Was geht hier vor?» fragte der alte Nelson verdutzt.

Sie blieb die Antwort schuldig, dachte statt dessen an Jasper, der wohl an Deck seiner Brigg stand und zu dem erleuchteten Bungalow hinaufschaute. Angst beschlich sie. Nur gut, dass wenigstens einer der beiden wohlbehalten an Bord war. Sie wollte, er wäre schon hundert Meilen weit weg. Oder etwa doch nicht? Wäre Jasper in dem Augenblick durch ein Wunder auf die Veranda versetzt worden, hätte sie alle ihre klug ausgedachten Pläne und ihre Selbständigkeit fahrenlassen und sich in seine Arme geflüchtet.

«Was ist denn? Was ist denn?» fragte der alte Nelson beharrlich; obwohl er gar nichts ahnte, wurde er allmählich aufgeregt. «Eben erst hast du noch Klavier gespielt, und –»

Freya, in banger Erwartung des Kommenden (und im Bann des böse funkelnden Blicks), brachte kein Wort heraus; sie deutete nur mit einem Kopfnicken auf den Leutnant, als wolle sie sagen: «Da, schau dir den an!»

«Ach so!» rief der alte Nelson. «Ja, ja. Was in aller Welt –»

Inzwischen hatte er sich Heemskirk vorsichtig genähert, der wilde Verwünschungen ausstiess und mit beiden Füssen aufstampfte. Geohrfeigt, abgeblitzt, blossgestellt und ausserstande, sie für alles das entgelten zu lassen, wurde er von einer solchen Wut erfasst, dass er sich unbedingt Luft verschaffen musste.

«Oh, oh, oh!» heulte er und stampfte über

die Veranda hin, als wolle er mit jedem Schritt die Bohlen entzweitreten.

«Ja, hat er sich denn im Gesicht verletzt?» fragte der alte Nelson verwundert. Plötzlich schien ihm der wahre Sachverhalt aufzudämmern. «Du lieber Himmel», rief er, als ginge ihm ein Licht auf. «Hol rasch den Kognak, Freya... Haben Sie das oft, Herr Leutnant? – Höllisch, wie? Ich kenne das! Wurde jeweils auch fast wahnsinnig dabei... Und das Fläschchen Laudanum aus der Hausapotheke, Freya. Mach schnell... Siehst du denn nicht, dass er Zahnweh hat?»

Auf welche Erklärung hätte der arglose alte Nelson denn sonst verfallen sollen? Er sah, wie der andere sich mit beiden Händen die Backe hielt, irre Blicke umherwarf, aufstampfte und sich wand. Es hätte wohl eines übernatürlichen Scharfsinns bedurft, um die wahre Ursache zu erraten. Freya hatte sich nicht von der Stelle gerührt. Sie nahm Heemskirks finster-fragenden Blick wahr und sagte sich: «Aha, du möchtest wohl glimpflich davonkommen, wie?» Ohne mit der Wimper zu zucken, hielt sie seinen Blick aus, während sie überlegte. Die Versuchung, der Sache ohne weiteres ein Ende zu bereiten, erwies sich als unwiderstehlich. Sie nickte fast unmerklich und entfernte sich.

«Den Kognak, rasch!» rief der alte Nelson ihr nach, als sie im Korridor verschwand.

Heemskirk aber verschaffte seinen Gefühlen Luft, indem er reihenweise Fluchworte, holländische und englische durcheinander, hinter ihr hersandte, auf der Veranda umherstiefelte und Stühle mit Fusstritten beiseite stiess, während der alte Nelson (oder Nielsen) voller Mitgefühl wie eine alte Henne um ihn herumgluckte.

«Du lieber Himmel, ist es so arg? Ich kenne das aus Erfahrung. Meine arme Frau hatte manchmal einen schönen Schreck. Kriegen Sie es oft so?»

Heemskirk stiess ein kurzes, irres Lachen aus und schob ihn mit der Schulter unsanft beiseite, doch sein Gastgeber fand sich damit ab; einem von Zahnschmerzen Geplagten musste man dergleichen nachsehen.

«Gehen Sie in mein Zimmer und legen Sie sich hin», drängte er ihn, «wir werden gleich etwas finden, um den Schmerz zu lindern.»

Er fasste den Bedauernswerten am Arm und steuerte ihn mit sanfter Gewalt zum Bett hin, auf das sich Heemskirk, erneut voller Wut, so heftig warf, dass dabei ein ganzes Stück von der Matratze hochprallte.

«Du meine Güte!» rief der alte Nelson erschreckt aus und lief weg, um Kognak und Laudanum selber zu holen, höchst erbost über die Saumseligkeit seiner Tochter, wo doch sein teurer Gast Qualen litt...

Eine halbe Stunde später stand er im Haus drinnen im Gang und war überrascht, ein unerklärliches, stossweise erfolgendes Geräusch zu hören, halb ein Lachen, halb ein Schluchzen. Stirnrunzelnd trat er zum Zimmer seiner Tochter hin und klopfte an.

Freya, das blasse Gesicht von ihrem herrlichen blonden Haar umrahmt, welches über einen dunkelblauen Morgenrock herabwallte, machte die Tür halbwegs auf.

Drinnen herrschte Dämmerbeleuchtung. In einer Ecke kauerte Antonia und bog sich stöhnend vor und zurück. Der alte Nelson hatte zwar nicht viel Erfahrung in den Abarten weiblichen Gelächters, war aber überzeugt, ein Lachen gehört zu haben.

«Herzlos, höchst herzlos», sagte er ungehalten. «Was gibt es da zu lachen, wenn einer Schmerzen aussteht? Ich hätte gedacht, eine Frau – ein junges Mädchen...»

«Er war ja so komisch», erwiderte Freya, deren Augen im Halbdunkel verdächtig glitzerten. «Und überhaupt, ich mag ihn nun einmal nicht.»

«Komisch!» rief Nelson, erstaunt darüber, ein junges Geschöpf eine solche Gefühllosigkeit an den Tag legen zu sehen. «Du magst ihn nicht! Willst du denn behaupten, dass du, bloss weil du ihn nicht magst... Das ist ja grausam! Weisst du denn nicht, dass das so ziemlich der ärgste Schmerz ist, den es gibt? Hunde sind darob schon toll geworden.»

«Er schien tatsächlich toll geworden», brachte Freya mühsam hervor, als habe sie insgeheim gegen etwas anzukämpfen.

Doch ihr Vater war in Fahrt gekommen.

«Und du weisst doch, wie es steht. Nichts entgeht ihm. Er gehört zu denen, die einer Kleinigkeit wegen gekränkt sind – ein richtiger Holländer –, und ich möchte doch mit ihm in gutem Einvernehmen bleiben. Die Sache ist ganz einfach die, mein Kind: Wenn dieser unser Radscha irgendeinen Unfug anstellt – und du weisst, dass er ein unleidlicher, widerborstiger Kerl ist –, und die holländischen Behörden kommen auf die Idee, ich hätte einen schlechten Einfluss auf ihn, dann könnte es leicht geschehen, dass du plötzlich kein Dach mehr über dem Kopf hast – »

«Ach, Unsinn, Vater!» rief sie, allerdings nicht sehr überzeugt, und merkte erst dann, dass er aufgebracht war, dermassen aufgebracht, dass er eines ironischen Tons fähig wurde – ja, der alte Nelson (oder Nielsen) wurde ironisch! Wenigstens eine Spur.

«Natürlich, wenn du über eigene Mittel verfügst – eine Villa, eine Plantage, von der ich nichts weiss...» Die Ironie durchzuhalten, war ihm allerdings nicht gegeben. «Ich sage dir, die sind imstande, mich auszuweisen», flüsterte er erbost, «ohne Entschädigung, versteht sich. Ich kenne diese Brüder. Und dem Leutnant ist es zuzutrauen, dass er den Stein ins Rollen bringt. Man hört an höherer Stelle auf ihn. Um nichts in aller Welt möchte ich es mit ihm verderben – auf gar keinen Fall... Was sagst du?»

Es war nur ein unartikulierter Ausruf gewesen. Wenn sie je halbwegs vorgehabt hatte, ihm reinen Wein einzuschenken, war sie jetzt endgültig davon abgekommen. Es war unmöglich, sowohl aus Rücksicht auf seine Menschenwürde wie auch des Friedens seiner armen Seele wegen.

«Mir ist er ja auch nicht besonders sympathisch», gestand er im selben Flüsterton. «Es geht ihm jetzt besser», fuhr er nach einer Weile fort. «Ich habe ihm für heute nacht mein Bett abgetreten – werde auf meiner Veranda schlafen, in der Hängematte. Nein, sympathisch ist er mir auch nicht, aber das heisst noch lange nicht, dass man ihn auslachen darf, bloss weil er vor Schmerzen ausser sich ist. Ich muss mich wundern über dich, Freya. Die eine Seite seines Gesichts ist ja ganz gerötet.»

Ihre Schultern zuckten krampfhaft unter den väterlichen Händen, und sein struppiger Schnurrbart streifte ihre Stirn, als er ihr den Gutenachtkuss gab. Sie machte die Tür zu und trat in die Mitte des Zimmers, bevor sie sich ein müdes, unfrohes Lachen gestattete.

«Gerötet! Ganz gerötet!» sagte sie vor sich hin. «Das wollen wir hoffen! Ganz –»

Ihre Wimpern waren feucht. Antonia in ihrer Ecke stöhnte und kicherte, und es liess sich nicht sagen, wo das Stöhnen aufhörte und das Kichern begann.

Herrin und Dienerin waren beide etwas überspannt, hatte Freya doch, als sie in ihr Zimmer flüchtete, dort Antonia vorgefunden und ihr alles erzählt.

«Ich habe dich gerächt, mein Kind», sagte sie.

Und dann hatten sie Tränen gelacht und geweint, mit Ermahnungen der einen Seite («Sch! Nicht so laut! Sei still!») und Zwischenrufen der andern («Ich habe solche Angst – er ist ein Teufel»).

Antonia hatte eine Heidenangst vor diesem Heemskirk. Sein Aussehen, die Augen und Augenbrauen, die Lippen und die Nase und die Beine – alles kam ihr beängstigend vor.

Das war durchaus begreiflich. Und sie hielt ihn für böse, weil sie fand, er sehe böse aus. Ein durchaus zureichender Grund. Im Halbdunkel des Zimmers, nur schwach erhellt von einem Nachtlämpchen am Kopfende des Bettes, kam die Dienerin aus ihrer Ecke hervor, um sich zu Füssen ihrer Herrin hinzukauern und sie im Flüsterton anzuflehen: «Die Brigg ist doch da. Und Kapitän Allen. Warum rükken wir nicht aus, gleich jetzt – ach, rücken wir doch einfach aus. Ich habe solche Angst. Bitte, bitte.»

«Ich, ausrücken!» dachte Freya bei sich, ohne auf das verängstigte Mädchen herabzuschauen. «Nie und nimmer!»

Weder die eigenwillige Herrin unter dem Moskitonetz noch die am Fussende des Bettes auf einer Matte hingekuschelt liegende Dienerin schliefen damals sehr gut. Wer überhaupt nicht schlief, war Leutnant Heemskirk. Er lag auf dem Rücken und starrte rachsüchtig ins Dunkel. Aufreizende Vorstellungen und demütigende Überlegungen lösten einander ab und fachten seine Wut immer von neuem an. Eine schöne Geschichte, das, wenn sie sich einmal herumsprach. Aber sie durfte sich nicht herumsprechen. Er musste die Kränkung stillschweigend schlucken. Schön stand er da – von dem Mädchen zum Narren gehalten, aufs Glatteis geführt, geohrfeigt – und wahrscheinlich auch vom Vater hintergangen. Doch nein, Nielsen war auch bloss eines der Opfer dieser kleinen Hexe, dieser verschlagenen, lachenden, verlogenen...

«Nein, er hat mich nicht vorsätzlich hintergangen», dachte er, «aber ich würde es ihm doch gerne heimzahlen, dem Schwachkopf.»

Nun, das hatte Zeit. Eines hatte er sich fest vorgenommen: sich am Morgen so früh als möglich davonzumachen. Er getraute sich nicht, dem Mädchen wieder unter die Augen zu treten, aus Angst, er könnte sonst bersten vor Wut.

«Zum Teufel nochmal, ich ersticke hier noch, bevor es Morgen wird!» murmelte er vor sich hin, wie er da in Nelsons Bett auf dem Rücken lag und nach Luft rang.

Als der Morgen graute, erhob er sich und begann vorsichtig die Tür aufzumachen. Ein leises Geräusch im Korridor liess ihn innehalten. Durch den Türspalt sah er Freya auf den Gang hinaustreten. Bei dem unerwarteten Anblick blieb er wie angewurzelt stehen. Die Tür war nur einen schmalen Spalt weit offen, der aber den Blick auf das Ende der Veranda freigab. Dorthin eilte Freya, um die Brigg an der Landspitze vorbeiziehen zu sehen. Sie hatte den dunkeln Morgenrock an, war aber barfuss; da sie erst gegen Morgen eingeschlafen war, hatte sie aus Angst, zu spät zu kommen, keine weiteren Umstände gemacht. Noch nie hatte Heemskirk sie so gesehen, mit dem glatt anliegenden Haar, das hinten in einer schweren blonden Flechte herabhing – frisch, beschwingt, voller Lebensdrang. Zuerst staunte er, dann knirschte er mit den Zähnen. Nein, er konnte ihr unmöglich unter die Augen treten. Innerlich fluchend, blieb er reglos hinter der Tür stehen.

Als sie die Brigg bereits in Fahrt sah, langte

sie mit einem leisen «Ah» aus tiefster Brust nach Nelsons Fernrohr, das oben an der Wand auf zwei Haltern ruhte. Dabei rutschte der weite Ärmel des Morgenrocks zurück, so dass ihr weisser Arm bis zu der Schulter zum Vorschein kam. Heemskirks Hand an der Türklinke krampfte sich zusammen, als wolle er die Klinke zerquetschen.

Und Freya wusste, dass er sie beobachtete. Sie wusste es. Sie hatte gesehen, wie die Tür sich bewegte, als sie aus dem Korridor hinaustrat. Sie spürte seinen Blick, und es erfüllte sie mit einem verachtungsvollen Hochgefühl.

«Ach, du bist auch da», dachte sie, als sie das Fernrohr hob. «Meinetwegen, schau dir die Augen aus dem Kopf!»

Die grünen Inselchen wirkten wie schwarze Schatten, die fahle See war spiegelglatt, und der farblos-klare Mantel der Morgendämmerung wies im Osten einen lichten Saum auf. Sobald Freya in der Ferne Jasper an Deck stehen sah, sein eigenes Fernglas auf den Bungalow gerichtet, legte sie das ihre hin und reckte die schönen weissen Arme über den Kopf empor. In dieser Haltung verharrte sie, ein verkörpertes Jauchzen, erfüllt vom strahlenden Bewusstsein der Bewunderung, die Jasper ihrer im Fernglas abgebildeten Gestalt entgegenbrachte, aber auch des bösen, begehrlichen Blicks bewusst, den der andere auf ihren Rükken geheftet hielt. Im Überschwang ihrer Liebe, in einer launigen Anwandlung und mit dieser geheimnisvollen Männerkenntnis, die den Frauen angeboren scheint, dachte sie bei sich: «Du schaust immer noch her – du kannst gar nicht anders? Schön, dann sollst du auch etwas sehen!»

Sie legte beide Hände an die Lippen und warf sie dann hinaus, als wolle sie mit dem Kuss ihr ganzes Herz auf das Deck der Brigg hinüberschleudern. Ein Anhauch von Röte lag auf ihrem Gesicht, ihre Augen leuchteten. Mit der wiederholten, leidenschaftlichen Gebärde schien sie Küsse zu Hunderten hinüberzuwerfen, immer wieder, während die aufgehende Sonne allmählich Farbenpracht in die Welt brachte – die kleinen Inseln wurden grün, die See wurde blau, die Brigg dort unten mit prangenden Segeln blendend weiss, wobei die Handelsflagge wie ein rotes Flämmchen an der Gaffel auswehte. Und jedesmal sagte sie leise: «Da hast du – und da – und da –», bis sie plötzlich die Arme fallen liess. Sie hatte gesehen, wie die Flagge in Erwiderung des Grusses gedippt wurde, und im nächsten Augenblick entzog der Landvorsprung den Schiffskörper ihren Blicken. Da wandte sie sich vom Geländer ab, schritt mit gesenkten Lidern und einem rätselvollen Lächeln langsam am Zimmer ihres Vaters vorbei und verschwand hinter dem Vorhang.

Doch statt den Korridor entlangzugehen, blieb sie auf der andern Seite stehen, versteckt und reglos, um dort der weiteren Ereignisse zu harren. Eine Weile blieb die Wohnveranda leer. Dann ging beim Zimmer des alten Nelson plötzlich die Tür auf und Heemskirk taumelte heraus, mit zerwühltem Haar, blutunterlaufenen Augen und dunkeln Bartschatten. Verstört blickte er um sich, sah auf einem

Tisch seine Mütze liegen, ergriff sie und ging leise, mit sonderbar unsicherem Schritt auf die Treppe zu, als koste es ihn seine letzte Kraft.

Kurz nachdem auch sein Kopf verschwunden war, trat Freya mit verkniffenen Lippen hinter dem Vorhang hervor, und in ihren leuchtenden Augen war gar kein weicher Glanz mehr. Er durfte nicht ungestraft davonschleichen. Nie und nimmer! Sie war erregt, verspürte ein Kribbeln am ganzen Körper, sie hatte Blut geleckt. Es musste ihm klargemacht werden, dass sein Zugucken und sein schmählicher Abzug nicht unbemerkt geblieben waren. Doch ans Geländer zu laufen und hinter ihm her zu rufen, wäre kindisch gewesen – unfein, unter ihrer Würde. Und was hätte sie rufen sollen? Nein, das war ausgeschlossen. Also, was tun?... Sie zog die Stirn kraus, hatte einen Einfall und stürzte auf das Klavier zu, das die ganze Nacht aufgeklappt dagestanden hatte, und entlockte dem Instrument ein unwirsches Brummen in den tiefsten Tönen. Einen Akkord nach dem andern schlug sie an, als jage sie Schüsse hinter der breitspurigen Gestalt mit den goldenen Achselstücken her, und dann verfolgte sie ihn mit demselben Stück, welches sie am Abend zuvor gespielt hatte – ein modernes, leidenschaftlich aufgewühltes Stück, das schon mehrmals gegen die Gewitter der Gegend hatte herhalten müssen. Mit frohlockender Bosheit hob sie den Takt übermässig hervor, so vertieft in ihr Tun, dass sie es gar nicht merkte, als ihr Vater herbeilief, um sich nach der Ursache des unzeitigen Konzerts zu erkundigen. Er hatte sich über den Schlafanzug einen fadenscheinigen Mantel umgeworfen und starrte sie entgeistert an.

«Aber was soll denn das?... Freya!...» Seine Stimme wurde vom Klavier fast übertönt. «Wo ist denn der Leutnant hingekommen?» schrie er.

Sie schaute mit leerem Blick zu ihm auf, als sei sie ganz von der Musik beansprucht.

«Der ist weg.»

«Was?... Wohin denn?»

Sie schüttelte nur den Kopf und spielte noch lauter als zuvor. Von der offenen Tür seines Schlafzimmers suchte Nelson mit bekümmertem Blick die ganze Veranda ab, als sei der Leutnant etwas Kleines, das vielleicht irgendwo am Boden oder an der Wand umherkrabbelte. Doch der schrille Ton einer Trillerpfeife vom Ufer her drang durch die dröhnende Klangfülle des Klaviers. Der Leutnant pfiff sein Boot herbei, und zwar schien er es äusserst eilig zu haben, dem ersten schrillen Ton folgte nämlich gleich ein zweiter, und dann, kurz darauf, ein so endlos langgezogener Ton, dass er sich wie ein Notschrei anhörte. Freya liess plötzlich vom Klavier ab.

«Er geht an Bord», bemerkte der alte Nelson verwirrt. «Was hat ihn wohl veranlasst, so früh auszuziehen? Ein komischer Kauz. Noch dazu mimosenhaft empfindlich. Es würde mich gar nicht wundern, wenn es dein Benehmen gestern abend wäre, das ihn vertrieben hat. Es ist mir aufgefallen, Freya, du hast ihm fast ins Gesicht gelacht, als er seine höllischen Schmerzen hatte. So macht man sich nicht beliebt. Jetzt hat er etwas gegen dich.»

Freyas Hände ruhten unbeschäftigt auf den Tasten; sie liess den Kopf sinken, plötzlich missmutig und abgespannt, als hätte sie eine aufreibende Krise überstanden. Der alte Nelson (oder Nielsen) sah bekümmert drein und stellte Überlegungen an, was wohl im vorliegenden Fall das richtige Vorgehen sei.

«Ich glaube, es wäre am besten, ich gehe im Laufe des Vormittags an Bord, um mich nach seinem Befinden zu erkundigen», meinte er. «Warum bringt man mir eigentlich den Frühmorgentee nicht? Hörst du, Freya? Ich muss mich wirklich wundern über dich. Wie kann ein junges Mädchen bloss so herzlos sein? Dabei betrachtet sich der Leutnant doch als Freund des Hauses. Wie? Nein? Jedenfalls nennt er sich so, und das ist für einen Mann in meinen Verhältnissen etwas wert. O ja! Ich muss unbedingt an Bord.»

«Musst du das wirklich?» murmelte Freya gleichmütig und fügte dann in Gedanken hinzu: «Du Armer!»

V

Was die nächsten sieben Wochen betrifft, braucht nur gesagt zu werden, erstens, dass der alte Nelson (oder Nielsen) nicht dazu kam, seinen Höflichkeitsbesuch abzustatten. Die *Neptun,* geführt von einem beleidigten und wutentbrannten Leutnant der Niederländischen Marine, lief zu einer unerwartet frühen Stunde aus. Freyas Vater musste zuerst seine kostbare Tabakernte sachgemäss an der

Sonne ausbreiten lassen, und als er dann ans Ufer hinunterkam, dampfte das Kanonenboot bereits um die Landspitze herum. Noch tagelang war der alte Nelson untröstlich.

«Jetzt werde ich nie wissen, in welcher Verfassung er wegging», beklagte er sich seiner Tochter gegenüber, erstaunt, wie hartherzig sie blieb. Ihre Gleichgültigkeit hatte beinahe etwas Erschreckendes.

Ferner muss festgehalten werden, dass das Kanonenboot, auf östlichem Kurs, noch am selben Tag an der *Bonito* vorbeikam, die vor Carimata in eine Flaute geraten war und, mit dem Bug ebenfalls nach Osten, still dalag. Ihr Kapitän, Jasper Allen, in träumerische Gedanken an seine Freya versunken, fand es nicht der Mühe wert, sich von seinem Liegestuhl auf dem Hüttendeck zu erheben, um die *Neptun* vorbeiziehen zu sehen, deren Rauchwolken sich zwischen die Masten der *Bonito* wälzten und vorübergehend das in der Sonne schimmernde Weiss ihrer der Liebe geweihten Segel verdunkelte. Jasper würdigte das Kanonenboot keines Blicks. Heemskirk dagegen hatte von der Brücke aus die Brigg schon von weitem ernsthaft betrachtet, wobei er sich krampfhaft am Messinggeländer festhielt. Als er näher herankam, verlor er vollends die Gewalt über sich, zog sich ins Kartenhaus zurück und knallte die Tür hinter sich zu. Dort sass er dann stundenlang mit gerunzelter Stirn und verkniffenem Mund, in höhnisch-bittere Betrachtungen versunken – einem Prometheus gleich in den Fesseln heilloser Begierde, die Eingeweide von Schnabel und

Klauen einer verschmähten Leidenschaft zerrissen.

Diese Art von Raubvogel lässt sich nicht so leicht wie ein Huhn verscheuchen. Zum Narren gehalten, hintergangen, betrogen, verlockt, schändlich behandelt, verspottet – Schnabel und Klauen! Ein unheimlicher Vogel. Der Leutnant hatte keine Lust, zum Gespött des ganzen Archipels zu werden, als der Marineoffizier, der von einem Mädchen eine Ohrfeige hatte einstecken müssen. Aber konnte es überhaupt sein, dass sie diesen niederträchtigen Handelsschiffer liebte? Er versuchte, nicht daran zu denken, doch dabei drängte sich ihm Schlimmeres als blosse Gedanken auf – bildhafte Vorstellungen. Er sah sie vor sich – zum Greifen nah, körperhaft, farbig beleuchtet –, er sah sie vor sich, wie sie diesen Kerl umarmte. Wenn er die Augen davor verschloss, musste er feststellen, dass das nichts half. Dann begann in der Nähe jemand Klavier zu spielen, unüberhörbar; es nützte nichts, sich die Ohren zu verstopfen. Nicht auszuhalten war das, jedenfalls nicht allein. Er stürzte aus dem Kartenhaus und verwickelte den wachhabenden Offizier in eine etwas wirre Unterhaltung über belanglose Dinge, begleitet von den höhnischen Klängen eines schemenhaften Klaviers.

Als letztes ist festzuhalten, dass Leutnant Heemskirk, statt weiterhin Ternate anzusteuern, wo er erwartet wurde, von seinem Kurs abwich und Makassar anlief, wo niemand mit seiner Ankunft rechnete. Dort eingetroffen, hatte er eine Unterredung mit dem Gouverneur, dem er einen bestimmten Vorschlag unterbreitete, worauf er die Vollmacht erhielt, in der bewussten Angelegenheit nach Gutdünken zu verfahren. In der Folge gab er dann Ternate gänzlich auf, dampfte nordwärts der gebirgigen Küste von Celebes entlang und überquerte dann die Makassar-Strasse, um seine Tätigkeit an das niedrige Ufer stiller, unzugänglicher Urwälder zu verlegen, wo die Gewässer nachts geheimnisvoll leuchten und tagsüber tiefblau sind, mit schimmernden grünen Stellen über den blinden Klippen. Einen Tag nach dem andern konnte man die *Neptun* dort auf Streifenfahrt oder in der Nähe breiter, silbriger Flussmündungen lauern sehen, unter dem gewaltigen strahlenden Himmel, der – nie gedämpft oder verschleiert – die Erde mit dem immerwährenden Sonnenglanz der Tropen überflutet – diesem Sonnenglanz, der in seiner Beharrlichkeit bedrückender wirkt als die graue Melancholie nördlicher Nebel.

Lautlos tauchte die *Bonito* hinter einer dunkel bewaldeten Landzunge auf, im silbrigen Mündungsgebiet des grossen Stroms. Der Windhauch, der sie fortbewegte, hätte kaum eine Fackel zum Flackern gebracht. Geheimnisvoll, gespenstisch weiss suchte sie offenes Wasser zu gewinnen; bei der fast unmerklichen Fahrt hatte ihr Auftauchen etwas Verstohlenes; und Jasper, einen Ellbogen im Grosswant, den Kopf in die Hand gestützt, dachte an Freya. Alles auf der Welt gemahnte ihn an sie. Die Schönheit der Geliebten ist auch in der Schönheit der Natur vorhanden. Die Umrisse der Berge, ein schön geschwungener Küstenstrich, die Windungen eines Flusses sind weniger anmutig als die fein aufeinander abgestimmten Linien ihrer Körperform, und wenn sie sich bewegt, lässt ihre Geschmeidigkeit an geheime Kräfte denken, deren Ausprägung die Erscheinungswelt darstellt.

Auf Dinge angewiesen, wie es der Mensch nun einmal ist, liebte Jasper die Brigg, die Behausung seiner Träume. Er geheimnisste etwas von Freyas Seele in sie hinein. Auf diesem Deck konnte ihre Liebe Fuss fassen. Der Besitz der Brigg beschwichtigte seine Leidenschaft, verlieh er ihm doch die Gewissheit eines bereits eroberten Glücks.

Heiter-gelassen stand der Vollmond am Himmel, und alles war so ruhig und klar wie der Blick aus Freyas Augen. Nicht das leiseste Geräusch im ganzen Schiff.

«Hier soll sie an solchen Abenden neben mir stehen», dachte er verzückt.

Und in dieser friedlichen Stille, unter dem allen Liebenden so huldvoll scheinenden mondhellen, wolkenlosen Himmel (als hätte die Natur sich bloss verstellt), in diesem Augenblick also geschah es, dass das Kanonenboot sich von der dunkeln Küste löste, unter der es unsichtbar gelegen hatte, und heranbrauste, um die seewärts anliegende Brigg abzufangen.

Sobald das Kanonenboot gesichtet worden war, hatte Schultz, der Mann mit der volltönenden Stimme, eine merkwürdige Unruhe verraten. Schon den ganzen Tag, seit sie die malaiische Ortschaft weiter oben am Fluss verlassen hatten, trug er eine verstörte Miene zur Schau und verrichtete seine Arbeit, als laste etwas auf seinem Gemüt. Jasper war es aufgefallen, doch der Steuermann hatte sich abgekehrt, als lasse er sich nicht gerne anschauen, und verlegen etwas von Kopfweh und Fieber gemurmelt. Es stand offenbar schlimm mit ihm, als er sich hinter dem Kapitän verdrückte und laut vor sich hinsagte: «Was will denn der Kerl von uns?» Dabei war sein Tonfall so kleinlaut, als stünde er nackt in einem eisigen Wind und versuche, nicht zu schlottern. Wenn er Fieber hatte, konnte es nur ein Schüttelfrost sein.

«Ach, er will sich bloss unliebsam bemerkbar machen», meinte Jasper. «Es wäre nicht das erstemal. Wir werden bald Klarheit haben.»

Es dauerte in der Tat nicht lange, bis die beiden Fahrzeuge auf Rufweite querab voneinander lagen. Mit ihren schönen Umrissen und den weissen Segeln wirkte die Brigg im Mondschein wie ein luftiges Geisterwesen. Das Kanonenboot hingegen, mit seinem gedrungenen Körper und den kurzen Masten, die wie kahle, abgestorbene Baumstämme in den lichten Nachthimmel emporragten, warf einen schweren Schatten auf das Stück Wasser zwischen den beiden Schiffen.

Auf beiden ging Freya wie ein allgegenwärtiges Wesen um, als sei sie die einzige Frau auf der Welt. Jasper hatte nicht vergessen, wie dringend sie ihm eingeschärft hatte, sich in acht zu nehmen und in Wort und Tat an sich zu halten, während er fern von ihr sei. Bei dieser unvorhergesehenen Begegnung vermeinte er an seinem Ohr förmlich den Atemhauch dieser Ermahnungen zu spüren, wie sie sie ihm jeweils beim Abschied noch rasch zuraunte, glaubte die halb spasshaften Flüsterworte zu hören: «Denk dran, ich würde dir nie verzeihen!» – wobei sie ihn kurz am Arm fasste, was er mit einem stillen, selbstsicheren Lächeln beantwortete. Heemskirk wurde auf andere Art von ihr heimgesucht. Da war kein Geflüster, es waren eher Gesichte. Er sah das Mädchen vor sich, wie es einen hergelaufenen Strolch umschlang – diesen Strolch dort, der eben seinen Anruf erwidert hatte. Er sah sie, wie sie barfuss über die Veranda huschte, vom Drang erfüllt, die Brigg zu bewundern – diese Brigg dort. Wenn sie wenigstens aufgeschrien und ihn mit Schmähungen überhäuft hätte...! Aber sie hatte ihn einfach überspielt. Das war alles. Verlockt (wie er sich einredete), genarrt, geohrfeigt, verhöhnt... Schnabel und Klauen! Die beiden, denen Freya von den Sieben Inseln so unterschiedlich zu schaffen machte, waren keine ebenbürtigen Gegner.

In der tiefen Stille, die sich über die zwei Schiffe gebreitet hatte, in einer Welt, die an sich schon wie ein zarter Traum wirkte, kam ein von javanischen Matrosen gerudertes Boot über das dunkle Stück Wasser her und legte längsseit der Brigg an. Der weisse Deckoffizier darin, wohl der Geschützoffizier, enterte an Bord, ein etwas kurzatmiger, stämmiger Mann. Sein feistes Gesicht wirkte im Mondschein wie leblos, und beim Gehen hingen seine dicken Arme vom Körper weg, als sei er ausgestopft. Wie Glimmerplättchen glitzerten seine schmalen Luchsaugen. In gebrochenem Englisch übermittelte er Jasper das Ersuchen, an Bord der *Neptun* zu kommen.

Damit hatte Jasper allerdings nicht gerechnet. Nach kurzer Überlegung entschloss er sich jedoch, weder Verärgerung noch Überraschung zu bekunden. Der Fluss, von dem er herkam, war schon seit zwei Jahren politisch ein Unruheherd, und Jasper wusste, dass man es nicht gerne sah, wenn er ihn aufsuchte. Im Gegensatz zum alten Nelson kümmerte ihn aber das Missfallen der Behörden nicht allzu sehr. Er schickte sich an, von Bord zu gehen, und Schultz folgte ihm zur Reling, als wolle er ihm etwas mitteilen, liess es dann aber doch bleiben. Jasper fiel auf, wie elend der Mann aussah, der auf der Brigg sein Seelenheil gefunden hatte, ihn jetzt aber mit flehentlichem Blick stumm anschaute.

«Was ist denn mit Ihnen?» fragte Jasper.

«Wenn ich nur wüsste, wie das ausgeht», erwiderte der Mann mit der schönen Stimme, die selbst bei Freya ihre Wirkung nicht verfehlt hatte. Doch wo war ihr unwiderstehlicher Wohlklang geblieben? Die Worte waren eher wie ein heiseres Krächzen gewesen.

«Sie sind krank», stellte Jasper fest.

«Ich wollte, ich wäre tot», lautete die erstaunliche Antwort; sie kam wie aus tiefster Seelennot. Jasper musterte ihn scharf, doch jetzt war nicht der geeignete Augenblick, um den Äusserungen eines Fieberkranken nachzugehen. Hohes Fieber hatte er offenbar nicht, und das musste vorläufig genügen. Schultz stürzte zu ihm hin.

«Dieser Kerl hat es auf Sie abgesehen!» stiess er hervor. «Er hat es auf Sie abgesehen, Kapitän Allen. Ich spüre es, und ich –»

Er war wie von einem unerklärlichen Gefühl übermannt.

«Schon gut, Schultz. Ich werde ihm keinen Vorwand liefern», fertigte Jasper ihn ab und schwang sich ins Boot.

An Bord der *Neptun* stand Heemskirk im Mondschein breitspurig da, wobei sein blauschwarzer Schatten quer übers Achterdeck fiel, völlig reglos, auch als Jasper herantrat, doch innerlich wallte beim Anblick dieses Mannes etwas in ihm auf. Wortlos blieb Jasper vor ihm stehen und wartete.

Wie sie sich da gegenüberstanden, verfielen sie sogleich in den gewohnten, unpersönlichen Ton, in welchem sie jeweils beim alten Nelson miteinander verkehrten, als wäre der andere gar nicht vorhanden – Heemskirk misslaunig, Jasper die Ruhe selber.

«Was tut sich an dem Fluss, aus dem Sie eben herauskamen?» fragte der Leutnant ohne Umschweife.

«Über die Unruhen, falls Sie diese meinen, weiss ich nicht Bescheid», erwiderte Jasper. «Ich habe dort einige Tonnen Reis ausgeladen, ohne dafür etwas einzutauschen, und bin gleich wieder unter Segel gegangen. Zu holen ist dort nichts mehr, aber noch eine Woche, und es wäre zu einer Hungersnot gekommen, wenn ich mich der Leute nicht angenommen hätte.»

«Immer diese Einmischung der Engländer! Es könnte doch sein, dass dieses Gesindel gar nichts Besseres verdient als zu verhungern, eh?»

«Es gibt Frauen und Kinder dort, wissen Sie», bemerkte Jasper in gleichmütigem Ton.

«Ja, ja! Wenn ein Engländer anfängt, von Frauen und Kindern zu reden, dann ist bestimmt etwas faul an der Sache. Man wird Ihr Tun und Treiben untersuchen müssen.»

Es war wie ein Zwiegespräch zwischen zwei entkörperten Geistern – blossen Stimmen im leeren Raum, schauten sie sich doch an, als wäre nichts vorhanden oder als hätten sie höchstens einen leblosen Gegenstand vor sich. Doch jetzt trat eine Pause ein. Heemskirk war plötzlich etwas eingefallen. «Sie wird ihm alles erzählen», dachte er. «Sie wird es ihm erzählen, während sie ihn lachend umschlungen hält.» Am liebsten hätte er Jasper auf der Stelle ausgetilgt. Er brachte kein Wort mehr heraus, und es wurde ihm schwarz vor den Augen. Vorübergehend vermochte er Jasper tatsächlich nicht mehr zu sehen. Hingegen hörte er ihn fragen, gleichsam ins Blaue hinein: «Heisst das, dass die Brigg mit Beschlag belegt ist?»

Heemskirk, von einer bösen Genugtuung durchzuckt, kam wieder zu sich.

«Jawohl. Ich nehme sie nach Makassar in Schlepp.»

«Über die Rechtmässigkeit dieses Vorgehens wird das Gericht zu befinden haben», erklärte Jasper mit gespielter Gleichgültigkeit, obwohl ihm klar wurde, dass die Sache damit eine bedenkliche Wendung nahm.

«Ach, das Gericht, versteht sich! Und was Sie betrifft, Sie bleiben vorläufig hier an Bord.»

Jaspers Bestürzung, von seinem Schiff getrennt zu werden, verriet sich lediglich durch ein Erstarren. Es dauerte kaum einen Augenblick. Dann wandte er sich ab und rief die Brigg an. Schultz meldete sich.

«Herr Kapitän!»

«Klar zum Übernehmen einer Schlepptrosse vom Kanonenboot! Man bringt uns nach Makassar.»

«Allmächtiger! Wozu denn das?» kam es leise herüber.

«Ein Liebesdienst, vermutlich», rief Jasper gelassen. «Wir hätten ja – tagelang – bekalmt liegen können. Und Gastfreundschaft. Man hat mich eingeladen – hier an Bord zu bleiben.»

Die Antwort auf diese Mitteilung war ein lauter Ausruf des Entsetzens. «Der Mann ist ja mit den Nerven völlig am Ende», dachte Jasper bei sich und schaute mit einer für ihn neuen Besorgnis zur Brigg hinüber. Der Gedanke, von ihr getrennt zu sein – zum erstenmal, seit sie zusammengefunden hatten –, erschütterte seine zur Schau getragene Standhaftigkeit bis auf den Grund. Dic ganze Zeit über hatte weder Heemskirk noch sein blauschwarzer Schatten sich auch nur im geringsten gerührt.

«Ich werde eine Bootsmannschaft nebst einem Offizier an Bord Ihres Schiffs einsetzen», verkündete er, ohne die Worte an jemand im besondern zu richten. Jasper riss sich von der angelegentlichen Betrachtung der Brigg los und wandte sich um. Ohne sich zu ereifern, fast ausdruckslos, legte er Verwahrung gegen das ganze Vorgehen ein. Es war der Zeitverlust, an den er dabei dachte. Er zählte die Tage ab. Makassar lag für ihn eigentlich am Weg, und dorthin geschleppt zu werden, bedeutete eine Zeitersparnis. Anderseits waren dann ärgerliche Formalitäten abzuwickeln. Das Ganze war einfach zu albern. «Die Wanze ist verrückt geworden», dachte er. «Ich werde sofort wieder freigelassen. Und falls nicht, muss eben Mesman für mich bürgen.» Mesman war ein holländischer Kaufmann, mit dem Jasper schon oft geschäftlich verkehrt hatte und der in Makassar etwas galt.

«Sie legen Verwahrung ein? Hm!» brummte Heemskirk und blieb noch eine Weile mit gespreizten Beinen und gesenktem Kopf stehen, als studiere er seinen eigenen, komisch gespaltenen Schatten. Dann winkte er den beleibten Geschützoffizier heran, der sich wie das ausgestopfte Exemplar eines Dickwanstes reglos in der Nähe gehalten hatte. Der Mann trat herzu und stand stramm.

«Sie entern mit einer Bootsmannschaft an Bord der Brigg!»

«Jawohl.»

«Einer Ihrer Leute übernimmt jeweils das Ruder», fuhr Heemskirk fort, auf englisch, offenbar zu Jaspers Erbauung. «Verstanden?»

«Jawohl.»

Jasper war zumute, als werde ihm mit der Abtretung des Kommandos das Herz aus dem Leib gerissen. In verändertem Ton fragte Heemskirk: «Was haben Sie an Waffen mit?»

Seinerzeit hatten alle Frachtschiffe im Chinesischen Meer die Bewilligung, eine gewisse Anzahl Schusswaffen zu Abwehrzwecken mitzuführen.

«Achtzehn Gewehre mit den zugehörigen Bajonetten», erwiderte Jasper, «sie befanden sich schon an Bord, als ich die Brigg vor vier Jahren erwarb, und sind ordnungsgemäss gemeldet.»

«Wo werden sie verwahrt?»

«Vordere Kajüte. Der Steuermann hat den Schlüssel.»

«Sie beschlagnahmen die Gewehre», wies Heemskirk den Geschützoffizier an.

«Jawohl.»

«Wieso das? Was wollen Sie damit andeuten?» rief Jasper, biss sich aber sogleich auf die Lippen. «Unerhört ist das!» murmelte er.

Vorübergehend hob Heemskirk mit schwerer Duldermiene den Blick.

«Sie können gehen», sagte er zu seinem Geschützoffizier. Der Dickwanst grüsste und entfernte sich.

Während der nächsten dreissig Stunden wurde die Schleppfahrt nur ein einziges Mal unterbrochen. Auf ein Zeichen von der Brigg – Schwenken einer Signalflagge auf der Back – wurde das Kanonenboot angehalten. Das schlecht ausgestopfte Exemplar eines Deckoffiziers kletterte ins Boot, enterte an Bord der *Neptun* und eilte stracks in die Kajüte des Kapitäns, wobei seine verkniffenen Augenschlitze verrieten, dass er etwas Aufregendes zu melden hatte. Geraume Weile besprachen sich die beiden hinter geschlossener Tür, während Jasper an der Heckreling stand und festzustellen suchte, ob an der Brigg etwas Aussergewöhnliches vorgefallen sei. Es schien jedoch alles in Ordnung. Trotzdem hielt er Ausschau nach dem Geschützoffizier, und wenngleich er es vermieden hatte, seit Beendung des Gesprächs mit Heemskirk mit irgend jemand zu reden, hielt er den Mann an, als er wieder an Deck kam, und erkundigte sich nach dem Befinden seines Steuermanns. «Er fühlte sich nicht besonders wohl, als ich von Bord ging», erklärte er.

Der Deckoffizier, in strammer Haltung, als koste es ihn beträchtliche Anstrengung, seinen Wanst zu tragen, verstand nur mit Mühe. Er verzog keine Miene, doch schliesslich blinzelte er heftig.

«Ach ja! Der Steuermann. Ja, ja, er befindet sich wohl. Aber, du mein Gott, ist das ein komischer Mensch!»

Eine Erklärung dieser Worte erhielt Jasper nicht, der Holländer kletterte nämlich rasch ins Boot und begab sich wieder an Bord der Brigg. Jasper tröstete sich mit dem Gedanken, er werde dieses unliebsame und groteske Erlebnis bald hinter sich haben. Die Reede von Makassar war bereits in Sicht. Heemskirk kam auf dem Weg zur Brücke an ihm vorbei. Zum erstenmal fasste er Jasper scharf ins Auge, und zwar mit einer so unverhohlenen Genugtuung im Blick, dass Jasper unwillkürlich ein Lächeln ankam, galt es doch zwischen ihm und Freya längst als ausgemacht, dass der Leutnant eine komische Figur war.

Dann wandte er sich wieder seiner Brigg zu,

in der sein Vermögen steckte, aber auch etwas von der Seele seiner Geliebten, und die die einzige Existenzgrundlage zweier Menschen auf Erden darstellte, die Voraussetzung dafür, dass er die besonnene, verehrenswerte Freya an seine Brust reissen und in alle Welt entführen konnte. Dieses schöne Schiff, die Verkörperung seines Lebensmuts und seiner Liebe, hilflos am Ende einer Schlepptrosse zu sehen, war allerdings nicht erbaulich. Es hatte etwas von einem bösen Traum, gemahnte an einen wilden, mit Ketten beladenen Seevogel.

Und doch, was wollte er sonst betrachten? Manchmal war er von dem schönen Anblick wie gebannt und vergass ganz, wo er sich befand. Was ihm ausserdem über seine missliche Lage hinweghalf, war dieses Gefühl der Überlegenheit, welches das Bewusstsein, geliebt zu werden, einem jungen Menschen verleiht, dieser schöne Wahn, über die Schicksalsmächte erhaben zu sein, weil eine Frau ihn zärtlich angeschaut hat. So tat denn, als der erste Schreck vorbei war, das Ganze seinem Selbstvertrauen keinen Abbruch. Wer hätte denn dem Auserwählten Freyas etwas anhaben können?

Inzwischen war es Nachmittag geworden, und die Sonne stand hinter den beiden Schiffen, während sie auf den Hafen zuhielten. «Der schlechte Scherz, den er sich da geleistet hat, wird bald ein Ende haben», dachte Jasper ohne besonderen Groll. Da er sich in diesen Gewässern auskannte, genügte ihm ein flüchtiger Blick, um zu erkennen, was der andere vorhatte. «Nanu», dachte er, «er nimmt den

Weg durch die Spermonde-Passage. Gleich kommen wir um das Tamissa-Riff herum.» Und wiederum versank er in den Anblick der Brigg, die sein ein und alles war und bald wieder in seiner Hand sein würde. Auf dem glatten Wasser strähnte die Bugsee der *Neptun* zu beiden Seiten fächerförmig achteraus. Das Kanonenboot brauste nämlich mit voller Fahrt dahin, als gelte es eine Wette. Auf der Back der *Bonito* tauchte der holländische Offizier mit zwei Mann auf. Sie schauten zur Küste hinüber, und Jasper gab sich wieder seinen Träumen hin.

Die Dampfpfeife des Kanonenboots mit ihrem tiefen Ton liess ihn zusammenfahren und gemächlich in die Runde schauen. Dann setzte er auf einmal blitzschnell das Deck entlang nach vorn.

«Sie laufen ja auf das Tamissa-Riff auf!» schrie er.

Hoch oben auf der Brücke schaute Heemskirk gelangweilt über die Schulter zurück; zwei Mann wirbelten das Rad herum, und die *Neptun* drehte bereits vom Rand des helleren Wassers über der blinden Klippe ab. Ha, gerade noch rechtzeitig! Sogleich wandte Jasper sich nach der Brigg um, und ehe er sich dessen klar wurde, dass – offenbar entsprechend einem Befehl, den Heemskirk dem Geschützoffizier vorher erteilt hatte – die Schlepptrosse auf das Signal der Dampfpfeife hin losgeworfen worden war, ehe er noch dazu kam, einen Schrei auszustossen, sah er, wie die Brigg, freigesetzt, achteraus mit dem ganzen Beharrungsvermögen ihrer Fahrt am

Heck des Kanonenboots vorbeischoss. Ungläubig, mit schreckerfüllten Augen verfolgte er die schöne gleitende Gestalt. Das Geschrei an Bord drang nur wie ein leises, angstvolles Stimmengewirr an sein Ohr, so heftig pochte ihm das Blut in den Schläfen, während die Brigg weiterlief, voller Leben und Anmut, in grausamer Bekundung ihrer Seetüchtigkeit. Immer weiter lief sie, bis auf einmal der Wasserspiegel vor ihrem Bug wie abgesaugt zu sinken schien; da kam sie mit einem seltsamen, heftigen Erzittern ihrer Toppen zum Stillstand, neigte ihre hohen Masten ein wenig zur Seite und lag dann reglos da. Völlig reglos lag sie auf dem Riff, während die *Neptun* in einem grossen Bogen weiterhin mit voller Fahrt durch die Spermonde-Passage auf die Stadt zuhielt. Völlig reglos lag sie da, auf eine Art, die nichts Gutes verhiess. Von einem Augenblick auf den andern war am hellichten Tag die leise Schwermut, welche dem Verfall geweihte Dinge an sich haben, über sie gekommen. Schon war sie allein, schon trostlos allein, nur noch ein Punkt in dem leuchtenden leeren Raum.

«Festhalten!» schrie eine Stimme von der Brücke herab.

Jasper hatte einen Anlauf genommen, seiner Brigg entgegen, aus unwiderstehlichem Antrieb, so wie einer herzustürzt, um ein geliebtes Wesen vom Rand eines Abgrunds zurückzureissen. «Festhalten! Nicht loslassen!» rief der Leutnant, während Jasper sich verbissen gegen die wogende Masse der Matrosen wehrte, die gehorsam über ihn hergefallen waren. «Festhalten. Um keinen Preis darf der Kerl sich jetzt ertränken!»

Jasper gab den Kampf auf.

Einer nach dem andern liessen sie ihn los und rückten schrittweise von ihm ab, immer weiter, wortlos, bis er allein inmitten eines geräumten Platzes stand, als wolle man ihm die Möglichkeit verschaffen, längelang hinzuschlagen. Nicht einmal wanken sah man ihn. Eine halbe Stunde später, als die *Neptun* vor der Stadt zu Anker ging, hatte er sich noch nicht von der Stelle gerührt, hatte weder Kopf noch Körper auch nur um Haaresbreite bewegt. Sobald der Anker des Kanonenboots ausgerauscht war, kam Heemskirk von der Brücke heruntergestapft.

«Rufen Sie ein Boot vom Ufer», sagte er in verdrossenem Ton, als er am Fallreepsposten vorbeikam, und ging dann langsam auf die Stelle zu, wo Jasper – Zielscheibe scheuer Blicke – wie geistesabwesend dastand, den Blick auf das Deck geheftet. Heemskirk trat heran und betrachtete ihn nachdenklich, die Finger einer Hand an den Lippen. Da stand er nun, der hergelaufene Kerl, der ihn ausgestochen hatte, wohl der einzige, dem dieses verflixte Mädchen die Geschichte zu erzählen gedachte. «Doch er wird sie nicht lustig finden», sagte sich Heemskirk. Die Geschichte, wie ein holländischer Marineoffizier – nein, er wird dabei nichts zu lachen finden, sieht er doch aus, als werde er überhaupt nie mehr lachen.

Und plötzlich schaute Jasper auf. In seinen Augen spiegelte sich nichts als masslose Verwunderung, als sein Blick demjenigen Heemskirks begegnete.

«Auf dem Riff festgekommen!» sagte er leise, als könne er es noch immer nicht fassen. «Auf dem Riff!» wiederholte er noch leiser, als sei er innerlich mit einem grauenvollen und erstaunlichen Gefühl beschäftigt, das in ihm aufstieg.

«Und zwar auf dem höchsten Punkt der Springflut», stiess Heemskirk hervor, in einem schadenfreudigen Ton, der indessen gleich wieder abflaute. Er schwieg, als sei er es müde, und heftete den Blick auf Jasper; es war, als gehe ein Schatten der Ernüchterung, wie sie im Gefolge jeder Leidenschaft eintritt, insgeheim über ihn hinweg. «Auf dem höchsten Punkt», betonte er nochmals, riss sich die betresste Mütze vom Kopf und deutete mit waagrecht ausgestrecktem Arm höhnisch auf das Fallreep. «Und jetzt können Sie an Land gehen und vor Gericht, Sie verfluchter Engländer!»

VI

Die Sache mit der Brigg *Bonito* musste in Makassar, der hübschesten und saubersten aller Städte der Sunda-Inseln, beträchtliches Aufsehen erregen, zumal sich da nur selten etwas Aussergewöhnliches ereignet. Unter der Bevölkerung am Hafen sprach es sich bald herum, dass etwas vorgefallen war. Ein Dampfer mit einem Segelschiff im Schlepp war längere Zeit weit draussen auf dem Meer sichtbar gewesen, und als dann der Dampfer allein einlief, wurden die Leute stutzig. Wieso das? Vom Segelschiff waren nur die Masten zu sehen, mit geborgenen Segeln, immer am selben Ort, nach Süden zu. Bald verbreitete sich im Hafengelände das Gerücht, ein Schiff sei auf dem Tamissa-Riff festgekommen. Was zu sehen war, deuteten die Leute richtig, den Grund vermochten sie freilich nicht zu sehen. Wer wäre schon darauf verfallen, ein neunhundert Meilen weit entfernt lebendes Mädchen mit dem Stranden eines Schiffs auf dem Tamissa-Riff in Verbindung zu bringen? Wem wäre es eingefallen, die Erklärung für dieses Ereignis in seiner Verknüpfung mit dem Seelenleben dreier Menschen zu suchen, selbst wenn einer der drei, Leutnant Heemskirk, sich damals gerade durch die Menge drängte, um dem Seefahrtsamt Meldung zu erstatten?

Nein, für diese Art von Untersuchung war die Bevölkerung am Hafen nicht zuständig, doch viele Hände – braune, gelbe, weisse Hände – wurden dort erhoben, um die Augen zu beschatten, die seewärts blickten. Rasch war das Gerücht im Umlauf. Chinesische Krämer kamen unter die Ladentür; mehr als ein weisser Kaufmann stand von seinem Schreibtisch auf, um ans Fenster zu treten. Ein Segler auf dem Tamissa-Riff, das gab es schliesslich nicht alle Tage. Und bald verdichtete sich das Gerücht. Ein englischer Frachter – als verdächtig auf hoher See von der *Neptun* aufgebracht – Heemskirk habe ihn in Schlepp genommen, um den Fall zu klären, und infolge eines merkwürdigen Missgeschicks…

Mit der Zeit wurde auch der Name bekannt. «Die *Bonito* – wie? Ausgeschlossen! Doch, doch – die *Bonito.* Schau nur hin, sie ist von hier aus zu sehen. Nur zwei Masten. Also eine Brigg. Wer hätte geglaubt, dass der Mann sich je erwischen lassen würde? Heemskirk ist auch nicht auf den Kopf gefallen. Es heisst, die Brigg sei unter Deck wie eine Jacht eingerichtet. Dieser Allen ist ja auch etwas Besseres. Er hat es sich etwas kosten lassen.»

Ein junger Mann trat lebhaft ins Kontor der Gebrüder Mesman am Hafen, übersprudelnd vor Neuigkeiten: «Ja, ja, es ist tatsächlich die *Bonito!* Aber Sie ahnen gar nicht, was ich soeben erfahren habe. Dieser Mensch hat offenbar seit einem Jahr oder zwei die betreffende Gegend am Fluss mit Schusswaffen versorgt, ohne dass man ihm auf die Spur kam. Infolgedessen scheint er so dreist geworden zu sein, dass er jetzt sogar die zum Schiff gehörenden Gewehre verkauft hat. Tatsächlich. Die Gewehre sind nicht mehr an Bord. So eine Frechheit! Er hat bloss nicht gewusst, dass sich eines unserer Kanonenboote an der Küste aufhielt. Aber diese Engländer sind ja so frech, dass er wohl glaubte, man werde ihm schon nichts tun. Vor Gericht lässt man diese Kerle allzu oft unter irgendeinem fadenscheinigen Vorwand straflos ausgehen. Immerhin, die berühmte *Bonito* ist jedenfalls erledigt. Im Hafenamt habe ich soeben gehört, dass sie offenbar auf dem höchsten Punkt des Hochwassers aufgelaufen ist. Dabei segelte sie unter Ballast. Man hält es für ausgeschlossen, dass sie je wieder abkommt. Hoffen wir, die berüchtigte *Bonito* bleibt dort als Mahnmal für andere.»

J. Mesman, ein in den Kolonien geborener Holländer, ein väterlich-freundlicher älterer Mann mit einem glattrasierten, angenehmen Gesicht und schönem graumeliertem Haar (auf dem Kragen ein wenig gekräuselt), sagte kein Wort zur Rechtfertigung Jaspers oder der *Bonito.* Er erhob sich nur unvermittelt aus seinem Klubsessel, sichtlich betroffen. Es hatte sich einmal ergeben, dass Jasper im Laufe einer geschäftlichen Besprechung über dies und das – Handelsverkehr mit den Inseln, Geldfragen und so weiter – auch auf sein Verhältnis zu Freya zu sprechen gekommen war, und Mesman, der den alten Nelson von früher her kannte und sich auch an dessen Töchterchen erinnerte, war sehr erstaunt und belustigt gewesen.

«Sieh mal an! Nelson! Ja, natürlich. Eine ehrliche Haut. Und ein kleines Kind mit flachsblondem Haar. Ja, ich erinnere mich deutlich. Und jetzt ist also aus dem Kind eine schöne junge Frau geworden, so energisch, so –» Und er schüttete sich aus vor Lachen. «Also, wenn Sie dann mit Ihrer Zukünftigen ausgerückt sind, Kapitän Allen, müssen Sie unbedingt einmal vorbeikommen, dass wir Sie beide hier begrüssen können. Ein kleiner Flachsschopf! Ich weiss, ich weiss.»

Weil er das alles wusste, war er zutiefst betroffen, als er von dem Schiffbruch erfuhr. Er griff nach dem Hut.

«Wo wollen Sie hin, Herr Mesman?»

«Ich gehe auf die Suche nach Allen. Er wird

wohl an Land sein. Weiss einer von euch etwas?»

Keiner der Anwesenden wusste etwas. Und Mesman begab sich hinaus ins Hafengelände, um Erkundigungen einzuziehen.

Die Innenstadt, der Teil um die Kirche und die Festung herum, erhielt die Nachricht auf andere Art. Und zwar bekam man dort zunächst Jasper selbst zu sehen, der eilig dahinschritt, als werde er verfolgt. Tatsächlich folgte ihm ein Chinese, allem Anschein nach ein Bootsführer, ebenso eiligen Schrittes. Plötzlich, als er am «Oranienhof» vorbeikam, schwenkte Jasper ab und ging hinein, oder vielmehr, er stürzte hinein, wobei er Gomez, den Empfangschef des Hotels, arg erschreckte. Doch vorerst musste Gomez sich mit einem Chinesen befassen, der vor dem Eingang ein lautes Gezeter erhob. Der Weisse, den er vom Kanonenboot an Land gebracht habe, behauptete er, sei ihm das Fahrgeld schuldig geblieben. Er sei hinter ihm hergelaufen und habe es die ganze Zeit gefordert, doch der Weisse habe sich überhaupt nicht um seine rechtmässige Forderung gekümmert. Gomez stellte den Kuli mit ein paar Kupfermünzen zufrieden und sah sich dann nach Jasper um, der ihm seit langem bekannt war. Er fand ihn wie erstarrt neben einem Tischchen stehen; am andern Ende der Veranda hatten ein paar Gäste, die dort sassen, ihr Gespräch abgebrochen und schauten wortlos herüber. Zwei Billardspieler waren mit den Queus in der Hand unter die Saaltür getreten und machten ebenfalls grosse Augen.

Als Gomez herankam, hob Jasper eine Hand und deutete auf seine Gurgel. Gomez fiel der etwas unsaubere Zustand des weissen Anzugs auf und dann Jaspers Miene, und er enteilte, um das Getränk zu bestellen, das Jasper offenbar verlangte.

Wo er hin wollte – was er vorhatte – wohin er vielleicht auch bloss zu gehen glaubte, als er einer Augenblicksregung folgend, oder weil ihm der Eingang bekannt vorkam, in den «Oranienhof» einschwenkte – das lässt sich unmöglich sagen. Mit den Fingerspitzen leicht auf die Tischplatte gestützt, stand er da. Auf der Veranda hielten sich zwei Bekannte von ihm auf, doch sein Blick, der unablässig umherschweifte, als suche er einen Ausweg, streifte sie mehrmals, ohne dass er sie zu erkennen schien. Die beiden ihrerseits glaubten ihren Augen nicht zu trauen. Nicht dass sein Gesicht verzerrt gewesen wäre. Im Gegenteil, es war ruhig und gefasst. Doch aus der Miene, die er machte, wurde man nicht klug. «Ist er's oder ist er's nicht?» fragten sie sich betreten.

In seinem Kopf herrschte ein Wirrwarr klarer Gedanken. Vollkommen klar waren sie. Das war das Erschreckende daran, im Verein mit seiner Unfähigkeit, auch nur einen einzigen davon zu fassen. «Nur nicht durchdrehen», sagte er sich (oder ihnen). Ein chinesischer Aufwärter erschien mit einem Glas auf einem Tablett. Jasper schüttete das Getränk hinunter und stürzte hinaus. Sobald er weg war, wich der Bann von den Zuschauern. Einer sprang auf und trat rasch an die Seite der Veranda, von der man einen Überblick über die ganze Reede hatte. Gerade in dem Augenblick, als Jasper aus dem Hotel trat und unter der Veranda vorbeiging, rief der Mann den andern aufgeregt zu: «Natürlich war das Jasper! Doch wo ist seine Brigg?»

Jasper trafen diese Worte mit erstaunlicher Lautstärke; es war, als widerhallte das ganze Himmelsgewölbe davon und fordere Rechenschaft von ihm, waren es doch genau die Worte, die Freya verwenden musste. Es war eine vernichtende Frage; wie ein Donnerkeil traf sie ihn und verfinsterte mit einem Schlag den Wirrwarr seiner Gedanken, während er noch dahinschritt. Er hielt nicht inne. Im Dunkeln ging er drei Schritte weiter und stürzte dann zu Boden.

Der gute Mesman musste sich bis zum Krankenhaus durchfragen, bevor er ihn fand. Der Arzt dort sprach von einem leichten Hitzschlag. Nichts Ernstes. Drei Tage Bettruhe... Es ist zuzugeben, dass der Arzt recht behielt. Nach drei Tagen Spitalaufenthalt liess sich Jasper Allen wieder in der Öffentlichkeit blikken – liess sich in hohem Masse blicken, und zwar die längste Zeit, so lange, dass er nachgerade fast als eine der Sehenswürdigkeiten der Stadt galt; so lange, dass man seiner schliesslich nicht mehr achtete, so lange, dass sich die Kunde von seinem jahrelangen unübersehbaren Vorhandensein unter der Bevölkerung der Inseln bis auf den heutigen Tag erhalten hat.

Das Gerede im Hafenviertel und Jaspers Auftauchen im «Oranienhof» stehen am Anfang des berühmten Falles, der unter dem Namen der *Bonito* geht und zwiefacher Art ist – einerseits ein Gerichtsfall und anderseits ein Fall für mitleidige Seelen; als solcher stand er jedermann vor Augen und war doch undurchschaubar.

Undurchschaubar geblieben ist der Fall selbst für den Freund, der mir den eingangs erwähnten Brief schrieb. Er gehörte zu den Leuten in Mesmans Kontor und begleitete diesen auf seiner Suche nach Jasper. In seinem Brief schilderte er mir den zwiefachen Charakter und auch Einzelheiten des Falles. Heemskirk legte bloss grosse Dankbarkeit an den Tag, dass er nicht um sein Schiff gekommen war – so stellte er sich zu der Sache. Dass er so nahe an das Tamissa-Riff geraten war, erklärte er mit der schlechten Sicht, die damals geherrscht habe. Er habe sein Schiff gerettet; alles weitere kümmere ihn nicht. Der dicke Geschützoffizier seinerseits sagte lediglich aus, er habe geglaubt, nach bestem Wissen und Gewissen zu handeln, als er die Schlepptrosse loswarf, allerdings habe er so schnell entscheiden müssen, dass ihm keine Zeit geblieben sei, das Für und Wider abzuwägen.

In Wirklichkeit hatte er auf genaue Anweisungen Heemskirks hin gehandelt, dessen treu ergebener Helfershelfer er im Laufe gemeinsamer Dienstjahre geworden war. Höchst erstaunlich an seiner Aussage war, dass er, als er an Bord der *Bonito* befehlsgemäss zur Beschlagnahmung der Gewehre schreiten wollte, zu seiner Verwunderung feststellen musste, dass sich gar keine an Bord befanden. Was er in der vorderen Kajüte vorfand, war lediglich ein leeres Gestell für die angegebenen achtzehn Gewehre, doch von diesen war nirgends auf dem Schiff auch nur ein einziges vorhanden. Der Steuermann der Brigg, der sehr angegriffen und aufgeregt wirkte, als sei er nicht ganz bei Trost, wollte ihm einreden, Kapitän Allen wisse nichts von alledem; er selber, der Steuermann, sei es gewesen, der die Gewehre kürzlich zu nachtschlafender Zeit einem am Fluss ansässigen Weissen verkauft habe. Zur Bekräftigung holte er einen Beutel Silbertaler hervor, den er dem Geschützoffizier aufdrängen wollte. Dann warf er den Beutel aufs Deck, trommelte sich mit beiden Fäusten an den Kopf und begann sich zu verfluchen als einen undankbaren Wicht, der sein Leben verwirkt habe.

Alles das meldete der Geschützoffizier sogleich seinem Vorgesetzten.

Was Heemskirk vorhatte, als er die *Bonito* mit Beschlag belegte, lässt sich schwer sagen; jedenfalls gedachte er dem, der ihn bei Freya ausgestochen hatte, Scherereien zu bereiten. Als Jasper vor ihm stand, hätte er den Nebenbuhler am liebsten niedergeschlagen. Die Frage war nur, wie konnte er das tun, ohne sich zu verraten? Die Meldung des Geschützoffiziers bot ihm eine Handhabe. Doch Allen verfügte über Freunde; es war durchaus denkbar, dass es ihm gelingen würde, sich irgendwie aus der Sache zu ziehen. Der Einfall, die im Verdacht des Waffenschmuggels stehende Brigg einfach auf das Riff auflaufen zu lassen, kam ihm, während er in seiner Kajüte dem Dickwanst zuhörte. Die Gefahr, dafür gerüffelt zu werden, war unter den obwaltenden Umständen nicht gross. Ausserdem gedachte er es so einzurichten, dass es nach einem unglücklichen Zufall aussah.

Als er aufs Deck hinaustrat, hatte er sich so schadenfreudig an seinem ahnungslosen Opfer geweidet, mit so komisch verkniffenen Lippen, dass Jasper unwillkürlich ein Lächeln ankam. Und der Leutnant hatte sich auf die Brücke begeben, wobei er sich sagte: «Warte bloss! Ich werde dir die Erinnerung an die süssen Küsse schon versalzen. Wenn du in Zukunft von Leutnant Heemskirk hörst, wirst du bei dem Namen bestimmt nicht lächeln. Du bist mir ausgeliefert.»

Und die Gelegenheit hatte sich ohne sein Zutun ergeben, gewissermassen von selber, als hätte sich der Gang der Ereignisse auf seinen finsteren Drang eingestellt. Auch ein noch so klug ausgeheckter Plan hätte ihm nicht dienlicher sein können. Es war ihm beschieden, eine unwahrscheinlich vollkommene Rache zu kosten – den verhassten Nebenbuhler ins Herz zu treffen und ihn dann mit dem Dolch in der Brust umhergehen zu sehen.

Anders lässt sich nämlich die Verfassung, in der Jasper sich befand, nicht beschreiben. Er unternahm Schritte, er war rastlos tätig, mit müden Augen und scharf geschnittenen Zügen, mit jähen und heftigen Gebärden; unaufhörlich redete er in einem verzweifelten, ermatteten Ton, doch zutiefst wusste er, dass nichts ihm wieder zu seiner Brigg verhelfen konnte, ebensowenig wie ein durchbohrtes Herz je verheilt. Solange er unter dem beruhigenden Einfluss Freyas gestanden hatte, war er innerlich wie eine tonlose, allzu straff gespannte Saite gewesen. Der Schreck hatte sie in Schwingungen versetzt, und sie war gesprungen. Zwei Jahre lang hatte er in einem rauschähnlichen Zustand unverzagt auf den Tag gewartet, den er jetzt niemals erleben sollte, für immer entmachtet wie er war durch den Verlust der Brigg und untauglich, schien es ihm, für eine Liebe, der er keine Heimstätte mehr zu bieten hatte.

Tag für Tag lief er durch die Stadt und die Küste entlang bis zu dem Vorsprung gegenüber jenem Teil des Riffs, auf dem seine Brigg fest sass; dort betrachtete er jeweils über das Wasser hin unverwandt das geliebte Schiff, einst die Behausung einer hochgemuten Hoffnung, jetzt in der trostlos schrägen Unverrückbarkeit, mit der es über die Kimm emporragte, ein Sinnbild der Verzweiflung.

Die Mannschaft hatte sie zu gegebener Zeit in ihren eigenen Booten verlassen, die bei ihrer Ankunft in Makassar sogleich von den Hafenbehörden beschlagnahmt wurden. Auch die Brigg galt für die Dauer des Verfahrens als beschlagnahmt; doch dieselben Behörden hielten es nicht für nötig, einen Wächter an Bord einzusetzen. Was hätte denn das Schiff von der Stelle rücken können? Höchstens ein Wunder, höchstens Jaspers sehnsüchtiger Blick, der stundenlang daran hing, als könne er es damit an sich reissen.

Die ganze Geschichte, im Brief meines mitteilsamen Freundes dargelegt, ging mir sehr nahe. Vollends niederschmetternd war indessen sein Bericht, wie Schultz, der Steuermann, überall herumging und mit verzweifelter Hartnäckigkeit behauptete, er allein sei es gewesen, der die Gewehre verkauft habe. «Ich habe sie gestohlen», versicherte er jedem, der es hören wollte. Natürlich glaubte es ihm niemand, auch mein Freund nicht, obwohl er den Opfermut des Mannes bewunderte. Viele dagegen fanden, es gehe entschieden zu weit, sich einem Freund zuliebe als Dieb auszugeben, auch wenn es so handgreiflich gelogen war, dass es vielleicht nichts schadete.

Ich meinesteils, der ich wusste, wie es mit Schultz stand, und an der Wahrheit seiner Behauptung nicht zweifeln konnte, war zugegebenermassen niedergeschlagen. So hatte also ein heimtückisches Schicksal eine edle Regung vergolten! Und mir war, als hätte ich seiner Tücke Vorschub geleistet, hatte ich doch Jasper in seinem Entschluss bestärkt. Allerdings hatte ich ihn auch gewarnt.

«Es war bei Schultz anscheinend eine Marotte geworden», schrieb mein Freund. «Er ging mit seiner Geschichte auch zu Mesman. Schultz behauptet, ein schlechter Kerl, ein Weisser, der dort im Innern der Insel unter den Eingeborenen am Fluss wohnt, habe ihn eines Abends betrunken gemacht und ihn dann verspottet, weil er nie Geld habe. Da sei er an Bord gegangen und habe die Gewehre eins ums andere ohne die geringsten Bedenken in ein Kanu hinübergereicht, das nachts längsseit kam, für zehn Taler das Stück. Mit andern Worten, er stellte sich als einen Menschen hin, der jedesmal, wenn er getrunken habe, zum Dieb werde – dabei wollte er als ehrlicher Mensch gelten, der Glauben verdiene!

Am folgenden Morgen sei er dann ganz krank gewesen vor Kummer und Zerknirschung, habe aber den Mut nicht aufgebracht, seinem Wohltäter den Rückfall zu gestehen. Als das Kanonenboot die Brigg anhielt, sei er vor Schreck fast gestorben, nachdem er die Folgen bedachte, und wäre gerne gestorben, wenn er damit die Gewehre wieder hätte herbeischaffen können. Jasper sagte er nichts davon, in der Hoffnung, die Brigg werde bald wieder freigegeben. Als es anders kam und sein Kapitän an Bord des Kanonenboots in Gewahrsam genommen wurde, wollte er sich zuerst aus Verzweiflung das Leben nehmen, hielt es dann aber für seine Pflicht, auszuharren, um der Wahrheit zu ihrem Recht zu verhelfen. ‹Ich bin ein ehrlicher Mensch! Ich bin ein ehrlicher Mensch!› beteuerte er immer wieder, in einem Ton, dass uns die Tränen kamen. ‹Sie müssen es mir glauben, wenn ich Ihnen sage, dass ich ein Dieb bin, ein elender, gemeiner, hinterlistiger Dieb, sobald ich ein Glas oder zwei getrunken habe. Bringt mich irgendwohin, wo ich unter Eid aussagen kann.›

Schliesslich gelang es uns, ihn davon zu überzeugen, dass seine Geschichte Jasper nicht von Nutzen sein könne. Welches holländische Gericht hätte eine solche Erklärung schon gelten lassen! Und überhaupt, wie, wo und wann hätte man Beweise dafür beibringen können? Als wir ihm das klargemacht hatten, raufte er sich zuerst die Haare, wurde aber auf einmal ruhig, sagte: ‹Dann also leb wohl› und ging so geknickt aus dem Kontor, dass er kaum imstande schien, einen Fuss vor den andern zu setzen. Noch am selben Abend nahm er sich im Haus eines Mischlings, bei dem er die letzten Tage gewohnt hatte, das Leben, indem er sich die Kehle durchschnitt.»

«Diese Kehle», dachte ich erschauernd, «welche die zärtlich-männliche, die unwiderstehliche Stimme hervorgebracht hatte, die nicht nur Jaspers, sondern auch Freyas Mitgefühl zu erregen vermochte!» Wer hätte es je für möglich gehalten, dass dem unmöglichen Schultz ein solches Ende beschieden sein werde? Unmöglich war er, wenn auch seine eigenartige, bedenkenlose Stehlsucht so unverhohlen war, dass sie selbst bei den davon Betroffenen nur ein Achselzucken hervorrief. Was ihm statt dessen hätte beschieden sein sollen, war das ausgefallene, aber keineswegs tragische Hungerleiderdasein eines harmlosen Landstreichers, der am Rande der Zivilisation von deren Strandgut lebt. Es gibt Fälle, wo die, wie es heisst, in unserem Leben waltende Ironie des Schicksals mehr nach einem krassen Bubenstück aussieht.

Ich schüttelte den Kopf über Schultz und sein Geschick und las im Brief meines Freundes weiter. Es stand darin, wie die gestrandete Brigg, von den Dorfbewohnern an der Küste ausgeplündert, allmählich den schemenhaften Charakter eines Wracks annahm, während Jasper, zusehends immer abgehärmter, mit unheimlich lebhaftem Blick und einem leisen, zur Maske gewordenen Lächeln durch die Hafengegend schritt, um dann den Tag auf seinem einsamen Küstenvorsprung zu verbringen und gespannt zu seiner Brigg hinüberzuschauen, als erwarte er, eine Erscheinung werde an Bord auftauchen und ihm über die zerfallende Verschanzung hinweg zuwinken. Die Brüder Mesman nahmen sich seiner soweit als möglich an. Der Fall *Bonito,* schrieb mein Gewährsmann, sei nach Batavia weitergeleitet worden und werde dort zweifellos mit der Zeit in einem Wust amtlicher Aktenstücke unauffindbar werden...

Es war erschütternd, dies alles zu lesen. Dieser tüchtige und diensteifrige Offizier, Leutnant Heemskirk, inoffiziell davon verständigt, sein Vorgehen werde gebilligt, ohne dass sich deswegen seine Leichenbittermiene aufgeheitert hätte, war inzwischen nach den Molukken in See gegangen...

Am Ende seiner ausführlichen, gutgemeinten Berichterstattung über alles, was es auf den Sunda-Inseln Neues gab, schrieb mir mein Freund:

«Vor zwei Monaten tauchte der alte Nelson mit dem von Java kommenden Postdampfer hier auf, allem Anschein nach zu einer Besprechung mit Mesman. Etwas rätselhaft, dieser Besuch, und ausserordentlich kurz, in Anbetracht der langen Reise. Er hielt sich genau vier Stunden lang im ‹Oranienhof› auf, ohne dass er eigentlich etwas zu tun hatte, und nahm dann den nächsten nach Süden gehenden Dampfer. Ich weiss noch gut, man behauptete früher, Allen habe es mit der Tochter des alten Nelson gehabt, dem Mädchen, das in Singapur aufwuchs und dann zu ihm auf die Sieben Inseln zog. Du erinnerst dich doch des alten Nelson –»

Und ob ich mich seiner erinnere!

Jedenfalls, hiess es weiter in dem Brief, scheine sich der alte Nelson meiner zu erinnern, habe er doch einige Zeit nach seinem kurzen Besuch in Makassar an die Mesmans geschrieben und sich nach meiner Londoner Adresse erkundigt.

Dass der alte Nelson (oder Nielsen), der sich sonst dadurch auszeichnete, dass ihn alles, was um ihn her vorging, völlig ungerührt liess, jemandem schreiben wollte oder überhaupt etwas zu schreiben fand, war an sich schon erstaunlich. Noch dazu ausgerechnet mir! Was konnte der seinem Wesen nach im dunkeln tappende Mann mir wohl zu eröffnen haben? Doch meine Ungeduld war längst aufgebraucht, bevor ich die krakelige Handschrift des alten Nelson vor Augen hatte, greisenhaft und kindisch in einem, auf einem Kuvert mit englischer Briefmarke und Londoner Poststempel. Bevor ich den Umschlag aufmachte, zollte ich dem Ereignis die ihm zustehende Verwunderung, indem ich die Hände über dem Kopf zusammenschlug. Er war also nach England gekommen, um endgültig Nelson zu heissen; oder vielleicht war er unterwegs nach Dänemark, seiner Heimat, wo er sich fortan wieder Nielsen schreiben würde. So oder so kam mir der alte Nelson (oder Nielsen) ausserhalb der Tropen schlechthin undenkbar vor. Und doch war er da und bat mich, ihn aufzusuchen.

Er hielt sich in einem Gästehaus in Bayswater auf, an einem jener schönen Plätze mit einer Grünanlage in der Mitte, einst vornehmes Wohnquartier, jetzt auf Verdienst angewiesen. Jemand hatte ihm das Haus empfohlen. Ich machte mich an einem Tag im Januar dorthin auf, einem dieser Londoner Wintertage, die aus den vier teuflischen Elementen – Kälte, Nässe, Schmutz und Russ – bestehen, vereint mit einer eigentümlichen Luft, die wie unsaubere Wäsche an einem klebt. Doch als ich mich seinem Aufenthaltsort näherte, sah ich hinter dem schmutzigen Schleier der vier Elemente kurz eine wunderschöne blaue See aufglitzern, mit den Sieben Inseln als winzigen Punkten darin, von denen die kleinste vom hohen roten Dach des Bungalows gekrönt war. Dieses Erinnerungsbild rührte alles mögliche in mir auf, so dass ich kaum wagte, an die Tür zu klopfen.

Der alte Nelson (oder Nielsen) sass an einem Tisch, auf dem eine abgenutzte Brieftasche voller Schriftstücke lag; er stand auf und nahm die Brille ab, bevor er mir die Hand reichte. Zunächst sagte keiner von uns etwas; dann merkte er, dass ich mich erwartungsvoll umschaute, und murmelte etwas vor sich hin, wovon ich nur «Tochter» und «Hongkong» verstand, senkte den Blick und seufzte.

Sein Schnurrbart, so struppig wie immer, war jetzt ganz weiss; auch war er im Gesicht etwas rundlicher geworden. Merkwürdigerweise war das Kindliche seiner Gesichtszüge jetzt viel ausgeprägter als früher. Wie seine Handschrift, wirkte auch er selber kindisch und greisenhaft zugleich. Sein Alter verriet sich am meisten in der besorgt gefurchten Stirn, die nicht die eines Denkers war, und den ahnungslosen, blinzelnden Kulleraugen, die mir schwach und wässerig vorkamen; oder waren sie am Ende voller Tränen?

Dass der alte Nelson über irgend etwas Bescheid wusste, war etwas ganz Neues für mich. Nachdem die anfängliche Befangenheit von uns gewichen war, sprach er sich unumwunden aus, wobei ich ihm ab und zu mit einer Frage nachhalf, wenn wieder eine Pause eintrat, wie das jeweils unvermittelt geschah; er verschränkte dann die Hände auf seiner Weste, in einer Haltung, die mir die Wohnveranda in Erinnerung rief, wo wir bei unseren gemütlichen Gesprächen gesessen hatten, in vergangenen, längst vergangenen Tagen, wie mir jetzt schien. Er sprach in einem ausgeglichenen, etwas besorgten Ton.

«Nein, nein. Wir haben wochenlang nichts erfahren. Abgelegen wie wir wohnten, war das gar nicht anders möglich. Keine Postverbindung mit den Sieben Inseln, und so weiter. Eines Tages ging ich dann mit dem Segelboot nach Bangka hinüber, um zu sehen, ob Briefe da seien, und da bekam ich eine holländische Zeitung zu Gesicht. Es sah aber nur wie irgendeine Schiffahrtsmeldung aus: ‹Englische Brigg *Bonito* ausserhalb der Reede von Makassar auf Grund geraten.› Das war alles. Ich nahm die Zeitung mit und zeigte sie ihr.

‹Das verzeih ich ihm nie!› rief sie mit ihrer früheren Lebhaftigkeit. ‹Aber, mein Kind›, sagte ich, ‹du bist doch ein vernünftiges Mädchen. Auch der Beste kann einmal ein Schiff verlieren. Viel wichtiger ist deine Gesundheit.› Ihr Aussehen machte mir allmählich Angst. Vorher wollte sie nichts von einer Reise nach Singapur wissen; ich durfte nicht einmal davon reden. Auf die Dauer konnte sie sich natürlich nicht dagegen sträuben, vernünftig wie sie war. ‹Mach, was du willst›, sagte sie. Es war gar nicht so einfach. Musste einen Dampfer unterwegs anhalten, aber ich kriegte sie doch hin. In Singapur ärztliche Untersuchung, versteht sich. Fieber. Bleichsucht. Sie musste das Bett hüten. Zwei oder drei Frauen nahmen sich ihrer an. In unseren Zeitungen kam die Geschichte natürlich bald an den Tag. Sie las sie zu Ende, während sie auf dem Sofa lag, gab mir dann die Zeitung zurück, sagte leise ‹Heemskirk› und fiel in Ohnmacht.»

Er schaute mich geraume Weile aus tränenfeucht zwinkernden Augen an.

«Am nächsten Tag», begann er dann wieder mit tonloser Stimme, «fühlte sie sich kräftiger, und wir hatten eine lange Unterredung. Sie hat mir alles erzählt.»

Hier erfuhr ich nun den ganzen Zwischenfall mit Heemskirk, wie er ihn von Freya gehört hatte. Dann fuhr er etwas sprunghaft fort: «‹Mein liebes Kind›, sagte ich, ‹du hast dich im grossen ganzen vernünftig benommen.› ‹Grässlich habe ich mich benommen›, rief sie, ‹und er verzehrt sich dort drüben vor Gram.› Vernünftig wie sie war, sah sie natürlich ein, dass sie in ihrem Zustand nicht reisen konnte. Ich hingegen reiste hin, weil sie darauf bestand. Sie war ja in guter Obhut. Bleichsucht. Auf dem Weg zur Besserung, wurde mir gesagt.»

Er hielt inne.

«Sie haben ihn doch getroffen?» fragte ich leise.

«O ja, ich habe ihn getroffen», hob er wieder an, in dem ausgeglichenen Ton, als erörtere er irgendeine unpersönliche Frage. «Ich habe ihn gesehen. Bin auf ihn gestossen. Augen tief in ihren Höhlen, das Gesicht nichts als Haut und Knochen, ein Gerippe in schmutzigem Weiss. So hat er ausgesehen. Was Freya an ihm... Aber das war nie etwas Ernsthaftes. Da sass er also, meilenweit das einzige Lebewesen an dieser Küste, auf einem angeschwemmten Stück Treibholz. Im Krankenhaus hatte man ihm das Haar kurz geschoren, und es war nicht nachgewachsen. Das Kinn in die Hand gestützt, schaute er auf die See hinaus, wo nichts als dieses Wrack zu sehen war. Als ich zu ihm hintrat, bewegte er ein bisschen den Kopf. ‹Sind *Sie* es, alter Freund›, sagte er, einfach so.

Wenn Sie ihn damals gesehen hätten, wäre Ihnen sofort klar gewesen, dass Freya diesen Menschen unmöglich geliebt haben konnte. Zwar – ich weiss nicht. Ein wenig vielleicht schon. Schliesslich war sie einsam und allein. Aber mit ihm durchgehen? Nie und nimmer! Heller Wahnsinn. Dazu war sie viel zu vernünftig. Ich fing an, ihm leise Vorwürfe zu machen. Erst da brauste er auf. ‹Ihnen schreiben! Worüber denn? Zu ihr kommen! Womit denn? Wäre ich Manns genug gewesen, hätte ich sie entführt, aber sie hat ein Kind, ein überglückliches Kind aus mir gemacht. An dem Tag, als das einzige, was ich auf dieser Welt besass, auf dem Riff dort zugrunde ging, fand ich heraus, dass ich keine Macht über sie hatte... Sagen Sie ihr das. Ist sie etwa mitgekommen?› rief er plötzlich mit loderndem Blick. Ich schüttelte den Kopf. Mitkommen, in ihrem Zustand! ‹Aha, sehen Sie! Gehen Sie doch weg, mein Freund, und lassen Sie mich allein mit dem Wrack dort drüben.›

Übergeschnappt! Es wurde allmählich dunkel. Ich hatte keine Lust, mich länger bei diesem Menschen an diesem einsamen Ort aufzuhalten. Von Freyas Krankheit wollte ich ihm ohnehin nichts sagen. Bleichsucht! Was hätte es geholfen? Übergeschnappt! Und ausserdem, was für einen Ehemann hätte er für ein vernünftiges Mädchen wie Freya abgegeben? Ich hätte ihnen ja nicht einmal mein kleines Stück Land hinterlassen können. Als Engländer hätte er von den holländischen Behörden keine Niederlassungsbewilligung bekommen. Damals hatte ich es noch nicht verkauft. Mein Diener Mahmat verwaltete es für mich. Später überliess ich es einem holländischen Mischling für einen Zehntel seines Werts. Wenn schon. Es bedeutete mir nichts mehr. Ja, ich liess ihn dort allein. Ich nahm den nächsten Postdampfer. Freya erzählte ich dann alles. ‹Er ist übergeschnappt›, sagte ich, ‹und, weisst du, das einzige, was er je geliebt hat, war seine Brigg.›

‹Vielleicht›, sagte sie vor sich hin, ohne mich anzuschauen – ihre Augen lagen nachgerade so tief in den Höhlen wie die seinen –, ‹vielleicht ist es wahr. Ja! Ich habe ihm nie irgendwelche Macht über mich eingeräumt.›»

Der alte Nelson hielt inne. Ich sass wie gebannt da, und ein Frösteln kam mich an, ungeachtet des Feuers, das im Kamin loderte.

«Damit ist doch klar», fuhr er fort, «sie hat sich nie viel aus ihm gemacht. Viel zu vernünftig. Ich brachte sie nach Hongkong. Luftveränderung, hiess es. Ach, diese Ärzte! Du mein Gott. Mitten im Winter! Es kamen zehn kalte Tage voller Nebel, Wind und Regen. Lungenentzündung. Aber hören Sie! Wir hatten lange Gespräche miteinander. Tagsüber und am Abend. Mit wem hätte sie sonst plaudern können?... Sie hat sich viel mit mir unterhalten, meine Tochter. Manchmal lachte sie sogar ein bisschen. Schaute mich an und lachte ein bisschen...»

Ein Schaudern überlief mich. Er sah verständnislos auf, mürrisch und verdrossen wie ein Kind.

«Sie sagte jeweils: ‹Eigentlich wollte ich dir keine schlechte Tochter sein, Papa.› Worauf ich sagte: ‹Klar, mein Kind, du hast es sicher nicht gewollt.› Ruhig lag sie da und sagte dann: ‹Wer weiss.› Und ein andermal: ‹Ich bin doch feige gewesen.› Sie wissen ja, Kranke reden oft so daher. So behauptete sie denn auch, sie sei eingebildet, halsstarrig, launenhaft gewesen, sie habe nur an sich selber gedacht, oder sie habe Angst gehabt... Man darf nicht alles wörtlich nehmen, was Kranke sagen.

Einmal, nachdem sie fast den ganzen Tag wortlos dagelegen hatte, sagte sie: ‹Ja, vielleicht wäre ich gar nicht mitgegangen, wenn es einmal soweit war. Vielleicht! Ich weiss es nicht›, rief sie. ‹Zieh den Vorhang zu, Papa. Ich will das Meer nicht mehr sehen, es ist ein ständiger Vorwurf für mich. Dass ich so dumm sein konnte!›» Er holte Atem und legte eine Pause ein.

«So stand es also», fuhr er dann leise fort. «Schwer krank, äusserst schwer. Lungenentzündung. Ganz plötzlich.» Er deutete auf den Teppich, während sich mir das Herz in der Brust zusammenkrampfte vor Mitleid mit diesem Mädchen, das in der Auseinandersetzung mit der Albernheit dreier Männer unterlegen war und letzten Endes an sich selber zweifelte.

«Sie sehen also», begann er von neuem, ganz niedergeschlagen. «Sie kann ihn wirklich nicht... Von Ihnen war mehrfach die Rede. ‹Ein guter Freund›, meinte sie, ‹ein vernünftiger Mensch.› Ich wollte es Ihnen deshalb selber sagen, wie es sich in Tat und Wahrheit verhielt. Ein Kerl wie dieser Allen! Wie konnte es bloss dazu kommen? Sie war einsam. Und eine Zeitlang vielleicht... Nichts Ernsthaftes, natürlich. Von Liebe konnte bei meiner Freya keine Rede sein – ein so vernünftiges Mädchen –»

«Mensch», rief ich und stand zornbebend auf, «begreifen Sie denn nicht, dass sie daran starb?»

Auch er hatte sich erhoben. «Nein! Nein!» stammelte er, als sei er ungehalten. «Die Ärzte! Pneumonie. Geschwächte Gesundheit. Lungenentzündung. So hat man es mir gesagt. Lungen...»

Er brach ab, ohne das Wort ganz auszusprechen. Es artete in ein Schluchzen aus. Verzweifelt warf er die Arme empor und bestätigte leise, was er nicht hatte wahrhaben wollen, mit den Worten: «Und ich habe sie immer für so vernünftig gehalten!»

Herz der Finsternis

I

Die *Nellie,* eine Kreuzerjacht, pendelte ein wenig vor der Ankertrosse, ohne dass die Segel im geringsten labberten, und kam zur Ruhe. Die Flut war im Steigen, es herrschte nahezu Windstille, und da wir flussabwärts wollten, blieb uns nichts anderes übrig, als den Ebbstrom abzuwarten.

Vor uns zog sich die Mündungsstrecke der Themse wie der Anfang einer unendlichen Wasserstrasse dahin. In der Ferne gingen Meer und Himmel unmerklich ineinander über, und die im schimmernden Raum mit der Flut stromauf treibenden Lastkähne mit ihren Büscheln rostroten Segeltuchs und dem funkelnden Bugspriet standen gleichsam still. Über den seewärts verdämmernden, flachen Ufern war die Luft diesig, über Gravesend dunkel, und noch weiter zurück schien sie zu einer schwermütigen Düsternis geballt, die reglos über der grössten und grossartigsten Stadt auf Erden dräute.

Der Grosskaufmann war unser Kapitän und Gastgeber. Zu viert betrachteten wir liebevoll seinen Rücken, wie er da im Bug stand und seewärts schaute. Auf dem ganzen Fluss gab es nichts, was auch nur halbwegs so seemännisch ausgesehen hätte. Er wirkte wie ein Lotse, für den Fahrensmann stets der Inbegriff der Vertrauenswürdigkeit. Man konnte sich nur schwer vergegenwärtigen, dass sein Wirkungskreis nicht dort draussen auf den schimmernden Mündungsgewässern lag, sondern hinter ihm, irgendwo im dräuenden Düster drin.

Was uns verband, war die Liebe zur See, wie schon bei früherer Gelegenheit bemerkt.* Abgesehen davon, dass uns das über lange Trennungszeiten hinweghalf, wirkte es sich auch insofern aus, als wir Nachsicht übten, wenn einer ein Garn zu spinnen begann oder gar Überzeugungen aussprach. Der Rechtsanwalt – eine gute alte Haut – hatte seiner hohen Jahre und seiner vielen Vorzüge wegen das einzige Kissen an Bord und lag auf der einzigen Wolldecke. Der Buchhalter hatte bereits ein Domino hervorgeholt und spielte mit den Steinen den Baumeister. Marlow sass mit untergeschlagenen Beinen achtern an den Heckmast gelehnt. Die eingefallenen gelblichen Wangen und seine aufrechte Haltung gaben ihm etwas Asketisches, und da er die Arme herabhängen liess, die Handflächen nach aussen, wirkte er fast wie ein Götzenbild. Als unser Gastgeber sich überzeugt hatte, dass der Anker hielt, kam er nach achtern und setzte sich zu uns. Träge wechselten wir ein paar

* In der ein halbes Jahr vor «Herz der Finsternis» entstandenen Erzählung «Jugend», in der Conrad zum erstenmal Marlow als Erzähler einführt: «Wir waren unser fünf – ein Grosskaufmann, ein Buchhalter, ein Rechtsanwalt, Marlow und ich. Der Grosskaufmann war auf der *Conway* geschult worden, der Buchhalter war vier Jahre lang zur See gefahren, der Rechtsanwalt hatte als Erster Offizier bei der P. & O.-Linie gedient, in der guten alten Zeit, als deren Schiffe noch an mindestens zwei Masten Rahtakelung aufwiesen und jeden Fetzen Tuch gesetzt hatten, wenn sie vor einem richtigen Monsun das Chinesische Meer herunterkamen. Alle hatten wir in jungen Tagen in der Handelsmarine angefangen. Was uns verband, war die Liebe zur See.» (Anm. d. Übers.)

Worte. Dann herrschte Schweigen an Bord der Jacht. Aus irgendeinem Grund fingen wir die Partie Domino gar nicht an. Wir waren in nachdenklicher Stimmung und unfähig, etwas anderes zu tun, als geruhsam in die Welt zu schauen. Der Tag ging in einem stillen, heiteren Glanz zu Ende. Friedlich schimmerte die Wasserfläche, der makellose Himmel war eine selige Unendlichkeit glasklaren Lichts; sogar der leichte Nebel über dem Marschland von Essex wirkte wie ein lichtes Gewebe, das von bewaldeten Höhen im Land drin herabwallte und einen durchsichtigen Schleier über die niedrigen Ufer breitete. Nur das Düster im Westen, das weiter oben über den Windungen der Themse dräute, wurde immer ausgeprägter, als sei es ergrimmt über das Herannahen der Sonne.

Am Ende ihrer Bahn sank sie schliesslich herab, und aus der Weissglut wurde ein dumpfes Rot ohne Strahlung und ohne Hitze, als wolle sie sogleich erlöschen, tödlich angerührt von dem Düster, das über einem Haufen Menschen lastete.

Sogleich änderte sich die Stimmung über dem Gewässer; die stille Heiterkeit verlor an Glanz, wurde tiefgründiger. Spiegelglatt lag der alte Strom, als der Tag verging, in seiner breiten Mündungsstrecke da; schon eine Ewigkeit hatte er dem Menschenschlag, der seine Ufer bevölkerte, gute Dienste geleistet, mit der selbstverständlichen Würde einer Wasserstrasse, die in alle Welt hinausführt. Für uns war der ehrwürdige Fluss nicht ein vergängliches Tagesereignis, wir betrachteten ihn im Licht unvergänglicher Erinnerungen. Tatsächlich kann es leicht geschehen, dass den, der mit Leib und Seele Seemann ist, auf den unteren Strecken der Themse der Geist der Vergangenheit anweht. Unablässig läuft der Gezeitenstrom auf und ab, voller Erinnerungen an Menschen und Schiffe, die er heimwärts oder seewärts getragen hat, dem häuslichen Feierabend oder dem Getümmel der Welt entgegen. Alle grossen Gestalten, auf die England stolz ist, hat er getragen, von Sir Francis Drake bis zu Sir John Franklin, allen hat er gedient, den Rittern von Rang und denen ohne Rang, all den Fahrenden Rittern der See.

Er hat alle die Schiffe getragen, deren Namen wie Karfunkelsteine aus dem Dunkel der Zeit hervorleuchten, von der *Golden Hind,* die, den Bauch voller Schätze, heimkehrte, von der Königin besucht wurde und dann aus der Weltgeschichte entschwand, bis zur *Erebus* und zur *Terror,* die auf andere Eroberungen ausgingen – und nie zurückkehrten. Der Strom hatte sie alle gekannt, die Schiffe und die Menschen. Von Deptford, von Greenwich, von Erith aus waren sie ankerauf gegangen – die Abenteurer und die Auswanderer, Kriegsschiffe und Kauffahrer, Kapitäne und Admirale, die lichtscheuen Schleichhändler ebenso wie die ordnungsgemäss ernannten «Generäle» der Ostindiengeschwader. Ob auf der Suche nach Gold oder nach Ruhm, alle waren sie auf diesem Strom hinausgezogen, das Schwert in der Hand und oft die Fackel, Boten der Macht ihres Landes, Überbringer eines

Funkens der heiligen Flamme. Was war doch hier alles an geschichtlicher Grösse stromab in geheimnisvolle Fernen getragen worden! – Männerträume, Anfänge einer Völkerverständigung, der Keim zu Weltreichen.

Die Sonne ging unter; Dämmerung brach über den Fluss herein, längs der Ufer begannen Lichter zu glimmen. Hell strahlte der Chapman-Leuchtturm, ein dreibeiniges Gebilde auf schlammigem Grund. Schiffslichter zogen das Fahrwasser hinauf und hinunter. Und weiter westlich, an den oberen Flussstrekken, zeichnete sich der Ort, wo die ungeheuerliche Stadt liegt, nach wie vor bedrohlich ab, eine brütende Düsternis an der Sonne, ein gespenstischer Schein unter den Sternen.

«Auch das», sagte Marlow plötzlich, «war einst eines der dunkeln Gebiete dieser Erde.»

Er war der einzige unter uns, der noch zur See fuhr. Zu beanstanden an ihm war höchstens, dass er der Vorstellung, die man von einem Seemann hat, nicht durchweg entsprach. Er war Fahrensmann, aber gleichzeitig auch Wandersmann, während doch die meisten Seeleute, wenn man so sagen darf, ein sesshaftes Leben führen. Innerlich sind sie auf Behausung bedacht, und ihre Behausung ist immer um sie – das Schiff; ebenso ihre Heimat – das Meer. Ein Schiff gleicht dem andern, und das Meer ist überall dasselbe. In seiner ewig-gleichen Umgebung gleiten die fremden Gestade, die fremden Gesichter, das wechselnde Gewühl der Welt am Seemann vorüber und bleiben ihm schleierhaft, nicht weil er das Fremde als geheimnisvoll empfindet, vielmehr aus blosser Unkenntnis. Dem Seemann kommt nämlich nichts geheimnisvoll vor, es sei denn allein die See – die Herrin über sein Dasein, so unergründlich wie das Schicksal. Im übrigen genügt ein flüchtiger Landgang, ein feuchtfröhlicher Abend, um ihm das Geheimnis eines ganzen Erdteils zu entschleiern, und meistens findet er es unerheblich. Ein Seemannsgarn zeichnet sich durch schlichte Geradlinigkeit aus, und was es an Bedeutung enthält, hat in einer Nussschale Platz. Doch abgesehen von seiner Vorliebe, ein Garn zu spinnen, entsprach Marlow nicht dem üblichen Bild des Seemanns; für ihn steckte der Sinn einer Geschichte nicht wie ein Kern in ihr drin, er umhüllte sie gleichsam wie ein Lichtschein.

Marlows Bemerkung setzte uns keineswegs in Erstaunen. Dergleichen sah ihm ähnlich. Wir nahmen sie stillschweigend auf; niemand sah sich auch nur zu einem Brummen veranlasst; und bald darauf sagte er denn auch, höchst gemächlich:

«Ich dachte an uralte Zeiten, als die Römer zum erstenmal hierherkamen, vor neunzehnhundert Jahren – vor kurzem... Licht ist seither von diesem Strom ausgegangen – Fahrende Ritter, sagt ihr? Ja, aber das ist nur wie ein Strohfeuer, wie ein Blitz aus den Wolken. Wir leben in diesem Flimmerschein – möge er so lange vorhalten wie der Erdball! Doch erst gestern herrschte hier noch Finsternis. Stellt euch die Gefühle des Befehlshabers einer – wie heisst das doch gleich? – einer prächtigen Trireme im Mittelmeer vor, der plötzlich nach dem hohen Norden versetzt und eiligst über Land durch ganz Gallien verbracht wird, worauf man ihm eines dieser Schiffe anvertraut, wie sie die Legionäre – tüchtige Handwerker müssen das gewesen sein – offenbar zu Hunderten bauten, in einem Monat oder zwei, falls man der Überlieferung glauben will. Stellt euch den Mann vor – hier, am Ende der Welt, wo die See bleiern ist, der Himmel rauchfarben, sein Schiff ungefähr so stabil wie eine Handharmonika; und hier muss er nun – mit Nachschub oder Aufträgen oder was weiss ich – diesen Fluss hinauf. Sandbänke, Marschland, Urwälder, Barbaren – und obendrein recht knappe Verpflegung für einen Kulturmenschen und nichts als Themsewasser dazu.

Kein Falerner, kein Landurlaub. Da und dort ein Militärlager, in der Wildnis verloren wie die Stecknadel im Heuhaufen – Kälte, Nebel, Unwetter, Krankheit, Verbannung und Tod – überall lauerte der Tod, in der Luft, im Wasser, im Buschwerk. Wie Fliegen müssen sie hier dahingerafft worden sein. Gewiss – er führte den Auftrag aus, sogar sehr gut und ohne viel Federlesens zu machen; erst hinterher prahlte er dann vielleicht mit dem, was er zu seiner Zeit durchgestanden hatte. Er war Manns genug, es mit der Finsternis aufzunehmen. Und was ihn guter Dinge erhielt, war vielleicht die Aussicht auf Beförderung, falls er Freunde in Rom hatte und das furchtbare Klima überstand. Oder denkt euch einen jungen Herrn in einer Toga – vielleicht etwas allzu sehr dem Würfelspiel verfallen –, und nun kommt er im Gefolge eines Präfekten, eines Steuereinnehmers oder gar eines Händlers hierher, um seine Vermögensverhältnisse aufzubessern. Er landet in einem Sumpfgebiet, marschiert durch die Wälder und hat in einer Niederlassung im Innern des Landes das Gefühl, von der barbarischen Wildnis umzingelt zu sein, von all dem geheimnisvollen Leben, das sich im Urwald, im Buschwerk, im Herzen wildfremder Völkerstämme regt. Auch gibt es keine Einweihung in solche Geheimnisse. Er muss inmitten des Unbegreiflichen leben – ein weiterer Greuel. Gleichzeitig geht aber auch ein seltsamer Reiz davon aus, dem er sich nicht entziehen kann. Der Reiz des Verbotenen. Man stelle sich die Reue vor, zusehends bitterer; den Drang, sich durch Flucht zu retten; den ohnmächtigen Widerwillen, die Unterwerfung, den Hass.»

Er hielt inne.

«Allerdings», begann er dann wieder, wobei er den rechten Unterarm anhob, mit der Handfläche nach aussen, so dass er, wie er da mit untergeschlagenen Beinen vor uns sass, einem europäisch gekleideten Buddha ohne Lotusblüte glich, «allerdings wäre keinem von uns so zumute. Was uns davor bewahrt, ist die Tüchtigkeit – der Glaube an die Tüchtigkeit. Doch diese Kerle taugten eigentlich nicht viel. Es waren keine Kolonisten; ihre Verwaltung war vermutlich nichts als Erpressung. Es waren Eroberer, und dazu braucht es lediglich rohe Kraft – nichts, um sich damit zu brüsten, wenn man darüber verfügt; schliesslich ergibt sich die Kraft des einen bloss zufällig aus der Schwäche des andern. Sie rafften einfach zusammen, soviel sie konnten. Es war Raub mit Körperverletzung, nichts weiter, Mord und Totschlag im grossen Massstab, und sie gingen dabei blindlings vor – wie es sich geziemt für solche, die es mit der Finsternis aufnehmen. Die Eroberung der Welt ist – genau betrachtet – nichts Erbauliches; meist läuft es darauf hinaus, dass man denen, die eine andere Hautfarbe oder platte Nasen haben, ihr Land wegnimmt. Zu rechtfertigen ist es lediglich in der Idee, die dahinter steckt – nicht mit Gefühlsduselei, sondern durch eine Idee und den selbstlosen Glauben an die Idee – etwas, das man aufstellen und dem man sich unterordnen, dem man Opfer bringen kann...»

Er brach ab. Flämmchen glitten auf dem Fluss draussen vorüber, grüne, rote, weisse Flämmchen, die einander verfolgten, einholten, kreuzten – und sich dann langsam oder eiligst wieder voneinander entfernten. Der Verkehr der grossen Stadt ging auf dem keinen Schlaf kennenden Strom bis in alle Nacht hinein weiter. Wir schauten zu, in geduldiger Erwartung – etwas anderes hatten wir nicht zu tun, bis die Flut aufgelaufen war; doch erst nach langem Stillschweigen sagte Marlow in zögerndem Ton: «Ihr erinnert euch wohl, dass ich mich einst vorübergehend der Binnenschiffahrt zuwandte?» Da wussten wir, was uns bevorstand: bis zum Einsetzen der Ebbe eines dieser nirgends hinaus wollenden Erlebnisse Marlows zu hören.

«Ich möchte euch nicht über Gebühr damit behelligen, wie es mir persönlich erging», begann er, womit er den schwachen Punkt so manchher Geschichtenerzähler verriet, die sich oft nicht im klaren sind darüber, was ihr Publikum am liebsten hören würde; «um jedoch die Wirkung zu verstehen, die das Ganze auf mich ausübte, müsst ihr doch etwas davon erfahren, wie ich dorthin gelangte, was ich sah, wie ich flussaufwärts bis zu der Stelle kam, wo ich dem armen Teufel zum erstenmal begegnete. Darüber hinaus kam ich überhaupt nie, es war der Höhepunkt meiner Erlebnisse. Irgendwie schien es ein Licht auf alles Drum und Dran zu werfen – auch auf mich selber. Es war recht betrüblich – durchaus nicht einzigartig – auch nicht sonderlich klar. Nein, nicht sonderlich klar. Und doch schien es ein Licht auf alles zu werfen.

Ich war damals, wie ihr wisst, seit kurzem wieder in London, nachdem ich viel vom Indischen Ozean, vom Pazifik und vom Chinesischen Meer gesehen hatte – eine tüchtige Portion Orient – sechs Jahre ungefähr, und nun trieb ich mich untätig herum, hinderte euch vier an der Arbeit und drang in eure Wohnungen ein, als müsste ich euch das Heil bringen. Eine Zeitlang war das ja ganz schön, doch auch des Nichtstuns kann man überdrüssig werden. Dann fing ich an, mich nach einem Schiff umzusehen – wohl die anstrengendste Arbeit, die es gibt. Doch die Schiffe wollten nichts von mir wissen. So wurde ich auch dieses Zeitvertreibs überdrüssig.

Nun hatte ich schon als kleiner Knirps eine leidenschaftliche Vorliebe für Landkarten gehabt. Stundenlang konnte ich mir jeweils Südamerika oder Afrika oder Australien anschauen und in Gedanken die herrlichsten Entdeckungsreisen unternehmen. Damals gab es auf den Landkarten noch viele weisse Stellen, und wenn ich eine besonders verlockende sah (verlockend waren sie zwar alle), dann tupfte ich mit dem Finger drauf und sagte: ‹Wenn ich einmal gross bin, fahre ich hin.› Ich weiss noch gut, der Nordpol gehörte dazu. Dort bin ich allerdings noch nicht gewesen, und jetzt reizt er mich auch nicht mehr. Im übrigen gab es um den Äquator verstreut und überhaupt in allen Breitengraden, nördlich und südlich, solche weissen Stellen. Einige davon habe ich kennengelernt, und – na, reden wir nicht davon. Doch da war eine – die grösste von allen –, die mir keine Ruhe liess.

Inzwischen stach sie auf den Karten allerdings nicht mehr weiss hervor. Seit meiner Jugend war sie mit Flüssen und Seen und Ortsnamen ausgefüllt worden. Sie war nicht mehr geheimnisvoll ausgespart – kein weisser Fleck mehr, an dem Knabenträume ansetzen konnten. Eine dunkle Welt war daraus geworden. Doch da gab es einen Fluss mitten drin, einen mächtigen Strom, der auf der Karte wie eine Riesenschlange wirkte – den Kopf in der See, den Leib über ein ungeheures Gebiet gekrümmt, den Schwanz irgendwo tief im Innern. Und als ich in einem Schaufenster eine Karte dieses Gebiets betrachtete, war ich davon gebannt wie ein Vogel von einer Schlange – ein dummer kleiner Vogel, heisst das. Dann fiel mir ein, dass es da einen grossen Konzern gab, eine Handelsgesellschaft zur wirtschaftlichen Erschliessung des Gebiets, durch das dieser Strom verlief. ‹Mensch›, dachte ich, ‹die können doch nicht Handel treiben ohne Binnenschiffahrt – da verkehren doch Dampfboote! Vielleicht brauchen die einen Schiffer.› Ich ging weiter, wurde aber den Gedanken nicht los. Die Schlange hatte mich bezirzt.

Wohlverstanden, es war eine kontinentale Handelsgesellschaft, aber ich habe eine Menge Verwandte auf dem Festland; sie behaupten, es lebe sich dort billiger und gar nicht so schlecht, wie man gemeinhin glaubt.

Ich muss leider gestehen, ich begann sie zu bearbeiten. Schon das stellte für mich etwas Neues dar. Es war sonst bekanntlich nicht meine Art, Beziehungen spielen zu lassen. Ich bin stets meine eigenen Wege gegangen und auf eigenen Beinen, wohin immer ich wollte. Eigentlich hätte ich mir dergleichen gar nicht zugetraut, aber eben – ich wollte unbedingt dorthin – so oder so. Ich bearbeitete nun also meine Verwandten. Die Männer sagten: ‹Doch, sehr gern›, und unternahmen nichts. Darauf – kaum zu glauben – versuchte ich es mit den Frauen. Ich, Charlie Marlow, steckte mich hinter die Frauen, um zu einer Anstellung zu kommen! Unglaublich, aber ich hatte nun mal diesen Floh im Ohr. Eine Tante, eine gute, schwärmerische Seele, schrieb mir: ‹Es wird mir eine Freude sein, alles für Dich zu tun, was ich kann, alles. Es ist eine grossartige Idee. Ich kenne die Frau eines Mitglieds des Verwaltungsrates und auch einen höchst einflussreichen Mann…›, und so weiter, und so fort. Sie war entschlossen, alle Hebel in Bewegung zu setzen, um mir die Ernennung zum

Kapitän eines Flussdampfers zu verschaffen, da mir daran gelegen sei.

Natürlich erhielt ich die Anstellung, und zwar sehr rasch. Zufällig war gerade einer der Kapitäne im Dienst dieser Handelsgesellschaft bei einer Meinungsverschiedenheit mit den Eingeborenen ums Leben gekommen. Das schreckte mich keineswegs ab, im Gegenteil, ich betrachtete es als einen Glücksfall. Erst viele Monate später, als ich nach den sterblichen Überresten des Mannes fahndete, erfuhr ich, dass es ursprünglich bloss um ein paar Hühner gegangen war. Jawohl, um zwei schwarze Hennen. Fresleven – so hiess der Betreffende, ein Däne – glaubte bei dem Handel hintergangen worden zu sein; er begab sich deshalb an Land und fing an, den Häuptling des Dorfes mit einem Knüppel zu bearbeiten. Ach, es erstaunte mich gar nicht, das zu hören und gleichzeitig zu erfahren, Fresleven sei sonst der gutmütigste Mensch gewesen, den es gibt. Durchaus glaubhaft, aber der Mann war eben schon seit zwei Jahren dort draussen für die hehre Sache tätig und empfand wohl das Bedürfnis, seiner Selbstachtung ein bisschen nachzuhelfen.

Er drosch deshalb unbarmherzig auf den alten Neger ein, während die Dorfbewohner entgeistert zuschauten, bis schliesslich einer – der Sohn des Häuptlings, heisst es – das Wehgeschrei des Alten nicht länger mitanhören konnte und probeweise mit einem Speer nach dem Weissen stiess – natürlich drang die Spitze ohne weiteres zwischen den Schulterblättern ein. Dann rückte das ganze Volk aus, in den Urwald, aller Arten von Unheil gewärtig, während anderseits auch Freslevens Dampfer panikartig das Weite suchte, vom Maschinisten geführt, soviel ich weiss. Danach schien sich niemand sonderlich um Freslevens Überreste zu kümmern, bis ich dorthin kam und an seine Stelle trat. Ich konnte die Sache nicht gut auf sich beruhen lassen, doch als sich mir schliesslich eine Gelegenheit bot, mit meinem Vorgänger zusammenzutreffen, war das Gras, das durch seine Rippen emporsprosste, schon so hoch, dass es sie dem Blick entzog. Das Gerippe war aber noch vollständig beisammen. Nach seinem Sturz war das übernatürliche Wesen nicht mehr angetastet worden. Und das Dorf war verödet; windschief und schwarz klafften die Hütten innerhalb der Einfriedigung. Das Unheil war erwartungsgemäss hereingebrochen. Die Bewohner waren in wilder Panik auseinandergestoben, Männer, Frauen und Kinder, irgendwohin in den Busch, und sie waren nie mehr zurückgekehrt. Was aus den Hühnern geworden war, weiss ich nicht. Die Sache des Fortschritts hat sich ihrer wohl bemächtigt. Immerhin, durch diesen gloriosen Zwischenfall kam ich zu meiner Anstellung, ehe ich mich dessen versah.

Ich sauste in der Stadt umher, bis ich alles beisammen hatte, und es dauerte keine achtundvierzig Stunden, da fuhr ich bereits über den Ärmelkanal, um mich meinen Arbeitgebern vorzustellen und den Vertrag zu unterzeichnen. In wenigen Stunden kam ich in der Stadt an, die mich immer an eine weissgetünchte Grabstätte gemahnt. Ein Vorurteil, zweifellos. Den Sitz der Handelsgesellschaft zu finden, fiel mir nicht schwer; sie war das grösste Unternehmen am Platz und in aller Leute Mund. Es sollte in Übersee ein Reich aufgebaut und dabei eine Menge verdient werden.

Eine schmale, menschenleere Strasse im Schatten hoher Häuser, unzählige Fenster mit Rolläden, Grabesstille, Gras zwischen den Pflastersteinen, mächtige Torbogen rechts und links, Portale, gewichtig aufgesperrt. Ich schlüpfte durch eine dieser Lücken, stieg ein blankgescheuertes und völlig kahles Treppenhaus empor und öffnete die erstbeste Tür. Zwei Frauen, die eine dick, die andere mager, sassen auf Rohrstühlen und strickten etwas mit schwarzer Wolle. Die magere stand auf und kam geradewegs auf mich zu, immer noch mit ihrem Strickzeug beschäftigt; erst als ich ihr wie einer Schlafwandlerin ausweichen wollte, blieb sie stehen und schaute auf. Ihr Kleid war so schlicht wie ein Schirmfutteral. Ohne ein Wort machte sie kehrt und ging mir in ein Wartezimmer voran, wo ich meinen Namen nannte und mich dann umsah. Tannenholztisch in der Mitte, gewöhnliche Stühle den Wänden entlang, am einen Ende eine grosse kunterbunte Landkarte. Vieles darauf war rot, was immer erfreulich ist, weiss man doch, dass dort tatsächlich Arbeit geleistet wird; bedenklich vieles war blau, einiges grün, etwas orange, und – an der Ostküste – ein blauroter Fleck, der anzeigte, wo die gemütlichen Pioniere des Fortschritts ihr gemütliches Lagerbier trinken. Doch alles das ging mich nichts an; das Gelbe war, wo ich hin wollte. Ganz in der Mitte. Und auch der Fluss war eingezeichnet – unwiderstehlich – verhängnisvoll – einer Schlange gleich. Uh! Eine Tür ging auf, ein weisshaariger Sekretär streckte teilnahmsvoll den Kopf heraus, ein knochiger Finger winkte mir, ins Allerheiligste einzutreten. Drinnen herrschte Dämmerlicht, und in der Mitte machte sich ein wuchtiger Schreibtisch breit, hinter welchem sich etwas Bleiches und Behäbiges in einem Gehrock abzeichnete. Der grosse Mann in Person. Allzu gross schien er mir nicht geraten, aber er verfügte bestimmt über Millionen. Soviel ich mich erinnere, schüttelte er mir die Hand, murmelte etwas vor sich hin und schien mit meinem Französisch zufrieden. *Bon voyage.*

In etwa fünfundvierzig Sekunden befand ich mich wieder im Wartezimmer, zusammen mit dem teilnahmsvollen Sekretär, der mich mit Leichenbittermiene ein Schriftstück unterzeichnen liess. Ich glaube, unter anderem verpflichtete ich mich, keine Geschäftsgeheimnisse zu verraten. Na ja, das habe ich auch nicht im Sinn.

Allmählich wurde mir etwas mulmig zumute. Solch feierliche Umstände bin ich bekanntlich nicht gewohnt, und das ganze Drum und Dran schien nichts Gutes zu verheissen. Mir war, als sei ich in eine Verschwörung eingeweiht worden, etwas dergleichen, jedenfalls etwas, das nicht ganz in Ordnung schien, und ich atmete erst wieder auf, als ich draussen im Vorraum stand. Dort strickten die beiden

Frauen noch immer wie besessen. Leute fanden sich ein, und die jüngere ging hin und her, um sie einzulassen. Die alte blieb auf ihrem Stuhl sitzen. Ihre Füsse steckten in Plüschpantoffeln und ruhten auf einem Fusswärmer; auf ihrem Schoss lag zusammengerollt eine Katze. Die Frau trug eine gestärkte weisse Haube, hatte auf der einen Wange eine Warze und vorn auf der Nase eine Brille mit Silberfassung. Sie warf mir über den Brillenrand hinweg einen flüchtigen Blick zu. Die Gleichgültigkeit dieses Blicks beunruhigte mich. Zwei muntere, etwas dämlich aussehende junge Leute wurden ins Wartezimmer gelotst, und auch ihnen warf sie diesen flüchtigen Blick unbeteiligter Allwissenheit zu. Sie schien über die beiden wie auch über mich im Bild zu sein. Ein banges Gefühl beschlich mich. Die Frau hatte etwas Unheimliches und Schicksalhaftes an sich. Dort draussen in der Ferne musste ich oft an diese beiden denken, die die Pforte der Finsternis hüteten und mit schwarzer Wolle etwas wie ein warmes Leichentuch strickten, wobei die eine dauernd Leute ins Unbekannte einführte, die andere sie unbeteiligt musterte. *Ave!* Alte Strickerin mit deiner schwarzen Wolle. *Morituri te salutant.* Nicht viele von denen, die ihr unter die Augen kamen, haben sie je wiedergesehen – längst nicht die Hälfte.

Es blieb noch die ärztliche Untersuchung. ‹Eine reine Formsache›, versicherte mir der Sekretär, als nehme er an all meinen Sorgen innig Anteil. Ein junger Mensch, den Hut schief über dem linken Auge, wohl irgendein Büroangestellter – auch solche muss es in dem totenstillen Haus gegeben haben –, ein junger Mensch tauchte also von irgendwoher auf und bedeutete mir, ihm zu folgen. Er sah schäbig und ungepflegt aus, mit Tintenflecken an den Rockärmeln; unter einem Kinn, rund wie eine alte Schuhkappe, bauschte sich ein grosser Schlips. Es war noch etwas zu früh für den Arzt, so dass ich vorschlug, einen Aperitif zu genehmigen, worauf er sich höchst leutselig gab. Während wir hinter unserem Vermouth sassen, liess er sich begeistert über die Tätigkeit der Handelsgesellschaft aus, was mich nach einer Weile veranlasste, beiläufig mein Erstaunen darüber auszudrücken, dass er nicht selber nach Übersee gehe. Das ernüchterte ihn. ‹‚Ich bin nicht so dumm, wie ich aussehe', sprach Plato zu seinen Schülern›, gab er zur Antwort, leerte entschlossen sein Glas, und wir standen auf.

Der alte Arzt fühlte mir den Puls, wobei er offensichtlich an etwas ganz anderes dachte. ‹Gut›, murmelte er, ‹gut genug für die Tropen›, und erkundigte sich dann angelegentlich, ob ich ihm gestatte, meinen Schädel zu vermessen. Überrascht sagte ich ja, worauf er etwas wie einen Greifzirkel hervorholte und mir von hinten nach vorn und kreuz und quer das Mass nahm und alles genau aufschrieb. Ein unrasierter Wicht in einem fadenscheinigen Rock und ebensolchen Pantoffeln – ein harmloser Irrer, fand ich.

‹Im Interesse der Wissenschaft›, erklärte er, ‹messe ich mit Verlaub jeweils die Schädel derjenigen, die sich zum Aussendienst melden.›

‹Und auch nach ihrer Rückkehr?›

‹Ach, dann bekomme ich sie nie zu Gesicht›, erwiderte er, ‹und ausserdem, wissen Sie, die Veränderungen sind ohnehin innerlich.› Er lächelte feinsinnig. ‹Sie wollen also nach Übersee. Flott, flott. Und nicht uninteressant.› Er bedachte mich mit einem forschenden Blick und machte sich noch eine Notiz. ‹Ist in Ihrer Familie je ein Fall von Geistesgestörtheit aufgetreten?› fragte er ganz sachlich.

‹Liegt das auch im Interesse der Wissenschaft?› fragte ich ungehalten zurück.

‹Es wäre interessant›, erwiderte er, ohne sich an meine Verärgerung zu kehren, ‹wenn man die seelischen Veränderungen jedes einzelnen an Ort und Stelle wissenschaftlich verfolgen könnte, nur leider –›

‹Sind Sie Irrenarzt?› warf ich ein.

‹Jeder Arzt sollte es sein – ein bisschen›, antwortete dieser Kauz ungerührt. ‹Ich habe da eine nette kleine Theorie, und diejenigen, die nach Übersee gehen, können mir helfen, sie zu beweisen. So habe ich auch etwas von den Vorteilen, die der Welthandel meinem Land verschafft. Den Mammon überlasse ich gerne andern. Verzeihen Sie meine Fragen, aber Sie sind der erste Engländer, den zu untersuchen ich Gelegenheit habe…›

Ich beeilte mich, ihm zu versichern, ich sei keineswegs ein Engländer, wie er im Buche steht. ‹Wenn ich es wäre›, fügte ich hinzu, ‹würde ich mich nicht auf diese Art mit Ihnen unterhalten.›

‹Was Sie da sagen, ist recht tiefsinnig und wahrscheinlich falsch›, bemerkte er lachend. ‹Hüten Sie sich vor Ärger noch mehr als vor der prallen Sonne. *Adieu.* Wie sagt ihr Engländer doch? *Good-bye.* Ach ja, *good-bye.* In den Tropen muss man vor allem Gleichmut bewahren...› Mit erhobenem Zeigefinger setzte er hinzu: ‹*Du calme, du calme. Adieu.*›

Eines blieb noch zu tun – meiner vortrefflichen Tante Lebewohl zu sagen. Sie empfing mich mit Frohlocken und stellte mir eine Tasse Tee auf – die letzte anständige Tasse Tee für längere Zeit. In einem Wohnzimmer, das eine wohlige Stimmung erzeugte, hatten wir am Kaminfeuer ein trauliches Gespräch. Im Laufe unserer Unterhaltung wurde mir klar, dass ich der Frau, deren Gatte im Verwaltungsrat sass, und was weiss ich wie vielen andern Leuten als eine Art Wundertier geschildert worden war – ein Glücksfall für die Handelsgesellschaft – ein Mann, wie man ihn nicht alle Tage findet. Du lieber Himmel, wo ich doch bloss einen Dreigroschendampfer übernahm, mit einer kleinen Pfeife dran! Es stellte sich jedoch heraus, dass ich gleichzeitig zu den Arbeitern gehörte – zu denen im Weinberg des Herrn, versteht sich. Ich war etwas wie ein Sendbote des Lichts, fast schon ein kleiner Apostel. Dergleichen Gefasel las und hörte man damals überall, und die vortreffliche Frau, die mitten in diesem Rummel lebte, hatte sich einwickeln lassen. Sie sprach von der Notwendigkeit, ‹diese unwissenden Menschen ihrer grässlichen Lebensweise zu entwöhnen›, bis mir nachgerade nicht mehr wohl war in meiner Haut. Ich gab ihr zu verstehen, Handel treibe man doch meistens des Gewinns wegen.

‹Vergiss nicht, Charlie, jeder Arbeiter ist seines Lohnes wert›, erwiderte sie munter. Merkwürdig, wie wirklichkeitsfremd die Frauen sind. Sie leben in einer eigenen Welt, in einer Welt, die es nie gegeben hat und auch nie geben kann. Dazu ist sie viel zu schön, und wenn sie einmal eingerichtet würde, läge sie schon vor Sonnenuntergang wieder in Stücken. Irgendein vertrackter Umstand, mit dem wir Männer uns seit Erschaffung der Welt abgefunden haben, würde sich bemerkbar machen und die ganze Pracht zum Einsturz bringen.

Danach wurde ich umarmt, wurde ermahnt, Flanellzeug zu tragen, öfters zu schreiben, und so weiter – und ich war entlassen. Auf der Strasse wandelte mich – ich weiss nicht warum – das seltsame Gefühl an, ein Hochstapler zu sein. Ich, der ich sonst jederzeit bereit war, binnen vierundzwanzig Stunden nach irgendeinem Teil der Welt aufzubrechen, ohne mir deswegen mehr Gedanken zu machen, als die meisten es tun, wenn sie auf die andere Strassenseite wollen, ich empfand – ich will nicht sagen Hemmungen, aber ich stutzte doch, als gelte es nicht bloss eine Reise ins Innere eines Erdteils, sondern einen Vorstoss zum Mittelpunkt der Erde.

Ich reiste mit einem französischen Dampfer, und weiss der Himmel, er lief jeden nur möglichen Hafen an, den es dort draussen gibt, lediglich um Soldaten und Zollbeamte an Land zu setzen. Ich hielt mich an den Anblick der vorübergleitenden Küste. Das ist, als wolle man ein Rätsel lösen. Da liegt sie vor einem

– lächelnd, drohend, verlockend, grossartig, kärglich, fade oder wild –, und immer scheint sie einen lautlos aufzufordern: ‹Komm, verschaff dir Gewissheit!› Diese Küste war fast ohne kennzeichnende Merkmale, als sei sie erst im Entstehen, noch im eintönigen Rohzustand. Der Rand eines ungeheuren Dschungels, so dunkelgrün, dass es fast wie Schwarz wirkte, von weisser Brandung gesäumt, verlief schnurgerade und endlos längs einer blauen See, deren Glitzern vom treibenden Dunst verwischt wurde. Heiss brannte die Sonne herab; das Land schien zu dampfen. Da und dort tauchten innerhalb der Brandung weisslichgraue Punkte auf, vielleicht mit einer flatternden Fahne darüber. Siedlungen, schon Jahrhunderte alt, und noch immer nicht grösser als ein Stecknadelkopf am Rande der unberührten Landmasse.

Wir stampften dahin, machten halt, setzten Soldaten an Land; nahmen wieder Fahrt auf, setzten Zollbeamte an Land, damit sie in der gottverlassenen Wildnis irgendwo in einem Blechschuppen mit einer Fahnenstange davor Gebühren eintreiben konnten; setzten dann noch mehr Soldaten an Land, zum Schutz der Zollbeamten vermutlich. Einige, hiess es, ertranken in der Brandung; ob das nun zutraf oder nicht, schien niemand sonderlich zu kümmern. Sie wurden einfach ausgebootet, und wir setzten die Fahrt fort. Tag für Tag sah die Küste immer genau gleich aus, als hätten wir uns nicht vom Fleck gerührt; allerdings kamen wir an verschiedenen Handelsposten vorbei mit Namen wie Gross-Bassam, Klein-

Popo, Namen, die zu einem niederschmetternden Schwank zu gehören schienen, der sich da vor einer bedrohlichen Kulisse abspielte. Meine Untätigkeit als Fahrgast, meine Vereinzelung inmitten all dieser Leute, mit denen ich keinerlei Berührungspunkte hatte, die ölig-flaue See, die einförmig-trübe Küste, alles das liess in mir ein Gefühl der Unwirklichkeit und Sinnlosigkeit aufsteigen. Dann und wann das Geräusch der Brandung zu vernehmen, wirkte geradezu wohltuend, wie die Stimme eines Bruders. Es war etwas Natürliches, etwas, das Sinn und Verstand hatte.

Von Zeit zu Zeit verhalf uns ein Boot vom Ufer vorübergehend dazu, an ein Stückchen Wirklichkeit heranzukommen. Es wurde von Schwarzen gepaddelt; schon von weitem sah man das Weisse ihrer Augäpfel schimmern. Sie johlten und sangen, waren schweissüberströmt, hatten Gesichter wie groteske Masken; aber sie hatten auch Kraft, wilden Lebensüberschuss, eine geballte Bewegungsenergie, die so natürlich und wirklich war wie die Brecher längs ihrer Küste. Sie brauchten ihr Vorhandensein nicht zu rechtfertigen. Es war ein Labsal, sie zu sehen. Vorübergehend hatte ich jeweils das Gefühl, immer noch einer Welt unumstösslicher Tatsachen anzugehören, doch das Gefühl hielt nie sehr lange vor. Stets tauchte wieder etwas auf, um es zu verscheuchen. Einmal trafen wir auf ein Kriegsschiff, das unter der Küste vor Anker lag. Da war nicht einmal eine Blechbaracke an Land, und man deckte den Dschungel mit Granaten ein. Offenbar führten die Franzosen dort gerade einen ihrer Kriege. Schlaff hing die Flagge herab, aus dem niedrigen Rumpf ragten überall die Mündungen der langen 20-cm-Geschütze hervor, träge dümpelte das Schiff in der schmierigen Dünung. Da lag es, unbegreiflich, in der unendlichen Leere von Erde, Himmel und Wasser und schoss in einen Erdteil hinein. Paff, kam es immer mal wieder aus einem der 20-cm-Geschütze, ein Lichtschein zuckte auf und verging, ein weisses Rauchwölkchen zerflatterte, ein winziges Geschoss fauchte leise durch die Luft – und weiter geschah nichts. Es konnte gar nichts geschehen. Was da vorging, grenzte an Wahnsinn, wenn auch der traurige Klamauk seine komische Seite hatte; und dieser Eindruck wurde dadurch keineswegs verwischt, dass einer an Bord mir allen Ernstes versicherte, ein Lager von Eingeborenen – Feinde nannte er sie – verberge sich dort irgendwo ausser Sichtweite.

Wir brachten die Post auf das Schiff hinüber, auf welchem, wie es hiess, täglich drei Mann an Fieber starben, und setzten unsere Fahrt fort, um noch andere schwankhaft benannte Orte anzulaufen, wo der Totentanz im Namen des Welthandels wie in einer gut geheizten Katakombe fröhlich weitergeht, der ganzen gestaltlosen, bedrohlich umbrandeten Küste entlang, landeinwärts und wieder heraus auf Strömen lebendigen Todes, deren Ufer verschlammten und deren trübes Wasser die verwachsenen Mangroven bespülte, die sich uns in der Todesnot ohnmächtiger Verzweiflung entgegenzukrümmen schienen. Nirgends hielten wir uns lange genug auf, um einen genauen Eindruck davonzutragen, doch ganz allgemein nahm ein Gefühl der Bedrükkung und Verwunderung in mir überhand. Es war wie die Vorahnung eines bösen Traums.

Mehr als dreissig Tage dauerte es, bis ich die Mündung des grossen Stroms zu Gesicht bekam. Wir gingen vor dem Regierungssitz zu Anker. Meine Arbeit sollte jedoch erst einige dreihundert Kilometer flussaufwärts beginnen. Sobald ich konnte, brach ich deshalb nach einem fünfzig Kilometer weit entfernten Ort auf.

Es war ein kleiner Hochseedampfer, der mich mitnahm. Der Kapitän war Schwede, und da er wusste, dass ich Seemann war, bat er mich auf die Brücke. Er war ein junger Mensch, schlank, blond und missmutig. Als wir von dem elenden Bollwerk ablegten, deutete er mit einem geringschätzigen Kopfnikken aufs Ufer.

‹Haben Sie dort gewohnt?› fragte er.

Ich bejahte.

‹Feine Gesellschaft, diese Regierungsbeamten, nicht?› fuhr er im Ton erheblicher Verbitterung fort. ‹Komisch, was gewisse Leute für ein paar Francs monatlich zu tun bereit sind. Ich möchte bloss wissen, was aus ihresgleichen wird, wenn sie einmal ins Innere des Landes kommen.›

‹Das werde ich wohl bald sehen›, erwiderte ich.

‹So!› rief er und schlurfte ans andere Brükkennock hinüber, den Blick immer wachsam nach vorn. ‹Wenn Sie sich da bloss nicht verrechnen›, setzte er hinzu. ‹Kürzlich habe ich einen übernommen, der hatte sich unterwegs erhängt. Noch dazu ein Schwede.›

‹Erhängt? Wieso denn das?›

Er hielt dauernd scharf Ausschau. ‹Was weiss ich! Vielleicht vertrug er die Sonne nicht, oder das Land.›

Schliesslich gelangten wir auf eine offene Flussstrecke. Ein felsiges Steilufer kam in Sicht – aufgeworfene Erdhaufen am Ufer, Häuser auf einer Anhöhe, andere, mit Blechdach, inmitten unordentlicher Ausgrabungen oder am Hang klebend. Dauernd schwebte das Rauschen der Stromschnellen weiter oben über diesem Schauplatz bewohnter Verwüstung. Es wimmelte von Menschen, die meisten davon schwarz und nackt. Eine Mole ragte in den Fluss hinaus. Von Zeit zu Zeit war man von der grellen Lichtflut wie geblendet.

‹Dort ist Ihre Faktorei›, sagte der Schwede, wobei er auf drei Holzbaracken am Felshang zeigte. ‹Ich schicke Ihnen Ihre Sachen hinauf. Vier Kisten, sagten Sie? Gut. Leben Sie wohl.›

Ich wich einem im Gras liegenden Dampfkessel aus und fand dann einen Fusspfad, der den Hügel hinanführte. Er machte einen Bogen um die Felsblöcke und auch um eine Lore herum, die umgestürzt mit den Rädern nach oben dalag. Eines der Räder fehlte. Wie ein Tierkadaver wirkte das Ganze. Unterwegs stiess ich noch auf weitere zerfallende Maschinenteile, auch auf einen Stapel rostiger Schienen, und linkerhand war unter einer Baumgruppe ein Schattenplatz, wo schwarze Gestalten sich schwach zu regen schienen. Ich kniff die Augen zusammen; der Pfad war steil. Von rechts ertönte ein Hornstoss, und ich sah die Schwarzen davonlaufen. Ein dumpfer Knall liess den Boden erzittern, eine Rauchschwade kam aus dem Gestein, und das war alles. An der Oberfläche des Felsens war keine Veränderung zu bemerken. Man baute an einer Bahnlinie. Der Steilhang stand keineswegs im Wege, doch die zwecklosen Sprengungen waren alles, was geleistet wurde.

Ein klirrendes Geräusch hinter mir liess mich über die Schulter zurückschauen. Sechs Schwarze mühten sich hintereinander den Pfad herauf. Sie schritten aufrecht und gemessen dahin, hielten auf dem Kopf kleine Körbe voller Erde im Gleichgewicht, und das Klirren erfolgte im Takt mit ihren Schritten. Um die Lenden hatten sie schwarze Lappen geschlungen, deren kurzes Ende hin und her wippte. Man konnte ihre Rippen zählen, und die Gelenke ihrer Gliedmassen waren wie Knoten in einem Tau; jeder trug ein eisernes Halsband, und alle waren sie mit einer Kette verbunden, deren durchhängendes Stück regelmässig schepperte. Ein erneuter Knall vom Steilhang her rief mir plötzlich das Kriegsschiff in Erinnerung, das ich hatte in einen Erdteil hineinbullern sehen. Es war dieselbe unheilvolle Stimme, nur konnte man diese Menschen unmöglich als Feinde bezeichnen. Also nannte man sie Verbrecher, und das verletzte Recht war, wie die krepierenden Granaten, geheimnisvoll über sie hereingebrochen, ein unlösbares Rätsel von jenseits des Meeres. Keuchend, mit bebenden Nasenflügeln, den Blick unverwandt bergauf gerichtet, zogen sie nur eine Handbreit entfernt an mir vorbei, ohne den geringsten Seitenblick, mit der Schicksalsergebenheit unglücklicher Wilder, die dem Leben abgestorben scheinen.

Hinter diesen Jammergestalten kam verdrossen eine der geretteten Seelen einhergeschlendert, das Produkt der neuen Kräfte, die hier am Werk waren. Er trug ein Gewehr, das er in der Mitte hielt; an seinem Waffenrock fehlte ein Knopf, und als er auf dem Weg eines Weissen ansichtig wurde, warf er das Gewehr eiligst über die Schulter. Das geschah vorsichtshalber; schliesslich sahen die Weissen einander von weitem so ähnlich, dass einer niemals wissen konnte, wen er vor sich hatte. Doch er fasste sich sogleich wieder und bedachte mich mit einem breiten, schurkischen Schmunzeln, als wolle er sich mit mir auf gleich und gleich stellen. Schliesslich gehörte auch ich zu den Gerechten, die hinter diesen Willkürmassnahmen standen.

Statt weiter bergauf zu gehen, schwenkte ich ab, ein Stück weit nach links hinunter. Ich gedachte zu warten, bis die Kettensträflinge ausser Sicht waren, ehe ich den Hügel erstieg. Zwar bin ich bekanntlich keineswegs zartbesaitet, ich hatte mich schon oft genug meiner Haut zu wehren, ohne allzu genau an die Folgen zu denken; die Verhältnisse, in die ich geraten war, brachten das so mit sich. Ich habe teuflische Gewalt, teuflische Habgier, teuflische Wollust erlebt, aber, verflucht und zugenäht, das waren immer kräftige, herzhafte, blutvolle Teufel, die Männern im Nacken sassen – Männern, sage ich! Doch wie ich hier an diesem Abhang stand, sah ich voraus, dass ich in diesem Land der blendenden Sonne eine neue Art von Teufel kennenlernen würde, einen schwabbligen, scheinheiligen, trübsichtigen Teufel, den Teufel einer unersättlichen, erbarmungslosen Dummheit. Wie heimtükkisch er sein konnte, sollte ich allerdings erst mehrere Monate später und einige tausend Kilometer weiter im Land drinnen erfahren. Betroffen blieb ich eine Weile stehen; dann stieg ich schräg hinunter, auf die Baumgruppe zu, die ich gesehen hatte.

Ich umging die gewaltige Grube, die jemand mitten am Hang ausgehoben hatte. Wozu sie dienen sollte, blieb mir unerfindlich. Ein Steinbruch oder eine Kiesgrube war es jedenfalls nicht. Es war einfach eine Grube. Vielleicht hatte sie etwas mit dem philanthropischen Bestreben zu tun, den Verbrechern zu einer Beschäftigung zu verhelfen. Ich weiss es nicht. Dann wäre ich beinahe in einen Graben gestürzt. Bei näherem Zusehen entdeckte ich, dass da eine Menge aus Europa eingeführter Kanalisationsröhren hineingekippt worden waren. Keine einzige befand sich darunter, die nicht zerbrochen gewesen wäre. Es war ein Akt mutwilliger Zerstörung. Schliesslich gelangte ich in den Schatten der Bäume. Ich gedachte mich dort ein wenig zu verweilen, doch kaum dort angelangt, glaubte ich in den Dämmerkreis einer Hölle getreten zu sein. Von den Stromschnellen her erfüllte ununterbrochen ein geheimnisvolles Rauschen die Luft, als sei in dem stillen Hain, wo kein Hauch, kein Blatt sich regte, der Weltenwirbel plötzlich hörbar geworden.

Schwarze Gestalten kauerten, lagen, sassen zwischen den Bäumen, lehnten sich an die Stämme, klammerten sich an den Boden; halb hoben sie sich im Dämmerlicht ab, halb verschmolzen sie damit, in jeglicher Haltung des Schmerzes, der Selbstvergessenheit und der Verzweiflung. Abermals ging am Steilhang eine Sprengladung los, gefolgt von einer leisen Erschütterung des Bodens unter mir. Die Arbeit ging weiter. Die Arbeit! Und dies war der Ort, wohin sich einige der Mitarbeiter verkrochen hatten, um zu sterben.

Sie starben langsam, das war klar. Keine Feinde mehr, keine Verbrecher, überhaupt nichts Irdisches mehr – nichts als schwarze Schatten, von Krankheit und Unterernährung ausgezehrt, lagen sie da durcheinander im grünen Dämmerschein. Aus dem Küstengebiet hierher verschleppt, völlig gesetzlich, auf Grund befristeter Verträge, wurden sie in der ungewohnten Umgebung, bei der ungewohnten Kost bald krank und untauglich, so dass man sie zu guter Letzt in Ruhe liess. Diese Todgeweihten waren frei wie die Luft – und fast so dünn. Ich begann den Glanz von Augenpaaren zu erkennen. Dann, bei einem Blick nach unten, sah ich ein Gesicht, nicht weit von meiner Hand entfernt. Das schwarze Knochengerüst lag ausgestreckt da – eine Schulter gegen den Baum; langsam hoben sich die Augenlider, und die tiefliegenden grossen Augen schauten zu mir empor, mit einem Aufflackern im leeren Blick, das langsam wieder erstarb. Der Mann schien noch jung – kaum erwachsen –, aber das lässt sich bei diesen Eingeborenen bekanntlich schwer sagen. Was konnte ich tun? Ich bot ihm ein Stück Hartbrot an, das ich vom Schiff her noch in der Tasche hatte. Langsam schlossen sich die Finger darum und hielten es fest – zu einer weiteren Bewegung und einem weiteren Blick reichte es nicht. Um den Hals hatte er sich einen weissen Wollfaden geschlungen – warum? Woher hatte er ihn? War das ein Abzeichen – ein Schmuck – ein Amulett? Sollte es die Götter gnädig stimmen – steckte überhaupt kein Gedanke dahinter? Ein befremdlicher Anblick an dem schwarzen Hals, dieser weisse Wollfaden von jenseits des Meeres.

In der Nähe desselben Baumes sassen mit angezogenen Knien noch zwei solcher Bündel, die aus lauter spitzen Winkeln zu bestehen schienen. Der eine der Neger, das Kinn auf die Knie gestützt, schaute auf eine unerträgliche und entsetzliche Art ins Leere; der andere stützte die Stirn auf, als sei er von einer unsäglichen Müdigkeit befallen; und ringsumher lagen andere verkrümmt und verkrampft da, als stellten sie das Bild eines Gemetzels oder einer Seuche. Während ich, den Schreck in allen Gliedern, verharrte, erhob sich eine der Gestalten auf Hände und Knie und kroch auf allen vieren davon, um aus dem Fluss zu trinken. Er labberte das Wasser aus der hohlen Hand, setzte sich dann an der Sonne mit gekreuzten Beinen auf und liess nach einer Weile den Krauskopf auf die Brust fallen.

Ich hatte genug von dem Schattenplatz und

beeilte mich, zu der Station zu gelangen. Unweit der Baracken traf ich auf einen Weissen von so unerhörter Eleganz, dass ich ihn zuerst für eine Art Blendwerk hielt. Hoher steifer Kragen, weisse Manschetten, eine leichte Alpaka-Jacke, schneeweisse Hosen, helle Krawatte und Lackstiefel. Kein Hut. Das Haar gescheitelt, gebürstet und gesalbt, unter einem grüngestreiften Sonnenschirm. Eine erstaunliche Erscheinung mit einem Federhalter hinter dem Ohr.

Wir schüttelten uns die Hand, und ich erfuhr, dass er der Chefbuchhalter der Gesellschaft war und dass die Buchhaltung ausschliesslich hier auf dieser Station besorgt wurde. Er sei einen Augenblick ins Freie getreten, erklärte er, ‹um etwas frische Luft zu schnappen›. Der Ausdruck, mit seinem Anklang an Stubenhockerei, wirkte in dieser Umgebung höchst seltsam. Ich hätte diesen Menschen gar nicht erwähnt, nur dass ich von seinen Lippen zum erstenmal den Namen des Mannes hörte, der mit meinen Erinnerungen an jene Zeit unlöslich verknüpft ist. Ausserdem nötigte er mir Achtung ab. Jawohl, ich fand seine steifen Kragen, seine Manschetten, sein gebürstetes Haar achtenswert. Zwar bot er den Anblick einer Schaufensterpuppe, aber bei dem landesüblichen Schlendrian hier auf sein Äusseres zu achten, zeugte doch von Rückgrat. Unter solchen Umständen bedeuten gestärkte Kragen und gesteifte Hemdenbrust eine charakterliche Leistung. Schon seit drei Jahren hielt er sich hier draussen auf, und ich konnte später nicht umhin, ihn zu fragen, wie er es fertigbringe, über solche Wäsche zu verfügen. Mit einem Anflug von Röte erklärte er mir etwas verlegen, er habe es einer der Eingeborenen hier beigebracht; es sei schwierig gewesen, sie habe eine Abneigung gegen diese Arbeit gehabt. Der Mann hatte also tatsächlich etwas vollbracht. Auch ging er ganz in seiner Buchhaltung auf, in der alles bis aufs letzte Tüpfelchen stimmte.

Sonst herrschte hier überall der grösste Wirrwarr – in den Köpfen, den Gebäuden, in allem. In langen Reihen kamen verschmutzte Neger mit Spreizfüssen an und verliessen die Niederlassung wieder; massenhaft strömten Fabrikwaren – billiges Baumwollzeug, Glasperlen, Messingdraht – tief ins dunkle Innere, und zurück kam tropfenweise kostbares Elfenbein.

Zehn Tage musste ich auf der Station warten – eine Ewigkeit. Ich wohnte in einer Hütte auf dem Areal der Gesellschaft, doch um aus dem Wirrwarr herauszukommen, suchte ich gelegentlich das Kontor des Buchhalters auf. Es war aus waagrechten Brettern zusammengenagelt, und zwar so schlecht, dass er, über sein Pult gebeugt, von der Sonne, die durch die Ritzen drang, über und über mit einem Streifenmuster versehen wurde. Es erübrigte sich, die Fensterläden aufzustossen; es war auch so hell genug. Heiss war es da drinnen auch; grosse Fliegen surrten tückisch durch den Raum, und wenn sie stachen, war es wie ein Dolchstoss. Ich sass meistens auf dem Boden, während er, geschniegelt und gebügelt (sogar leicht parfümiert), auf einem hohen

Stuhl thronte und fortwährend etwas kritzelte. Manchmal stand er auf, um sich ein wenig Bewegung zu verschaffen. Doch als ein Feldbett mit einem Kranken (irgendeinem Agenten aus dem Innern) in sein Kontor gestellt wurde, legte er sanfte Ungehaltenheit an den Tag. ‹Das Stöhnen des Kranken da›, sagte er, ‹lenkt mich ab. Und wenn man sich in diesem Klima vor Rechenfehlern hüten will, muss man seine fünf Sinne beisammen haben.›

Eines Tages bemerkte er, ohne dabei aufzuschauen: ‹Im Innern werden Sie zweifellos unseren Herrn Kurtz kennenlernen.› Auf meine Frage, wer das sei, erwiderte er bloss, es sei ein Agent erster Klasse, doch als er meine Enttäuschung gewahrte, legte er die Feder hin und setzte gedehnt hinzu: ‹Kurtz ist ein höchst bemerkenswerter Mensch.› Im weiteren brachte ich aus ihm heraus, dass dieser Kurtz gegenwärtig einen Handelsposten leitete, einen sehr wichtigen, mitten im wahren Elfenbeingebiet, ‹im hintersten Hinterland... schickt uns soviel Elfenbein wie alle andern zusammengenommen›. Und er begann wieder zu kritzeln. Der Kranke war zu schwach, um zu stöhnen. Ungestört surrten die Fliegen.

Plötzlich entstand draussen ein Stimmengewirr und ein Scharren von vielen Füssen. Eine Karawane war eingetroffen; es hob ein Krakeelen an; alle die Träger sprachen gleichzeitig, und mitten aus dem Aufruhr heraus hörte man den Leiter der Station jammern: ‹Ich gebe es auf› – zum zwanzigsten Mal an diesem Tag... Der Buchhalter erhob sich gemächlich.

‹Was für ein schauerlicher Lärm›, bemerkte er. Behutsam ging er durchs Kontor, um nach dem Kranken zu sehen, und sagte dann zu mir: ‹Er hört nichts.›

‹Wie? Tot?› fragte ich bestürzt.

‹Nein, noch nicht›, erwiderte er gelassen. Mit einer Kopfbewegung nach dem Tumult draussen im Freien setzte er hinzu: ‹Wenn man seine korrekten Eintragungen zu machen hat, hasst man allmählich diese Wilden – wie Gift und Galgenholz.› Nachdenklich verharrte er eine Weile. ‹Falls Sie Kurtz sehen›, fuhr er dann fort, ‹richten Sie ihm doch von mir aus, hier stehe alles zum besten. Schreiben möchte ich ihm nicht – bei den Boten, die wir hier haben, weiss man ja nie, wer den Brief in die Hände bekommt – in der Zentrale dort.› Er bedachte mich mit einem seiner sanften Blicke. ‹Oh, Kurtz wird es noch weit bringen›, bemerkte er. ‹Er wird wohl bald in der Verwaltung eine Rolle spielen. Die Herren dort – der Verwaltungsrat in Europa – haben ihn längst dazu ausersehen.›

Er wandte sich wieder seiner Arbeit zu. Der Lärm draussen hatte aufgehört. Im Hinausgehen blieb ich unter der Tür stehen. Von den Fliegen umsurrt, lag der auf der Heimreise befindliche Agent gerötet und bewusstlos da; der andere, über seine Register gebeugt, führte einwandfrei Buch über völlig einwandfreie Geschäfte; und zwanzig Meter weiter unten konnte ich die reglosen Wipfel des Todeshains sehen.

Am nächsten Tag verliess ich endlich mit einer Karawane von sechzig Mann diese Station, zu einem Fussmarsch von dreihundert Kilometern.

Was soll ich davon viel erzählen? Pfade, nichts als Pfade; ein Netz ausgetretener Pfade über das menschenleere Land hin, durch hohes Gras, durch verbranntes Gras, durch Dikkicht, kühle Schluchten hinab und hinauf, heisse Felshänge hinauf und hinunter; und Einsamkeit, Einsamkeit, kein Mensch, keine Hütte. Die Bevölkerung hatte sich längst aus dem Staub gemacht. Na ja, wenn eine Menge geheimnisvoller Neger, mit allen möglichen fürchterlichen Waffen versehen, plötzlich am Unterlauf der Themse auftauchten und dabei links und rechts die Bauernknechte einfingen, um sie als Lastträger zu verwenden, dann würden sich die Bauernhöfe dort in der Gegend wohl rasch genug entvölkern. Nur dass hier auch die Behausungen verschwunden waren. Immerhin, durch ein paar verlassene Dörfer bin ich doch gekommen. Zerfallene Strohwände haben etwas rührend Kindliches.

Tag für Tag das Scharren und Schlurfen von sechzig barfüssigen Trägern hinter mir, jeder mit einer Last von fünfzig Pfund. Lager aufschlagen, kochen, schlafen, Lager abbrechen, marschieren. Von Zeit zu Zeit im hohen Gras am Wegrand ein Träger tot im Geschirr, eine leere Kürbisflasche und den langen Wanderstab an seiner Seite. Eine gewaltige Ruhe ringsum und über uns. Vielleicht in einer stillen Nacht das Vibrato weit entfernter Trommeln, abnehmend, anschwellend, ein ungeheures, leises Vibrato, unheimlich, packend, wild – und vielleicht so bedeutsam wie Glokkengeläute in einem christlichen Land. Einmal ein Weisser in aufgeknöpfter Uniform bei einem Zwischenhalt am Wege, mit einer Begleitmannschaft schlaksiger Sansibar-Neger, in feuchtfröhlicher Stimmung, um nicht zu sagen betrunken. Er besorge den Unterhalt der Strasse, behauptete er. Von einer Strasse war zwar nirgends etwas zu sehen, geschweige denn von Unterhalt, es sei denn, man betrachte den Leichnam eines älteren Negers mit Kopfschuss, über den ich eine Stunde später stolperte, als eine bleibende Verschönerung. Ich hatte einen weissen Begleiter, der soweit recht war, nur dass er seiner Körperfülle wegen dazu neigte, an heissen Hängen, wo es weit und breit keinen Schatten und kein Wasser gab, in Ohnmacht zu fallen. Lästig ist das, den eigenen Rock als Sonnenschirm über den Kopf eines Menschen halten zu müssen, bis er wieder zu sich kommt. Ich konnte es mir nicht verklemmen, ihn einmal zu fragen, was er sich eigentlich dabei gedacht habe – in die Tropen zu gehen.

‹Verdienen wollte ich, was denn sonst?› erwiderte er wegwerfend. Dann bekam er Fieber und musste in einer Hängematte, die an einer Stange baumelte, getragen werden. Da er gut hundert Kilo schwer war, hatte ich meine liebe Not mit den Trägern. Sie wurden aufsässig, liefen weg, verdrückten sich nachts samt ihrer Last – eine richtige Meuterei. So hielt ich denn eines Abends eine Ansprache auf englisch, mit lebhaftem Gebärdenspiel, das seine Wirkung auf die sechzig Augenpaare vor mir nicht verfehlte, und am nächsten Morgen liess ich die

Träger der Hängematte an der Spitze des Zuges gehen. Eine Stunde später fand ich den ganzen Plunder auf einem Haufen – Mann, Hängematte, Wolldecken, Wehklagen. Nase zerschunden von der schweren Stange. Er legte grossen Wert darauf, dass ich jemanden erschiesse, aber es war natürlich nicht die Spur eines Trägers zu erblicken. Mir fiel ein, was der alte Arzt gesagt hatte: ‹Es wäre interessant, die seelischen Veränderungen jedes einzelnen an Ort und Stelle wissenschaftlich verfolgen zu können.› Ich hatte das Gefühl, allmählich für die Wissenschaft interessant zu werden. Doch das nur nebenbei.

Am fünfzehnten Tag kam der grosse Strom wieder in Sicht, und ich zog humpelnd in die Zentralstation ein. Sie lag an einem toten Wasserarm, umgeben von Buschwerk und Wald, auf der einen Seite begrenzt von fauligem Schlamm, auf den drei andern von einem windschiefen Rohrzaun. Eine verwahrloste Lücke diente als einziger Zugang, und es war auf den ersten Blick ersichtlich, dass der kraftlose Teufel hier den Ton angab. Ein paar Weisse mit langen Stäben in der Hand kamen zwischen den Baracken hervor, schlenderten heran, um mich zu besichtigen, und verzogen sich dann wieder irgendwohin. Einer von ihnen – ein dicker, reizbarer Mensch mit schwarzem Schnurrbart – teilte mir, sobald ich mich vorgestellt hatte, höchst wortreich und nach vielerlei Abschweifungen mit, mein Dampfer liege auf dem Grund des Flusses. Ich war entgeistert. Warum und wieso? Ach, es habe alles seine Richtigkeit damit, der

Direktor selber sei dabeigewesen; jedermann habe sich tadellos benommen, tadellos! – ‹Sie müssen sich sofort beim Generaldirektor melden›, sagte er aufgeregt, ‹er wartet!›

Es war mir zunächst nicht klar, was es mit der Havarie auf sich hatte. Inzwischen ist mir, glaube ich, ein Licht aufgegangen, aber sicher bin ich dessen nicht – durchaus nicht. Wenn man's bedenkt, war der Vorfall allerdings zu dumm, als dass es dabei hätte mit rechten Dingen zugegangen sein können. Immerhin... Doch vorerst war es ganz einfach ärgerlich. Der Dampfer sass auf Grund. Zwei Tage vorher war man plötzlich überstürzt flussaufwärts aufgebrochen, mit dem Direktor an Bord, unter einem Aushilfskapitän, und ehe man noch drei Stunden unterwegs gewesen war, riss er auf felsigem Grund ein grosses Leck in den Boden und sackte nahe am Südufer ab. Ich fragte mich, was ich jetzt anfangen solle, nachdem mein Boot dahin war. In Wirklichkeit hatte ich alle Hände voll zu tun, meine Anstellung aus dem Fluss herauszufischen. Schon am nächsten Tag musste ich mich an die Arbeit machen. Nebst der Reparatur (nachdem die nötigen Bestandteile eingetroffen waren) nahm das mehrere Monate in Anspruch.

Meine erste Unterredung mit dem Direktor war sonderbar. Er bat mich nicht, Platz zu nehmen, obwohl ich damals einen 30-km-Marsch hinter mir hatte. Alles an ihm war gewöhnlich – Hautfarbe, Aussehen, Benehmen, Stimme. Er war von mittlerer Grösse und üblichem Körperbau. Höchstens dass vielleicht seine blauen Augen auffällig kalt wirkten und sein Blick scharf wie eine Axt auf einen fallen konnte. Doch selbst dann schien alles übrige an dem Mann eine solche Absicht von sich zu weisen. Sonst war da nur ein unbestimmbares Etwas um den Mund, etwas Hinterhältiges - ein Lächeln - doch kein Lächeln -, ich sehe es noch vor mir, kann es aber nicht beschreiben. Es war unbewusst, dieses Lächeln, wenn es sich auch, unmittelbar nachdem er etwas gesagt hatte, einen Augenblick lang verstärkte. Immer am Ende einer Rede stellte es sich ein, wie ein an die Worte geheftetes Siegel, um auch Gemeinplätzen das Gepräge vollkommener Undurchschaubarkeit zu verleihen.

Er war ein gewöhnlicher Händler, schon von jung auf hier draussen tätig - nichts weiter. Man gehorchte ihm, ohne dass er Liebe oder Furcht oder auch nur Achtung eingeflösst hätte. Was er einflösste, war Unbehagen. Das war's! Unbehagen - nicht geradezu Misstrauen, bloss Unbehagen -, nichts weiter. Unglaublich, wie wirksam das sein kann. Er besass kein Organisationstalent, keine Initiative, nicht einmal Ordnungssinn. Das ging schon aus dem kläglichen Zustand der Station hervor. Er war weder gebildet noch intelligent. Zu seiner Stellung war er gekommen - wieso eigentlich? Vielleicht weil er nie krank war... Er hatte schon dreimal drei Jahre Aussendienst hinter sich... Kerngesund zu sein, sichert bei der allgemeinen Anfälligkeit für Krankheiten an sich schon Macht. Wenn er ferienhalber nach Hause fuhr, lebte er in Saus und Braus - im grossen Stil. Janmaat auf

Landurlaub – der Unterschied war rein äusserlich. Das konnte man beiläufigen Bemerkungen entnehmen. Nie gab er zu etwas Neuem Anstoss; er sorgte lediglich dafür, dass alles seinen gewohnten Gang ging. Und doch hatte er Grösse. Das hing damit zusammen, dass man unmöglich hätte angeben können, was hinter einem solchen Menschen steckte. Dieses Geheimnis gab er niemals preis. Vielleicht steckte überhaupt nichts hinter ihm. Ein solcher Verdacht musste einen nachdenklich stimmen – schliesslich gab es dort draussen nichts, was einem Mann hätte Zurückhaltung auferlegen können.

Als einmal fast jeder Agent auf der Station an irgendeiner Tropenkrankheit darniederlag, hörte man ihn sagen: ‹Leute, die in die Tropen wollen, sollten keine Eingeweide haben.› Er besiegelte den Ausspruch mit seinem vielsagenden Lächeln. Man ahnte, etwas erkannt zu haben – doch das Siegel haftete daran. Als er sich einst darüber ärgerte, dass seine Leute sich bei den Mahlzeiten stets um den Vortritt stritten, liess er einen gewaltigen runden Tisch anfertigen, für den eigens ein Gebäude errichtet werden musste. Das war dann die Kantine. Wo er sass, war oben am Tisch – die übrigen waren nirgends. Man spürte, dass er davon überzeugt war. Er benahm sich weder höflich noch unhöflich – bloss unauffällig. Seinem Boy, einem überfütterten jungen Neger von der Küste, liess er es durch, wenn er den Weissen vor seinen Augen frech kam.

Sobald er mich erblickte, begann er zu sprechen. Ich hätte sehr lange auf mich warten lassen, meinte er. Er habe ohne mich aufbrechen müssen. Die Stationen flussaufwärts hätten dringend der Ablösung bedurft. Man sei dermassen in Rückstand geraten, dass er nachgerade nicht mehr wisse, wer tot und wer noch am Leben sei und wie die Sache überhaupt stehe – und so weiter, und so fort. Auf meine Erklärungen ging er nicht ein, spielte statt dessen mit einer Stange Siegellack und wiederholte mehrmals, die Lage sei ‹sehr bedenklich, sehr bedenklich›. Eine äusserst wichtige Station sei dem Vernehmen nach gefährdet, und der leitende Agent dort, Kurtz, sei krank. Hoffentlich sei es nur ein Gerücht. Kurtz sei nämlich... Ich war müde und gereizt. ‹Zum Teufel mit diesem Kurtz›, dachte ich. Ich fiel ihm ins Wort, indem ich bemerkte, von Kurtz hätte ich schon an der Küste gehört. ‹Aha, man spricht also dort unten von ihm›, murmelte er vor sich hin. Dann fing er wieder an, versicherte mir, Kurtz sei der beste Agent, den er habe, ein aussergewöhnlich tüchtiger Mann, von grösster Wichtigkeit für die Handelsgesellschaft; ich werde deshalb seine Besorgnis verstehen.

Er erklärte, er sei ‹höchst beunruhigt›. Tatsächlich rutschte er dauernd auf dem Stuhl umher, rief: ‹Ah, dieser Kurtz!›, brach die Stange Siegellack entzwei und schien darob ganz verdattert. Als nächstes wollte er wissen, wie lange ich wohl brauche, um... Ich unterbrach ihn ein zweites Mal. Schliesslich war ich hungrig, und da ich dazu noch stehen musste, wurde es mir allmählich zu bunt.

‹Woher soll ich das wissen?› sagte ich. ‹Ich

habe ja die Bescherung noch nicht einmal gesehen – mindestens ein paar Monate.› Das Gerede kam mir sinnlos vor.

‹Ein paar Monate›, wiederholte er. ‹Also, sagen wir drei Monate, bevor wir aufbrechen können. Das sollte reichen.›

Ich machte, dass ich aus seiner Hütte kam (er wohnte allein in einer Lehmhütte mit einer Art Veranda), wobei ich vor mich hin murmelte, was ich von ihm hielt. Ein redseliger Esel, fand ich. Später nahm ich das zurück, als mir zu Gemüt geführt wurde, mit welch erstaunlicher Genauigkeit er die für die Reparatur erforderliche Zeit geschätzt hatte.

Am nächsten Tag machte ich mich an die Arbeit, wobei ich der Station gewissermassen den Rücken kehrte. Ich fand, nur so könne ich mir meinen Wirklichkeitssinn bewahren. Immerhin, gelegentlich muss man doch einen Blick um sich werfen, und dann sah ich diese Niederlassung, diese Leute, die da an der Sonne ziellos umherschlenderten. Bisweilen fragte ich mich, was das alles überhaupt solle. Mit ihren läppischen langen Stäben in der Hand wanderten sie dahin und dorthin, wie eine Schar glaubensloser Pilger, von einer übernatürlichen Macht in dieses baufällige Gehege gebannt. Das Wort Elfenbein schwebte in der Luft; es wurde geraunt, geseufzt. Man hätte meinen können, sie beteten es an. Alles hatte einen Anhauch von stumpfsinniger Raffgier, wie leiser Kadavergeruch. Herrgott nochmal, etwas so Unwirkliches war mir zeitlebens noch nicht vorgekommen! Die Wildnis rings um dieses kleine gerodete Stück

Boden hingegen schien mir etwas Grosses und Unbesiegliches, wie das Böse oder das Wahre, als warte sie geduldig, bis diese unwahrscheinliche Heimsuchung ein Ende nehme.

Ach, diese Monate! Nun, lassen wir das. Es ereignete sich allerlei. Ein Schuppen, in dem alles mögliche eingelagert war – Kaliko, bedruckter Kattun, Glasperlen und dergleichen –, ging eines Abends so plötzlich in Flammen auf, dass man hätte glauben können, die Erde hätte sich aufgetan, um den ganzen Krempel zu vernichten. Ich sass bei meinem havarierten Dampfer und rauchte ruhig meine Pfeife, während drüben alle die tollsten Kapriolen aufführten, als auf einmal der Dicke mit dem Schnurrbart zum Fluss heruntergelaufen kam, mir zurief, jedermann benehme sich ‹tadellos, tadellos›, ungefähr ein Liter Wasser heraufholte und schleunigst wieder zurückrannte. Dabei fiel mir auf, dass sein Eimer ein Loch im Boden hatte.

Ich schlenderte hinüber. Es eilte ja nicht. Das Ganze hatte sich wie eine Schachtel Streichhölzer entzündet. Es war von Anfang an aussichtslos gewesen. Das Feuer war hoch emporgeschossen, hatte jedermann zurückgetrieben, hatte alles verzehrt und war in sich zusammengefallen. Der Schuppen war bereits nur noch ein Haufen glühender Asche. In der Nähe wurde ein Neger verprügelt. Es hiess, er habe den Brand verursacht, ich weiss da nicht Bescheid, jedenfalls schrie er ganz entsetzlich. Später sah ich ihn an einem schattigen Platz sitzen; er sah elend aus und schien sich nur langsam zu erholen; schliesslich stand er dann auf und ging weg – lautlos schloss sich die Wildnis hinter ihm.

Als ich mich aus dem Dunkel hervor der Brandstätte näherte, kam ich zufällig hinter zwei zu stehen, die sich miteinander unterhielten. Ich hörte den Namen Kurtz fallen, und dann die Worte ‹diesen Zwischenfall ausnützen›. Einer der beiden war der Direktor. Ich wünschte ihm einen guten Abend. ‹Haben Sie je so etwas erlebt? Unglaublich ist das›, sagte er und entfernte sich. Der andere blieb zurück. Es war ein junger Agent von guter Lebensart, etwas zurückhaltend, mit einem zweiteiligen Spitzbart und einer Hakennase. Den andern Agenten gegenüber hielt er auf Abstand, und diese ihrerseits behaupteten, er diene dem Direktor als Spitzel. Ich selber hatte kaum je mit ihm geredet. Jetzt kamen wir ins Gespräch, und nach einer Weile schlenderten wir von der Brandstätte hinweg. Dann lud er mich ein, auf sein Zimmer zu kommen, das sich im Hauptgebäude befand. Er riss ein Streichholz an, und ich stellte fest, dass der vornehme junge Mann nicht nur ein silberbeschlagenes Reisekästchen besass, sondern auch über eine eigene Kerze verfügte. Damals verhielt es sich gerade so, dass von Rechts wegen nur dem Direktor eine Kerze zustand. Matten, wie die Eingeborenen sie verfertigen, deckten die Lehmwände, an denen eine ganze Sammlung von Speeren, Wurfspiessen, Schilden und Messern hing. Ich hatte mir sagen lassen, der Mann sei beauftragt, Backsteine herzustellen – doch in der ganzen Niederlassung gab es nirgends auch nur einen einzigen Backstein, dabei war der Mann schon mehr als ein Jahr hier. Er wartete. Offenbar brauchte er irgend etwas, das nicht vorhanden war – Stroh vielleicht. Jedenfalls war es hier nicht aufzutreiben, und da es höchst unwahrscheinlich schien, dass es aus Europa geliefert würde, sah ich nicht recht ein, worauf er eigentlich wartete. Vielleicht auf ein Wunder. Allerdings wartete von den sechzehn oder zwanzig Pilgern jeder auf irgend etwas, und es schien ihnen dabei recht wohl zu sein, nach der Art, wie sie sich damit abfanden, zu schliessen. Zwar war, soweit ich sah, Krankheit das einzige, womit sie bestimmt rechnen konnten. Sie vertrieben sich die Zeit damit, gegeneinander zu hetzen und zu wühlen. Immer schien irgendeine Verschwörung im Gange, natürlich ohne dass je etwas daraus wurde. Sie war so unwirklich wie alles andere – wie die philanthropische Scheinheiligkeit der ganzen Unternehmung, ihr Gerede, ihre angebliche Arbeitsleistung. Echt war an allem nur der Wunsch, auf einen Posten versetzt zu werden, wo Elfenbein zu kriegen war – der Gewinnbeteiligung wegen. Nur deswegen schmiedeten sie Ränke, streuten Verleumdungen aus und hassten einander – aber dass sie dafür einen Finger gerührt hätten – ach wo! Weiss der Himmel, es gibt doch etwas auf der Welt, das den einen berechtigt, ein Pferd zu stehlen, während ein anderer ein Zaumzeug nicht einmal anschauen darf! Es stehle einer ein Pferd. Gut. Er hat es getan. Vielleicht kann er reiten. Aber es gibt eine Art, begehrliche Blicke nach einem Zaumzeug zu werfen, die auch den gutmütigsten

Heiligen veranlassen könnte, einen Tritt auszuteilen.

Ich hatte keine Ahnung, warum sich der junge Mann überhaupt mit mir abgab; doch während wir dort drinnen plauderten, wurde mir plötzlich klar, dass er auf etwas hinaus wollte – er suchte mich auszuholen. Dauernd machte er Anspielungen auf Europa, auf die Leute, die ich dort angeblich kannte; er stellte Suggestivfragen nach meinen Bekannten in der grossen Stadt, wo sich der Hauptsitz der Gesellschaft befand, und so weiter. Wie Glimmerplättchen schimmerten seine schmalen Augen – vor Neugier –, obwohl er mich sonst eher von oben herab behandelte. Zuerst war ich erstaunt, doch dann wurde ich meinerseits neugierig, zu erfahren, was er wohl aus mir herauskriege. Es schien mir undenkbar, dass etwas in mir stecke, das sich für ihn lohnte. Natürlich kam er nirgends hin; körperlich steckte ich nämlich bloss voller Bazillen, und in meinem Kopf steckte nichts als die leidige Sache mit dem Dampfer. Es war nicht zu verkennen, dass er mich für einen unverbesserlichen Ausflüchtemacher hielt. Schliesslich wurde er aufgebracht, und um seinen Ärger zu verbergen, gähnte er. Ich erhob mich. Da fiel mir ein kleines, auf Holz gemaltes Ölbild auf, das eine verhüllte Frauengestalt mit verbundenen Augen darstellte, die eine Fackel trug. Der Hintergrund war dunkel, fast schwarz. Die Haltung der Frau war hoheitsvoll und die Wirkung des Feuerscheins auf ihrem Antlitz bedrohlich.

Es liess mich nicht los, und er stand mit der

Champagnerflasche (ärztlich verschrieben), in der die Kerze steckte, neben mir. Auf meine Frage erklärte er, Kurtz habe das Bild gemalt – vor mehr als einem Jahr, hier auf der Station, während er auf ein Beförderungsmittel wartete, um seinen Handelsposten zu erreichen.

‹Sagen Sie mir doch›, bat ich, ‹wer ist eigentlich dieser Kurtz?›

‹Der Leiter der Innenstation›, erwiderte er bloss und schaute weg.

‹Schönen Dank›, sagte ich lachend. ‹Und Sie sind der Backsteinhersteller der Zentralstation. Das weiss jeder.›

Eine Weile schwieg er. ‹Er ist ein Weltwunder›, erklärte er schliesslich. ‹Ein Sendbote der Nächstenliebe, der Wissenschaft, des Fortschritts, und weiss der Teufel von was sonst noch. Was uns not tut›, begann er plötzlich zu deklamieren, ‹zur Durchführung der uns gewissermassen von Europa anvertrauten grossen Aufgabe, das ist ein kluger Kopf, ein gutes Herz und Zielstrebigkeit.›

‹Wer sagt das?› fragte ich.

‹Gar mancher›, erwiderte er. ‹Es gibt sogar welche, die schreiben dergleichen – und so kommt denn dieser Mensch hierher, ein ganz besonderer Mensch, wie Ihnen bekannt sein dürfte.›

‹Warum dürfte mir das bekannt sein?›

Ohne auf meine Frage einzugehen, fuhr er fort: ‹Jawohl, heute ist er Leiter der einträglichsten Station, nächstes Jahr wird er Vizedirektor, nochmals zwei Jahre und... Aber Sie wissen wohl so gut wie ich, was er in zwei Jahren sein wird. Sie gehören ja zur neuen Garnitur – zu den Sittlichkeitsaposteln. Dieselben Leute, die ihn herschickten, haben auch Sie ganz besonders empfohlen. Ach, leugnen Sie's nicht! Ich habe Augen im Kopf.›

Mir ging ein Licht auf. Die einflussreichen Bekannten meiner lieben Tante brachten bei dem jungen Mann eine unerwartete Wirkung hervor. Fast hätte ich schallend herausgelacht.

‹Lesen Sie etwa die vertraulichen Schreiben aus Europa?› fragte ich.

Die Antwort darauf blieb er schuldig. Es war höchst belustigend. ‹Wenn Kurtz einmal Generaldirektor ist›, sagte ich streng, ‹werden Sie dazu keine Gelegenheit mehr haben.›

Unvermittelt pustete er die Kerze aus, und wir traten ins Freie. Der Mond war aufgegangen. Schwarze Gestalten schlurften missmutig umher und schütteten Wasser auf die zischende Glut. Dampf wallte im Mondschein empor; irgendwo stöhnte der verprügelte Neger.

‹Was für einen Lärm der Kerl vollführt!› bemerkte der betriebsame Dicke mit dem Schnurrbart, der neben uns auftauchte. ‹Geschieht ihm ganz recht! Übeltat – Bestrafung – basta! Nur keine Gefühlsduselei. Das ist das einzig richtige Vorgehen. Von jetzt an wird es keine Brände mehr geben. Eben habe ich zum Direktor gesagt...› Als er meinen Begleiter gewahrte, wurde er sogleich kleinlaut. ‹Noch nicht im Bett›, sagte er in unterwürfig-biederem Ton. ‹Ganz natürlich. Ha – Gefahr, Unruhe!› Damit verschwand er. Ich machte mich auf den Weg zum Fluss hinunter, und der andere folgte mir. Plötzlich hörte ich dicht an meinem Ohr eine schnöde Bemerkung: ‹Einfaltspinsel, alle miteinander – nur zu!› Man sah die Pilger in kleinen Gruppen beisammenstehen, heftig fuchtelnd, endlos redend. Mehrere hatten immer noch den Stab in der Hand. Ich glaube wahrhaftig, sie legten sich damit schlafen. Hinter der Umzäunung ragte der Urwald im Mondschein geisterhaft empor. Ich war von der Stille über dem Land im Innersten ergriffen – von seinem Geheimnis, seiner Grösse, der erstaunlichen Wirklichkeit des Lebens, das sich darin verbarg. Irgendwo in der Nähe ächzte der verletzte Neger und stiess dann einen so tiefen Seufzer aus, dass ich unwillkürlich meine Schritte beschleunigte. Ich spürte, wie mich jemand am Arm fasste.

‹Mein Freund›, sagte dieser Mensch, ‹ich möchte nicht, dass Sie mich falsch verstehen, zumal Sie mit Kurtz zusammenkommen werden, lange bevor ich das Vergnügen haben kann. Ich möchte nicht, dass er einen falschen Begriff von meiner Einstellung erhält...›

Ich liess ihn reden, diesen Miniatur-Mephistopheles. Mir war, ich könnte den Zeigefinger glatt durch ihn hindurchstecken, wenn ich wollte, ohne dort drinnen etwas anderes zu finden als vielleicht etwas Schutt. Offenbar hatte er vorgehabt, unter dem gegenwärtigen Mann Vizedirektor zu werden, und die Ankunft dieses Kurtz drohte beiden einen Strich durch die Rechnung zu machen. Ein Wortschwall ergoss sich über mich, und ich unternahm keinen Versuch, ihn aufzuhalten. Ich lehnte mich mit der Schulter gegen den havarierten Dampfer, der wie ein mächtiger Tierkadaver ans Ufer hinauf verholt worden war. Schlammgeruch, urzeitlicher Schlammgeruch stieg mir in die Nase, vor mir ragte still der urzeitliche Wald empor; da und dort lag ein Schimmer auf dem dunkeln Flussarm. Alles war vom Mond wie mit Silber bestäubt – das wuchernde Gras, der Schlamm, die haushohe, verfilzte Pflanzenwelt, der breite Strom, den ich durch eine dunkle Lücke glitzern sah. Alles das hatte Grösse, während dieser Mensch mir mit seinen persönlichen Belangen in den Ohren lag.

Ich fragte mich, ob die unendliche Stille über allem, was da auf uns zwei herabschaute, als Mahnung oder als Drohung aufzufassen sei. Was waren denn wir, die wir uns hierher verirrt hatten? Konnten wir dieses stumme Wesen bewältigen, oder wurden wir am Ende von ihm überwältigt? Ich empfand, wie gewaltig, wie unvorstellbar gewaltig dieses Wesen war, das nicht sprechen und vielleicht auch nicht hören konnte. Was steckte dort drinnen? Etwas Elfenbein war alles, was ich herauskommen sah, und ich hatte gehört, dass sich dieser Kurtz dort drinnen aufhalte. Davon gehört hatte ich weiss der Himmel genug – aber eine Vorstellung konnte ich mir deswegen ebensowenig machen, wie wenn man mir gesagt hätte, es stecke ein Engel oder ein Teufel dort drin. Was ich gehört hatte, schien mir nicht mehr und nicht weniger glaubhaft als das, was man über Marsbewohner zu hören bekommt. Einst kannte ich einen schottischen Segelmacher, der felsenfest überzeugt war, auf dem Mars gebe es Lebewesen. Fragte man ihn, wie diese denn aussähen und sich aufführten, dann wurde er verlegen und murmelte etwas von ‹auf allen vieren›. Wenn man auch nur im geringsten darüber lächelte, forderte er einen auf, es mit den Fäusten auszutragen – dabei war er bereits sechzig. Ich wäre nicht so weit gegangen, für Kurtz zu kämpfen, aber ich liess mich für ihn doch fast zu einer Lüge herbei. Bekanntlich verabscheue ich Lügen, sie sind mir im Innersten zuwider, nicht weil ich redlicher wäre als andere – sie sind mir ganz einfach ein Greuel. Es ist wie ein Anflug von Tod und Verwesung daran, und das ist genau das, was ich auf der Welt am meisten verabscheue, was ich zu vergessen trachte. Es wird mir übel dabei. Veranlagung, meinetwegen. Nun, ich kam der Verlogenheit bedenklich nahe, als ich diesen albernen Wicht glauben liess, was er wollte, meinen Einfluss in Europa betreffend. Alsbald kam ich mir so scheinheilig vor wie all die Pilger in ihrem Dämmerzustand. Und das nur, weil ich mir vorstellte, es könnte diesem Kurtz von Nutzen sein, den ich damals noch gar nicht deutlich sah. Er war für mich nur ein Wort. Ich vermochte den Mann hinter dem Namen ebensowenig zu sehen wie ihr. Seht ihr ihn etwa vor euch? Seht ihr die Geschichte? Seht ihr überhaupt etwas? Mir ist, als wolle ich euch einen Traum erzählen – ein vergebliches Beginnen; niemals können nämlich Worte das Traumgefühl vermitteln, diese Verquickung von Staunen und Bestürzung, mit der man sich gegen etwas Widersinniges auflehnt, diese Ahnung, dem Unglaublichen verfallen zu sein, die zum Wesen des Traums gehört...»

Er schwieg eine Weile.

«... Nein, es ist unmöglich. Es ist unmöglich, einem andern das Lebensgefühl eines bestimmten Abschnitts unseres Daseins zu vermitteln – was die Wirklichkeit, den Sinn des Erlebten ausmacht – sein schwer fassbares und doch alles durchdringendes Wesen. Es ist unmöglich. Wir leben, wie wir träumen – allein...»

Abermals hielt er inne, als denke er nach, und setzte dann hinzu: «Natürlich seht ihr vier mehr darin, als ich damals zu sehen vermochte. Schliesslich habt ihr mich vor Augen, den ihr kennt...»

Inzwischen war es stockfinster geworden, so dass wir Zuhörer einander kaum zu erblikken vermochten. Seit geraumer Zeit war Marlow, der abseits sass, für uns lediglich noch eine Stimme. Keiner sprach ein Wort. Vielleicht waren die andern eingeschlafen, ich hingegen war wach. Ich hörte zu, auf der Lauer nach dem Satz, dem Stichwort, das mir das leise Unbehagen verständlich machen sollte, das mich beschlichen hatte, schien sich die Erzählung doch in der schweren Nachtluft auf dem Fluss wie von selbst, ohne Menschenmund, zu gestalten.

«Ja, ich liess ihn reden», hob Marlow wieder an, «und was meine Beziehungen betraf, mochte er glauben, was er wollte. Ich liess ihn tatsächlich glauben, es stecke weiss der Himmel was hinter mir. Dabei steckte überhaupt nichts hinter mir als das alte, havarierte

Dampfboot, an das ich mich lehnte, während er über ‹die Notwendigkeit, es im Leben zu etwas zu bringen›, viel zu sagen hatte. ‹Und wenn einer hierherkommt, geschieht es nicht, um den Mond anzustaunen.› Kurtz war seiner Meinung nach ‹ein Allerweltsgenie›, doch selbst einem Genie falle die Arbeit leichter, wenn es über ‹entsprechende Werkzeuge – intelligente Hilfskräfte› verfüge. Er stelle bekanntlich keine Backsteine her – das sei unter den obwaltenden Umständen gar nicht möglich –, und wenn er für den Direktor Schreibarbeiten besorge, geschehe das, weil kein vernünftiger Mensch mutwillig das Vertrauen seines Vorgesetzten verscherze. ‹Das sehen Sie doch ein?› Ich sah es ein. ‹Was wollen Sie denn noch mehr?› Was ich wollte, das waren Nieten. Jawohl, Nieten. Um mit der Arbeit voranzukommen – um das Leck zu dichten. Nieten brauchte ich. Drunten an der Küste gab es Kisten voll davon, ganze Stapel von Kisten – auseinandergefallen, in Stücken. Auch im Gebäudekomplex jener Station am Felshang trat man bei jedem zweiten Schritt gegen eine herumliegende Niete. Selbst in den Todeshain waren sie gekollert. Man brauchte sich nur zu bücken, wenn man die Taschen mit Nieten vollstopfen wollte – und hier, wo man sie dringend brauchte, war nicht eine einzige vorhanden. Brauchbares Stahlblech hatten wir, aber nichts, um die Platten zu befestigen. Dabei ging jede Woche ein schwarzer Bote, den Postsack auf der Schulter und den Stab in der Hand, von unserer Station nach der Küste ab. Und mehrmals die Woche traf von der

Küste her ein Zug Neger ein, beladen mit geschmacklosem Tauschkram. Ohne Nieten. Drei Träger hätten genügt, um alles herbeizuschaffen, was wir brauchten, um diesen Dampfer wieder flottzumachen.

Mit der Zeit wurde der Spitzbart vertraulich, doch meine Unzugänglichkeit muss ihm wohl nachgerade auf die Nerven gefallen sein; er hielt es nämlich für angebracht, mir mitzuteilen, dass er weder Tod noch Teufel fürchte, geschweige denn einen blossen Menschen. Ich sagte, das sei mir klar, doch was ich brauche, das sei eine gewisse Menge Nieten – und Nieten seien auch das, was Kurtz brauche, nur wisse er nichts davon. Jede Woche, setzte ich hinzu, gingen doch Briefe zur Küste... ‹Mein Lieber›, rief er, ‹ich schreibe nach Diktat.› Ich beharrte auf meiner Forderung. Es gebe Mittel und Wege – für einen intelligenten Menschen. Darauf schlug er einen andern Ton an, er wurde frostig und begann auf einmal von einem Flusspferd zu sprechen, wobei er sich erkundigte, ob es mich nachts nicht störe, wo ich doch an Bord des Dampfers schlafe. Es gab da nämlich ein altes Flusspferd, das die leidige Angewohnheit hatte, nachts ans Ufer zu kommen und das Gelände der Station unsicher zu machen. Die Pilger kamen jeweils allesamt heraus und schossen sämtliche verfügbaren Gewehre leer. Es gab sogar welche, die eigens zu diesem Zweck aufblieben. Es war indessen reine Zeitverschwendung. ‹Das Tier ist unverwundbar›, erklärte er, ‹aber das gilt hierzulande nur für die Tiere. Kein Mensch – Sie verstehen mich –, kein Mensch ist hier seines Lebens sicher.› Er blieb noch eine Weile im Mondschein stehen, mit der etwas schief im Gesicht sitzenden Hakennase und den schmalen Augen wie Glimmerplättchen, dann sagte er schroff gute Nacht und entfernte sich. Er war sichtlich beunruhigt und wusste nicht, was er von mir halten sollte, so dass ich zum erstenmal seit Tagen wieder Hoffnung schöpfte.

Es war sehr wohltuend, mich nach dem Gespräch mit diesem Menschen wieder meinem einflussreichen Freund, dem übel zugerichteten Blechpott von einem Dampfer, zuzuwenden. Ich kletterte an Bord. Unter meinen Tritten schepperte er wie eine leere Konservenbüchse, die man mit dem Fuss die Gosse entlang befördert. Doch ich hatte bereits genug Arbeit an ihn verwandt, um ihn ins Herz geschlossen zu haben. Kein einflussreicher Freund hätte mir einen besseren Dienst erweisen können, hatte mir das Boot doch Gelegenheit gegeben, herauszufinden, was an mir war. Nein, ich arbeite nicht gern. Viel lieber liege ich auf der faulen Haut und denke an all das Schöne, was sich tun liesse. Ich arbeite nicht gern – kein Mensch arbeitet gern. Was mir daran gefällt, ist die Möglichkeit, sich selber zu finden – herauszubekommen, wie es wirklich um einen steht – inwendig, nicht nach aussen hin –, was kein anderer je wissen kann. Andere sehen nur das Drum und Dran, ohne zu ahnen, was es einem bedeutet.

Ich war nicht überrascht, als ich achtern jemand an Deck sitzen sah, mit den Beinen über die Bordwand, hatte ich mich doch mit den paar Mechanikern, die es auf dieser Station gab, freundschaftlich zusammengetan. Von den andern Pilgern wurden sie verachtet, vermutlich ihrer mangelhaften Manieren wegen. Das hier war der Vorarbeiter – Kesselschmied von Beruf –, ein tüchtiger Mann. Er war ein langer Schlaks mit gelblicher Haut und grossen, lebhaften Augen. Im allgemeinen sah er bekümmert drein, und sein Schädel war so kahl wie mein Handteller; doch die Haare, die ihm ausgefallen waren, schienen am Kinn kleben geblieben und dort üppig gediehen zu sein; der Bart hing ihm nämlich bis zum Gürtel hinunter. Er war Witwer, mit sechs kleinen Kindern, die er der Obhut einer Schwester anvertraut hatte, und seine grosse Leidenschaft waren die Brieftauben. Über diese konnte er sich stundenlang begeistert und kenntnisreich auslassen. Nach Feierabend kam er manchmal von seiner Hütte herüber, um von seinen Kindern und seinen Tauben zu sprechen. Bei der Arbeit, wenn er im Schlamm unter den Boden des Bootes kriechen musste, pflegte er seinen Bart in ein weisses Tuch einzuschlagen, mit Aufhängern daran, um es an den Ohren zu befestigen. Abends sah man ihn dann jeweils am Ufer kauern und das Tuch sorgfältig im Wasser spülen, worauf er es zum Trocknen auf einem Strauch ausbreitete.

Ich schlug ihm auf den Rücken und rief: ‹Wir bekommen die Nieten!› Umständlich erhob er sich und sagte: ‹Nein, wirklich?›, als traue er seinen Ohren nicht. Dann leise: ‹Haben Sie etwa – wie?› Ich weiss nicht, warum wir uns so albern aufführten. Ich legte einen

Finger an die Nase und nickte geheimnisvoll. ‹Das haben Sie fein gemacht!› rief er, schnalzte mit den Fingern über dem Kopf und zog ein Knie an. Ich probierte etwas wie einen Schuhplattler. Dann führten wir auf dem eisernen Deck einen Freudentanz auf. Das furchtbarste Klirren und Klappern erscholl aus dem Schiffskörper und widerhallte dröhnend vom Urwald auf der andern Seite des Flussarms. Es muss auf der Station verschiedene aus dem Schlaf aufgeschreckt haben. Eine dunkle Gestalt zeichnete sich in der erleuchteten Türöffnung der Hütte des Direktors ab; dann verschwand sie, und gleich darauf verschwand auch die Türöffnung wieder. Wir blieben stehen, und die Stille, die wir mit unserem Stampfen vertrieben hatten, flutete aus der Ferne wieder zurück. Das üppige Gewirr von Baumstämmen, Ästen, Zweigen, Ranken, das sich im Mondschein einem Wall gleich auftürmte, war wie ein lautloses Getümmel, das über uns hereinzubrechen und uns mitsamt allen andern zu vernichten drohte. Und es rührte sich nicht. Dagegen drang von ferne ein Planschen und Prusten an unser Ohr, als nehme ein Ichthyosaurus im Fluss ein Glitzerbad.

‹Eigentlich›, sagte der Kesselschmied in ruhigem Ton, ‹warum sollten wir nicht zu unseren Nieten kommen?›

‹Na ja, warum nicht?› Ich sah keinen Hinderungsgrund. ‹In drei Wochen sind sie da›, behauptete ich zuversichtlich.

Sie waren aber nicht da. Statt mit Nieten wurden wir auf einmal mit etwas ganz anderem überschwemmt. Es war wie eine Landplage. Schubweise fiel es im Laufe der nächsten drei Wochen über uns her, jeder Schub angeführt von einem Esel, mit einem Weissen in funkelnagelneuer Ausstattung darauf; huldvoll machte er den staunenden Pilgern rechts und links seine Verbeugung. Hinter dem Esel her folgte verdrossen eine ungebärdige Schar fusswunder Neger; massenhaft wurden Zelte, Klappstühle, Blechdosen, schöne weisse Kisten, braune Ballen im Gelände der Station abgeladen, und das Tun und Treiben dort wurde womöglich noch rätselhafter. In fünf Abteilungen traf das Ganze ein, das nach einer wilden Flucht von Einbrechern aussah, die zahllose Geschäfte für Tropenbedarf ausgeraubt hatten und ihre Beute nun in die Wildnis schleppten, um sie dort ungestört zu verteilen. Es war ein Durcheinander an sich einwandfreier Dinge, die aber unter den obwaltenden Umständen wie Diebesgut wirkten.

Eldorado-Forschungsexpedition hiess der ganze Aufzug, und ich glaube, die Leute waren zum Schweigen verpflichtet. Die Sprache, die sie führten, war allerdings die von niederträchtigen Freibeutern: verwegen, habgierig, grausam, aber ohne jede Kühnheit; auch war von Voraussicht und ernsthaftem Vorhaben bei diesen Leuten keine Spur zu bemerken, ja, sie schienen nicht einmal zu ahnen, dass es dieser Eigenschaften bedarf, wenn hienieden etwas geleistet werden soll. Den Eingeweiden der Erde Schätze zu entreissen, danach stand ihr Sinn, und von einer sittlichen Rechtfertigung konnte bei ihnen ebensowenig die Rede sein wie bei einer Bande von Einbrechern. Wer für die Unkosten dieses feinen Unternehmens aufkam, entzieht sich meiner Kenntnis, doch der Onkel unseres Direktors war der Anführer der Rotte.

Dem Aussehen nach glich er einem Vorstadtfleischer, und sein schläfriger Blick hatte etwas Verschlagenes. Ein Dickwanst auf kurzen Beinen, der bonzenhaft auftrat und während seines Aufenthalts hier mit niemandem sprach ausser mit seinem Neffen. Den ganzen Tag sah man sie umhergehen und die Köpfe zusammenstecken.

Ich hatte es aufgegeben, mich wegen der Nieten zu grämen. Schliesslich hat alles seine Grenzen. Ich zuckte die Achseln und liess der Sache ihren Lauf. So hatte ich reichlich Zeit zum Nachdenken, manchmal auch über Kurtz. Nicht dass er mich innerlich sehr beschäftigt hätte. Durchaus nicht. Immerhin, es reizte mich, zu sehen, ob dieser Mann, der mit gewissen sittlichen Anschauungen hierhergekommen war, zur obersten Stufe aufsteigen und wie er, einmal dort angelangt, zu Werke gehen würde.

II

Eines Abends, als ich flach an Deck meines Dampfers lag, hörte ich Stimmen herankommen – Neffe und Onkel ergingen sich am Ufer. Ich legte den Kopf wieder auf den Arm und war am Eindösen, als mir jemand gewissermassen ins Ohr sagte: ‹Ich bin harmlos wie ein Kleinkind, aber ich lasse mir nicht gerne

Vorschriften machen. Bin ich denn nun der Direktor oder bin ich es nicht? Man wies mich an, ihn dorthin zu schicken. Unglaublich ist das...›

Mir wurde klar, dass die beiden am Ufer dicht neben dem Vorschiff standen, gerade unter meinem Kopf. Ich rührte mich nicht; wozu auch, ich war schläfrig.

‹Unerfreulich, gewiss›, knurrte der Onkel.

‹Er hatte ein Gesuch an die Verwaltung gerichtet›, sagte der andere, ‹man solle ihm Gelegenheit geben, zu zeigen, wie tüchtig er sei; und ich erhielt die entsprechende Weisung. Beziehungen muss man haben, ist es nicht grässlich?›

Beide teilten sie die Ansicht, es sei grässlich, und führten dann unzusammenhängende Reden: ‹Stimmung machen – ein einzelner – Verwaltungsrat – an der Nase herum› – läppische Wortfetzen, die mich aus meiner Schläfrigkeit herausholten, so dass ich beinahe wieder klaren Kopf hatte, als der Onkel bemerkte: ‹Vielleicht beseitigt das Klima dieses Hindernis für dich. Ist er allein dort draussen?›

‹Ja›, erwiderte der Direktor, ‹er hat mir seinen Gehilfen heruntergeschickt, mit einem Schreiben, in welchem stand: ‚Schicken Sie den armen Teufel nach Hause, und wenn Sie nichts Besseres für mich haben, verzichte ich auf Ersatz. Ich arbeite lieber allein als zusammen mit Leuten, wie Sie sie für mich erübrigen können.' Das war vor mehr als einem Jahr. Stell dir vor, die Stirn, die der Mann hat!›

‹Und seither?›

‹Elfenbein›, sagte der Direktor, ‹in rauhen Mengen – erstklassige Ware – massenhaft – höchst ärgerlich, von seiner Seite.›

‹Sonst nichts?›

‹Abrechnung›, stiess der Direktor hervor. Dann herrschte Schweigen. Sie hatten von Kurtz gesprochen.

Ich war nachgerade hellwach, da ich aber bequem lag, wusste ich nicht, warum ich mich hätte bemerkbar machen sollen.

‹Wie ist denn das Elfenbein die ganze Strecke hierhergekommen?› fragte der Ältere, der höchst ungehalten schien. Der andere erklärte, es sei mit einer Anzahl Kanus gekommen, angeführt von einem englischen Mischling, den Kurtz bei sich hatte. Kurtz habe anscheinend geplant, selber zurückzukehren, da ihm inzwischen Tauschkram und Vorräte ausgegangen waren, doch nach vierhundert Kilometern habe er sich plötzlich entschlossen, kehrtzumachen, was er dann auch mit einem kleinen Einbaum und vier Paddlern getan habe, nachdem er den Mischling beauftragt hatte, das Elfenbein weiter flussabwärts zu bringen. Ein waghalsiges Unternehmen, über das die beiden staunten. Sie konnten sich nicht erklären, was ihn dazu bewogen haben mochte. Mir selber war, ich könne mir von Kurtz zum erstenmal ein Bild machen: der Einbaum, vier eingeborene Paddler und der einsame Weisse, der plötzlich dem Hauptquartier den Rücken kehrt und damit auf Ablösung verzichtet, vielleicht sogar auf jeden Gedanken an Heimkehr; der sich wieder der dunkeln Wildnis zuwendet, seinem menschenleeren, von allem entblössten Posten. Was ihn dazu bewog, wusste ich auch nicht. Vielleicht gehörte er einfach zu denen, die von der Arbeit um ihrer selbst willen nicht abzubringen sind. Wohlverstanden, sein Name war kein einziges Mal gefallen. Er hiess durchweg ‹dieser Mensch›. Der Mischling, welcher sich seiner Aufgabe offenbar mit grossem Geschick entledigt hatte, hiess ausschliesslich ‹dieser Schuft›. Der ‹Schuft› hatte gemeldet, ‹dieser Mensch› sei schwerkrank gewesen – habe sich noch nicht ganz erholt... Die beiden unter mir traten dann hinweg und gingen in einiger Entfernung auf und ab. ‹Militärischer Stützpunkt›, hörte ich, ‹Arzt – dreihundert Kilometer – jetzt ganz allein – unvermeidliche Verspätungen – neun Monate – keine Nachrichten – sonderbare Gerüchte.›

Dann kamen sie wieder näher heran, gerade als der Direktor sagte: ‹Niemand, soviel ich weiss, nur eine Art Schleichhändler – ein übler Kunde, der den Eingeborenen Elfenbein abluchst.› Von wem sprachen sie denn jetzt? Aus abgerissenen Worten und Sätzen reimte ich mir zusammen, dass dieser üble Kunde ein Mann in Kurtz' Revier und dem Direktor ein Dorn im Augen sein musste.

‹Vor unlauterem Wettbewerb werden wir erst sicher sein, wenn einmal einer dieser Kerle als abschreckendes Beispiel aufgehängt worden ist›, erklärte er.

‹Klar›, knurrte der andere, ‹lass ihn aufhängen! Warum nicht? Hierzulande kann man sich alles gestatten – alles. Das ist meine Meinung; niemand hier – verstehst du: hier –

kann deine Stellung gefährden. Und warum? Du hältst das Klima aus – du bist noch hier, wenn alle andern längst weg sind. Die Gefahr droht von Europa, aber dort habe ich vor meiner Abreise dafür gesorgt, dass...› Sie entfernten sich und begannen zu flüstern, dann wurden ihre Stimmen wieder lauter: ‹An dieser ungewöhnlichen Reihe von Verspätungen bin ich nicht schuld. Ich habe mein möglichstes getan.›

‹Schade, schade›, seufzte der Dickwanst.

‹Und dann sein unausstehliches Gefasel›, fuhr der andere fort, ‹dauernd lag er mir damit in den Ohren, als er noch hier war. ‚Jede Station sollte ein Leuchtfeuer auf dem Weg in eine bessere Zukunft sein, ein Mittelpunkt, auch des Handels, gewiss, aber vornehmlich für alles, was der Vermenschlichung, Höherentwicklung und Fortbildung dient.' Stell dir vor – dieser Esel! Und so etwas will Direktor werden! Das ist ja...› Vor lauter Entrüstung blieb ihm das Wort im Halse stecken, und ich hob ein ganz klein bisschen den Kopf. Überrascht stellte ich fest, wie nahe die beiden waren. Ich hätte ihnen auf den Hut spucken können. Sie hielten den Blick gesenkt, in Gedanken verloren. Der Direktor fitzte sich geistesabwesend mit einem Rütchen ans Bein; sein Onkel schaute auf.

‹Du warst immer gesund, seit du diesmal herkamst?› fragte er.

Der andere fuhr zusammen. ‹Wer? Ich? Oh, kerngesund – kerngesund. Die andern dagegen – du meine Güte! Alle krank. Sie sterben so rasch dahin, dass ich gar nicht dazu komme, sie rechtzeitig nach Hause zu schicken. Unglaublich ist das!›

‹Hm. Hab' ich mir gedacht›, brummte der Onkel. ‹Darauf kannst du abstellen, mein Junge, darauf›, und er umfasste mit einer Bewegung seines flossenähnlichen Arms Urwald, Flussarm, Schlammufer und Strom – schien den darin lauernden Tod heimtückisch herbeiwinken zu wollen. Ich war so verdutzt, dass ich aufsprang und nach dem Urwald hinüberschaute, als sei von dort eine Antwort auf dieses ungebührliche Ansinnen zu erwarten. Man hat manchmal dergleichen törichte Anwandlungen. Was den beiden gegenüberstand, war der Urwald mit seiner nichts Gutes verheissenden Stille und Geduld, als warte er darauf, dass die unwahrscheinliche Heimsuchung ein Ende nehme.

Beide fluchten laut – wohl vor Schreck – und strebten wieder der Station zu, wobei sie taten, als ahnten sie nichts von meinem Vorhandensein. Die Sonne stand über dem Horizont, so dass die beiden lange – ungleich lange – Schatten warfen; es war, als schleppten sie diese mühsam hinter sich her den Hang hinauf, über das hohe Gras, ohne auch nur einen Halm zu knicken.

Nach ein paar Tagen zog die Eldorado-Expedition in die geduldige Wildnis, die sie umfing wie das Meer einen Taucher. Lange nachher kam uns zu Ohren, alle Esel seien tot. Wie es den weniger wertvollen Lebewesen erging, ist mir nicht bekannt. Vermutlich wie uns allen: sie mussten auslöffeln, was sie sich eingebrockt hatten. Ich habe mich nicht erkundigt.

Was mich damals beschäftigte, war die Aussicht, in Bälde mit Kurtz zusammenzukommen. ‹In Bälde› ist natürlich verhältnismässig zu verstehen. Wir sollten genau zwei Monate unterwegs sein, bis wir am Ufer unterhalb seines Postens anlegten.

Die Fahrt stromaufwärts war wie eine Reise in die frühesten Anfänge der Welt, als sie noch eine Pflanzenwelt war, mit den grossen Bäumen als Königen. Ein menschenleerer Strom, grosse Stille, undurchdringlicher Wald. Die Luft warm, schwer, träg. Man hatte keine Freude an der strahlenden Sonne. Die offenen Flussstrecken zogen sich dahin, unbelebt, bis in düster-schattige Ferne. Auf silbrigen Sandbänken sonnten sich Flusspferde und Alligatoren nebeneinander. Das breiter werdende Gewässer floss zwischen massenhaft bewaldeten Inseln hindurch; man konnte sich auf diesem Fluss wie in einer Einöde verlaufen, stiess den ganzen Tag auf Untiefen, während man die Fahrrinne suchte, bis man sich wie verhext vorkam und abgeschnitten von allem, was man einst gekannt – irgendwo – weit weg – in einem früheren Leben vielleicht.

Es gab Augenblicke, wo einen die eigene Vergangenheit überfiel, wie das bisweilen geschieht, wenn man keine Zeit für sich selber erübrigen kann, aber sie kam in der Gestalt eines atemlosen, lärmigen Traums, an den man sich inmitten der überwältigenden Wirklichkeit dieser Welt aus Pflanzen, Wasser und grosser Stille mit Verwunderung erinnerte. Mit Frieden hatte dieses Stilleben allerdings nicht das geringste zu tun. Es war die Stille einer unversöhnlichen Macht, die über einem unerforschlichen Vorhaben brütete, als sinne sie auf Rache. Später gewöhnte ich mich daran und nahm das alles überhaupt nicht mehr wahr; dazu blieb mir keine Zeit. Ich musste sehen, dass ich das Fahrwasser nicht verfehlte; ich musste Untiefen erahnen, nach blinden Klippen Ausschau halten; und ich lernte die Zähne zusammenbeissen, ehe mir das Herz aus dem Leibe fuhr, wenn ich nur mit knapper Not einem im Wasser verborgenen, heimtückischen alten Baumstrunk entging, der sonst ein Leck in meinen Blechpott gerissen und ihn mit Mann und Maus versenkt hätte; ich musste nach dürrem Holz ausschauen, das wir nachtsüber spalten konnten, um am nächsten Tag wieder Brennstoff zu haben. Wenn man sich mit solchen Dingen befassen muss, dann verflüchtigt sich die wahre Wirklichkeit. Die innere Wahrheit bleibt einem verborgen – zum Glück, sage ich, zum Glück. Aber ich spürte sie trotz alledem; oft hatte ich das Gefühl, bei meinem affenartigen Tun und Treiben beobachtet zu werden von dieser geheimnisvoll lauernden Macht, genau wie sie euch beobachtet, während ihr auf dem hohen Seil eure Vorstellung gebt, für – wieviel wollen wir sagen? – zweieinhalb Shilling das Kunststück.»

«Wo bleiben deine Manieren, Marlow?» brummte eine Stimme, und ich wusste, dass ausser mir zum mindesten noch *ein* Zuhörer wach war.

«Verzeihung, ich vergass die innere Not, die im Preis inbegriffen ist. Und überhaupt, was hat der Preis zu sagen, wenn das Kunststück gelingt? Ihr macht eure Kunststücke ja sehr gut. Und auch ich habe nicht schlecht abgeschnitten, brachte ich es doch fertig, diesen Dampfer auf meiner ersten Fahrt vor dem Absacken zu bewahren. Es scheint mir noch heute wie ein Wunder. Stellt euch einen Lastwagenfahrer mit verbundenen Augen vor, der eine ihm unbekannte, in schlechtem Zustand befindliche Strasse vor sich hat. Ich habe geschwitzt und geschlottert, das kann ich euch sagen. Das Ding auf Grund zu setzen, das flott zu erhalten ihm obliegt – für einen Seemann ist das doch so etwas wie die Sünde wider den Heiligen Geist. Niemand mag davon erfahren, aber man kann den dumpfen Stoss nie vergessen – eh? Er gibt einem einen Stich ins Herz. Man behält ihn in Erinnerung, man träumt davon, man schreckt nachts aus dem Schlaf auf und denkt daran – noch Jahre danach –, und es überläuft einen heiss und kalt. Ich will nicht behaupten, dieses Dampfboot sei damals die ganze Zeit flott gewesen. Mehr als einmal mussten wir ein bisschen nachhelfen: mit zwanzig Kannibalen drum herum, die im Wasser planschten und schoben. Einige dieser Kerle hatten wir unterwegs angemustert. Menschenfresser, aber in ihrer Art doch Prachtkerle. Man konnte mit ihnen arbeiten, und ich bin ihnen noch heute dankbar. Ausserdem frassen sie einander ja nicht vor meinen Augen auf. Sie hatten einen Vorrat an Fleisch – von Flusspferden – mitgebracht; es vergammelte rasch, so dass mir das Geheimnis des Urwalds auch in die Nase stieg. Puh, noch jetzt rieche ich den Gestank. Der Direktor war an Bord, nebst drei oder vier Pilgern mit ihren Stäben – es fehlte nichts.

Bisweilen stiessen wir auf eine Station, die sich dicht am Ufer an den Saum des Unbekannten klammerte, und die Weissen, die da voll freudiger Überraschung aus ihren elenden Hütten hervorstürzten, wirkten höchst sonderbar, als halte sie ein Zauberbann dort gefangen. Eine Zeitlang hörte man das Wort Elfenbein – und dann ging es weiter in die Stille hinaus, leere Flussstrecken entlang, um eine Windung nach der andern, zwischen den hohen grünen Wällen hindurch, von denen das Klappern des Heckrads widerhallte. Bäume, Bäume, Tausende und Abertausende von Bäumen, wuchtig, turmhoch, und unten dran, dicht am Ufer, krabbelte der kleine russgeschwärzte Dampfer wie ein träger Käfer am Boden eines hohen Portals. Man kam sich sehr klein vor, sehr verloren, und doch war es nicht eigentlich ein bedrückendes Gefühl.

Schliesslich, auch wenn man nur klein war, der russgeschwärzte Käfer krabbelte doch weiter – und das war genau, was man von ihm wollte. Wohin er den Pilgern zufolge krabbelte, das kümmerte mich nicht. Irgendwohin, wo etwas zu ergattern war, bestimmt. Für mich krabbelte er ausschliesslich Kurtz entgegen; doch als die Dampfrohre allmählich undicht wurden, kamen wir nur sehr langsam voran. Die einzelnen Abschnitte des Stroms taten sich vor uns auf und schlossen sich hinter uns, als sei der Urwald gemächlich über die Ufer getreten, um uns den Rückweg abzuschneiden. Immer tiefer drangen wir in das

Herz der Finsternis ein. Es war dort sehr still. Nachts lief hinter dem wuchernden Vorhang manchmal ein Trommeln den Fluss hinauf und blieb bis zum Morgengrauen leise in der Luft stehen. Ob es Krieg bedeutete oder Frieden oder Gottesdienst, liess sich nicht sagen.

Die Morgendämmerung kündete sich jeweils durch den Einbruch einer kühlen Stille an; die Holzhacker schliefen, ihre Feuer waren am Verlöschen; das Knacken eines Zweigs liess einen auffahren. Auf einer vorgeschichtlichen Erde zogen wir dahin, auf einer Erde, die den Anblick eines fremden Planeten bot. Waren wir am Ende die ersten, die von einem verwunschenen Erbe Besitz ergriffen, das es um den Preis tiefer Seelennot und äusserster Strapazen zu erringen galt? Doch plötzlich, während wir mit Ach und Krach um eine Flusskrümmung kamen, waren da wieder Hütten mit kegelförmigem Strohdach flüchtig zu sehen, gellendes Geschrei erhob sich – ein Wirbel schwarzer Gliedmassen, ein Händeklatschen – ein Stampfen und Schlingern schwarzer Leiber, alles verhängt mit schwerem, reglosem Laubwerk.

Langsam arbeitete sich das Dampfboot am Rande einer unbegreiflichen Raserei voran. Der Urmensch verfluchte uns, verehrte uns, hiess uns willkommen – wer hätte es zu sagen vermocht? Wir waren vom Verständnis unserer Umwelt abgeschnitten, wie Gespenster glitten wir vorbei, verwundert und insgeheim entsetzt, wie es nicht anders sein kann, wenn vernünftige Menschen dem ausgelassenen Treiben in einem Tollhaus gegenüberstehen.

Wir konnten nichts begreifen, weil wir uns schon zu weit davon entfernt hatten und an nichts mehr erinnerten, weil wir durch die Nacht einer Urzeit reisten, durch eines jener Zeitalter, die kaum eine Spur und keinerlei Erinnerungen hinterlassen haben.

Die Erde kam uns ganz und gar unirdisch vor. Wir sind es gewohnt, sie in der Gestalt eines bezwungenen Ungetüms vor Augen zu haben, doch dort – dort sah man das Ungetüm frei aller Fesseln. Es war unirdisch, und die Menschen waren – nein, unmenschlich waren sie nicht. Das war eigentlich das Allerschlimmste daran – diese Ahnung, dass sie keineswegs unmenschlich waren. Das dämmerte einem erst allmählich auf. Sie heulten, vollbrachten Luftsprünge, wirbelten um sich selbst und schnitten fratzenhafte Gesichter; doch das Schauerliche daran war der Gedanke an ihre Menschlichkeit, ihre Mitmenschlichkeit, der Gedanke, mit einem Zipfel unseres Wesens diesem tobenden Aufruhr verwandt zu sein. Unschön, ja, unschön war er schon; wenn einer aber Manns genug war, musste er zugeben, dass er sich der furchtbaren Offenherzigkeit dieses Krakeels nicht gänzlich entziehen konnte, dass er trotz dem Abstand, der zwischen uns und jener nächtlichen Urzeit besteht, eine leise Ahnung davon hatte, was das alles bedeutete. Und warum nicht? Der Menschengeist vermag alles, weil alles in ihm vorhanden ist, sowohl die ganze Vergangenheit wie auch die ganze Zukunft.

Was steckte denn schliesslich dahinter? Freude, Angst, Kummer, frommer Sinn, Tapferkeit, Wut – und wer weiss? – Wahrheit, zeitlose Wahrheit. Der Spiesser staune und schaudere, ein Mann kennt sich aus und erträgt den Anblick, ohne mit der Wimper zu zucken. Allerdings muss er mindestens so sehr Mann sein wie die am Ufer. Er muss dieser Wahrheit mit seinem eigenen wahren Wesen entgegentreten – mit der ihm angeborenen Seelenstärke. Grundsätze? Grundsätze genügen da nicht. Sie sind angelerntes Zeug, das bei der ersten tüchtigen Erschütterung wie hübsche bunte Lappen abfällt. Nein; was man braucht, ist ein wohldurchdachter Glaube.

Gut, ich mache kein Hehl daraus, dass in diesem Höllenlärm etwas ist, das mich anspricht. Aber auch ich habe eine Stimme, und meine Stimme ist diejenige, die – im Guten wie im Bösen – nicht zum Schweigen gebracht werden kann. Der Spiesser, verängstigt wie er ist, bleibt natürlich dagegen gefeit. Wer brummt da etwas dazwischen? Verwunderlich, dass ich nicht an Land ging, um mitzuheulen und mitzutanzen? Wieso? Nein, das tat ich nicht. Spiessertum, sagt ihr? Ach wo, ich hatte ganz einfach nicht die Zeit dazu. Ich hatte alle Hände voll zu tun, musste dabei helfen, mit Bleiweiss und Streifen von Wolldekken den undichten Dampfrohren Verbände anzulegen. Ich musste dem Mann am Ruder beistehen, den im Wasser verborgenen Baumstrünken ausweichen und meinen Blechpott so oder so in Fahrt erhalten. Da war Oberflächenwirklichkeit genug, um auch einen klügeren Menschen als mich vor Unklugheiten zu bewahren. Und zwischendurch musste ich immer mal wieder nach dem Eingeborenen sehen, der als Heizer diente. Er hatte Zivilisation geleckt: er konnte einen Dampfkessel warten. Ihn dort unten sich abplacken zu sehen, war ungefähr so erbaulich wie der Anblick eines mit Hosen und Hut bekleideten Hundes, der auf den Hinterbeinen geht.

Ein paar Monate Lehrzeit hatten diesen Prachtkerl erledigt. Mit einer Unerschrockenheit, die ihn sichtlich Anstrengung kostete, schielte er nach dem Dampfdruckmesser und dem Wasserstandsanzeiger – dabei hatte der arme Teufel spitzgefeilte Zähne, aus dem Kraushaar ein sonderbares Muster herausgeschabt und je drei Ziernarben auf den Wangen. Eigentlich hätte er am Ufer seine wilden Tänze aufführen sollen; statt dessen leistete er jetzt Schwerarbeit, war fremdem Zauberwerk unterworfen und voll höherer Kenntnisse. Er war brauchbar, weil er ausgebildet worden war, und was er gelernt hatte, war folgendes: sollte das Wasser in dem durchsichtigen Ding dort verschwinden, würde der böse Geist im Dampfkessel drin zornig vor übergrossem Durst, und seine Rache wäre furchtbar.

So warf er denn schweisstriefend Holz nach und behielt angstvoll das Glasröhrchen im Auge, mit einem behelfsmässigen Talisman aus Tuchfetzen am Arm und einem blankgescheuerten Knochen, so gross wie eine Taschenuhr, durch die Unterlippe. Mittlerweile glitten die bewaldeten Ufer langsam an uns vorbei, der Lärm hinter uns erstarb, und wir setzten unsere endlose Schleichfahrt fort – Kurtz entgegen. Doch der Hindernisse im

Wasser gab es viele, der Fluss war heimtükkisch und seicht, im Dampfkessel schien tatsächlich ein übelgelaunter Teufel zu hausen, und so kamen weder der Heizer noch ich dazu, unheimlichen Gedanken nachzuhängen.

Einige siebzig Kilometer unterhalb der Innenstation stiessen wir auf eine Hütte aus Schilfrohr, eine schiefe Stange mit einer bis zur Unkenntlichkeit zerschlissenen Fahne daran und einen feinsäuberlich aufgeschichteten Holzstapel. Darauf waren wir nicht gefasst gewesen. Wir scherten heran, und auf dem Stapel Brennholz fanden wir ein flaches Scheit mit verblasstem Bleistiftgekritzel darauf. Entziffert lautete es: ‹Holz für euch. Beeilung. Vorsichtig anlaufen.› Eine Unterschrift stand auch dabei, war aber unleserlich – nicht Kurtz – ein viel längerer Name. ‹Beeilung.› Was eilte? ‹Vorsichtig anlaufen.› Wir hatten keine Vorsicht walten lassen. Doch die Warnung konnte sich nicht auf den Ort beziehen, wo sie erst zu finden war, nachdem man ihn bereits angelaufen hatte.

Weiter flussaufwärts stimmte etwas nicht. Aber was – und in welchem Masse? Das war die Frage. Wir äusserten uns abfällig über die Albernheit dieses Telegrammstils. Der Dschungel ringsum schwieg und verwehrte uns auch jeden Einblick. Ein arg mitgenommener Vorhang aus rotem Zwilch hing in der Türöffnung der Hütte und flatterte uns trübselig entgegen. Die Hütte war ausgeräumt, aber ein Weisser musste noch vor kurzem darin gewohnt haben.

Zurückgeblieben waren ein roher Tisch –

ein Brett auf zwei Pfählen –, ein Haufen Gerümpel in einem dunkeln Winkel und ein Buch, das ich vom Boden aufhob. Der Einband fehlte, und die Seiten waren ganz zerfleddert, doch der Rücken war mit weissem Zwirn, der noch neu aussah, liebevoll geflickt worden. Ein unverhoffter Fund. Der Titel des Buches lautete: ‹Untersuchung einiger seemannschaftlicher Fragen›, und der Verfasser war ein gewisser Tower oder Towson, Kapitän zur See. Es schien ein trostloser Lesestoff, mit schematischen Abbildungen und abschrek-kenden Zahlentabellen, und das Exemplar war sechzig Jahre alt. Ich liess diesem erstaunlichen Sammlerstück die gebührende Sorgfalt angedeihen, aus Angst, es könnte mir unter den Händen zerbröckeln.

Towson oder Tower behandelte darin gewissenhaft die Bruchfestigkeit von Ankertrossen und Taljeläufern, und was dergleichen Fragen mehr sind. Kein sehr spannendes Buch; doch schon auf den ersten Blick war ersichtlich, dass der Verfasser von seinem Gegenstand eingenommen und vom ehrlichen Willen beseelt war, seine Sache recht zu machen, so dass aus dem Buch, vor so langer Zeit entstanden, noch etwas anderes als nur Fachwissen hervor leuchtete. Mit seiner Besprechung von Trossen und Taljeläufern liess mich der schlichte alte Seemann den Dschungel und all die Pilger vergessen; ich hatte das köstliche Gefühl, endlich wieder einmal an etwas unverkennbar Wirkliches geraten zu sein.

Ein solches Buch hier zu finden, war verwunderlich genug; noch erstaunlicher aber waren die mit Bleistift eingetragenen Randbemerkungen, die sich offensichtlich auf den Text bezogen. Ich glaubte meinen Augen nicht zu trauen: sie waren chiffriert! Doch, es sah ganz nach einer Geheimschrift aus. Man denke! Da schleppt einer ein solches Buch in den Urwald, um es zu studieren, und versieht es mit Randglossen – noch dazu in Geheimschrift. Es war ein ungemeines Rätsel.

Schon seit einer Weile hatte ich im Unterbewusstsein ein Störgeräusch vernommen, und als ich jetzt aufschaute, sah ich, dass der Holzstapel abgeräumt worden war und dass der Direktor im Verein mit allen Pilgern vom Flussufer aus lauthals nach mir rief. Ich steckte das Buch in die Tasche. Die Lektüre abzubrechen, war wie der schmerzliche Abschied von einem guten alten Freund.

Ich setzte die lendenlahme Maschine in Gang und nahm Fahrt auf.

‹Es muss dieser Schleichhändler sein, dieser Störenfried›, rief der Direktor mit einem bösen Blick zurück.

‹Allem Anschein nach ein Engländer›, sagte ich.

‹Das wird ihn nicht vor Unannehmlichkeiten bewahren, wenn er nicht aufpasst›, murmelte der Direktor vielsagend. Ich bemerkte mit gespielter Arglosigkeit, niemand sei auf dieser Welt vor Unannehmlichkeiten sicher.

Die Strömung lief jetzt stärker, der Dampfer schien in den letzten Zügen, unwillig schlug das Heckrad, und ich ertappte mich dabei, wie ich gespannt auf den nächsten Schlag horchte, erwartete ich doch jeden Augenblick, es werde aussetzen. Wir kamen aber immer noch voran, wenn auch langsam. Manchmal fasste ich ein Stück voraus einen Baum ins Auge, um daran zu erkennen, wie rasch wir Kurtz näherkamen, doch ich verlor ihn jedesmal, bevor wir ihn querab hatten. Ein und denselben Gegenstand so lange im Auge zu behalten, dazu bringt kein Mensch die Geduld auf. Der Direktor allerdings legte schönen Gleichmut an den Tag. Ich fand, es sei um aus der Haut zu fahren, und begann mit mir zu Rate zu gehen, ob ich Kurtz reinen Wein einschenken solle; doch bevor ich mir noch darüber schlüssig wurde, drängte sich mir die Erkenntnis auf, ob ich nun schweige oder etwas sage, ändere im Grunde nichts an den Verhältnissen. Was hing schon daran, ob einer etwas wusste oder nicht? Was hing daran, wer Direktor war? Es kommt vor, dass einen eine solche Erkenntnis durchzuckt. Das Wesentliche dieser Angelegenheit lag tief unter der Oberfläche, meinem Zugriff entrückt; ich vermochte da gar nichts auszurichten.

Am nächsten Tag gegen Abend glaubten wir noch etwa zwölf Kilometer von unserem Ziel entfernt zu sein. Ich war dafür, dieses letzte Stück auch noch zu bewältigen, doch der Direktor setzte eine bedenkliche Miene auf und erklärte, der Fluss sei weiter oben so schwierig zu befahren, dass es in Anbetracht der vorgerückten Tageszeit ratsam sei, hier an Ort und Stelle den Morgen abzuwarten; ausserdem gelte es, die Warnung zu beherzigen und die Station vorsichtig anzulaufen, das heisst, bei Tageslicht – nicht jetzt, wo es schon dunkel werde. Das liess sich hören. Zwölf Kilometer bedeuteten nahezu drei Stunden Fahrt, auch nahm ich am andern Ende der Strecke verdächtiges Gekräusel wahr.

Trotzdem ärgerte ich mich masslos über den Zeitverlust, törichterweise; schliesslich konnte eine Nacht mehr oder weniger nach all den Monaten nicht viel ausmachen. Da wir genügend Brennholz hatten und Vorsicht geboten war, legte ich das Boot mitten im Fluss vor Anker. Die offene Strecke, auf der wir uns befanden, war schmal und gerade, mit einer hohen Böschung auf beiden Seiten. Lange bevor die Sonne untergegangen war, wurde es hier dunkel. Es herrschte eine starke Strömung, doch am Ufer bewegte sich nichts. Die Bäume, mit Schlinggewächs und Gebüsch verflochten, schienen wie versteinert, bis in die dünnsten Zweige hinaus.

Es war nicht Schlaf - es wirkte unnatürlich, wie eine Art Dämmerzustand. Nicht das leiseste Geräusch war zu hören. Man schaute erstaunt hin und begann schon den Verdacht zu hegen, man sei des Gehörs beraubt - dann brach plötzlich die Nacht herein und beraubte einen auch noch des Augenlichts. Gegen drei Uhr früh schnellte ein grosser Fisch hoch, und das laute Aufklatschen schreckte mich auf, als sei ein Schuss gefallen. Als die Sonne aufging, herrschte Nebel, weiss und warm und feucht - noch undurchsichtiger als das nächtliche Dunkel. Er trieb nicht dahin, er war einfach ringsum da wie etwas Festes. Es mag acht oder neun Uhr gewesen sein, als er plötzlich wie ein Vorhang aufging.

Einen Augenblick lang hatten wir die hochaufragende Masse von Bäumen vor Augen, der mächtige verknäuelte Dschungel mit dem lodernden Sonnenball darüber – alles vollkommen reglos –, dann fiel der weisse Vorhang wieder, als gleite er in geschmierten Rillen. Ich gab Anweisung, die Ankerkette, die bereits eingehievt wurde, wieder wegzufieren. Bevor sie noch ganz ausgerauscht war, erhob sich in der diesigen Luft ein Schrei, ein lauter, gedehnter Schrei wie aus unendlicher Not, und verstummte.

Unvermittelt drang dann ein Klagegeheul in misstönendem Auf und Ab an unser Ohr. Fast standen mir die Haare durch die Mütze. Ich weiss nicht, wie es die andern berührte; mir kam es vor, als hätte der Nebel aufgeschrien, so plötzlich und scheinbar von allen Seiten gleichzeitig brach dieser klagende Aufruhr aus. Er steigerte sich zu einem fast unerträglich hohen Kreischen, das plötzlich aussetzte, worauf wir, in allen möglichen läppischen Haltungen erstarrt, hartnäckig in die übermässige und fast ebenso bestürzende Stille hinaushorchten.

‹Herrgott, was soll denn das?› stammelte einer der Pilger neben mir, ein kleiner rothaariger Dicker mit Gummizügen an den Stiefeln und rosaroten, in die Socken gestopften Pluderhosen. Zwei andere blieben eine volle Minute lang mit offenem Mund stehen, stürzten dann in die kleine Kajüte und tauchten alsbald wieder auf, mit schreckgeweiteten Augen und eine Winchesterbüchse entsichert in der Hand. Sehen konnten wir knapp den Dampfer, auf dem wir uns befanden, mit verwischten Umrissen, als wolle er sich jeden Augenblick auflösen, und ringsum einen verschlierten Streifen Wasser – das war alles. Im übrigen war die Welt, was unsere Sinneswahrnehmung betraf, gar nicht vorhanden. Einfach verschwunden, weggefegt, ohne eine Spur zu hinterlassen.

Ich begab mich nach vorn und befahl, den Anker kurzstag zu hieven, damit wir nötigenfalls sofort Fahrt aufnehmen konnten.

‹Werden sie uns überfallen?› flüsterte angstvoll eine Stimme neben mir.

‹Bei diesem Nebel werden wir alle hingemetzelt werden›, murmelte ein anderer.

Zuckungen im Gesicht, mit zitternden Händen, mit Augen, die zu blinzeln vergassen, standen sie da. Bemerkenswert war der Unterschied im Ausdruck der Weissen und der Schwarzen an Bord, welch letztere in dieser Gegend ebenso fremd waren wie wir, wenn auch ihre Heimat nur einige tausendzweihundert Kilometer entfernt war. Abgesehen davon, dass die Weissen ausser Fassung waren, schienen sie auch peinlich berührt von der unziemlichen Ruhestörung. Der Gesichtsausdruck der Neger war gespannt, aber nicht erregt. Zwei schmunzelten sogar, während sie an der Kette holten. Mehrere knurrten sich etwas zu, womit die Sache für sie abgetan schien.

Ihr Oberhaupt, ein junger, breitschultriger Neger, in dunkelblaue, ausgefranste Tücher gehüllt, mit geblähten Nüstern und einer aus Ringellocken bestehenden Kunstfrisur, stand in meiner Nähe.

‹Ha!› sagte ich geselligkeitshalber.

‹Fangt sie›, stiess er hervor und bleckte die Zähne, ‹fangt sie. Gebt sie uns.›

‹Wieso euch?› fragte ich. ‹Was würdet ihr denn mit ihnen anfangen?›

‹Auffressen›, erwiderte er kurz und bündig, worauf er sich mit den Ellbogen auf die Reling stützte und in würdevoller, nachdenklicher Haltung in den Nebel hinausschaute. Ich wäre sicher gebührend entsetzt gewesen, wenn ich mir nicht gesagt hätte, er und seine Leute seien bestimmt sehr hungrig, und zwar schon seit Wochen.

Sie waren für ein halbes Jahr angeworben worden. (Ich glaube zwar nicht, dass irgendeiner von ihnen einen klaren Zeitbegriff hatte, wie er sich uns im Laufe von Jahrtausenden ergeben hat; sie gehörten noch ganz dem Urbeginn der Zeiten an – hatten gewissermassen keine vererbten Erfahrungen.) Solange es ein Schriftstück gab, das irgendwelchen drunten an der Küste entstandenen, lachhaften Gesetzen entsprach, kümmerte sich natürlich kein Mensch darum, wovon diese Leute lebten. Gewiss, sie hatten ihr verdorbenes Hippopotamusfleisch mitgebracht, das ohnehin nicht lange vorgehalten hätte, selbst wenn die Pilger nicht unter grossem Gezeter eine beträchtliche Menge davon über Bord geworfen hätten. Das sah nach einem Willkürakt aus, war aber eigentlich ein Fall berechtigter Notwehr. Man kann nicht tagaus, tagein Kadavergeruch einatmen, ohne den letzten Halt zu verlieren.

Hatte man ihnen denn nicht wöchentlich

drei Stück Messingdraht ausgehändigt, jedes gut zwanzig Zentimeter lang? Mit dieser Währung konnten sie sich theoretisch in den Dörfern am Fluss Esswaren kaufen. Man kann sich denken, wie das klappte. Entweder gab es keine Dörfer, oder die Bevölkerung war feindselig eingestellt, oder der Direktor, der wie wir von Konserven lebte, gelegentlich mit etwas Ziegenfleisch zur Abwechslung, wollte aus irgendeinem ausgefallenen Grund nicht anhalten. Ihre hochherzige Entlöhnung nützte ihnen also nicht viel, es sei denn, sie verspeisten den Draht oder bogen ihn zurecht, um Angelhaken daraus zu machen. Zugegeben, ihre Heuer wurde ihnen mit schöner Regelmässigkeit ausbezahlt, wie man das von einer grossen und ehrenwerten Handelsgesellschaft erwartet.

Im übrigen war das einzig Essbare, das ich je in ihren Händen sah, etwas wie ein blassbläulicher Teig. Er kam mir zwar völlig unessbar vor, doch sie bewahrten ihn in Blätter eingewickelt auf und nahmen von Zeit zu Zeit ein Stück davon zu sich, so klein, dass es mehr einer sinnbildlichen Handlung gleichkam als ernsthafter Ernährung.

Warum in Hungerteufels Namen sie nicht über uns herfielen – es waren ihrer dreissig gegen uns fünf –, um sich einmal herzhaft vollzustopfen, das erstaunt mich noch heute. Es waren kräftige Kerle, nicht gewohnt, die Folgen ihres Tuns zu bedenken, immer noch mutig und stark, wenn auch ihre Haut den Glanz verloren hatte und ihre Muskeln nicht mehr so hart waren. Und ich erkannte, dass etwas Geheimnisvolles, eine jener menschlichen Hemmungen, die jeder Wahrscheinlichkeit spotten, sich hier auswirkte. Ich sah sie in einem neuen Licht, und das nicht nur, weil ich bedachte, ich könnte in absehbarer Zeit von ihnen aufgefressen werden. Zwar muss ich gestehen, dass mir damals auffiel, wie ungesund die Pilger aussahen, und ich hoffte, jawohl, ich hoffte tatsächlich, mein Aussehen sei nicht ganz so – wie soll ich sagen? – so unappetitlich: ein Anflug von Eitelkeit, der gut zu dem Traumzustand passte, in dem ich damals die ganze Zeit über lebte.

Vielleicht hatte ich auch ein bisschen Fieber. Man kann ja nicht dauernd den Finger am Puls haben. Ich hatte oft ‹ein bisschen Fieber› oder ein bisschen was anderes – spielerisch bepfotet von der Wildnis, bevor es dann ernst galt. Ja, ich betrachtete diese Neger, wie man irgendeinen Menschen betrachtet, um hinter seine Beweggründe, Fähigkeiten und Schwächen zu kommen und zu ergründen, wie er sich wohl verhalte, wenn er einem unerbittlichen körperlichen Zwang ausgesetzt wird. Hemmungen! Was konnte sie denn zurückhalten? Aberglaube, Ekel, Geduld, Furcht – oder eine urzeitliche Art von Ehrgefühl? Keine Furcht hält dem Hunger stand, keine Geduld kann ihn zermürben, Ekel gibt es überhaupt nicht, wo Hunger herrscht; und was abergläubische Vorstellungen und sogenannte Grundsätze betrifft, dergleichen gilt weniger als Spreu im Wind.

Wisst ihr denn nicht, wie teuflisch nagender Hunger ist, wie sich da die Gedanken verfinstern, wie eine wilde Verzweiflung um sich greift? Nun, ich weiss es. Es braucht die ganze angeborene Seelenstärke eines Menschen, um gegen den Hunger anzukämpfen. Eher noch findet man sich mit einem herben Verlust ab, mit Entehrung und ewiger Verdammnis, als mit andauerndem Hunger. Traurig, aber wahr. Ausserdem bestand für diese Kerle überhaupt kein Grund, Bedenken zu hegen. Hemmungen! Genausogut könnte man bei einer auf dem Schlachtfeld streunenden Hyäne sittliche Bedenken voraussetzen.

Doch ich stand da dieser Tatsache gegenüber, die in die Augen sprang wie der Gischt auf dem offenen Meer, wie ein Gekräusel an der Oberfläche eines unergründlichen Rätsels, noch geheimnisvoller – wenn man's bedenkt – als der unerklärliche, verzweifelte Klageton in dem wilden Geschrei am Ufer hinter dem weissen Nebelvorhang.

Eben stritten sich zwei Pilger leise darüber, auf welchem Ufer es gewesen sei.

‹Links.›

‹Ach wo denn! Rechts natürlich, rechts.›

‹Es sieht bedenklich aus›, bemerkte der Direktor hinter mir, ‹ich wäre untröstlich, wenn Kurtz etwas zustiesse, bevor wir ihn erreichen.›

Ich schaute ihn an und stellte fest, dass er es zweifellos aufrichtig meinte. Es war ihm durchaus zuzutrauen, dass er Wert darauf legte, den Schein zu wahren. Soweit gingen die Hemmungen bei ihm. Doch als er etwas davon verlauten liess, wir sollten sogleich Fahrt aufnehmen, fühlte ich mich nicht bemüssigt, etwas darauf zu antworten. Er wusste so gut wie ich, dass das ausgeschlossen war. Falls wir unseren Ankergrund aufgaben, schwebten wir ganz und gar in der Luft – im Raum. Wir wären nicht imstande gewesen, zu erkennen, ob es flussaufwärts oder -abwärts ging oder quer übers Wasser, bis wir am einen oder andern Ufer festkamen – und auch dann wüssten wir vorerst nicht, welches Ufer es war. So rührte ich mich denn nicht vom Fleck. Ich hatte keine Lust, auf Grund zu laufen. Man hätte sich keinen verhängnisvolleren Ort für einen Schiffbruch vorstellen können. Ob wir nun sogleich ertranken oder nicht, jedenfalls würden wir alsbald auf die eine oder andere Art umkommen.

‹Ich ermächtige Sie, jedes Risiko einzugehen›, sagte er nach einer kurzen Pause.

‹Ich weigere mich, irgendein Risiko einzugehen›, erklärte ich schroff, was genau die Antwort war, die er erwartete, höchstens dass ihr Ton ihn vielleicht etwas befremdete.

‹Nun, ich beuge mich Ihrem Urteil. Sie sind der Kapitän›, erwiderte er mit ausgesuchter Höflichkeit.

Um ihm meine Anerkennung dafür zu bekunden, wandte ich mich halbwegs nach ihm um, schaute aber immer noch in den Nebel hinaus. Wollte er denn überhaupt kein Ende nehmen? Es sah hoffnungslos aus. Der Weg zu diesem Kurtz, der da in dem elenden Dschungel nach Elfenbein fahndete, war von so viel Gefahren umlauert, als gälte es, ein Dornröschen aus seinem Zauberschlaf zu erlösen.

‹Glauben Sie, die werden uns überfallen?› fragte der Direktor in vertraulichem Ton.

Ich hielt es nicht für wahrscheinlich, aus verschiedenen Gründen. Der dichte Nebel war einer davon. Wenn sie sich mit ihren Kanus vom Ufer entfernten, mussten sie jede Orientierung verlieren, genau wie wir, falls wir versuchten, ankerauf zu gehen. Allerdings hatte ich auch den Dschungel für undurchdringlich gehalten, und doch gab es darin Augen – Augen, die uns gesehen hatten. Das Gebüsch längs der Flussufer war entschieden sehr dicht, doch das Unterholz dahinter schien begehbar. Während der kurzen Aufhellung hatte ich aber nirgends Kanus gesehen, keinesfalls in der Nähe des Dampfers. Doch was mir einen Überfall vollends undenkbar erscheinen liess, war der Charakter des Aufruhrs – des Geschreis, das wir gehört hatten. Es war kein Kriegsgeschrei. Unerwartet wild und heftig, ja – aber auch unsagbar traurig. Der Anblick des Dampfboots hatte diese Wilden aus irgendeinem Grund mit grenzenlosem Kummer erfüllt. Falls überhaupt Gefahr drohe, setzte ich den andern auseinander, dann bestehe sie darin, dass wir uns in nächster Nähe einer ungeheuren Gemütserregung befanden, die durch irgend etwas freigesetzt worden war. Selbst ungemeiner Kummer könne letzten Endes in Gewalttätigkeit ausarten, nehme aber meistens die Form dumpfer Schicksalsergebenheit an…

Die Augen, die die Pilger machten! Mich auszulachen oder auch nur zu beschimpfen, dazu fehlte ihnen die Courage; aber ich bin überzeugt, sie fanden, ich sei verrückt geworden – vielleicht vor Schreck. Ich hielt ihnen regelrecht einen Vortrag. Ach je, die Mühe hätte ich mir ersparen können. Ausguck halten? Klar, ich suchte den Nebel nach dem leisesten Anzeichen einer Aufhellung ab, aber was nützen einem die Augen, wenn man unter einem Berg von Watte begraben liegt? So fühlte der Nebel sich an – warm und stickig. Übrigens entsprach alles, was ich sagte, den Tatsachen, so ausgefallen es sich auch anhörte. Was wir hinterher als Angriff bezeichneten, war in Wirklichkeit ein Versuch, uns zur Umkehr zu bewegen. Es handelte sich beileibe nicht um einen Überfall – nicht einmal Verteidigung im üblichen Sinn kann man es nennen. Es war ein Verzweiflungsakt und im Grunde genommen reine Notwehr.

Die Sache entspann sich ungefähr zwei Stunden, nachdem der Nebel vergangen war, und zwar anfänglich an einer Stelle rund zweieinhalb Kilometer unterhalb der Station, wo Kurtz sich befand. Eben waren wir mit Ach und Krach um eine Biegung herumgekommen, als ich mitten im Fluss ein Inselchen gewahrte, nichts als einen grasbewachsenen hellgrünen Buckel; doch als wir die offene Strecke mehr oder weniger vor uns hatten, stellte ich fest, dass es nur die Spitze einer langen Sandbank war, oder vielmehr einer Kette von Untiefen, die sich in der Flussmitte hinzog. Sie waren verfärbt, knapp überspült und unter dem Wasser sichtbar, wie das Rückgrat eines Menschen unter der Haut. Meines Erachtens konnte ich ebensogut rechts wie links halten. Selbstverständlich war mir weder die eine noch die andere Fahrrinne bekannt. Die Ufer sahen ähnlich aus, die Wassertiefe schien dieselbe; doch da man mir mitgeteilt hatte, die Station befinde sich auf dem Westufer, lief ich natürlich auf die westliche Durchfahrt zu.

Kaum waren wir in diese eingelaufen, merkte ich, dass sie viel schmäler war, als ich angenommen hatte. Links von uns war die lange, ununterbrochene Reihe von Untiefen, rechts eine hohe, von Gebüsch überwucherte Uferböschung. Über dem Buschwerk stand Baum an Baum. Das Gezweig hing dicht über das Wasser; von Zeit zu Zeit ragte ein kräftiger Ast starr auf den Fluss hinaus. Es war damals schon ziemlich spät am Nachmittag, der Urwald verdämmerte, längs des Ufers lag der Fluss bereits im Schatten. In diesem Schatten pinscherten wir flussaufwärts – äusserst langsam, wie man sich denken kann, und so dicht als möglich unter dem Ufer, da das Wasser dort am tiefsten war, wie sich aus den Lotungen ergab.

Einer der hungrigen Dulder stand unmittelbar unter mir im Bug und mass mit dem Peilstock die Wassertiefe. Dieser Dampfer war genau wie ein Prahm, mit zwei kleinen Deckshäusern aus Teakholz, die Türen und Fenster aufwiesen. Der Kesselraum befand sich vorn unter Deck, die Maschine achtern. Über das Ganze spannte sich ein leichtes, von Eisenstützen getragenes Dach. Der Schornstein ragte durch dieses Dach empor, und vor dem Schornstein stand eine kleine, aus dünnen

Brettern gezimmerte Kammer, die als Ruderhaus diente. Sie enthielt eine Liegestatt, zwei Klappstühle, einen geladenen Karabiner, der in einer Ecke lehnte, ein winziges Tischchen und das Steuerrad. Vorne war eine breite Tür und auf jeder Seite ebensolche Fensterläden. Alle standen sie natürlich stets offen. Dort oben ganz vorne, vor der Tür, verbrachte ich meine Tage. Nachts schlief ich auf der Liegestatt oder versuchte es wenigstens. Ein stämmiger Neger aus dem Küstengebiet, von meinem Vorgänger angelernt, diente als Rudersmann. Er trug ein Paar Ohrringe aus Messing, war von der Mitte bis zu den Fussknöcheln in ein blaues Tuch gewickelt und hatte eine hohe Meinung von sich. In Wirklichkeit war er der wankelmütigste Tropf, der mir je vorgekommen. Solange man in der Nähe stand, steuerte er mit der grössten Verwegenheit; verlor er einen aber aus den Augen, bekam er es sogleich mit der Angst zu tun und liess sich von unserem ramponierten Dampfer im Nu unterkriegen.

Ich schaute gerade nach dem Peilstock hinunter und war gar nicht erbaut darüber, dass bei jeder Peilung ein bisschen mehr davon aus dem Wasser ragte, als ich sah, wie der Mann plötzlich aufhörte und sich flach aufs Deck warf, ohne erst den Peilstock an Bord zu holen. Er liess ihn allerdings nicht fahren, so dass die Stange im Wasser nachschleifte. Gleichzeitig setzte sich der Heizer, den ich ebenfalls unter mir sehen konnte, unvermittelt hin und zog den Kopf ein. Was ging da vor? Dann musste ich meine Aufmerksamkeit schleunig auf den

Fluss richten, weil da ein verrotteter Baumstrunk im Fahrwasser lag.

Stöckchen flogen durch die Luft – massenhaft Stöckchen; sie schwirrten mir vor der Nase vorüber, fielen unter mir herab, prallten hinter mir gegen das Ruderhaus. Dabei waren Fluss und Ufer und Waldrand vollkommen ruhig. Ich hörte nur das quirlende Schlagen des Heckrads und das Geprassel dieser Dinger. Mit knapper Not kamen wir von dem Baumstrunk klar. Pfeile, Herrgott nochmal! Wir wurden beschossen! Rasch trat ich ins Ruderhaus, um den Fensterladen auf der Uferseite zu schliessen.

Dieser Tropf von einem Rudersmann zog die Knie empor, stampfte mit den Füssen auf, bleckte die Zähne – immer mit den Händen an den Radspaken. Menschenskind! Dabei steuerte er seinen Zickzackkurs keine vier Meter vom Ufer entfernt. Ich musste ganz hinauslehnen, um den schweren Laden herumzuholen, und da sah ich im Laubwerk ein Gesicht, auf gleicher Höhe mit dem meinen, das mich grimmig und fest anschaute; und dann fiel es mir wie Schuppen von den Augen: tief in dem dunkeln Gewirr erkannte ich nackte Oberkörper, Arme, Beine, funkelnde Augen – es wimmelte von dunkel glänzenden Gliedmassen, alle in Bewegung.

Das Gezweig schwankte und raschelte, Pfeile kamen herausgeschwirrt, und dann war der Laden zu. ‹Geradeaus›, wies ich den Rudersmann an. Er schaute unverwandt nach vorn, rollte aber die Augen, trampelte sachte und hatte etwas Schaum vor dem Mund. ‹Halt doch still›, fuhr ich ihn an. Ebensogut hätte ich einem Baum befehlen können, nicht im Winde zu schwanken. Ich stürzte hinaus. Unter mir war auf dem Metalldeck ein lautes Getrappel entstanden, ein Durcheinander von Stimmen, jemand rief: ‹Können wir nicht zurück?› Ich entdeckte V-förmige Wellenlinien auf dem Wasser voraus. Was denn! Schon wieder ein Hindernis? Gleichzeitig brach unter mir ein Geknatter los. Die Pilger hatten mit ihren Winchesterbüchsen das Feuer eröffnet und überschütteten den Dschungel mit Blei. Ganze Schwaden von Qualm stiegen auf und trieben langsam nach vorn.

Verwünscht! Jetzt konnte ich weder die Wellenlinien noch den Baumstrunk im Wasser sehen. Ich stand unter der Tür, guckte mir die Augen aus dem Kopf, und es hagelte Pfeile. Vielleicht waren sie vergiftet, doch im übrigen hatte man den Eindruck, sie könnten keiner Katze etwas antun. Im Busch entstand ein Geheul. Auch unsere Holzhacker erhoben eine Art Kriegsgeschrei. Plötzlich krachte dicht hinter mir ein Schuss. Ich blickte über die Schulter zurück, und das Ruderhaus war noch voller Lärm und Rauch, als ich schon auf das Steuerrad zustürzte. Dieser Tropf hatte alles fahrenlassen, um den Laden aufzustossen und mit dem Karabiner loszubullern. Kulleräugig stand er vor der Fensteröffnung. Ich rief ihm zu, er solle zurückkommen, während ich das Dampfboot wieder einsteuerte. Zum Wenden fehlte der Platz, selbst wenn ich das gewollt hätte; das Hindernis lag irgendwo nahe voraus in dem verwünschten Qualm; es galt keine Zeit zu verlieren; so hielt ich denn ans Ufer heran, so dicht als möglich, weil ich wusste, dass dort das Wasser tief war.

In einem Wirbel von geknickten Zweigen und abgerissenen Blättern dampften wir langsam das überhängende Gebüsch entlang. Die Knallerei an Deck brach ab, wie zu erwarten war, als die Büchsen leer waren. Ein Flirren und Schwirren durch das Ruderhaus hindurch, beim einen Fenster herein und zum andern hinaus, liess mich rasch nach hinten blikken, an diesem unwahrscheinlichen Rudersmann vorbei, der mit dem leeren Gewehr herumfuchtelte und zum Ufer hinüberschrie. Dort sah ich undeutliche Gestalten gebückt laufen, springen, gleiten – bald ganz, bald nur halb vorhanden und wieder verschwunden. Etwas Grosses tauchte draussen vor der Fensteröffnung auf, das Gewehr fiel aussenbords, und der Mann trat rasch zurück, schaute mich über die Schulter auf eine merkwürdige, tiefsinnige, vertrauliche Art an und fiel mir auf die Füsse. Zweimal schlug er dabei mit dem Kopf gegen das Rad, und etwas wie ein langer Rohrstock stiess überall an und warf einen der Klappstühle um. Es sah aus, als habe er das Ding jemandem am Ufer entrissen und dabei das Gleichgewicht verloren.

Der Qualm hatte sich verzogen, wir waren von dem Hindernis im Wasser klargekommen, und ich stellte fest, dass ich nach etwa hundert Metern ohne weiteres vom Ufer abscheren konnte; doch mir war so warm und feucht an den Füssen, dass ich unwillkürlich nach unten schaute. Der Mann war auf den Rücken zu liegen gekommen und stierte zu mir herauf; den Rohrstock hielt er mit beiden Händen umklammert. Es war der Schaft eines Speers, der, durch die Fensteröffnung geschleudert oder gestossen, ihm unterhalb der Rippen in die Seite gefahren war; von der Spitze sah man nichts mehr, sie stak vollständig drin, nachdem sie eine klaffende Wunde gerissen hatte; meine Schuhe waren voll; eine Blutlache schimmerte dunkelrot unter dem Rad; auch die Augen des Mannes hatten einen erstaunlichen Glanz. An Deck ging die Knallerei wieder los.

Er schaute mich gross an und hielt den Speer wie etwas Kostbares fest, als fürchte er, ich wolle ihn dessen berauben. Ich musste mir einen Ruck geben, um von diesem Blick loszukommen und mich wieder dem Ruder zuzuwenden. Mit der einen Hand langte ich über den Kopf empor nach der Leine der Dampfpfeife und holte einen Heulton nach dem andern aus ihr heraus. Sogleich brach das wilde Durcheinander zorniger, kriegerischer Schreie ab, und dann drang aus der Tiefe des Urwalds ein so langgezogenes, verzweifeltes Wehklagen, voller Angst und Trauer, als sei die letzte Hoffnung von der Erde gewichen.

Es entstand eine grosse Unruhe im Busch, der Pfeilhagel hörte auf, noch ein paar vereinzelte Schüsse krachten – dann Stille. Auf einmal war wieder das lässige Schlagen des Heckrads zu hören. Eben legte ich das Ruder hart um, als der Pilger in den rosaroten Pluderhosen ganz aufgeregt unter der Tür erschien. Er begann in dienstlichem Ton: ‹Der

Direktor lässt sagen –›, und brach ab, als er des Verwundeten ansichtig wurde. ‹Um Gottes willen!› stiess er hervor. Zu zweit standen wir da und schauten auf den Rudergänger herab, dessen forschender Blick uns beide umfasste. Es sah aus, als wolle er uns gleich in verständlicher Sprache eine Frage stellen, doch er starb, ohne noch einen Laut von sich zu geben, ohne ein Glied zu rühren, ohne auch nur mit einem Muskel zu zucken. Erst zuallerletzt runzelte er die Stirn, wie als Entgegnung auf irgendein Zeichen, das wir nicht sahen, auf irgendein Raunen, das wir nicht hörten, und diese gerunzelte Stirn verlieh seiner schwarzen Totenmaske etwas unsäglich Finsteres und Drohendes. Rasch verlor der fragende Blick seinen Glanz, wurde glasig und leer.

‹Können Sie steuern?› fragte ich den Agenten dringlich. Er setzte eine höchst zweifelhafte Miene auf, doch ich fasste nach seinem Arm, und er begriff sogleich, dass ihm nichts anderes übrig blieb als anzutreten. Offen gestanden, ich hatte es ungemein eilig, Schuhe und Socken zu wechseln. ‹Er ist tot›, murmelte der Agent fassungslos. ‹Ohne Zweifel›, bemerkte ich und zerrte wie besessen an meinen Schnürsenkeln. ‹Übrigens, Kurtz wird inzwischen auch umgekommen sein.›

Für den Augenblick war das der Gedanke, der mich beschäftigte. Ein Gefühl bitterer Enttäuschung beschlich mich, als habe sich herausgestellt, dass ich hinter etwas völlig Wesenlosem her war. Mein Unwille hätte nicht grösser sein können, wenn ich die ganze lange Reise einzig und allein zu dem Zweck unternommen hätte, mit Kurtz zu sprechen. Zu sprechen... Ich schleuderte einen Schuh über Bord, und es wurde mir klar, dass das und nichts anderes mir die ganze Zeit über vorgeschwebt hatte – mit Kurtz zu sprechen. Mit Verwunderung stellte ich fest, dass ich ihn mir nie handelnd vorgestellt hatte, immer nur redend. Ich sagte mir nicht: ‹Jetzt wirst du ihn nie sehen›, oder: ‹Jetzt wirst du ihm nie die Hand reichen›, immer nur: ‹Jetzt wirst du ihn nie hören.› Der Mann stellte für mich eine Stimme dar. Natürlich stand er auch mit einer Tätigkeit im Zusammenhang. Hatte man mir nicht in allen Tönen der Eifersucht und Bewunderung versichert, Kurtz habe auf die eine oder andere Art mehr Elfenbein zusammengebracht als alle übrigen Agenten miteinander? Darum ging es nicht. Es ging darum, dass er ein hochbegabter Mensch war und dass es von allen seinen Gaben die Sprachgewalt war, die ihn am deutlichsten kennzeichnete – seine Gabe, sich auszudrücken, sei es nun im Sinne der Erleuchtung oder als trügerischer Erguss aus dem Herzen einer undurchdringlichen Finsternis.

Der andere Schuh flog aussenbords zu dem teuflischen Flussgott hinaus, und ich dachte: ‹Mensch, alles war umsonst! Wir kommen zu spät; er ist dahin – die geniale Begabung ist dahin, ausgetilgt von einem Speer, einem Pfeil, einer Keule. Nun werde ich ihn nie sprechen hören.› Und mein Kummer war ein befremdlich starkes Gefühl, eine masslose Gemütserregung, wie ich sie aus dem Geheul dieser Wilden im Busch herausgehört hatte. Ich hätte mich nicht einsamer und verlassener fühlen können, wäre mir ein Glaube oder Ziel und Zweck meines Lebens abhanden gekommen... Was seufzt denn da einer so abscheulich? Lachhaft? Na schön, lachhaft. Herrgott, darf denn ein Mensch nie...? Hat jemand etwas Tabak für mich...?»

Eine ungemeine Stille trat nun ein, dann flammte ein Streichholz auf, und Marlows hageres Antlitz tauchte auf, verwittert, abgezehrt, mit Kummerfalten und gesenkten Augenlidern, ganz auf die eine Sache gerichtet; während er kräftige Züge aus der Pfeife tat, schien es im regelmässigen Auf und Ab des Flämmchens aus der Nacht herauszutreten und wieder in diese zurückzuweichen. Dann ging das Streichholz aus.

«Lachhaft!» rief er. «Das kommt davon, wenn man versucht, wahrheitsgemäss... Da seid ihr alle, jeder mit zwei einwandfreien Adressen vertäut wie ein Schiff vor zwei Ankern, mit einem Fleischer um die eine Ecke, einem Schutzmann um die andere – Appetit herzhaft und Temperatur normal, hört ihr, normal – jahraus, jahrein. Und da kommt ihr und sagt lachhaft! Lachhaft – geht mir weg damit! Lachhaft! Himmelherrgott, was kann man denn erwarten von einem Menschen, der vor lauter Aufregung soeben ein Paar neue Schuhe über Bord geschleudert hat? Eigentlich ein Wunder, dass ich nicht in Tränen ausbrach. Im grossen ganzen tue ich mir etwas auf meine Seelenstärke zugute, aber es gab mir einen Stich, wenn ich bedachte, dass es mir nun nicht vergönnt sein sollte, den Worten des hochbegabten Kurtz zu lauschen. Natürlich irrte ich mich. Es war mir dann doch noch vergönnt - mehr als genug. Und in einem hatte ich mich nicht geirrt: eine Stimme. Er war kaum noch etwas anderes als eine Stimme. Und ich hörte ihn - sie - diese Stimme - andere Stimmen - alle waren sie ja kaum etwas anderes als Stimmen - und die Erinnerung an damals schwingt noch nach, unfassbar, wie das Verklingen eines einzigen, ungeheuren Stimmengewirrs - albern, grauenhaft, trübselig, barbarisch, oder einfach unschön, ohne jeden Sinn und Verstand. Stimmen, Stimmen - sogar das Mädchen selbst - nachgerade...»

Er schwieg lange.

«Zu guter Letzt bannte ich das Gespenst seiner Begabung mit einer Notlüge», hob er plötzlich wieder an. «Ein Mädchen! Wie? Habe ich etwas von einem Mädchen gesagt? Ach, das hat nichts damit zu tun - gar nichts. Sie - das heisst, die Frauen - haben nichts damit zu tun - sollten damit verschont bleiben. Wir müssen ihnen behilflich sein, den Glauben an die schöne Welt, in der sie leben, zu bewahren, damit die unsere nicht noch schlimmer wird. Ach, sie durfte überhaupt nichts damit zu tun haben. Ihr hättet ihn hören sollen, Kurtz, diesen ausgegrabenen Leichnam, wie er sagte: ‹Meine Braut›, dann hättet ihr sofort gemerkt, dass sie gar nichts damit zu tun haben konnte. Und dann seine hohe Denkerstirn! Es heisst, das Haar wachse manchmal noch weiter, doch dieser - eh - Mensch war ungemein kahl. Die Wildnis hatte ihn auf den

Kopf getätschelt, und siehe da, er hatte eine Glatze, blank wie eine Elfenbeinkugel; sie hatte ihn liebkost, und siehe da, er war verhutzelt; sie hatte ihn an ihr Herz gedrückt, ihn liebevoll umfangen, war ihm in Fleisch und Blut übergegangen und hatte seine Seele durch irgendeinen unvorstellbaren Teufelskult mit der ihren verschmolzen. Er war ihr liebstes Kind, verwöhnt und verhätschelt.

Elfenbein? Das will ich meinen. Massenhaft, haufenweise. Die alte Lehmhütte war zum Bersten voll. Man sagte sich, es könne im ganzen Land weder über noch unter dem Boden auch nur ein einziger Elefantenzahn übrig sein. ‹Zum grössten Teil fossil›, hatte der Direktor geringschätzig bemerkt. Es war ebensowenig fossil wie ich; aber man nennt es so, wenn es sich um ausgegrabenes Elfenbein handelt. Es scheint, die Neger vergraben manchmal die Elefantenzähne – offenbar konnten sie sie aber in diesem Fall nicht tief genug vergraben, um den hochbegabten Kurtz vor seinem Schicksal zu bewahren. Wir füllten das ganze Dampfboot damit an und mussten erst noch eine Menge an Deck aufstapeln. So durfte er es sehen und sich dran erfreuen, solange er konnte; bis zu seinem Ende wusste er nämlich diese Gunst zu schätzen.

Das muss man gehört haben, wenn er sagte: ‹Mein Elfenbein.› Und ob ich es gehört habe! ‹Meine Braut, mein Elfenbein, meine Station, mein Fluss, mein…› Alles gehörte ihm. Es liess mich den Atem verhalten, erwartete ich doch, die Wildnis in schallendes Gelächter ausbrechen zu hören, so gewaltig, dass es an den Fixsternen rütteln würde. Alles gehörte ihm – aber das war im Grunde belanglos. Es handelte sich darum, zu erfahren, welcher Macht der Finsternis er denn angehörte. Das war die Überlegung, bei der mich ein Schaudern überlief. Es war unmöglich, es war nicht einmal ratsam, sich das vorstellen zu wollen. Er hatte es unter den Teufeln dieses Landes zu hohem Rang gebracht – und zwar im wortwörtlichen Sinn.

Verstehe es, wer kann. Ihr vier könnt es bestimmt nicht. Mit festem Pflaster unter den Füssen, umgeben von freundlichen Nachbarn, die euch Beifall spenden oder eure Hilfe in Anspruch nehmen, gewohnt, sich zwischen dem Fleischer und dem Schutzmann durchzuschlängeln, heiligen Respekt in den Knochen vor dem Gerede der Leute, dem Galgen, der Irrenanstalt – wie könntet ihr euch vorstellen, in welche verlorene Urwelt ein Mensch ohne Fussfesseln geraten kann, durch die Pforte der Einsamkeit – vollkommener Einsamkeit, ohne jeden Schutzmann; durch die Pforte der Stille – vollkommener Stille, wo keine warnende Stimme eines freundlichen Nachbarn ihn leise an die öffentliche Meinung mahnt? Dergleichen Kleinigkeiten sind oft ausschlaggebend. Wo sie fehlen, ist einer auf seine angeborene Seelenstärke angewiesen, auf seine eigene Standhaftigkeit.

Natürlich kann einer auch allzu einfältig sein, um auf Abwege zu geraten – zu stumpfsinnig, um auch nur zu merken, dass er von den Mächten der Finsternis belauert wird. Ich glaube, noch nie hat ein Dummkopf einen

Pakt mit dem Teufel geschlossen – entweder ist der Dummkopf zu dumm dazu oder der Teufel zu sehr Teufel – ich weiss nicht, welches von beiden zutrifft. Oder vielleicht ist einer ein so ungemein erhabenes Wesen, dass er etwas anderes als himmlische Bilder und Töne gar nicht wahrnimmt. Dann ist die Erde für ihn aber nur wie ein stillgelegter Betrieb – und ob das für den Betreffenden ein Vorteil oder ein Nachteil ist, möchte ich nicht entscheiden. Doch die meisten von uns sind weder das eine noch das andere.

Für uns ist die Erde im Betrieb, ein Aufenthaltsort, wo wir alle möglichen Bilder und Töne in Kauf nehmen müssen, und auch Gerüche, weiss der Himmel – wo wir gewissermassen vergammeltes Hippopotamusfleisch einatmen müssen, ohne uns anstecken zu lassen. Und da, nicht wahr, kommt es dann auf die Seelenstärke an, auf die Fähigkeit, das Zeug unauffällig zu verscharren – darauf, dass einer imstande ist, nicht in sich selber, sondern in irgendeiner ruhmlosen, zermürbenden Arbeit aufzugehen. Das ist schwierig genug. Wohlgemerkt, ich will damit keineswegs sein Verhalten beschönigen oder gar erklären; ich versuche nur, mir selber die Sache zurechtzulegen, in die Kurtz eingeweiht wurde. Er hat mich nämlich, als er nur noch eine schemenhafte Gestalt war, bevor er vollends verging, hochherzigerweise ins Vertrauen gezogen. Und das war auch nur möglich, weil diese schemenhafte Gestalt aus dem hintersten Hinterland meine Sprache sprach.

Kurtz war ursprünglich in England zur

Schule gegangen und hatte – wie er mir liebenswürdigerweise selbst mitteilte – das Herz auf dem rechten Fleck. Seine Mutter war halb englischer, sein Vater halb französischer Abstammung. Ganz Europa hatte zu seiner Entstehung beigetragen; und mit der Zeit erfuhr ich, dass die Internationale Gesellschaft zur Abschaffung barbarischer Sitten und Gebräuche ihn sinnigerweise beauftragt hatte, einen Bericht abzufassen und Richtlinien für ihr künftiges Vorgehen festzulegen. Er hat ihn auch tatsächlich geschrieben. Ich habe diesen Bericht in Händen gehalten und gelesen – sehr beredt, muss ich sagen, sehr beschwingt, wenn auch etwas überspannt. Siebzehn eng beschriebene Seiten – wo nahm er bloss die Zeit her?

Doch das muss gewesen sein, bevor etwas mit seinen – sagen wir mal – Nerven schiefging, was dazu führte, dass er sich bei gewissen mitternächtlichen Tänzen feiern liess, die dem Vernehmen nach in unnennbaren, eigens ihm – ja, ihm, Kurtz! – dargebrachten Kulthandlungen endeten. Es war aber ein wunderschönes Schriftstück. Allerdings, im Lichte dessen, was später zutage trat, finde ich nachträglich, schon der erste Abschnitt verheisse nichts Gutes. Er begann mit der Feststellung, wir Weissen müssten bei der Entwicklungsstufe, auf der wir angelangt seien, den Wilden ‹zwangsläufig als übernatürliche Wesen erscheinen, ausgestattet mit der Macht einer Gottheit›, und so weiter, und so fort. ‹Durch einfache Willensanstrengung können wir einen nahezu unbeschränkten Einfluss zum

Guten ausüben›, et cetera, et cetera. Das war der Ausgangspunkt, von dem er sich emporschwang und mich mitriss.

Sein Redeschwall war grossartig, doch was davon im Gedächtnis haften blieb, war lediglich die Ahnung einer wildfremden Unermesslichkeit, regiert von einem erhabenen Wohlwollen. Er rief eine kribbelnde Begeisterung in mir hervor. Das war die grenzenlose Macht der Beredsamkeit – die Macht des Wortes – der flammenden grossen Worte. Nie wurde der Wunder wirkende Redestrom unterbrochen durch Hinweise praktischer Art, es sei denn, man betrachte eine Art Fussnote auf der letzten Seite, offenbar viel später mit zittriger Hand hingekritzelt, als Hinweis, wie er sich das weitere Vorgehen dachte. Es waren nur wenige Worte, und am Ende dieses herzbewegenden Aufrufs zur Nächstenliebe wirkten sie wie ein Blitz aus heiterem Himmel: ‹Man rotte diese Unmenschen allesamt aus!› Das Seltsame war, dass ihm dieser wertvolle Nachsatz offenbar völlig entfallen war; später nämlich, als er wieder einigermassen zu sich kam, ersuchte er mich verschiedentlich, ‹seine Schrift› (wie er sich ausdrückte) sorgsam aufzubewahren, da sie ihm auf seinem weiteren Lebensweg bestimmt noch sehr zustatten kommen werde. Ich wurde von alledem eingehend unterrichtet und ausserdem dann später auch noch mit der Pflege seines Andenkens betraut. Ich habe genug dafür geleistet, um befugt zu sein, es gegebenenfalls im Mülleimer des Fortschritts zur ewigen Ruhe zu betten, mitten unter all dem Kehricht und, bildlich gesprochen, den toten Katzen der Kulturwelt. Nur – es ist mir nicht gegeben. Er wird nicht der Vergessenheit anheimfallen.

Was immer er war, er war nicht der erste beste. Er vermochte elementare Seelen so für sich einzunehmen oder so in Angst zu versetzen, dass sie zu seinen Ehren einen bedenklichen Hexensabbat veranstalteten; seine Wirkung auf die kleingeratenen Seelen der Pilger war die, dass sie von seiner Seite nichts Gutes gewärtigten; er besass zum mindesten *einen* ergebenen Freund und hatte *eine* Seele auf der Welt bezwungen, die weder elementar noch eigennützig war. Nein, ich kann ihn nicht vergessen, wenn ich auch nicht unbedingt behaupten will, er wiege den Verlust auf, den wir seinetwegen erlitten. Ich vermisste meinen Rudersmann sehr – schon als sein Leichnam noch neben mir lag.

Man mag es befremdlich finden, dass ich einem Wilden nachtrauerte, der nicht mehr als ein Sandkorn in einer schwarzen Sahara bedeutete. Nun, er hatte eben etwas geleistet – er hatte gesteuert. Monatelang hatte er hinter mir gestanden – ein Helfer, ein Werkzeug. Es war eine Art Partnerschaft. Er steuerte für mich – ich hatte ihn zu betreuen, hatte mich mit seinen Unzulänglichkeiten auseinanderzusetzen, und so war ein Band zwischen uns entstanden, dessen ich erst inne wurde, als es plötzlich riss. Und dieser vertraulich tiefe Blick, den er mir schenkte, als es ihm ans Leben ging, will mir nicht aus dem Sinn – als habe er in seiner Not eine entfernte Verwandtschaft geltend machen wollen.

Der Ärmste, hätte er doch die Finger von diesem Fensterladen gelassen! Es fehlte ihm an innerem Halt, genau wie Kurtz auch – ein im Winde schwankender Baum. Sobald ich trockene Segeltuchschuhe an den Füssen hatte, schleppte ich ihn hinaus, nachdem ich ihm zuerst mit einem Ruck den Speer aus dem Leib gerissen hatte, was allerdings mit fest geschlossenen Augen geschah. Miteinander hoppelten seine Fersen über die niedrige Türschwelle, seine Schultern lagen an meine Brust gedrückt; ich hielt ihn von hinten verzweifelt umfangen. Ach, er war schwer, schwer; viel schwerer als irgendein Mensch auf Erden kam er mir vor. Dann kippte ich ihn ohne Umstände über Bord. Die Strömung riss ihn wie einen Grashalm hinweg, und ich sah, wie der Leichnam sich zweimal überschlug, bevor er endgültig meinen Blicken entschwand.

Alle Pilger und der Direktor waren damals auf dem Oberdeck beim Ruderhaus versammelt; wie aufgeregte Elstern schwatzten sie aufeinander los, und es entstand ein empörtes Geraune über meine herzlose Eilfertigkeit. Wozu sie den Leichnam noch dabehalten wollten, ist mir unerfindlich. Um ihn einzubalsamieren, vielleicht.

Ich hatte aber noch ein anderes, sehr verdächtiges Geraune vom untern Deck her vernommen. Meine Freunde, die Holzhacker, waren ebenso empört, und zwar aus einem viel triftigeren Grund, allerdings einem, der für mich nicht in Frage kam. Ganz und gar nicht! Wenn mein ehemaliger Rudergänger schon gefressen werden sollte, dann ausschliesslich von den Fischen, das stand für mich von vornherein fest. Er war zu seinen Lebzeiten ein Rudersmann zweiter Güte gewesen, doch jetzt, nachdem er tot war, hätte er leicht zu einer Versuchung erster Güte werden können und zum Anlass unliebsamer Vorkommnisse. Ausserdem lag mir daran, wieder das Ruder zu übernehmen, da der Mann in den rosa Pluderhosen sich als ein hoffnungsloser Stümper erwies.

Ich löste ihn deshalb ab, sobald die formlose Beisetzung erledigt war. Wir kamen in der Mitte des Stroms mit halber Kraft leidlich voran, und ich hörte zu, was ringsum geredet wurde. Man hatte Kurtz bereits abgeschrieben, die Station aufgegeben; Kurtz war tot, die Station niedergebrannt, und so weiter, und so fort. Der Rothaarige war ausser sich vor Freude, dass dieser arme Kurtz wenigstens gebührend gerächt worden war. ‹Hören Sie, wir haben sicher ein schönes Blutbad angerichtet, wie? Dort im Busch. Was glauben Sie?› Er führte regelrecht einen Tanz auf, der kleine blutdürstige Rotschopf. Dabei war er fast in Ohnmacht gefallen, als er den Verwundeten sah. Ich konnte nicht umhin, zu bemerken: ‹Etwas Schönes hättet ihr beinahe angerichtet – mit eurem Qualm.› Daran, wie das Gebüsch zuoberst zerfetzt worden war, hatte ich erkannt, dass die meisten Schüsse viel zu hoch gingen. Man trifft nur, wenn man zielt, und zwar von der Schulter aus, doch diese Anfänger hatten von der Hüfte aus abgedrückt, und erst noch mit geschlossenen Augen. Vertrieben worden war der Gegner, behauptete ich – und das behaupte ich jetzt noch –, durch den Heulton der Dampfpfeife. Darauf vergassen sie Kurtz und begannen entrüstet auf mich einzureden.

Der Direktor stand neben mir und murmelte vertraulich etwas von der Notwendigkeit, unbedingt vor Einbruch der Nacht ein gutes Stück flussabwärts zu kommen, als ich in einiger Entfernung am Ufer eine Lichtung wahrnam und die Umrisse eines Gebäudes.

‹Was ist denn das?› fragte ich.

Verblüfft schlug er die Hände zusammen. ‹Die Station!› rief er. Ich hielt darauf zu, immer noch mit halber Kraft.

Durch den Feldstecher erblickte ich einen Hügelhang, mit wenigen Bäumen bestanden und vollkommen frei von Unterholz. Zuoberst auf der Anhöhe stand ein langes, verwahrlostes Gebäude, halb im hohen Gras verborgen; schon von weitem sah man im spitzen Dach schwarze Lücken klaffen. Dschungel und Urwald bildeten den Hintergrund. Von einer Einfriedigung war nichts zu bemerken, doch war offenbar früher eine vorhanden gewesen; in der Nähe des Hauses stand nämlich noch eine Reihe schlanker Pfähle, grob zubehauen, jeder mit einem Zierknauf obendran. Die Querlatten, oder was immer die Pfähle untereinander verbunden hatte, waren weg. Nur noch der Wald umschloss jetzt das Ganze. Das Ufer war kahl, und dort sah ich einen Weissen, unter einem Hut wie ein Wagenrad so gross, unablässig mit dem ganzen Arm winken. Als ich den Waldrand mit dem Feldstecher absuchte, glaubte ich ziemlich sicher Bewegungen feststellen zu können – menschliche Gestalten, die umherhuschten. Ich dampfte behutsam vorbei, stoppte dann die Maschine und liess das Boot abwärtstreiben. Der Mann am Ufer begann lauthals zu rufen, wir sollten anlegen.

‹Wir sind überfallen worden›, schrie der Direktor.

‹Ich weiss – ich weiss. Geht alles klar›, rief der andere zurück, munter und vergnügt. ‹Kommt nur. Alles klar. Bin ich froh!›

Sein Anblick kam mir bekannt vor, er gemahnte mich an etwas, das ich schon einmal irgendwo gesehen hatte – etwas Komisches. Während ich manövrierte, um längsseit scheren zu können, fragte ich mich: ‹Wem gleicht denn dieser Mensch?› Plötzlich hatte ich es. Er sah aus wie ein Hanswurst. Seine Kleidung hatte wohl ursprünglich aus ungebleichtem Leinen bestanden, war jedoch über und über mit Flicken besetzt, mit kunterbunten Flicken – blau, rot und gelb –, hinten, vorn, an den Ellbogen, an den Knien; farbige Borte an der Jacke, knallrote Einfassung unten an den Hosenbeinen. Im Sonnenschein wirkte er überaus lustig und doch wieder erstaunlich proper, weil man sah, wie kunstvoll dieses Flickwerk ausgeführt worden war. Ein bartloses Knabengesicht ohne besondere Kennzeichen; eine Nase, die sich schälte; schmale blaue Augen; eine offene Miene, auf der Lächeln und Stirnrunzeln sich dauernd ablösten, wie Licht und Schatten auf einer Landschaft, über die der Wind hinstreicht.

‹Vorsicht!› rief er. ‹Hier hat sich gestern abend Treibholz festgekeilt.›

Was denn! Noch ein Hindernis unter Wasser? Offen gestanden, ich fluchte gottsjämmerlich. Beinahe hätte ich meinen alten Paddelkasten am Ende dieser reizenden Fahrt doch noch aufgeschlitzt. Der Hanswurst am Ufer hob seine Stupsnase zu mir empor.

‹Engländer?› fragte er freudestrahlend.

‹Sie auch?› rief ich hinunter.

Das Lächeln verging; er schüttelte den Kopf, als bedaure er, mich enttäuschen zu müssen. Dann hellte sich seine Miene wieder auf. ‹Lassen wir das›, rief er, um mich darüber hinwegzutrösten.

‹Kommen wir noch rechtzeitig?› wollte ich wissen.

‹Er ist dort oben›, erwiderte er, wobei er mit dem Kopf bergauf deutete und auf einmal wieder missmutig dreinsah. Seine Miene war wie der Herbsthimmel – abwechselnd umwölkt und heiter.

Als der Direktor sich in Begleitung der Pilger, alle bis an die Zähne bewaffnet, aufgemacht hatte, zum Haus hinauf, kam dieser komische Kauz an Bord.

‹Sagen Sie mal, das gefällt mir gar nicht. Diese Eingeborenen sind doch dort im Gebüsch drin›, erklärte ich.

Er versicherte mir, das habe nichts zu bedeuten. ‹Es sind einfache Menschen›, setzte er hinzu, ‹aber ich bin doch froh. Ich hatte meine liebe Not, sie abzuwehren.›

‹Aber eben sagten Sie doch, es habe nichts zu bedeuten›, rief ich aus.

‹Ach, sie meinten es weiter nicht schlimm›, erklärte er, und als ich grosse Augen machte, verbesserte er sich, ‹nicht eigentlich schlimm.› Dann, nach einem Blick ins Ruderhaus, setzte er hinzu: ‹Mensch, da ist aber ein Grossreinemachen fällig.› Fast im selben Atemzug gab er mir den Rat, den Kessel genügend unter Dampf zu halten, um nötigenfalls die Pfeife betätigen zu können. ‹Ein tüchtiges Aufheulen nützt euch mehr als alle Schusswaffen. Es sind einfache Menschen›, wiederholte er. So kam er vom Hundertsten ins Tausendste, bis mir ganz wirblig war im Kopf. Er schien ein grosses Nachholbedürfnis zu haben und liess sogar lachend durchblicken, das sei wohl der Fall.

‹Aber, unterhalten Sie sich denn nicht mit Kurtz?› fragte ich.

‹Mit diesem Menschen unterhält man sich nicht – man hört zu›, rief er überschwenglich. ‹Jetzt allerdings...› Er winkte ab und schien im Nu wieder völlig geknickt. Dann schnellte er gleich wieder hoch, bemächtigte sich meiner Hände und schüttelte sie mir unaufhörlich, während er hervorsprudelte: ‹Berufsgenosse... Ehre... Vergnügen... hocherfreut... mich vorstellen... Russe... Sohn eines Erzpriesters... Kreis Tambow... wie? Tabak! Englischer Tabak, dieser ausgezeichnete englische Tabak! Das nenne ich kollegial. Rauchen? Wo gibt es einen Seemann, der nicht raucht?›

Die Pfeife wirkte besänftigend auf ihn, und allmählich konnte ich mir zusammenreimen, dass er von der Schule weggelaufen war und auf einem russischen Schiff angemustert hatte, von dem er ebenfalls ausriss, um eine Zeitlang auf englischen Schiffen zu fahren. Mit dem Erzpriester hatte er sich inzwischen ausgesöhnt, das betonte er ausdrücklich. ‹Doch wenn man jung ist, will man etwas von der Welt sehen, man will etwas erleben, seinen Horizont erweitern.›

‹Ausgerechnet hier!› rief ich aus.

‹Das kann man nie wissen! Hier habe ich Kurtz kennengelernt›, erklärte er in vorwurfsvollem Ton, mit der Humorlosigkeit des jungen Menschen. Danach hielt ich den Mund. Es ergab sich, dass er ein holländisches Handelsunternehmen an der Küste dazu überredet hatte, ihn mit Proviant und Tauschkram auszurüsten, worauf er unbeschwerten Herzens nach dem Innern des Landes aufbrach, ohne im geringsten zu ahnen, was ihm da bevorstand. Seit nahezu zwei Jahren zog er allein im Gebiet dieses Stroms umher, von allem und jedem abgeschnitten.

‹Ich bin nicht so jung, wie ich aussehe›, bemerkte er. ‹Ich bin fünfundzwanzig. Zuerst sagte der alte Van Schuyten, ich solle mich zum Teufel scheren, aber ich liess nicht locker und redete in einem fort auf ihn ein, bis er nachgerade befürchtete, ich könnte seinem Lieblingshund ein Hinterbein vom Leibe reden; so gab er mir denn von seinem billigen Kram, auch ein paar Gewehre, und sagte, hoffentlich werde er mich nie wieder zu Gesicht bekommen. Der gute alte Van Schuyten. Vor einem Jahr habe ich ihm etwas Elfenbein zugehen lassen, damit er mich nicht einen kleinen Gauner schelten kann, wenn ich zurückkehre. Hoffentlich hat er es erhalten. Alles andere ist mir einerlei. Ich hatte für euch etwas Holz aufgestapelt. Das war früher mein Haus. Habt ihr's gefunden?›

Ich überreichte ihm Towsons Buch. Er wäre mir wohl am liebsten um den Hals gefallen, konnte sich aber beherrschen.

‹Das einzige Buch, das mir verblieb, und ich glaubte schon, es sei abhanden gekommen›, rief er und betrachtete es verzückt. ‹Es passiert ja soviel, wenn man allein unterwegs ist. Kanus kentern, oder man muss schleunigst verduften, wenn diese Menschen rabiat werden.› Er blätterte in seinem Buch.

‹Die Randbemerkungen, die Sie machten, das ist wohl russisch?› fragte ich. Er nickte. ‹Ich dachte, es sei eine Geheimschrift›, fügte ich hinzu.

Er lachte und setzte dann gleich wieder eine ernsthafte Miene auf. ‹Ich hatte meine liebe Not, mich dieser Menschen zu erwehren›, erklärte er.

‹Wollten sie Ihnen ans Leben?›

‹Ach wo!› rief er und hielt inne.

‹Warum hat man uns denn überfallen?› drang ich in ihn.

Er zögerte und erklärte dann verschämt: ‹Man will ihn nicht ziehen lassen.›

‹Wirklich?›

Er nickte geheimnisvoll, wie einer, der Bescheid weiss. ‹Ich sage Ihnen›, rief er, ‹dieser Mann war für mich eine Offenbarung.› Er breitete die Arme aus und schaute mich mit blauen Kulleraugen an.

III

Verwunderlich – höchst verwunderlich... Da stand er in seinem buntscheckigen Aufzug vor mir, als wäre er einer Gauklertruppe entlaufen – hell begeistert, märchenhaft. Schon sein Vorhandensein war unwahrscheinlich. Er gab unlösbare Rätsel auf. Wie hatte er sich bloss über Wasser gehalten? Wie hatte er es fertiggebracht, so weit ins Innere zu gelangen? Wieso war er nicht längst verschollen?

‹Ich bin eben ein Stück weiter vorgedrungen›, erklärte er, ‹und dann noch ein Stück – bis ich so weit kam, dass ich nachgerade nicht mehr weiss, wie ich jemals zurückfinden soll. Wenn schon. Zeit genug. Ich komme schon zurecht. Hauptsache ist, Sie bringen Kurtz von hier weg, und zwar schleunigst – schleunigst, sage ich Ihnen.› Der Glanz der Jugend war um seine bunten Lappen, seine Armseligkeit und Vereinsamung, das im Grunde Trostlose seiner ziellosen Wanderschaft. Seit langem war sein Leben kein Pfifferling mehr wert, und doch stand er da quicklebendig und unbeschwert vor mir, allem Anschein nach unverwüstlich, und das bloss kraft seiner jungen Jahre und seiner unbedenklichen Kühnheit. Er verleitete mich zu etwas wie Bewunderung – ja, Neid.

Der Glanz der Jugend! Das war es, was ihn weitertrieb, was ihn vor Schaden bewahrte. Er begehrte von der Wildnis bestimmt nichts als Ellbogenfreiheit. Da zu sein und unter den denkbar grössten Gefahren und Entbehrungen weiterzukommen, das allein war ihm Bedürfnis. Wenn je ein Mensch von völlig unverfälschtem, auf keinerlei Vorteil bedachtem Abenteurergeist besessen war, dann war es dieser junge Hanswurst. Fast beneidete ich ihn um die kleine lautere Flamme, die in ihm brannte. Sie schien jede Selbstsucht völlig verzehrt zu haben; noch während des Gesprächs mit ihm vergass man, dass er es war – der junge Mensch, der da vor einem stand –, der alles das erlebt hatte. Dass er Kurtz verfallen war, darum beneidete ich ihn allerdings nicht. Er hatte sich deswegen keine Gedanken gemacht. Es war einfach über ihn gekommen, und er hatte sich damit abgefunden. Offen gestanden, es schien mir so ziemlich in jeder Hinsicht das Gefährlichste, was ihm je zugestossen war.

Die beiden waren unweigerlich aneinandergeraten, wie zwei Schiffe in einer Flaute, die schliesslich Seite an Seite scheuern. Kurtz brauchte wohl einen Zuhörer; einmal, als sie im Wald kampierten, war es nämlich vorgekommen, dass sie die ganze Nacht hindurch miteinander geredet hatten, das heisst, geredet hatte wohl Kurtz.

‹Wir sprachen von allem möglichen›, erklärte er mir, noch jetzt ganz hingerissen bei der Erinnerung daran. ‹An Schlaf habe ich gar nicht mehr gedacht. Die Nacht verging mir wie eine Stunde. Alles mögliche kam dabei zur Sprache, alles mögliche!... auch die Liebe.›

‹Ach, von der Liebe hat er Ihnen gesprochen!› sagte ich belustigt.

‹Nicht so, wie Sie denken›, rief er ungehalten. ‹Nur ganz allgemein. Er hat mir da Dinge offenbart – Dinge, sage ich Ihnen.›

Er warf die Arme empor. Wir standen damals an Deck, und einer der Holzhacker, der sich in der Nähe aufhielt, bedachte ihn mit einem nachdenklichen Blick. Ich schaute in die Runde, und ich weiss nicht warum, aber ich muss gestehen, noch nie waren mir Land und Fluss und Dschungel, ja selbst das strahlende Himmelsgewölbe so hoffnungslos finster vorgekommen, so unzugänglich für den Menschen und sein Denken, so gnadenlos seiner Schwäche gegenüber. ‹Und seither sind Sie also bei ihm?› fragte ich.

Das Gegenteil traf zu. Offenbar waren in ihrem Umgang aus verschiedenen Gründen längere Unterbrechungen eingetreten. Wie er mir voller Stolz mitteilte, war es ihm gelungen, Kurtz zweimal gesund zu pflegen (ein gewagtes Unterfangen, seiner Ausdrucksweise nach zu schliessen), doch in der Regel verzog sich Kurtz allein tief in den Wald.

‹Wenn ich hierherkam, musste ich oft tagelang warten, bis er auftauchte›, stellte er fest. ‹Aber das Warten lohnte sich – bisweilen.›

‹Was tat er denn? Erforschte er sein Revier, oder was sonst?›

‹Doch, natürlich.› Anscheinend hatte Kurtz eine Menge Dörfer entdeckt, auch einen See – in welcher Richtung, war meinem Gewährsmann nicht bekannt; es war nicht ratsam, sich allzu genau zu erkundigen – doch meistens galten die Streifzüge dem Elfenbein.

‹Aber er hatte doch schon längst kein Tauschmaterial mehr›, wandte ich ein.

‹Auch jetzt sind noch reichlich Patronen da›, erwiderte er und schaute weg.

‹Mit andern Worten, er unternahm Raubzüge›, bemerkte ich. Er nickte.

‹Aber doch sicher nicht allein?›

Er liess etwas von den Dörfern rings um den See verlauten.

‹Kurtz hat den betreffenden Stamm für seine Zwecke eingespannt?› fragte ich.

Er wand sich ein bisschen. ‹Diese Menschen vergötterten ihn›, erklärte er, und zwar in einem so merkwürdigen Ton, dass ich ihn forschend anblickte. Es war drollig, den Widerstreit seiner Gefühle zu sehen. Einerseits sprach er sehr gern von Kurtz, anderseits auch wieder sehr ungern. Der Mann füllte ihn ganz aus und bestimmte seine Haltung.

‹Wie hätte es anders sein können›, brach es aus ihm hervor, ‹er erschien ihnen doch mit Donner und Blitz – dergleichen hatten sie noch nie gesehen. Furchterregend kam er ihnen vor. Kurtz konnte ja auch furchterregend sein. Man darf Kurtz nicht mit andern in einen Topf werfen. Nein, nein, nein! Also – bloss um Ihnen einen Begriff zu geben – ich sage ganz offen, auch mich wollte er einmal erschiessen – aber ich kreide es ihm nicht an.›

‹Sie wollte er erschiessen! Wieso das?›

‹Na ja, ich hatte da einen kleinen Posten Elfenbein, den der Häuptling des Dorfes in der Nähe meines Hauses mir geschenkt hatte. Ich erlegte doch jeweils Wild für seine Leute. Nun, Kurtz wollte das Elfenbein haben und war nicht davon abzubringen. Er drohte mich zu erschiessen, falls ich nicht aus der Gegend verschwinde, unter Hinterlassung des Elfenbeins. Er könne es nämlich ohne weiteres tun und verspüre grosse Lust dazu; überhaupt könne nichts auf der Welt ihn daran hindern, jeden x-beliebigen Menschen umzubringen. Und das stimmte ja. Ich überliess ihm das Elfenbein. Was lag mir schon daran! Aber ich zog nicht ab. Nein, nein. Ich konnte nicht von ihm lassen. Natürlich musste ich auf der Hut sein, bis wir wieder Freunde wurden – eine Zeitlang. Er machte damals seine zweite Krankheit durch. Nachher musste ich sehen, dass ich ihm nicht in die Quere kam, aber das nahm ich in Kauf. Meistens wohnte er in einem der Dörfer am See. Wenn er dann wieder hierher zurückkehrte, war ich ihm manchmal genehm, manchmal aber auch nicht. Der Mann litt unter den Verhältnissen; alles war ihm verhasst, aber irgendwie konnte er sich nicht losreissen. Wenn die Gelegenheit günstig war, bat ich ihn inständig, sich doch auf den Rückweg zu machen, solange noch Zeit dazu sei; ich wolle ihn gerne begleiten. Er erklärte sich jeweils einverstanden, blieb dann aber doch, zog wieder auf die Suche nach Elfenbein, verschwand auf Wochen hinaus, vergass sich unter diesen Menschen – vergass sich ganz einfach.›

‹Der ist ja nicht bei Trost!› sagte ich. Er widersprach mir voller Entrüstung. Wenn ich Kurtz hätte reden hören, noch vor zwei Tagen, würde ich dergleichen nicht im entferntesten behaupten... Ich hatte während unseres Gesprächs den Feldstecher zur Hand genommen und suchte damit den Waldrand beiderseits des Hauses und hintendran ab. Es war mir nicht ganz geheuer bei dem Gedanken, dass sich dort im Dschungel drin Menschen befanden, so still und reglos wie das verfallene Haus auf dem Hügel. Nichts an der Landschaft liess etwas von dem ahnen, was ich soeben zu meiner Verwunderung gehört hatte – in Bruchstücken, in abgerissenen Worten, die mit einem Achselzucken schlossen, in Andeutungen, die in einen tiefen Seufzer ausmündeten. Starr wie eine Maske wirkte der Wald, wuchtig wie ein verriegeltes Gefängnistor – man konnte nicht wissen, was sich dahinter verbarg.

Der Russe erzählte inzwischen, es sei noch nicht lange her, dass Kurtz sich wieder hier eingefunden habe, in Begleitung aller Krieger jenes Stammes am See. Monatelang war er fort gewesen – wohl um sich abgöttisch verehren zu lassen – und war unverhofft aufgetaucht, offenbar in der Absicht, einen Raubzug flussabwärts oder am andern Ufer des Stroms zu unternehmen. Die Lust auf noch mehr Elfenbein hatte sich wohl als stärker erwiesen als seine – wie soll ich sagen? – weniger weltlichen Bestrebungen. Doch hatte sich dann sein Befinden rasch verschlimmert.

‹Ich vernahm, er liege darnieder, und so kam ich denn hierher – aufs Geratewohl›, bemerkte der Russe. ‹Ach, es geht ihm gar nicht gut, gar nicht gut.›

Ich richtete den Feldstecher auf das Haus. Da war kein Lebenszeichen, nur das schadhafte Dach, die lange Lehmmauer, die aus dem Gras hervorguckte, mit drei Fenstervierecken, keine zwei gleich gross, alles gewissermassen zum Greifen nahe. Dann verrutschte mir plötzlich der Feldstecher, und einer der Pfähle des verschwundenen Zauns geriet in mein Blickfeld.

Aus der Ferne waren mir, wie bereits bemerkt, gewisse Verzierungen aufgefallen, die nicht recht zu der Verwahrlosung des Ganzen passen wollten. Jetzt sah ich eine davon genauer, und die Wirkung davon war, dass ich mit dem Kopf zurückfuhr, als wollte ich einem Schlag ausweichen. Dann nahm ich mir sorgfältig einen Pfahl nach dem andern vor und erkannte meinen Irrtum. Die kugelförmigen Gebilde waren nicht als Zierde, sie waren als Trophäen gedacht - sehr sprechend, muss ich sagen, und höchst bedrohlich -, Stoff zum Nachdenken und auch für die Aasgeier, falls welche in der Höhe kreisten, jedenfalls aber für alle Ameisen, denen es nicht zu viel war, den Pfahl zu erklettern.

Sie wären noch eindrucksvoller gewesen, diese aufgespiessten Köpfe, wenn sie nicht mit dem Gesicht zum Haus hin aufgepflanzt gewesen wären. Nur einer - der erste, den ich gesichtet hatte - schaute in meine Richtung. Ich war nicht so entsetzt, wie man annehmen könnte. Lediglich aus Überraschung war ich zuerst zurückgefahren. Schliesslich hatte ich erwartet, einen Holzknauf vorzufinden. Ich kehrte geflissentlich zu dem ersten Kopf zurück und sah ihn vor mir - schwarz, vertrocknet, hohlwangig, mit geschlossenen Lidern, ein Kopf, der oben auf dem Pfahl zu schlafen schien, und da sich zwischen den eingeschrumpften Lippen ein schmaler weisser

Strich zeigte, schien er auch zu lächeln, ein nicht enden wollendes Lächeln über irgendeinen ulkigen Traum dieses ewig Schlafenden.

Ich verrate damit keine Geschäftsgeheimnisse. Im Gegenteil, der Direktor betonte später, die von Kurtz angewendeten Methoden hätten das Gebiet zugrunde gerichtet. Sei dem, wie ihm wolle, jedenfalls ist klar, dass diese Köpfe nicht eigentlich als Gewinn zu verbuchen waren. Sie zeigten lediglich, dass es Kurtz bei der Befriedigung seiner verschiedenen Gelüste an Mass fehlte, dass ihm etwas abging – irgendeine Kleinigkeit, die sich, als sie dringend benötigt wurde, unter seinen grossen Worten nicht vorfand. Ob ihm selber dieser Mangel bekannt war, vermag ich nicht zu sagen. Ich glaube, ganz zuletzt wurde ihm die Erkenntnis zuteil – erst ganz zuletzt. Doch die Wildnis hatte ihn schon früh erkannt und hatte sich für die unwahrscheinliche Heimsuchung furchtbar an ihm gerächt. Sie hatte ihm wohl in aller Stille Aufschluss über sein innerstes Wesen gegeben, von dem er nichts geahnt hatte, von dem er erst einen Begriff bekam, als er mit dieser grossen Einsamkeit zu Rate ging – und was ihm die Wildnis zuraunte, erwies sich als überaus verlockend und fand in ihm einen lauten Widerhall, weil er innerlich hohl war... Ich setzte den Feldstecher ab, und der Kopf, der eben noch so nahe schien, dass man ihn hätte anreden können, war sogleich in unerreichbare Ferne gerückt.

Der Bewunderer des Herrn Kurtz schien etwas geknickt. Mit stockender Stimme begann er mir auseinanderzusetzen, er habe es nicht gewagt, diese – eh – Trophäen zu entfernen. Vor den Eingeborenen habe er keine Angst, die verhielten sich bestimmt ruhig, solange Kurtz nicht das Zeichen gebe. Erstaunlich, die Gewalt, die er über sie ausübe. Ringsum hätten sie ihre Lager aufgeschlagen, und jeden Tag kämen die Häuptlinge ihn besuchen, auf allen vieren...

‹So genau will ich das gar nicht wissen›, fuhr ich ihn an. Merkwürdig, dass dergleichen Einzelheiten mir unerträglicher vorkamen als die aufgespiessten Köpfe vor dem Haus. Das war schliesslich nur ein barbarischer Anblick, und verglichen mit dem lichtscheuen Seelenbezirk, in den ich einen Blick getan, geradezu wohltuend in seinem reinen, geradlinigen Barbarentum, dessen Daseinsberechtigung – am hellichten Tag – niemand bestreiten konnte. Verdutzt schaute mich der junge Mann an. Der Gedanke, Kurtz könnte am Ende kein Abgott von mir sein, schien ihm vollkommen fremd. Er vergass offenbar, dass ich noch nie einen dieser glanzvollen Monologe über – ach ja, über die Liebe, über Recht und Gerechtigkeit, über Lebensgestaltung, oder was immer, gehört hatte. Was die Kriecherei vor Kurtz anbetraf, konnte er es mit jedem Wilden aufnehmen.

‹Sie haben ja keine Ahnung von den Verhältnissen hier›, erklärte er. ‹Diese Köpfe sind die Köpfe von Rebellen.› Er war ganz betroffen, als ich laut auflachte. Rebellen! Das war das Allerneuste. Von Feinden, Verbrechern, Arbeitern hatte ich schon gehört – und nun auch noch von Rebellen. Besonders rebellisch kamen sie mir auf ihren Pfählen nicht vor.

‹Sie ahnen gar nicht, wie ein solches Leben einem Menschen wie Kurtz zusetzt›, rief sein letzter Jünger.

‹Und Ihnen?›

‹Mir, mir! Ach, ich bin ein einfaches Gemüt. Ich habe keine grossen Ideen. Ich verlange von niemand etwas. Wie können Sie mich bloss vergleichen mit...?› Vor Erregung verschlug es ihm die Sprache, und plötzlich klappte er zusammen. ‹Ich verstehe das alles nicht›, stöhnte er. ‹Ich habe mein möglichstes getan, ihn am Leben zu erhalten, und das ist genug. Mit dem andern da hatte ich nichts zu tun. Wie käme ich dazu? Seit Monaten gibt es hier keinen Tropfen Medizin, keinen Happen Krankenkost mehr. Man hat ihn schmählich im Stich gelassen. Einen Menschen wie ihn, mit all seinen Ideen. Eine Schande ist das, eine Schande! Ich - ich - die letzten zehn Nächte habe ich kein Auge zugetan...›

Seine Stimme verlor sich in der Abendruhe. Im Laufe unseres Gesprächs waren die langen Schatten den Hang hinunter vorgerückt, weit über die verwahrloste Wohnstätte und die bedeutsame Reihe der Pfähle hinaus. Alles das lag jetzt im Dämmerlicht, während wir am Fluss unten noch Sonne hatten. Ruhig schimmerte und glitzerte die Wasserfläche vor der Lichtung, nur dort, wo sie abbog, dunkel überschattet. Am Ufer war weit und breit keine Seele zu sehen. Nichts regte sich im Gebüsch.

Plötzlich tauchte hinter der Hausecke hervor - wie aus dem Boden gestampft - eine

Gruppe von Männern auf. Sie ragten nur mit dem Oberkörper aus dem hohen Gras heraus, gingen dicht beieinander und trugen in ihrer Mitte eine behelfsmässige Bahre. Sogleich entrang sich der menschenleeren Landschaft ein Schrei, der wie ein schwirrender Pfeil die Stille zerriss, und nackte Menschen mit Speeren in der Hand, mit Bogen und Schild strömten in wildem Trubel auf die Lichtung hinaus. Busch und Strauch gerieten in Bewegung, man sah eine Zeitlang das Gras schwanken, und dann erstarrte alles wieder in erwartungsvoller Stille.

‹Wenn er jetzt nicht das richtige Wort sagt, sind wir geliefert›, meinte der Russe an meiner Seite.

Die Schar mit der Bahre war ebenfalls wie versteinert stillgestanden, auf halbem Weg zum Flussufer hinunter. Ich sah, wie der Mann auf der Bahre sich mit gerecktem Arm aufrichtete, so dass er über die Schultern der Träger hinausragte.

‹Hoffen wir, der Mann, der so gut über die Liebe im allgemeinen zu reden versteht, hat nochmals ein Einsehen›, bemerkte ich, ergrimmt über die verzwickte und gefährliche Lage, in die wir geraten waren, als bedeute es eine Entwürdigung, von der Gnade dieses lebenden Leichnams abhängig zu sein. Kein Laut war zu hören, doch durch den Feldstecher sah ich den dünnen Arm gebieterisch ausgestreckt, sah die Kinnlade sich bewegen und die Augen tief in dem Kopf, der nur noch aus Haut und Knochen bestand und ruckweise nickte.

Kurtz – der Name entsprach ungefähr im selben Masse der Wahrheit wie alles andere in seinem Leben – und Tod. Man hatte den Eindruck, der Mann sei mehr als zwei Meter lang. Die Decke war herabgeglitten, und der Körper, der zum Vorschein kam, war so jämmerlich ausgemergelt, als käme er unter einem Leichentuch hervor. Man sah den Brustkasten mit allen Rippen sich heben und senken, den klapperdürren Arm fuchteln. Es war, als drohe das bewegte Abbild eines aus altem Elfenbein geschnitzten Sensenmannes einer reglosen Masse aus dunkel schimmernder Bronze. Ich sah ihn den Mund weit aufsperren, was ihm etwas unheimlich Heisshungriges gab, als wolle er am liebsten die ganze Luft, die ganze Erde, die ganze Menge dort verschlingen. Leise drang eine tiefe Stimme an mein Ohr; offenbar sprach er sehr laut. Plötzlich fiel er zurück. Die Bahre schwankte, als die Träger sich wieder in Bewegung setzten, und gleichzeitig fiel mir auf, dass die Masse der Eingeborenen fast unmerklich zurückwich, als ob der Urwald, der sie ausgestossen hatte, sie jetzt in einem tiefen Atemholen wieder einziehe.

Einige der Pilger hinter der Bahre trugen seine Waffen – zwei Schrotflinten, ein Gewehr und einen Repetierkarabiner –, die Donnerkeile dieses jammervollen Jupiter. Der Direktor, der am Kopfende der Bahre nebenherging, beugte sich über ihn und schien leise mit ihm zu sprechen. Man verbrachte Kurtz in eines der kleinen Deckshäuser – gerade Platz genug für eine Bettstelle und einen Klappstuhl oder zwei. Wir hatten ihm seine verspätete Post gebracht, und eine Unmenge aufgeschlitzter Kuverts und entfalteter Briefbogen lagen auf dem Bett verstreut. Kraftlos langte er nach diesem oder jenem Schriftstück. Was mir auffiel, war sein feuriger Blick und die Gelassenheit, die er an den Tag legte. Er wirkte eigentlich nicht wie jemand, der nach langer Krankheit völlig erschöpft ist. Schmerzen schien er keine zu verspüren. Dieser Schatten seines früheren Selbsts sah satt und seelenruhig aus, als hätte er vorläufig genug erlebt.

Er schwenkte einen der Briefe, schaute mir ins Gesicht und sagte: ‹Sehr erfreut.› Jemand hatte ihm meinetwegen geschrieben – diese Empfehlungsschreiben tauchten wieder auf. Verblüffend war die Lautstärke, die er mühelos zuwege brachte, fast ohne die Lippen zu bewegen. Eine Stimme! Eine Stimme! Dabei schien der Mann kaum imstande, ein Flüstern hervorzubringen. Indessen steckte noch genügend Kraft in ihm – vorgetäuschte Kraft wenigstens –, um uns alle beinahe ins Verderben zu stürzen, wie sich gleich zeigen wird.

Als der Direktor wortlos unter der Tür erschien, trat ich rasch hinaus, und er zog den Vorhang hinter mir zu. Draussen stand der Russe, von den Pilgern argwöhnisch beobachtet, und schaute nach dem Ufer hinüber. Ich folgte der Richtung seines Blicks.

Dunkle Schatten sah man in der Ferne im Dämmerschein umherhuschen, und in der Nähe des Flusses, an der Sonne, standen zwei bronzefarbene Gestalten mit langen Speeren, auf die sie sich stützten, und phantastischem Kopfputz aus gefleckten Fellen; sie wirkten kriegerisch, in Ruhestellung, wie zwei Statuen. Und von rechts nach links bewegte sich das helle Ufer entlang eine Prachterscheinung von einer Frau.

Gemessenen Schrittes kam sie einher, in gestreifte, mit Fransen behängte Stoffe gehüllt, hocherhobenen Hauptes, mit einem leisen Klimpern und Flimmern barbarischer Schmuckstücke. Ihre Haartracht war wie ein Helm; sie trug Messingringe bis ans Knie, Messingdraht um die Unterarme, einen weinroten Tupfen auf der bräunlichen Wange, zahllose Glasperlenschnüre um den Hals, war mit Amuletten – den Geschenken von Medizinmännern – behängt, ausgefallenen Dingern, die bei jedem Schritt flirrten und pendelten. Was sie alles am Leibe trug, muss den Wert mehrerer Elefantenzähne gehabt haben. Sie war wild und grossartig, und ihr bedächtiges Schreiten hatte etwas bedrohlich Hoheitsvolles. In der Totenstille, die plötzlich eingetreten war, schien das ganze Land in seinem tiefen Kummer, der ganze unheimlich lebendige Dschungel sie nachdenklich zu betrachten, als verkörpere sie seine lichtscheue und leidenschaftlich aufgewühlte Seele.

Als sie sich dem Dampfer gegenüber befand, blieb sie stehen und kehrte sich uns zu, wobei ihr langer Schatten bis ans Wasser fiel. Im Ausdruck ihrer tieftraurigen Züge vereinte sich wilder Schmerz mit der Angst vor einem in ihr aufkeimenden Entschluss, mit dem sie zu ringen schien. Völlig reglos stand sie da, schaute zu uns herüber und schien wie die Wildnis selber über einem unergründlichen

Vorhaben zu brüten. Eine volle Minute verging, dann trat sie einen Schritt vor. Man hörte ein leises Klimpern, sah gelbes Metall aufleuchten, Fransen hin und her baumeln, und schon stand sie wieder still, als sei ihr der Mut entsunken. Der junge Mann an meiner Seite gab ein Knurren von sich; hinter mir brabbelten die Pilger etwas. Sie schaute uns alle unverwandt an, als gelte es ihr Leben. Plötzlich reckte sie die Arme über den Kopf empor, wie von einem unbezähmbaren Verlangen beseelt, den Himmel anzurühren, und gleichzeitig brachen auf einmal die Schatten der Dämmerung über den Fluss herein und umfingen den Dampfer. Eine gewaltige Stille herrschte über dem Ganzen.

Langsam wandte sie sich ab, schritt weiter das Ufer entlang und zur Linken ins Gebüsch hinein. Nur einmal noch funkelten ihre Augen aus dem Halbdunkel des Dickichts auf; dann war sie entschwunden.

‹Falls sie Miene gemacht hätte, an Bord zu kommen, hätte ich wohl auf sie geschossen›, erklärte der Buntscheckige. ‹Die letzten vierzehn Tage habe ich täglich mein Leben aufs Spiel gesetzt, um sie vom Haus fernzuhalten. Einmal verschaffte sie sich doch Zutritt und veranstaltete ein grosses Gezeter wegen der elenden Lappen, die ich in der Vorratskammer aufgelesen hatte, um meine Kleider damit zu flicken. Ich war ihr nicht fein genug, das war's wohl; sie redete nämlich mehr als eine Stunde lang wie besessen auf Kurtz ein, wobei sie von Zeit zu Zeit auf mich deutete. Den Dialekt dieses Stammes verstehe ich nicht. Zum Glück war Kurtz an dem betreffenden Tag allzu übel dran, sonst hätte ich was erleben können. Ich begreife es nicht – nein, es ist zu viel für mich. Gottlob ist das alles jetzt vorbei.›

Gleich darauf hörte ich Kurtz hinter dem Vorhang mit seiner tiefen Stimme sagen: ‹Mich retten! Das Elfenbein retten, meinen Sie wohl. Kommen Sie mir doch nicht damit! Mich retten, mich! Euch musste ich ja retten. Überhaupt, Sie stören mich in meinen Plänen. Krank! Krank! Nicht so krank, wie Sie mich gerne hätten. Lassen wir das. Ich werde mein Vorhaben doch noch ausführen – ich kehre zurück. Ich werde Ihnen zeigen, was sich erreichen lässt. Sie mit Ihrem kleinlichen Krämergeist – Sie stören bloss. Ich kehre zurück, ich…›

Der Direktor trat heraus. Er erwies mir die Ehre, mich am Arm beiseite zu nehmen. ‹Er ist sehr geschwächt – sehr geschwächt›, sagte er und hielt es für angebracht, einen Seufzer auszustossen, fiel jedoch mehrmals aus der Rolle. ‹Wir haben doch für ihn getan, was wir konnten, finden Sie nicht auch? Es lässt sich aber nicht verhehlen, dass Kurtz dem Unternehmen mehr geschadet als genützt hat. Er verkannte, dass die Zeit noch nicht reif ist für ein energisches Vorgehen. Hier müssen wir eine Zeitlang den Laden zumachen. Bedauerlich! Der Handel wird darunter leiden. Zugegeben, wir haben da eine ganze Menge Elfenbein – grösstenteils fossil. Das müssen wir jedenfalls retten – aber Sie sehen ja, unter welch bedrohlichen Umständen – und warum? Weil sein Geschäftsgebaren unsolide ist.›

‹Sie nennen es ‚unsolides Geschäftsgebaren'?› sagte ich mit einem Blick aufs Land hinüber.

‹Gewiss doch›, ereiferte er sich, ‹Sie nicht auch?›

‹Geschäftsgebaren kann man es eigentlich nicht nennen›, bemerkte ich nach einer Weile.

‹Das sage ich ja›, trumpfte er auf. ‹Übrigens habe ich das alles vorausgesehen. Es verrät völligen Mangel an Urteilsvermögen. Es ist meine Pflicht, das höheren Orts zu melden.›

‹Ach›, sagte ich, ‹dieser Mensch dort – wie heisst er doch gleich? –, der Backsteinhersteller, wird Ihnen bestimmt einen lesbaren Bericht aufsetzen.›

Einen Augenblick schaute er etwas betreten drein. Mir war, als hätte ich noch nie eine so verpestete Luft geatmet. Dann schon noch lieber Kurtz – bedeutend lieber. ‹Trotzdem finde ich, Kurtz ist ein bemerkenswerter Mensch›, erklärte ich nachdrücklich.

Der Direktor schien befremdet, bedachte mich mit einem frostigen Blick und sagte leise: ‹Er *war* es›, worauf er mir den Rücken zukehrte. Ich war in Ungnade gefallen, wurde mit Kurtz in einen Tiegel geworfen als Befürworter eines Vorgehens, für das die Zeit noch nicht reif war: ich galt als unsolide! Immerhin, es war schon etwas, wenigstens die Wahl zwischen zwei bösen Träumen zu haben.

Was ich in Wirklichkeit vorzog, das war die Wildnis, nicht Kurtz, der zugegebenermassen schon so gut wie begraben war. Und vorübergehend kam ich mir selber vor wie in einem Grab voll unaussprechlicher Geheimnisse. Ich verspürte einen unerträglichen Druck auf der Brust, den Geruch der feuchten Erde, das Walten unaufhaltsamer Verderbnis, das Dunkel undurchdringlicher Nacht... Der Russe tippte mich an die Schulter und murmelte stockend etwas wie ‹Berufsgenosse – nicht verheimlichen – Kenntnis – Kurtz und seinem Ruf abträglich –›. Ich wartete. Für ihn lag Kurtz offenbar noch nicht im Grab; vermutlich gehörte er für ihn zu den Unsterblichen. ‹Also›, sagte ich schliesslich, ‹heraus mit der Sprache! Zufällig bin ich ein Freund von Kurtz – gewissermassen.›

Er setzte mir umständlich auseinander, wenn wir nicht Berufsgenossen wären, hätte er die Sache für sich behalten, ohne Rücksicht auf die Folgen. ‹Er hatte diese Weissen im Verdacht, etwas gegen ihn im Schilde zu führen und –›

Mir fiel ein gewisses Gespräch ein, das ich zufällig mitangehört hatte. ‹Richtig›, sagte ich, ‹der Direktor findet, man sollte Sie aufhängen.›

Er nahm die Neuigkeit mit einer Bestürzung auf, die zuerst belustigend auf mich wirkte. ‹Dann ist es besser, ich verdufte›, sagte er ernsthaft. ‹Für Kurtz kann ich jetzt ohnehin nichts mehr tun; man würde bald irgendeinen Vorwand finden. Was soll sie davon abhalten? Der nächste militärische Stützpunkt ist vierhundert Kilometer entfernt.›

‹O je›, sagte ich, ‹vielleicht ist es wirklich besser, Sie verziehen sich, falls Sie unter den Wilden hier in der Gegend Freunde haben.›

‹Daran fehlt's nicht. Es sind einfache Menschen – und ich bin bedürfnislos, wissen Sie.›

Er stand da und nagte an der Unterlippe. ‹Ich wünsche den Weissen hier ja nichts Böses›, sagte er dann, ‹ich dachte bloss an Kurtz und seinen Ruf – doch Sie sind ja auch Seemann und...›

‹Also gut›, sagte ich nach einer Weile, ‹sein Ruf ist bei mir gut aufgehoben.› Wie wahr ich damit gesprochen hatte, ahnte ich damals noch nicht.

In leiserem Ton teilte er mir mit, Kurtz sei es gewesen, der den Überfall auf den Dampfer angeordnet habe. ‹Der Gedanke, von hier weggeholt zu werden, war ihm manchmal unerträglich – und anderseits... aber ich werde nun einmal nicht klug daraus. Ich bin ein einfaches Gemüt. Er glaubte, es werde euch vertreiben – ihr würdet ihn verloren geben. Ich konnte ihn nicht daran hindern. Ach, dieser ganze Monat war eine furchtbare Zeit für mich.›

‹Na ja›, sagte ich, ‹jetzt ist er ja ausser Gefahr.›

‹Ja-a-a.› Offenbar war er nicht ganz überzeugt.

‹Danke›, sagte ich, ‹ich werde die Augen offenhalten.›

‹Aber unauffällig, eh?› schärfte er mir ein. ‹Es wäre verhängnisvoll für seinen Ruf, falls jemand hier...› Ohne eine Miene zu verziehen, gelobte ich ihm unbedingte Verschwiegenheit.

‹Ich habe da ein Kanu und drei Schwarze, die nicht weit von hier auf mich warten›, erklärte er. ‹Ich gehe. Hätten Sie mir vielleicht ein paar Patronen für mein Martini-Henry?›

Ich hatte welche und gab sie ihm, ganz unauffällig, versteht sich. Mit einem Augenzwinkern nahm er eine Handvoll von meinem Tabak an sich. ‹Unter Fahrensleuten – Sie wissen ja – guter englischer Tabak.›

Auf der Schwelle des Ruderhauses wandte er sich nochmals um. ‹Sagen Sie, könnten Sie nicht ein Paar Schuhe für mich erübrigen? Hier, schauen Sie!› Er zeigte mir eine Sohle, die mit mehrfach verknoteten, kreuzweise verschlungenen Schnüren an den Fuss gebunden war. Ich stöberte ein altes Paar Schuhe auf, das er voller Bewunderung betrachtete, bevor er es unter den linken Arm klemmte. Eine seiner Taschen (hellrot) war prall voll Patronen, aus der andern (dunkelblau) guckte Towsons ‹Untersuchung› hervor. Offenbar glaubte er hinlänglich ausgerüstet zu sein, um es von neuem mit dem Dschungel aufzunehmen.

‹Ah!› rief er. ‹Einem solchen Menschen werde ich nie mehr begegnen, nie! Sie hätten ihn hören sollen, wenn er Gedichte hersagte – noch dazu seine eigenen, wie er mir gestand. Gedichte waren das!› Er verdrehte die Augen bei der Erinnerung an diese Sternstunden. ‹Ach, was habe ich da alles zugelernt!›

‹Leben Sie wohl›, sagte ich.

Wir verabschiedeten uns mit einem Händedruck, und er entschwand in die Nacht hinein. Manchmal frage ich mich, ob es sein kann, dass ich ihn gesehen habe – ob es dergleichen wirklich gibt...

Als ich kurz nach Mitternacht erwachte, kam mir seine Warnung in den Sinn, und sie schien mir in der bestirnten Dunkelheit bedenklich genug, dass ich aufstand, um einen

Blick in die Runde zu werfen. Oben auf dem Hügel brannte ein grosses Feuer, das mit seinem flackernden Schein eine windschiefe Ecke des Gebäudes anleuchtete. Mit einem Teil der schwarzen Schiffsmannschaft, eigens zu diesem Zweck bewaffnet, bewachte dort einer der Agenten das Elfenbein; doch tief im Dunkel des Waldes zeigte da und dort ein rotes Aufschimmern, wo der Stamm, dessen Abgott Kurtz war, ruhelos Nachtwache hielt. Eintöniger Trommelwirbel durchzitterte die Luft, und aus dem Wald heraus drang wie aus einem Bienenstock der stetige dumpfe Summton vieler Stimmen, die irgendeine unheimliche Beschwörungsformel herunterleierten. Es wirkte einschläfernd auf mich, so dass ich wohl an der Reling eingenickt sein muss. Auf einmal liess mich nämlich ein Geheul zusammenfahren; es war wie der Ausbruch einer lange aufgestauten Erregung und brach unvermittelt wieder ab, worauf mir der dumpfe Summton wie eine hörbare Stille vorkam. Im Vorbeigehen warf ich einen flüchtigen Blick in die kleine Kammer. Dort brannte ein Licht, aber Kurtz war nicht mehr da.

Ich glaube, ich hätte Alarm geschlagen, wenn ich meinen Augen getraut hätte. Doch zunächst traute ich ihnen nicht – die Sache schien so vollkommen unmöglich. Ein Schreck durchfuhr mich, nicht ausgelöst durch irgendeine drohende Gefahr; es war dieser heillose Schreck, den man empfindet, wenn durch irgendeine unerklärliche Erscheinung alle Begriffe ins Wanken kommen. Das dauerte natürlich nur den Bruchteil einer Sekunde, und das vertraute Gefühl drohender Gefahr – eines Überfalls oder Gemetzels oder dergleichen – war mir danach geradezu willkommen. Ja, es wirkte so beruhigend auf mich, dass ich davon absah, Lärm zu schlagen.

Auf einem Stuhl an Deck, keine zwei Schritt von mir entfernt, schnarchte einer der Agenten, in seinen Mantel eingemummelt. Das Geschrei hatte ihn offenbar nicht geweckt. Ich liess ihn weiterschlafen und sprang ans Ufer. Ich habe Kurtz nicht verraten – ich sollte ihn überhaupt nie verraten; es stand geschrieben, dass ich dem bösen Traum meiner Wahl treu bleiben sollte. Es lag mir daran, ganz allein mit diesem Schatten fertig zu werden, und noch heute weiss ich nicht, warum ich so eifersüchtig darauf bedacht war, dieses lichtscheue Erlebnis mit keinem andern zu teilen.

Sobald ich am Ufer stand, erblickte ich eine Spur – eine breite Spur durch das Gras. Ich weiss noch, mit welchem Hochgefühl ich mir sagte: ‹Er kann nicht gehen – er kriecht auf allen vieren – also ist er mir sicher!› Das Gras war feucht vor Tau. Die Hände zur Faust geballt, schritt ich voran. Ich glaube, ich hatte damals vor, über ihn herzufallen und ihm erst einmal eine Tracht Prügel zu verabreichen. Ich weiss es nicht mehr genau. Alberne Gedanken gingen mir durch den Kopf. Die strikkende alte Frau mit der Katze drängte sich mir als unpassendes Erinnerungsbild auf; warum musste ausgerechnet diese Gestalt am andern Ende einer solchen Angelegenheit sitzen? Ich sah eine Reihe Pilger vor mir, die mit den Büchsen am Hüftknochen Blei in die Luft jagten. Ich glaubte nie mehr zum Dampfer zurückzufinden und stellte mir schon vor, wie ich bis in mein hohes Alter mutterseelenallein und unbewaffnet in der Wildnis leben werde. Und was dergleichen dummes Zeug mehr ist. Auch weiss ich noch, wie ich den Trommelschlag mit meinem Herzschlag verwechselte, hochbefriedigt von seiner Regelmässigkeit.

Meine Fährte behielt ich jedoch im Auge – und blieb dann stehen, um zu lauschen. Es war eine sternenklare Nacht, dunkelblau und funkelnd vor Tau; alles Schwarze darin verharrte reglos. Mir schien, weiter vorne bewege sich etwas. Überhaupt war ich mir meiner Sache damals merkwürdig sicher. Ich wich sogar von der Spur ab und schlug einen Bogen (wobei ich mir womöglich ins Fäustchen lachte) – ich wollte dem, was sich da geregt hatte, den Weg verlegen – falls sich wirklich etwas geregt hatte. Wie ein Junge beim Indianerspiel gedachte ich Kurtz zu überrumpeln.

Tatsächlich stiess ich auf ihn, und wenn er mich nicht hätte kommen sehen, wäre ich sogar über ihn gestolpert; doch er stand noch rechtzeitig auf. Undeutlich wie ein vom Waldboden ausgehauchter Dunst erhob er sich zu seiner vollen Grösse und stand dann schwankend und wortlos vor mir, während hinter mir zwischen den Bäumen die Feuer glommen und ein Gemurmel vieler Stimmen zu hören war. Ich hatte ihm geschickt den Weg verlegt, doch als ich ihm dann gegenüberstand, war ich wie ernüchtert und erkannte auf einmal die Gefahr, die noch immer drohte. Wenn er nun anfing zu schreien? Er konnte sich zwar kaum auf den Beinen halten, doch seine Stimmgewalt war ungebrochen.

‹Gehen Sie weg, verstecken Sie sich›, sagte er in seinem tiefen, Ehrfurcht einflössenden Bass.

Ich warf einen Blick über die Schulter zurück. Wir befanden uns etwa dreissig Meter vom nächsten Feuer entfernt. Eine schwarze Gestalt stand auf und stakste mit schlenkernden Armen hochbeinig vor dem rötlichen Schein vorbei. Sie trug Hörner - wohl Antilopenhörner - auf dem Kopf. Irgendein Zauberer oder Medizinmann musste es sein; dämonisch genug sah er aus.

‹Wissen Sie überhaupt, was Sie tun?› fragte ich leise.

‹O ja›, erwiderte er, wie von weitem und doch laut, als rufe er mich durch ein Sprachrohr an.

‹Wenn er jetzt Lärm schlägt, dann gute Nacht›, dachte ich bei mir. Handgreiflich durfte ich nicht werden, ganz abgesehen von meiner verständlichen Abneigung, mich mit diesem Schatten herumzubalgen - diesem unseligen Irrwisch.

‹Sie werden verloren sein›, sagte ich, ‹für immer und ewig.› Man hat manchmal solch erlösende Eingebungen. Jedenfalls hatte ich das richtige Wort gefunden, obwohl er ja schon damals so verloren war, wie einer es nur sein kann - in diesem Augenblick, da der Grund zu einem Vertrauensverhältnis gelegt wurde, das bis an sein Ende währen sollte, ja noch darüber hinaus.

‹Ich hatte ungeheure Pläne›, murmelte er vor sich hin.

‹Ja›, sagte ich, ‹aber wenn Sie versuchen zu schreien, schlage ich Ihnen den Schädel ein mit...› Es war weder ein Knüppel noch ein Stein zur Hand. ‹Dann erwürge ich Sie ein für allemal›, verbesserte ich mich.

‹Ich stand an der Schwelle zu grossen Dingen›, brachte er vor, in einem sehnsüchtigen Ton, der mir das Blut in den Adern erstarren liess. ‹Und jetzt muss dieser Esel von einem Direktor mir –›

‹In Europa ist Ihnen der Erfolg jedenfalls gesichert›, warf ich ein. Ich wollte es mir ersparen, ihn erwürgen zu müssen, und geholfen hätte es uns ohnehin nicht viel. Also suchte ich den Bann zu brechen, den Bann der Wildnis, die ihn an ihre gnadenlose Brust zog, indem sie verschollene, unmenschliche Begierden in ihm weckte, deren Befriedigung ihn immer fester an sie kettete. Ich bin überzeugt, das allein hatte ihn in den Urwald getrieben, tief in den Dschungel hinein, dem Feuerschein entgegen, den pochenden Trommeln, den unheimlichen, eintönig heruntergeleierten Zaubersprüchen; das allein hatte ihn verlockt, sich Ziele zu stekken, weit über die Grenzen des Erlaubten hinaus. Und, nicht wahr, das Schreckliche meiner Lage bestand keineswegs in der Gefahr, totgeschlagen zu werden – obwohl ich mir auch dieser durchaus bewusst war –, vielmehr darin, dass ich es mit einem Menschen zu tun hatte, bei dem ich mir nicht im Namen irgendeiner erhabenen oder verruchten Grösse Gehör verschaffen konnte. Ich musste ihn selber anrufen, genau wie die Neger es taten, sein eigenes erhabenes und verruchtes Ich.

Es gab nichts mehr über oder unter ihm, das war mir klar. Er hatte sich vom Boden abgestossen, der Unselige, sich von der Erde freigemacht. Er war allein, und ich wusste bald selber nicht mehr, ob ich vor ihm auf dem Boden stand oder in der Luft schwebte. Ich habe wiedergegeben, was wir sagten, die Worte, die zwischen uns fielen – doch was hilft das? Es waren alltägliche Worte, aber hinter ihnen stand für mich das beängstigend Vielsagende von Worten, wie man sie in einem Traum, einem bösen Traum, hört. Wenn je einer um die Seele eines Menschen gerungen hat, dann bin ich es. Und es war beileibe nicht die eines Verrückten. So unwahrscheinlich es klingt, er war bei klarem Verstand, grässlich in sich eingekapselt, aber durchaus bei Verstand; und darin lag meine einzige Hoffnung, abgesehen von der Möglichkeit, ihn gleich an Ort und Stelle umzubringen, was aber nicht viel für sich hatte, schon wegen des unvermeidlichen Lärms. Seelisch dagegen war er zerstört. Mit sich selber allein in der Wildnis, hatte er in sein Inneres geschaut, und ich kann nur sagen, es hatte ihn zerstört. Und ich musste es auf mich nehmen – wohl meiner Sünden wegen –, selber in dieses sein Inneres zu schauen. Nichts, keine noch so grosse Beredsamkeit, hätte einem den Glauben an die Menschheit so gründlich erschüttern können als die ehrlichen Worte, zu denen er sich zuletzt noch durchrang. Ja, er rang mit sich selber. Ich habe es mitangesehen, ich habe es gehört. Ich sah das unvorstellbare Geheimnis einer Seele, die keinerlei Schranken mehr kannte, keinen Glauben, keine Furcht, und doch blindlings mit sich selber rang. Gewiss, ich brachte es fertig, meine Ruhe zu bewahren, doch als ich ihn zu guter Letzt wieder auf seiner Liegestatt hatte, trocknete ich mir die Stirn, und meine Knie zitterten, als hätte ich fünf Zentner auf dem Buckel zum Fluss hinuntergetragen. Dabei hatte ich ihn bloss gestützt, mit seinem klapperdürren Arm um meinen Hals – und er war nicht viel schwerer als ein Kind.

Als wir am nächsten Tag um die Mittagsstunde vom Ufer ablegten, strömte die Menschenmenge, die mir hinter dem Vorhang der Bäume stets nur allzu gegenwärtig gewesen war, wieder aus dem Wald heraus und über den ganzen Abhang hin, eine wimmelnde Masse nackter, bronzefarbener Körper. Ich dampfte zunächst einmal ein Stück flussaufwärts, um dann zu wenden, und zweitausend Augen verfolgten das Gebaren des prustenden, klappernden, grimmigen Flussdämons, der mit seinem furchterregenden Schweif das Wasser bearbeitete und fauchend schwarzen Rauch ausstiess. Vor der ersten Reihe stapften drei Mann, von Kopf bis Fuss mit leuchtend roter Erde beschmiert, unablässig am Ufer auf und ab. Als wir uns wieder querab der Landungsstelle befanden, kehrten sie sich dem Fluss zu, stampften, nickten mit dem gehörnten Kopf, wiegten die roten Körper hin und her; sie schwenkten ein Büschel schwarzer Federn gegen den grimmigen Flussdämon, ein schütteres Fell mit Schwanz, und dann noch etwas, das wie eine Kürbisflasche aussah. In regelmässigen Abständen stimmten sie einen wunderlichen Sprechchor an, der nichts mehr mit menschlichen Lauten zu tun hatte, und das leise Gemurmel der Menge, plötzlich unterbrochen, wirkte wie der antwortende Teil einer Teufelslitanei.

Wir hatten Kurtz ins Ruderhaus getragen, weil es dort luftiger war; auch konnte er dort von seinem Lager aus durch die Fensteröffnung sehen. In der Masse der menschlichen Körper begann es zu brodeln, und die Frau mit der helmförmigen Haartracht und den bräunlichen Wangen kam bis ganz an den Uferrand heruntergelaufen. Sie streckte die Hände aus, rief etwas, und die ganze wilde Masse stimmte lauthals und ungestüm in den Ruf ein.

‹Verstehen Sie das?› fragte ich.

Ohne Antwort zu geben, schaute er unverwandt an mir vorbei zum Fenster hinaus, halb sehnsüchtig, halb hasserfüllt. Ich sah nur ein unergründliches Lächeln seine blassen Lippen umspielen, die gleich darauf krampfhaft zuckten.

‹Und ob ich es verstehe!› sagte er gedehnt, als wären ihm die Worte von einer höheren Macht entrissen worden.

Ich zog an der Leine der Dampfpfeife, und zwar deshalb, weil ich die Pilger an Deck voller Vorfreude die Gewehre hervorholen sah. Das Aufheulen der Dampfpfeife löste in der dichtgedrängten Menge sichtlich Angst und Schrecken aus. ‹Hören Sie auf! Sie verscheuchen sie ja!› rief jemand an Deck. Ein ums andere Mal zog ich an der Leine. Am Ufer entstand ein wildes Durcheinander; Hals über Kopf liefen sie weg, sprangen hoch, duckten sich – alles, um dem entsetzlichen Heulton zu entgehen. Die drei roten Kerle am Ufer hatten sich flach hingeworfen, als seien sie tödlich getroffen. Nur diese Frau von barbarischer Pracht blieb stehen, ohne mit der Wimper zu zucken, die Arme tieftraurig über das glitzernde Wasser hin nach uns gereckt.

Und dann ging drunten an Deck bei diesen Schafsköpfen der Rummel los, und ich vermochte vor lauter Qualm nichts mehr zu sehen.

Geschwind trug uns die braune Strömung aus dem Herzen der Finsternis hinaus, dem Meer entgegen; wir kamen doppelt so rasch voran wie auf dem Herweg; und rasch verströmte auch das Leben des todkranken Kurtz, verebbte ins Meer der unerbittlichen Zeit hinaus. Der Direktor gab sich jetzt höchst friedfertig, er hatte keine Sorgen mehr; sein Blick umfasste uns beide voller Genugtuung: die Sache war ganz nach Wunsch verlaufen. Ich sah den Zeitpunkt herannahen, wo ich als einziger von den Befürwortern eines ‹unsoliden Geschäftsgebarens› übrig bleiben würde. Die Pilger schauten mich scheel an; ich galt bereits als erledigt. Merkwürdig, wie ich mich mit dieser unerwarteten Gemeinschaft abfand, mit dieser Wahl zwischen zwei bösen Träumen, die mir in dem dunkeln, von habgierigen Wichten heimgesuchten Land aufgedrängt worden war.

Kurtz erging sich in Reden – eine Stimme, volltönend bis zuletzt. Sie überdauerte seine Lebenskraft, um mit prachtvollem Redeschwall die dunkle Öde seines Herzens zu bemänteln. Ach, er wehrte sich verzweifelt. Innerlich müde und verwüstet, wurde er jetzt von schattenhaften Vorstellungen verfolgt – Vorstellungen von Ruhm und Reichtum, mit nie erlahmender Sprachgewalt ausgebreitet. ‹Meine Braut, meine Station, mein Aufstieg, meine Ideen› – darüber liess er sich mit erhabenen Worten aus. Der Mann, der er ursprünglich gewesen, fand sich am Krankenlager des Scharlatans ein, dem es beschieden war, bald in urzeitlicher Erde begraben zu werden. Liebe und Hass, die zwiespältigen Gefühle, die er den Geheimnissen entgegenbrachte, in die er eingedrungen, lieferten sich einen Kampf um diese Seele, übersättigt wie sie war mit Urerlebnissen, jetzt nur noch erpicht auf falschen, hochstaplerischen Ruhm, auf das ganze hohle Gepränge von Erfolg und Macht.

Bisweilen wurde er geradezu kindisch. Er begehrte nun bei seiner Heimkehr, nachdem er in irgendeinem schauderhaften Hinterland Grosses vollbracht hatte, auf dem Bahnsteig von Königen empfangen zu werden. ‹Man zeige ihnen, dass etwas in einem steckt, das ihnen von Nutzen sein kann, und man braucht sich um Anerkennung nicht zu sorgen›, behauptete er etwa. ‹Natürlich darf man die Beweggründe nicht ausser acht lassen, die richtigen Beweggründe, das ist wichtig.›

Die langen Flussstrecken, die einander zum

Verwechseln ähnlich sahen, glitten an dem Dampfer vorbei, als käme man immer wieder um dieselbe Biegung herum; ungerührt schauten die jahrhundertealten Bäume hinter diesem russgeschwärzten Bestandteil einer andern Welt her, diesem Vorläufer von Handel und Wandel, von Eroberung, von Untaten und Wohltaten. Ich, als Rudergänger, schaute geradeaus.

‹Machen Sie den Fensterladen zu›, verlangte Kurtz eines Tages plötzlich, ‹ich halte den Anblick nicht mehr aus.› Ich kam seinem Wunsch nach. Eine Weile schwieg er still. ‹Oh›, rief er dann der unsichtbaren Wildnis zu, ‹ich werde dir schon noch das Herz umdrehen!›

Wir hatten eine Panne – wie zu erwarten war – und mussten am vorderen Ende einer Insel vor Anker gehen, um den Schaden auszubessern. Durch diese Verzögerung wurde Kurtz zum erstenmal in seiner Zuversicht erschüttert. Eines Vormittags übergab er mir ein Bündel Schriftstücke und eine Photographie, alles mit einem Schnürsenkel zusammengebunden. ‹Bewahren Sie das für mich auf›, sagte er. ‹Dieser Hohlkopf› (gemeint war der Direktor) ‹ist imstande, meine Sachen zu durchstöbern, wenn ich sie mal aus den Augen lasse.› Am Nachmittag, als ich ihn aufsuchte, lag er mit geschlossenen Lidern auf dem Rükken, und ich zog mich leise zurück, hörte ihn jedoch vor sich hin brabbeln: ‹Nähre dich redlich, stirb – stirb...› Ich horchte hin, aber es kam nichts mehr. Probte er im Schlaf einen Auftritt, oder war es ein Stück aus einem Zeitungsartikel? Er hatte früher für Zeitungen geschrieben und gedachte es wieder zu tun, ‹um meine Ideen zu verbreiten. Die Pflicht ruft.›

Undurchdringlich war das Dunkel, in dem er lebte. Mir war, als betrachte ich einen Mann tief unten in einem Abgrund, wo kein Sonnenstrahl je hindringt. Indessen konnte ich nicht viel Zeit für ihn erübrigen, weil ich dem Maschinisten, der keiner war, dabei helfen musste, die undichten Zylinder auseinanderzunehmen, eine verbogene Pleuelstange geradezukriegen, und dergleichen mehr. Ich hauste in einem Wirrwarr von Rost, Feilspänen, Bolzen, Schraubenmuttern, Schraubenschlüsseln, Hämmern, Bohrknarren – lauter Dinge, ich ich verabscheue, weil ich damit nicht zurechtkomme. Ich bediente die kleine Schmiedeesse, die wir zum Glück an Bord hatten, und plackte mich inmitten des elenden Schrotthaufens ab – sofern ich bei meinem Fieberzustand überhaupt auf den Beinen stehen konnte.

Eines Abends, als ich mit einer Kerze zu ihm hineintrat, war ich betroffen, ihn mit bebender Stimme sagen zu hören: ‹Da liege ich hier im Dunkel und warte auf den Tod.› Dabei befand sich die Kerze nicht weit von seinem Gesicht. Ich zwang mich zu einem beschwichtigenden ‹Ach, Unsinn!› und schaute auf ihn herab, ohne mich vom Fleck zu rühren.

Die Veränderung, die mit seinen Zügen vorging, so etwas hatte ich zeitlebens noch nie gesehen und werde es hoffentlich auch nie mehr sehen. Nein, ergriffen war ich nicht; ich war gebannt. Es war, als sei ein Schleier entzweigerissen worden. Hochmut, Machtgier, Angst und Schrecken spiegelten sich auf dem wächsernen Gesicht, und eine tiefe, hoffnungslose Verzweiflung. Zog sein Leben – Begierde, Versuchung und Unterwerfung – in diesem Augenblick letzter Erkenntnis nochmals in scharfen Bildern an ihm vorüber? Irgend etwas tauchte vor seinem innern Auge auf; leise, kaum vernehmlicher als ein Hauch, entrangen sich ihm die Worte: ‹Grauenvoll! Grauenvoll!›

Ich löschte die Kerze aus und verliess die Kammer. Drunten sassen die Pilger beim Abendessen, und ich nahm meinen Platz dem Direktor gegenüber ein, der mich mit einem fragenden Blick bedachte, was ich indessen unbeachtet liess. Er lehnte sich gelassen zurück, mit diesem eigentümlichen Lächeln, das die unausgesprochenen Abgründe seiner Gemeinheit versiegelte. Schwärme kleiner Fliegen umwimmelten ständig Lampe, Tischtuch, Hände und Gesicht. Plötzlich streckte der Boy des Direktors den Kopf herein und sagte im Tone äusserster Geringschätzung: ‹Mistah Kurtz – tot.›

Die Pilger stürzten alle hinaus, um nachzusehen. Ich blieb sitzen und ass weiter. Man hat es mir wohl als Gefühlsroheit angekreidet. Allerdings – viel habe ich nicht gegessen. Ich blieb eigentlich bloss der Lampe wegen – da drin war es hell, und draussen war es dunkel, so abscheulich dunkel. Ich begab mich nicht mehr in die Nähe dieses bemerkenswerten Menschen, der über seine seelischen Erlebnisse hienieden ein so vernichtendes Urteil gefällt hatte. Es gab die Stimme nicht mehr. Was war denn sonst noch vorhanden gewesen? Natürlich entging mir nicht, dass die Pilger am nächsten Tag etwas in einer feuchten Grube bestatteten.

Und dann hätten sie um ein Haar auch mich bestattet.

Aber, wie man sieht, ich bin damals Kurtz doch nicht nachgefolgt. Nein. Ich blieb am Leben, um den bösen Traum zu Ende zu träumen und noch ein letztes Mal zu zeigen, dass ich Kurtz die Treue bewahrte. Schicksal! Mein Schicksal! Ach, ist das Leben komisch – dieser geheimnisvolle Aufwand an unerbittlicher Folgerichtigkeit – wozu? Was man dem Leben im besten Fall abgewinnt, ist etwas Selbsterkenntnis – die zu spät kommt –, die unauslöschliche Pein bitterer Reue. Ich habe mit dem Tod gerungen. Es ist der denkbar unaufregendste Zweikampf. Er findet in einem körperlosen, grauen Dämmerlicht statt, man hat keinen Boden unter den Füssen, nichts ringsum, keine Zuschauer – nichts von Waffenlärm, von Ruhm, nicht einmal der Wunsch, zu siegen, oder die Furcht, besiegt zu werden, nichts als die Krankenstubenluft lauer Zweifelsucht, ohne die Überzeugung, das Recht auf seiner Seite zu haben, geschweige denn, dass man vom Recht des Gegners überzeugt wäre. Wenn das der Weisheit letzter Schluss ist, dann ist das Leben ein noch grösseres Rätsel, als man gemeinhin denkt. Es fehlte nicht viel, und ich hätte die Gelegenheit zu einem Schlusswort gehabt, musste aber zu meiner Schande feststellen, dass ich wahrscheinlich nichts zu sagen haben würde. Und deswegen bleibe ich bei meiner Behauptung, Kurtz sei ein bemerkenswerter Mensch gewesen. Er hatte etwas zu sagen, und er sagte es.

Seit ich selber in den Abgrund geguckt habe, begreife ich besser, was sein starrer Blick bedeutete, der die Kerzenflamme nicht zu sehen vermochte, dafür aber das ganze Weltall umfasste und in alle Herzen eindrang, die im Dunkeln schlagen. Er hatte den Fall zusammengefasst – das Urteil gesprochen. ‹Grauenvoll!› Er war ein bemerkenswerter Mensch. Schliesslich hatte er damit eine Art Überzeugung ausgedrückt; sie kam von Herzen, diese seltsame Verquickung von Begierde und Hass; es schwang Auflehnung darin mit – er hatte der Wahrheit flüchtig ins Medusenantlitz geschaut. Und es ist nicht meine eigene Todesnot, an die ich mich am deutlichsten erinnere – denn die ist etwas Graues, Gestaltloses, schmerzerfüllt und voller Geringschätzung der Vergänglichkeit aller Dinge gegenüber, selbst der des Schmerzes. Nein! Es ist seine Todesnot, die ich erlebte. Allerdings, er hat den letzten Schritt getan, er ist über den Rand des Abgrundes hinausgetreten, während es mir verstattet war, den tastenden Fuss zurückzuziehen.

Und vielleicht liegt darin der ganze Unterschied: vielleicht ist die lautere Wahrheit in diesen einen, nicht mehr erfassbaren Augenblick zusammengedrängt, in welchem wir über die Schwelle des Unsichtbaren treten. Vielleicht! Ich gefalle mir in dem Gedanken, meine letzten Worte wären doch nicht voller

Geringschätzung gewesen. Dann schon lieber seine letzten Worte – viel lieber. Sie kamen einer Selbstbehauptung gleich, einem moralischen Sieg, erkauft mit zahlreichen Niederlagen, mit schrecklichen Greueln, mit abscheulichen Erfüllungen. Doch es war ein Sieg! Deswegen habe ich Kurtz bis zur letzten Stunde die Treue bewahrt, und noch darüber hinaus, als ich dann nachher nochmals, zwar nicht seine Stimme, aber doch den Widerhall seiner grossartigen Beredsamkeit hörte, mir zugeworfen von einer Seele, so lauter wie ein Kristallfels.

Nein, man hat mich nicht begraben, obwohl es eine Zeitspanne gibt, an die ich mich nur schleierhaft und mit Befremden erinnere, wie an einen Gang durch eine unvorstellbare Welt ohne Hoffnung und ohne Sehnsucht. Ich war wieder in diese Stadt zurückversetzt, die mir schon immer wie eine weissgetünchte Grabstätte vorkam, und ich empfand einen Groll beim Anblick all der Leute, die da beflissen durch die Strassen eilten, um andern etwas Geld abzuknöpfen, das Zeug aus ihrer berüchtigten Küche zu verschlingen, ihr unbekömmliches Bier zu schlucken, sich ihren belanglosen und albernen Träumen hinzugeben. Sie drängten sich unbefugtermassen in meine Gedanken, waren Eindringlinge, deren Lebenserfahrung mir als eine ärgerliche Anmassung erschien, konnten sie doch unmöglich wissen, was ich wusste. Ihr Verhalten war zwar lediglich das von Alltagsmenschen, die im Gefühl vollkommener Sicherheit ihren Geschäften nachgehen, erregte aber meinen Unwillen, als sträflicher Leichtsinn angesichts einer nicht begriffenen Gefahr. Ich fühlte mich nicht bemüssigt, sie aufzuklären, konnte es mir aber nur mit Mühe verkneifen, ihnen laut ins Gesicht zu lachen.

Ich war wohl damals noch ziemlich angegriffen. Auf schwanken Beinen ging ich in der Stadt umher – es gab da verschiedenes zu erledigen – und schnitt wohlanständigen Bürgern bittere Grimassen. Gewiss, mein Benehmen war unentschuldbar, aber damals war eben meine Temperatur selten normal. Die gute Tante tat zwar alles, um mich aufzupäppeln, wie sie sagte, aber ihre Bemühungen setzten an der falschen Stelle an. Nicht um wieder zu Kräften zu gelangen, bedurfte ich der Pflege; was ich brauchte, war etwas, um seelisch wieder ins Gleichgewicht zu kommen. Noch immer verwahrte ich das Bündel Schriftstücke, das mir Kurtz anvertraut hatte, doch was sollte ich damit anfangen? Seine Mutter war unlängst gestorben, betreut von seiner Braut, wie ich mir hatte sagen lassen. Ein glattrasierter Brillenträger mit dem Auftreten einer Amtsperson besuchte mich eines Tages und erkundigte sich, zuerst auf Umwegen, dann immer bohrender, nach gewissen ‹Dokumenten›, wie er sich auszudrücken beliebte. Ich war keineswegs überrascht, da ich ihretwegen schon mit dem Direktor dort draussen mehr als einen Strauss ausgefochten hatte. Ich hatte mich geweigert, auch nur den kleinsten Zettel herauszurücken; und diese Haltung nahm ich auch dem Brillenträger gegenüber ein.

Schliesslich schlug er einen drohenden Ton an und behauptete, die Handelsgesellschaft habe ein Recht auf alles und jedes, was über ihr Tätigkeitsgebiet Aufschluss gebe. ‹Und was die unerforschten Landesteile anbetrifft›, sagte er, ‹muss Kurtz ja ausgedehnte und eigenartige Kenntnisse besessen haben – dank seiner Tüchtigkeit und infolge der beklagenswerten Verhältnisse, in die er geraten war; deshalb...› Ich versicherte ihm, diese Kenntnisse, mochten sie noch so ausgedehnt sein, hätten nichts mit Fragen des Handels und der Verwaltung zu tun. Danach berief er sich auf den Anspruch, den die Wissenschaft darauf habe. ‹Es wäre ein unersetzlicher Verlust, wenn...›, und so weiter, und so fort.

Ich bot ihm den Bericht über die ‹Abschaffung barbarischer Sitten und Gebräuche› an, ohne die Nachschrift, die ich abgerissen hatte. Er griff eifrig danach, legte ihn aber bald naserümpfend aus der Hand.

‹Das ist nicht, was wir erwarten durften.›

‹Erwarten Sie nichts anderes›, sagte ich. ‹Alles übrige ist ausschliesslich Privatkorrespondenz.›

Er zog sich zurück, nachdem er noch hatte durchblicken lassen, er werde gerichtlich gegen mich vorgehen, und ich sah ihn nie wieder; doch zwei Tage darauf meldete sich jemand bei mir, der sich als Vetter des Verstorbenen vorstellte und ausführlich über die letzten Stunden seines lieben Verwandten unterrichtet zu werden wünschte.

Nebenbei gab er mir zu verstehen, Kurtz sei eigentlich ein grosser Musiker gewesen. ‹Er hätte es weit bringen können›, meinte der Mann, der meines Wissens Organist war, mit einer grauen Mähne, die über den schmuddligen Rockkragen herabwallte. Ich hatte keine Ursache, an seiner Behauptung zu zweifeln; und noch heute kann ich nicht sagen, was Kurtz eigentlich von Beruf war, ob er überhaupt einen hatte, worin seine grösste Begabung lag. Ich hatte ihn für einen Maler gehalten, der für Zeitungen schrieb, oder dann für einen Journalisten, der malen konnte; doch selbst der Vetter (der während der Unterredung Tabak schnupfte) vermochte nicht anzugeben, was Kurtz eigentlich gewesen war. Ein Allerweltsgenie – in diesem Punkt musste ich dem alten Kracher beipflichten, der sich darauf geräuschvoll in ein grosses Taschentuch schneuzte und umständlich Abschied nahm, nachdem er einige Familienbriefe und Aufzeichnungen ohne Belang erhalten hatte.

Zu guter Letzt tauchte noch ein Journalist auf, der wissen wollte, wie es seinem ‹lieben Kollegen› ergangen sei. Dieser Besucher teilte mir mit, an Kurtz sei eigentlich ein Politiker verlorengegangen, ‹einer von der volkstümlichen Art›. Der Mann hatte buschige Augenbrauen, Bürstenschnitt, ein Einglas an einem breiten Band, und als er anfing, aus sich herauszugehen, behauptete er, Kurtz habe überhaupt nicht schreiben können. ‹Aber reden konnte er, und wie! Grosse Versammlungen brachte er ausser Rand und Band. Er glaubte an das, was er sagte – das war's! Es gab überhaupt nichts, was er sich nicht zu eigen machen konnte. Er hätte einen glänzenden Parteiführer abgegeben.›

‹Von welcher Partei?›

‹Irgendeiner, je radikaler, desto besser. Er war ein Extremist, finden Sie nicht auch?›

Ich pflichtete ihm bei.

‹Wissen Sie eigentlich›, fragte er, plötzlich von Neugierde gepackt, ‹was ihn veranlasste, in die Wildnis zu gehen?›

‹Doch›, sagte ich und überreichte ihm den bewussten Bericht, zur Veröffentlichung, falls er ihm geeignet erscheine. Er sah ihn flüchtig durch, wobei er leise vor sich hin maulte, erklärte dann, der Artikel sei brauchbar, und entfernte sich mit seiner Beute.

So blieb mir zuletzt nur noch ein schmales Bündel Briefe und ein Mädchenbildnis. Ich fand es schön – schön im Ausdruck, heisst das. Ich weiss, Aufnahmen können auch lügen, aber man hatte das Gefühl, keine noch so geschickte Anordnung und Ausleuchtung hätte das Gepräge der Rechtschaffenheit auf diesem Antlitz hervorbringen können. Sie schien bereit, vorbehaltlos zuzuhören, ohne Misstrauen, ohne an sich selber zu denken. Ich beschloss, hinzugehen und ihr das Bildnis und die Briefe persönlich zurückzugeben. Neugier? Gewiss, und dann spielte auch noch etwas anderes mit. Alles, was mit Kurtz zusammenhing, war mir entglitten: seine Seele, sein Leib, seine Station, seine Pläne, sein Elfenbein, sein Lebensweg. Nur sein Andenken und seine Braut waren noch übrig – und auch das wollte ich gewissermassen der Vergangenheit überantworten – alles, was mir von ihm verblieb, persönlich der Vergessenheit ausliefern, die uns allen letzten Endes beschieden ist. Dies soll kein Rechtfertigungsversuch sein. Ich hatte überhaupt keine klare Vorstellung davon, was ich eigentlich wollte. Vielleicht war es das unwillkürliche Bedürfnis, in seinem Sinne zu handeln, vielleicht auch nur eine Ironie des Schicksals. Ich kann es nicht sagen. Doch ich ging hin.

Ich glaubte, das Andenken an ihn sei wie das an andere Verstorbene – ein verschwommener Abdruck flüchtiger Schatten; doch als ich vor dem grossen, wuchtigen Portal stand, zwischen den hohen Häusern einer Strasse, so still und ehrwürdig wie eine gepflegte Friedhofsallee, da sah ich ihn auf einmal ganz deutlich vor mir, wie er auf der Bahre lag und heisshungrig den Mund aufriss, als wolle er die ganze Erde mit all ihren Bewohnern verschlingen. Er erstand vor mir zum Leben, so lebendig wie nur je – ein Schatten, der von der glanzvollen Erscheinungswelt, der furchtbaren Wirklichkeit nicht genug bekommen konnte; ein Schatten, dunkler als das Dunkel der Nacht, in den erhabenen Faltenwurf einer unwiderstehlichen Beredsamkeit gehüllt.

Das Bild schien mich ins Haus hinein zu begleiten – die Bahre, die schemenhaften Träger, die Menge der ihm hörigen Wilden, das Dämmerlicht des Dschungels, der glitzernde Fluss, der Trommelschlag, regelmässig und gedämpft wie ein Herz, das schlägt – das Herz einer siegreichen Finsternis. Es war ein Augenblick des Triumphs für die Wildnis, ein frohlockender Ansturm, den ich glaubte eigenhändig abwehren zu müssen, um die Seele eines Menschen zu retten. Und die Erinnerung an das, was ich ihn damals hatte sagen hören, mit den gehörnten Gestalten hinter mir im Feuerschein, diese abgerissenen Worte kamen mir wieder in den Sinn, wurden wieder laut in ihrer bedrohlichen und erschreckenden Einfachheit.

Alles war mir wieder gegenwärtig – sein jammervolles Flehen und Drohen, das Übermass seiner Lebensgier, seine Habsucht, die Not seiner aufgewühlten Seele. Und dann stand er mir auch vor Augen, wie er eines Tages gelassen erklärt hatte: ‹Dieser Posten Elfenbein gehört eigentlich mir. Den hat mir niemand bezahlt. Ich habe ihn selber unter Einsatz meines Lebens zusammengebracht. Doch ich fürchte, man wird mir das Recht darauf streitig machen. Hm. Ein schwieriger Fall. Was soll ich tun – Widerstand leisten? Eh? Ich fordere lediglich mein Recht...› Er forderte lediglich sein Recht, nichts als sein Recht. Ich klingelte an einer Mahagonitür im ersten Stock, und während ich wartete, schien er mich aus der Türfüllung heraus unverwandt anzublicken, mit diesem allumfassenden Blick, der die ganze Welt einschloss und verurteilte. Mir war, als hörte ich nochmals die lautlos hervorgestossenen Worte: ‹Grauenvoll! Grauenvoll!›

Die Dämmerung brach herein. Ich musste in einem hohen Wohnzimmer warten, dessen drei schmale Fenster vom Boden bis zur Decke reichten und wie drei leuchtende, verhängte Säulen wirkten. Schön geschwungen schimmerten Beine und Rücklehnen der Sessel. Der hohe Marmorkamin hatte etwas von der steifen Kälte eines Denkmals. In einer Ecke machte sich ein Konzertflügel breit, dessen Flächen dunkel wie ein Sarkophag glänzten. Eine hohe Tür ging auf und wieder zu. Ich erhob mich.

Sie trat heran, ganz in Schwarz; ein bleiches Gesicht schien mir in dem Dämmerlicht entgegenzuschweben. Mehr als ein Jahr war es seit seinem Tod her, mehr als ein Jahr, seit sie die Nachricht erhalten hatte, doch sie trug Trauer, als wolle sie ewig daran denken. Sie ergriff meine Hände, beide zugleich, und sagte leise: ‹Ich hatte erfahren, dass Sie kommen wollten.› Sehr jung schien sie mir nicht – keine Mädchengestalt; vielmehr reif genug, um der Treue, des Glaubens, des Leidens fähig zu sein. Im Zimmer war es auf einmal dunkler, als habe das bisschen Helligkeit dieses trüben Abends auf ihrer Stirn Zuflucht gesucht. Das blonde Haar, das bleiche Gesicht, die lautere Stirn waren wie von einem fahlen Lichtschein umgeben, aus dem heraus mich dunkle Augen anschauten. Ihr Blick war arglos, zuversichtlich und vertrauensvoll. Aus der Haltung des bekümmerten Hauptes sprach etwas wie Stolz auf ihren Kummer, als wolle sie sagen: ‹Ich allein verstehe um ihn zu trauern, wie er es verdient.› Noch während ich ihr die Hand drückte, kam jedoch eine solche Trostlosigkeit in ihre Züge, dass ich zu erkennen glaubte, sie gehöre zu denen, die nicht ein Spielball der Zeit sind.

Für sie war er erst gestern gestorben. Das

teilte sie mir auf eine Art mit, dass er auch für mich erst gestern gestorben zu sein schien – ja, erst diesen Augenblick. Ich sah sie und ihn zeitlich zusammen – seinen Tod und ihren Kummer –, ich sah ihren Kummer im Augenblick seines Todes. Versteht einer das? Ich sah sie miteinander – ich hörte sie miteinander. Mit einem trockenen Schluchzer hatte sie gesagt: ‹Ich bin am Leben geblieben›, während ich gleichzeitig seine furchtbaren letzten Worte zu hören vermeinte. Ich fragte mich, was ich da überhaupt zu suchen habe, mit einem Schreck, als sei ich unversehens in den Bannkreis grausamer und sinnloser Mysterien geraten, die keines Menschen Auge sehen durfte.

Sie bedeutete mir, Platz zu nehmen. Wir setzten uns. Ich legte das Päckchen sachte auf den kleinen Tisch, und sie breitete die Hand darüber... ‹Sie haben ihn gut gekannt›, sagte sie nach einer Weile.

‹Dort draussen kommt man sich rasch näher›, erklärte ich ihr. ‹Ich kannte ihn so gut, wie man einen andern überhaupt kennen kann.›

‹Und Sie bewunderten ihn›, sagte sie. ‹Man konnte ihn unmöglich kennen, ohne ihn zu bewundern, nicht?›

‹Er war ein bemerkenswerter Mensch›, brachte ich unsicher hervor. Dann, unter ihrem heischenden Blick, setzte ich hinzu: ‹Es war unmöglich, ihn nicht –›

‹– zu lieben›, ergänzte sie, so dass ich betroffen schwieg. ‹Wie wahr! Wie wahr! Und zu denken, dass ihn niemand so gut kannte wie ich! Mir hat er sich ganz anvertraut. Ich kannte ihn am besten.›

‹Sie kannten ihn am besten›, bestätigte ich. Vielleicht stimmte das ja. Doch mit jedem Wort wurde es immer dunkler im Zimmer, nur ihre Stirn, glatt und weiss, blieb vom unauslöschlichen Licht der Gläubigkeit und Liebe erhellt.

‹Sie waren sein Freund›, fuhr sie fort. ‹Sein Freund›, wiederholte sie, etwas lauter. ‹Sie müssen es gewesen sein, wo er Ihnen doch das hier gegeben und Sie zu mir geschickt hat. Ich habe das Gefühl, mit Ihnen kann ich mich aussprechen – ach, ich muss mich aussprechen. Sie, der Sie seine letzten Worte vernommen haben, sollen wissen, dass ich seiner wert war... Es ist nicht Stolz... Doch, ich bin stolz darauf, dass ich ihn besser verstand als irgend jemand hienieden – das hat er mir selbst gesagt. Und seit seine Mutter tot ist, habe ich niemanden – niemanden, mit dem...›

Ich hörte zu. Es wurde immer dunkler. Hatte er mir überhaupt das richtige Bündel mitgegeben? Ich konnte mich des Verdachts nicht erwehren, er habe mir eigentlich einen andern Stoss Schriftstücke anvertrauen wollen, einen, den ich nach seinem Tod in den Händen des Direktors sah, der die Aufzeichnungen im Schein der Kajütslampe durchging. Und das Mädchen redete – redete sich den Schmerz von der Seele, meines Mitgefühls gewiss, nach dem sie zu lechzen schien. Ihre Angehörigen hatten, wie ich wusste, die Verlobung mit Kurtz missbilligt. Er war ihnen nicht reich genug oder dergleichen. Tatsächlich kann es sehr wohl sein, dass er zeitlebens ein armer Schlucker war. Mir gegenüber hatte er durchblicken lassen, er habe es nicht mehr ausgehalten, so arm zu sein, und das habe ihn in den Dschungel getrieben.

‹...wer ihn einmal gehört hatte, war sein Freund›, sagte sie eben. ‹Er zog andere an sich, weil er das Beste, was in ihnen steckte, herauszuholen verstand.› Sie schaute mich mit festem Blick an. ‹Das ist nur grossen Menschen gegeben›, setzte sie hinzu, und ihre leise Stimme hob sich von einer geheimnisvollen, unendlich traurigen Geräuschkulisse ab, in der sich alles vereinte – das Plätschern des Flusses, das Säuseln des Windes in den Bäumen, das wilde Volksgemurmel, unverständliche Zurufe aus weiter Ferne, eine leise Stimme von jenseits der Schwelle einer ewigen Dunkelheit. ‹Aber Sie haben ihn ja gehört! Sie wissen es›, rief sie.

‹Ja, ich weiss es›, erwiderte ich, innerlich verzweifelt, jedoch ausserstande, sie um ihren Glauben, um diesen schönen, lebenspendenden Wahn zu bringen, der mit einem unirdischen Schein das Dunkel erhellte, die siegreiche Finsternis, vor der ich sie nicht hätte schützen können – vor der ich ja nicht einmal mich selber schützen konnte.

‹Welch ein Verlust für mich – für uns›, verbesserte sie sich und setzte dann gleich hinzu, ‹für die ganze Welt.› Im letzten Lichtblick der Abenddämmerung sah ich Tränen in ihren Augen glitzern – Tränen, die nicht herabtropfen wollten.

‹Ich bin sehr glücklich gewesen, sehr stolz –

ich kann von Glück sagen›, fuhr sie fort. ‹Allzu glücklich, eine Zeitlang, allzu sehr vom Glück verwöhnt. Und jetzt – unglücklich, mein Leben lang.›

Sie erhob sich, und ihr blondes Haar schien alles, was noch an Licht vorhanden war, in einem goldenen Schimmer zu versammeln. Auch ich stand auf.

‹Und von alledem›, sagte sie traurig, ‹von seinem verheissungsvollen Anfang, seinen grossen Gedanken, seinem vornehmen Herzen, von alledem ist nichts mehr übrig, nichts als eine Erinnerung. Sie und ich –›

‹Wir werden ihn nie vergessen›, sagte ich rasch.

‹Nein!› rief sie. ‹Es ist undenkbar, dass alles das verloren sein sollte – dass solch ein Leben hingeopfert werden sollte, um nichts zu hinterlassen als – nichts als Trauer. Sie wissen ja, die ungeheuren Pläne, die er hatte. Auch ich wusste davon, obwohl ich sie vielleicht nicht ganz erfasste – aber andere wussten auch davon. Etwas muss doch bleiben. Seine Worte wenigstens sind nicht vergangen.›

‹Seine Worte werden bleiben›, sagte ich.

‹Und sein Vorbild. Es gab doch Menschen, die zu ihm aufschauten – seine Herzensgüte leuchtete aus allem hervor, was er unternahm. Sein Vorbild –›

‹Richtig›, sagte ich, ‹sein Vorbild, das auch. Ja, sein Vorbild. Das hatte ich vergessen.›

‹Ich kann es nicht vergessen – noch nicht. Ich kann einfach nicht glauben, dass ich ihn nie wieder sehen soll, niemals wieder, dass niemand ihn je wieder sehen soll.›

Sie streckte die Arme aus, wie nach einer entweichenden Gestalt, streckte sie dunkel und mit verschränkten, blassen Händen in den schmalen Lichtstreifen vom Fenster her. Ihn nie wieder sehen! Ich sah ihn damals deutlich genug. Solange ich lebe, werde ich dieses beredte Phantom sehen, und auch sie, die tieftraurige und vertraute Schattengestalt, deren Gebärde mich an eine andere, ebenso traurige Gestalt gemahnte, die andere, die mit unwirksamen Zaubermitteln behängt, nackte braune Arme über den teuflisch glitzernden Fluss hin reckte, den Fluss der Finsternis. Plötzlich sagte sie sehr leise: ‹Er starb, wie er gelebt hatte.›

‹Sein Ende›, erwiderte ich, allmählich aufgebracht, ‹sein Ende war in jeder Hinsicht seines Lebens würdig.›

‹Und ich war nicht bei ihm›, seufzte sie. Mein Unmut verflog, von unendlichem Mitleid verdrängt.

‹Alles was sich tun liess –›, stammelte ich.

‹Oh, aber ich glaubte fester an ihn als sonst jemand – noch mehr als seine Mutter, mehr als – er selber. Er brauchte mich! Mich! Jeder Seufzer, jedes Wort, jeder Wink, jeder Blick wäre mir ein kostbarer Besitz gewesen.›

Das Herz krampfte sich mir zusammen. ‹Bitte nicht!› sagte ich mit belegter Stimme.

‹Verzeihung. Es ist seit langem das erstemal, dass ich mit jemand sprechen kann... Sie waren bei ihm – bis an sein Ende? Ich denke an seine Einsamkeit. Niemand in seiner Nähe, der ihn verstanden hätte wie ich. Vielleicht keiner, der gehört hätte...›

‹Bis an sein Ende›, brachte ich mühsam hervor. ‹Ich vernahm seine allerletzten Worte...› Erschrocken hielt ich inne.

‹Sagen Sie sie mir›, bat sie, völlig gebrochen. ‹Ich möchte etwas – etwas – womit ich weiterleben kann.›

Ich war drauf und dran, ihr zuzurufen: ‹Hören Sie sie denn nicht?› Ringsum hörte ich ein Raunen, hörte die Worte leise aus dem Dunkel heraus, und sie schienen immer lauter zu werden, wie das Brausen eines aufkommenden Windes. ‹Grauenvoll! Grauenvoll!›

‹Seine letzten Worte – als Lebenshilfe›, murmelte sie. ‹Verstehen Sie denn nicht? Ich habe ihn geliebt – geliebt – geliebt.›

Ich riss mich zusammen und sagte mit Bedacht: ‹Das letzte Wort, das er aussprach, war – Ihr Name.›

Ich hörte einen leisen Seufzer, und dann stockte mir das Herz, als sie frohlockend rief: ‹Ich wusste es ja – ich wusste es!› – Sie wusste es. Ich hörte, wie sie weinte, das Gesicht in die Hände geborgen. Mir war, das Haus wolle einstürzen, bevor ich mich in Sicherheit bringen konnte, der Himmel werde auf mich herabfallen. Nichts dergleichen geschah. Einer solchen Kleinigkeit wegen stürzt der Himmel nicht ein. Wäre er wohl eingestürzt, wenn ich Kurtz die Gerechtigkeit hätte widerfahren lassen, die er verdiente? Hatte er denn nicht selber gesagt, er fordere nichts als sein Recht? Doch das brachte ich nicht über mich. Ich konnte es ihr nicht antun. Es wäre allzu finster gewesen...»

Marlow verstummte und blieb abseits sitzen, nur schwach sichtbar, in der Haltung eines in Nachdenken versunkenen Buddha. Eine Zeitlang verharrten wir alle reglos. «Den Anfang der Ebbe haben wir verpasst», sagte unser Gastgeber dann plötzlich. Ich schaute auf. Eine schwarze Nebelbank versperrte die Sicht aufs Meer; ruhig zog der mächtige Strom, der bis ans Ende der Welt führt, unter einem bedeckten Himmel dahin – als zöge er ins Herz einer ungeheuren Finsternis.

Nachwort

«Es ist besser, der Mensch ist erlebnisfähig, als dass er sich viel Gedanken macht», heisst es im Vorwort zu Conrads Erinnerungsbuch *«A Personal Record»*. Er jedenfalls hatte etwas erlebt, bevor er anfing, sich über das Leben Gedanken zu machen. Die Unzulänglichkeit der Sprache, wenn es gilt, seelische Erlebnisse mitzuteilen, darüber war er sich schmerzlich im klaren; es fehlt in seinen Geschichten nicht an entsprechenden Nebenbemerkungen, aber er hat die Widerspenstigkeit und Fragwürdigkeit der Sprache nicht zum Gegenstand seiner Arbeit gemacht; er schrieb, bedrängt von Erlebnissen. Seine Erzählung «Jugend» nannte er «eine Gedächtnisleistung, einen Erlebnisbericht», und Erlebnisbericht sind zum mindesten seine Seegeschichten fast immer; selbst eine so ausgefallene Sache wie *«A Smile of Fortune»* geht auf ein Erlebnis zurück. Man kann eine Auswahl seiner Erzählungen deshalb, statt nach der Entstehung der einzelnen Stücke, auch nach der zeitlichen Abfolge der ihnen zugrunde liegenden Erlebnisse ordnen, mit andern Worten, man kann «das literarische Leben und das Seemannsleben in Parallele setzen», wie das Conrad selber einst vorhatte.

DIE TREMOLINO

(*«The Tremolino»*, aus *«The Mirror of the Sea»*, 1906)

Die Geschichte stammt nicht aus einem Band Erzählungen, sie ist ein Stück Autobiographie.

Da Conrads erzählerische Werke immer zu einem grossen Teil Wahrheit und seine autobiographischen Aufzeichnungen ebenso oft Dichtung sind, ist ein Unterschied kaum festzustellen. Dabei sind die Erzählungen biographisch aufschlussreicher als die Romane; biographisch am wenigsten ergiebig sind Conrads autobiographische Schriften. Die Seiten, die vom Schicksal der *Tremolino* handeln, bilden eine Ausnahme; Conrad hat diese Geschichte Sir Sidney Colvin gegenüber als «buchstäblich wahr» bezeichnet.

Sie muss sich irgendwann zwischen Oktober 1877 und Februar/März 1878 abgespielt haben. Joseph Conrad (1857–1924) war als Siebzehnjähriger nach Marseille gereist, um Matrose zu werden, und war schon bald als Schiffsjunge auf einem alten Westindienfahrer untergekommen; im folgenden Jahr, 1876, war er zum zweitenmal nach Westindien gefahren, diesmal auf einem neuen Segelschiff, der *Saint-Antoine,* und als Steward. Eigentlich hiess er Józef Teodor Konrad Nalecz Korzeniowski und stammte aus einem Gebiet der Ukraine, das seit der Teilung Polens im Jahre 1793 zu Russland gehört. Die Polen waren dort die Gutsbesitzer, auch Conrads Vater, der sich allerdings lieber mit Literatur und Politik befasste als mit der Verwaltung von Landgütern; er hatte Theaterstücke geschrieben, hatte Victor Hugo und Shakespeare ins Polnische übersetzt und war in der geheimen polnischen Befreiungsbewegung tätig gewesen, was ihm die Verbannung (samt Frau und Kind) in den Norden des Landes eintrug; an den Folgen waren Conrads Eltern bald danach gestorben. Dem Onkel, der sich des Elfjährigen annahm, hat der junge Conrad dann die Erlaubnis, Seemann zu werden, abgetrotzt. Mit Literatur und Politik war er schon früh in Berührung gekommen; dass er später Schriftsteller wurde, ist weniger verwunderlich, als dass er zuvor zwanzig Jahre zur See fuhr.

In Marseille war Conrad in karlistische Kreise geraten und hatte sich mit drei jungen Leuten zusammengetan, um mit einem gemeinsam erworbenen Schiff, der *Tremolino,* Waffen für die Anhänger des Kronprätendenten Don Carlos nach Spanien zu schmuggeln. Dominic Cervoni, der das Schiff führte, hiess tatsächlich so; er war Erster Steuermann auf der *Saint-Antoine* gewesen; auch sein Neffe César kam in der Musterrolle dieses Schiffs vor. Doña Rita hingegen hat Conrad wahrheitsgemäss erst in seinem Roman *«The Arrow of Gold»* geschildert, der sich mit demselben Lebensabschnitt befasst; in ein Widmungsexemplar für seinen Freund Richard Curle trug Conrad ein: «Alle Personen sind authentisch und die Tatsachen wie angegeben.» In der Geschichte vom Ende der *Tremolino* ist Conrad nur insofern von den Tatsachen abgewichen, als César Cervoni, der Verräter, in Wirklichkeit nicht umkam; er diente noch lange auf französischen Schiffen.

Auch hatte die Geschichte ein verhängnisvolles Nachspiel. Conrad war dabei um sein ganzes Geld gekommen, hatte sich welches geborgt, das er in Monte Carlo verlor, und scheint darauf einen Selbstmordversuch unternommen zu haben, der wohl auch etwas mit seinem Verhältnis zu Doña Rita zu tun hatte. Die Jahre in Marseille bedeuteten für Conrad die Einweihung in das Leben zur See und in das Liebesleben; von diesem handelt der Roman *«The Arrow of Gold»;* in der Geschichte der *Tremolino* spielt nur ein einziger Satz darauf an, da es hier um das Schicksal eines Schiffes geht.

Die eigenhändige Vernichtung der geliebten *Tremolino* - ein frühes Erlebnis, ein Trauma, das nachwirkte, so dass dann, als Conrad es rund dreissig Jahre später schilderte, alles darin vorkommt, was inzwischen zum unverwechselbaren Gepräge seiner Erzählungen gehörte: der unerfahrene junge Schiffsherr - Treue und Verrat - der lemurenhafte Charakter als Verkörperung des Bösen - die Erhöhung des Helden zu einer modernen Odysseus-Gestalt, von Conrad ausdrücklich zu seinem eigenen Schicksal in Beziehung gesetzt. Schon deshalb verdient «Die *Tremolino»,* das schönste Stück in *«The Mirror of the Sea»,* am Anfang zu stehen.

DIE LACHMÖWE

(*«Because of the Dollars»,* Erstdruck: *Metropolitan Magazine,* New York, September 1914; in Buchform: *«Within the Tides»,* 1915)

Conrad legte Wert auf die Feststellung, er sei von allem Anfang an entschlossen gewesen, «falls Seemann, dann englischer Seemann» zu werden. In Wirklichkeit hatte er vor der *Tremolino*-Episode gehofft, wieder unter Kapitän

Escarras auf der *Saint-Antoine* fahren zu können; seine Hoffnungen hatten sich zerschlagen, weil er als inzwischen volljährig gewordener Ausländer, der in seiner Heimat militärdienstpflichtig war, vom französischen Seemannsamt in Marseille keine Bewilligung erhielt; er musterte deshalb 1878 auf einem nach Konstantinopel gehenden britischen Frachter an, da die Engländer offenbar über dergleichen Förmlichkeiten erhaben waren. Dass er von da an ausschliesslich auf britischen Schiffen fahren würde, davon hatte der junge Conrad aber gewiss keine Ahnung. Überhaupt wurde sein Lebenslauf auffallend oft durch negative Umstände bestimmt: weil die französischen Behörden ihm die Bewilligung verweigerten, wurde er britischer Seemann; weil er nicht nach Russland zurück konnte (sofern er nicht fünfundzwanzig Jahre Militärdienst, und zwar keineswegs als Offizier, in Kauf nehmen wollte), liess er sich in England nieder und wurde schliesslich britischer Staatsangehöriger; weil er kein Schiff mehr erhielt, wurde er Schriftsteller.

Mit dem Frachter, auf dem er nach Konstantinopel gefahren war, kam er 1878 nach England, wo er abmusterte, obwohl er dort keine Bekannten hatte und höchstens ein paar Worte Englisch konnte. (Er sprach es zeitlebens mit starkem Akzent.) In der Folge diente er als Matrose auf verschiedenen englischen Seglern und Dampfern, bestand 1880 die Prüfung als Zweiter Steuermann, 1884 diejenige als Erster Steuermann, und 1886 erhielt er das Kapitänsbrevet, eine Leistung, auf die er stolz sein durfte; kurz zuvor war er britischer Staatsangehöriger geworden (und konnte somit ungefährdet seine Heimat besuchen). Vorerst ging er als Erster Steuermann auf einem Segelschiff nach dem Fernen Osten. Ein Unfall machte einen Spitalaufenthalt in Singapur nötig; danach musterte er, wiederum als Erster, auf der *Vidar* an, einem Dampfer, der einem Araber gehörte und unter einem englischen Kapitän (aber unter holländischer Flagge) dreiwöchige Fahrten kreuz und quer durch den Malaiischen Archipel unternahm, auch Flüsse hinauf, wo vereinzelt weisse Händler in Eingeborenendörfern wohnten.

Im Laufe der fünf oder sechs Fahrten auf der *Vidar,* die Conrad 1887/88 mitmachte, lernte er die malaiische Inselwelt kennen und sammelte die Erfahrungen, die er dann in mehreren Romanen *(«Almayer's Folly», «An Outcast of the Islands», «Lord Jim»)* sowie in einer ganzen Anzahl seiner Erzählungen verwertete, zu denen auch «Die Lachmöwe» gehört. Von einem Freund, der auf einer dieser Inseln wohnte und ihn viele Jahre später in England besuchte, erfuhr Conrad, man lese dort draussen seine Bücher und wundere sich, wer denn zum Teufel da gewesen sei und Aufzeichnungen gemacht habe; «es muss dieser Bursche gewesen sein, der als Steuermann unter Craig auf der *Vidar* fuhr», habe einer schliesslich vermutet. Daraus geht hervor, wieviel an diesen Geschichten erlebt war und sich auf tatsächliche Vorfälle bezog. Damit der Vorfall zu einer Geschichte wurde, musste allerdings noch etwas dazukommen, wie Conrad in der Vorbemerkung zu *«Typhoon»* feststellt: es bedurfte eines Leitmotivs, das Einklang in die oft wilden Geschehnisse brachte, eines Gesichtspunktes, dem sich alles unterordnen liess. Erzählenswert wurde ein Vorfall für Conrad meistens erst, wenn sich eine Charakterfrage daraus ergab. Dabei ist das Schlüsselwort nicht «Ehre»; man darf nicht immer nur an «Lord Jim» denken; viel häufiger bilden Begriffe wie *«loyalty»* und *«generosity»* den Angelpunkt. «Wer mich liest», sagt Conrad im Vorwort zu *«A Personal Record»*, «kennt meine Überzeugung, dass die Welt auf ein paar ganz einfachen Grundgedanken beruht, so einfach, dass sie wohl so alt sind wie die Erde selber, namentlich auf der Idee der Treue.» Aus Loyalität läuft Kapitän Davidson die Stelle im Innern des Urwalds an, wo der weisse Siedler, Bamtz, mit der lachlustigen Annie haust, von der Aussenwelt abgeschnitten und ganz auf Davidson und seinen Dampfer angewiesen. Aus Loyalität warnt ihn die Frau vor dem Anschlag auf sein Leben, was ihr selber zum Verhängnis wird. «So vergalt also ein perfides Schicksal eine grossmütige Regung.» Der Satz steht am Ende einer andern Geschichte, könnte aber geradesogut die Geschichte vom trostlosen Leben und Ende der Lachmöwe beschliessen. Dass *«generosity»*, ein Zug ins Grosse, die Eigenschaft ist, die Conrad an diesem nach bürgerlichen Begriffen verworfenen Geschöpf liebenswert fand, geht deutlich aus der Kontrastfigur hervor, der Frau mit dem kleinen Mund und dem Schrumpelherzen, Kapitän Davidsons Frau, die in jeder Hinsicht die verkörperte Kleinbürgerlichkeit darstellt. Sie ist so sehr eine Type, dass sie nicht einmal einen Namen erhalten hat, und vertritt «Ehrbarkeit und Tugend». Wie mickrig nehmen sich diese Eigenschaften aus, verglichen mit der Peregrina-Gestalt der Lachmöwe, die, von dem Mann, den sie liebte, verlassen, in der Inselwelt herumzigeunert, sich von einer Reihe von Männern aushalten lässt, weil keiner ihre Treue zu schätzen weiss, immer tiefer sinkt und schliesslich ein jammervolles Ende findet – eine der schönsten Frauengestalten in Conrads Werk. Cunninghame Graham hat diese Geschichte im Nachruf auf seinen Freund Joseph Conrad als einzige neben «Jugend» und «Herz der Finsternis» hervorgehoben: «die Geschichte der Lachmöwe, so ergreifend in ihrer Darstellung der Seele einer Verlorenen.»

Es fällt auf, dass Cunninghame Graham die Geschichte nicht unter ihrem ursprünglichen Titel *«Because of the Dollars»* anführt. Es ist in der Tat kein glücklicher Titel; er ist nicht einmal zutreffend. Nicht wegen der Silbertaler kam Annie ums Leben und Kapitän Davidson um Frau und Kind; ihr Charakter war ihr Schicksal. Als Conrad 1920 auf die Geschichte zurückkam und einen Einakter daraus machte, nannte er diesen *«Laughing Anne»*, und das ist auch der Titel, den Cunninghame Graham verwendete. Dieser Einakter, erst 1924 veröffentlicht, wurde nie aufgeführt, dagegen wurde die Geschichte 1953 unter demselben Titel verfilmt; der Erzähler, Joseph

Conrad selber, wurde dabei von Robert Harris in verblüffender Maske dargestellt. Die Handlung musste sich einige Änderungen gefallen lassen (Kapitän Davidson hat tatsächlich ein Verhältnis mit der lachlustigen Annie, während ihn bei Conrad seine Frau lediglich eines solchen verdächtigt), aber die Änderungen sind nicht krasser als diejenigen, die Conrad vornahm, als er seine Geschichte dramatisierte (Annies Vorleben bleibt unerwähnt; Kapitän Davidsons Frau kommt nicht vor).

Joseph Conrad hielt nicht viel vom Film, was ihn allerdings nicht hinderte, zusammen mit J.B. Pinker, seinem literarischen Agenten, ein Drehbuch zu schreiben, dem seine Erzählung «Gaspar Ruiz» zugrunde lag. «Ich schäme mich, Dir das zu sagen», schrieb er an Richard Curle, «aber man muss schliesslich leben! Und wenn man sich schon zu dergleichen herablässt, nun, dann ist mir alles in allem das Kino doch lieber als das Theater» (18. August 1920). Das Drehbuch fand keine Verwendung, doch im Jahr zuvor, 1919, war zum erstenmal einer von Conrads Romanen, *«Victory»*, verfilmt worden, und zwar von Maurice Tourneur, bekannt für seine ausgesucht schöne Bildkomposition. Man sollte meinen, es sei ein leichtes, die Geschichten eines Mannes zu verfilmen, der fand, es sei die Aufgabe des Schriftstellers, «zu machen, dass der Leser etwas hört, etwas fühlt, und vor allem, etwas *sieht.* Das – sonst nichts, und es ist schon alles.» Und Maurice Tourneur war der Mann, um Conrads Prosa in Bilder umzusetzen, doch der Film zeigt, dass das Sichtbare eben doch nicht alles ist. Was in diesem Fall, wie bei den beiden folgenden Verfilmungen von «*Victory*» (1930, 1940), fehlt, ist die Katastrophenstimmung, die Perfidie des Schicksals, das bei Conrad den Menschen auch dann ereilt, wenn er sich bewusst vom Leben abkapselt. Dass Conrads Romane keine blossen Abenteurergeschichten sind, tritt deutlich zutage, wenn sie als solche verfilmt werden.

DAS ANDERE ICH

(«*The Secret Sharer*», Erstdruck: *Harper's Magazine*, New York, August/Sept. 1910; in Buchform: «*'Twixt Land and Sea*», 1912)

Nach einem halben Jahr als Erster Steuermann auf der *Vidar* musterte Conrad in Singapur zum grossen Befremden des Kapitäns plötzlich ab, er wusste selber nicht recht warum; das Leben an Bord des kleinen Dampfers war ihm wohl zu beschaulich. Kurz darauf erhielt er durch Zufall sein erstes Kommando, die Dreimastbark *Otago*, deren Kapitän auf See gestorben war; sie lag damals in Bangkok, und Kapitän Korzeniowski hatte sie nach Singapur und dann nach Sydney zu bringen. Von dort führte er die *Otago* nach Mauritius und zurück nach Australien, nach Melbourne und Adelaide, wo er sie verliess, um als Fahrgast nach London zurückzukehren. Wie er zu seinem ersten Kommando kam und die höchst denkwürdige Fahrt nach Singapur, hat Conrad in der Erzählung «Die Schattenlinie» beschrieben, von der er sagte, «es ist eigentlich gar keine Geschichte, es ist ein Erlebnisbericht» (an J.B. Pinker), «sogar was darin an direkter Rede vorkommt, entspricht wörtlich der Wahrheit» (an Sir Sidney Colvin). Der Arbeitstitel der 1915 entstandenen Erzählung lautete: *«First Command»*.

Was es für einen jungen Seemann bedeutet, zum erstenmal die Verantwortung für ein Schiff zu übernehmen, hatte Conrad aber schon früher in «Falk» (entstanden 1901) und dann nochmals in «Das andere Ich» (entstanden 1909) zum Gegenstand einer Erzählung gemacht.

Auch sonst knüpft «Das andere Ich» an einen tatsächlichen Vorfall an, den Conrad der *«Singapore Daily Times»* vom 18. September 1880 entnahm. Der Erste Offizier der *Cutty Sark* hatte einen schwarzen Matrosen, der den Gehorsam verweigerte und gegen ihn tätlich wurde, in Notwehr erschlagen; der Kapitän der *Cutty Sark* hatte dem Offizier zur Flucht verholfen und ein paar Tage darauf Selbstmord begangen. Im Gegensatz zu Steuermann Leggatt in Conrads Verarbeitung dieser Zeitungsnotiz kam der betreffende Offizier dann doch noch vor Gericht und wurde wegen Totschlags zu sieben Jahren Gefängnis verurteilt. Für seinen Leggatt hat Conrad mildernde Umstände hinzuerfunden, die das Verhalten des jungen Kapitäns als gerechtfertigt erscheinen lassen: er empfindet den Steuermann der *Sephora* als seinesgleichen, während der unbotmässige Matrose zu jenen missratenen Kerlen gehört, «die überhaupt keine Daseinsberechtigung haben»; auch begeht Leggatt die Tat, während er das Schiff, dessen Kapitän in Seenot völlig versagt, vor dem sicheren Untergang rettet. Das ist für die Auslegung der Geschichte wichtig. «Das andere Ich» ist eine der lediglich drei Erzählungen Conrads, die einen glücklichen Ausgang haben («Jugend» und «Die Schattenlinie» scheiden als Erlebnisbericht in diesem Zusammenhang aus); die beiden andern sind «Falk» und «Das Duell».

Als Titel schlug Conrad dem Verleger vor: *«The Second Self», «The Secret Self», «The Other Self»,* und schliesslich noch *«The Secret Sharer»;* dieser letzte Titel, fand er, sei vielleicht allzu rätselhaft. Daraus geht hervor, dass er Leggatt als eine andere Möglichkeit seines eigenen Ichs betrachtete, das heisst, als einen durchaus anständigen, pflichtbewussten Menschen, der in eine Lage gerät, in welcher er eine Handlung begeht, durch die er, wie Lord Jim und Razumov, zu einem ewig Umhergetriebenen wird.

Als Doppelgängergeschichte hat sich dieser Text natürlich die hanebüchensten Auslegungen gefallen lassen müssen. Bald steht Leggatt angeblich für das niedrigere, unbewusste Ich des jungen Kapitäns, bald stellt er eine Verkörperung seines höheren Selbsts dar, und dergleichen Schnickschnack mehr. Als ob Conrad jemals Allegorien verfasst hätte, abscheuliche Bilderrätsel, die ihren Sinn nur kritischem Scharfsinn hergeben. Entscheidend ist, was gegenüber der Zeitungsnachricht bei Conrad neu hinzutritt: dass es ein junger Seemann ist, der einem andern zur Flucht verhilft, einer, der zum erstenmal ein Schiff führt und seine Bewährungsprobe erst noch zu bestehen hat, der also alle Ursache hat, einem Offizier, der für einen untauglichen Kapitän einsprang und damit das Schiff rettete, helfende Hand zu bieten.

Davon handelt nämlich diese Geschichte. Von dem wesentlichen Punkt im Leben eines jungen Seemanns, der herauszufinden hat, nicht nur, wie er mit dem Schiff, sondern ebensosehr, wie er mit sich selber fertig wird. Es ist wiederum diese Charakterfrage, die für Conrad den Vorfall erzählenswert machte.

Ausserdem spielt auch hier das bei Conrad durchgehende Motiv der Loyalität eine Rolle. (Diejenigen, die alles mögliche in die Geschichte hineingeheimnissen, könnten am Ende sogar die Tatsache, dass die Kammer des Kapitäns die Form eines grossen L hat, hochbedeutsam finden.) Sobald der junge Kapitän einmal den Flüchtling an Bord aufgenommen hat, kommt für ihn die persönliche Loyalität dem Fremden gegenüber vor seiner Pflicht als Schiffsführer. Es ist keine leichte Entscheidung, die er zu treffen hat, setzt er doch seine Laufbahn, das Schiff und das Leben der Leute aufs Spiel, indem er so bedenklich dicht an die nächtliche Küste herangeht, um Leggatt die Flucht zu ermöglichen.

Wenn dem jungen Kapitän, der ja Joseph Conrad selber ist, Loyalität so viel bedeutet, muss diese auch zum Erlebnisbereich des Verfassers gehören. Die Erzählung entstand im selben Jahr wie Conrads autobiographisches Werk *«A Personal Record»*, in welchem er sich gegen den Vorwurf verteidigt, sein Vaterland dadurch, dass er auswanderte und britischer

Staatsangehöriger wurde, im Stich gelassen zu haben. Dieser Vorwurf wurde nämlich, sobald sich Conrad einen Namen gemacht hatte, in polnischen Zeitschriften gegen ihn erhoben. Man nahm es ihm übel, ausser Landes gegangen zu sein, statt zuhause zu bleiben und für die Befreiung Polens zu wirken, ähnlich wie man es in unseren Tagen deutschen Schriftstellern übelgenommen hat, *nicht* ausser Landes gegangen zu sein. Conrad musste den Vorwurf als ungerechtfertigt empfinden, war er doch der Sache Polens nie abtrünnig geworden. Im Gegenteil, seine tragische Weltanschauung ging letzten Endes darauf zurück. Die Befreiung Polens von innen heraus hielt er für aussichtslos; er wusste, und hat es auch ausgesprochen, dass diejenigen, die aus edlen Beweggründen eine Revolution auslösen, von dieser hinweggefegt und nur durch neue Bonzen ersetzt werden. Aber solange es keinen polnischen Staat gab, war für ihn die Welt nicht in Ordnung. In einem der frühesten erhalten gebliebenen Briefe hatte er einem Landsmann gestanden, angesichts des nationalen Unglücks sei ein persönliches Glück für ihn ausgeschlossen. Und noch bitterer klingt, was er viele Jahre später seinem Freund Cunninghame Graham schrieb: *«Moi je regarde l'avenir du fond d'un passé très noir et je trouve que rien ne m'est permis hormis la fidélité à une cause absolument perdue, à une idée sans avenir.»*

Der Vorwurf, er habe, wie Jim sein Schiff, seine Heimat im Stich gelassen, wurmte ihn dennoch, und das ist wohl der Grund, warum

Treue und Verrat in seinem erzählerischen Werk eine so auffallende Rolle spielen. Er wurde zeitlebens, wie Gustav Morf dargetan hat, ein gewisses Schuldgefühl nicht los und war in mehr als einem Sinn ein Heimatvertriebener, auch in seiner Wahlheimat ein Fremdling, von seiner Absonderung bedrückt, wie so viele der von ihm geschaffenen Gestalten. Was ihn beschäftigte, das Schicksal Polens, beschäftigte seine Zeitgenossen nicht. Er konnte nicht darüber schreiben, jedenfalls nicht direkt. Immer wieder handeln aber seine Geschichten von Menschen, die aus ihrer Welt herausfallen, deren Schicksal es ist, in der Vereinzelung zu leben, in selbst verschuldeter Verbannung – Cervoni, Kapitän Davidson, Leggatt, Jasper Allen, Kurtz.

Leggatt: nicht nur er ist aus seiner bisherigen Welt ausgestossen, auch der junge Kapitän sondert sich ja dadurch, dass er den Fremden versteckt hält, von seiner Mannschaft ab; selbst wenn er dabei ein reines Gewissen hat, erweckt er doch durch sein Verhalten den Eindruck eines Mannes mit schlechtem Gewissen. «Das andere Ich» gilt als eine der besten Erzählungen Conrads; jedenfalls ist sie von seinem innersten Wesen geprägt.

FREYA VON DEN SIEBEN INSELN

(*«Freya of the Seven Isles»*, Erstdruck: *Metropolitan Magazine*, New York, April 1912; in Buchform: *«'Twixt Land and Sea»*, 1912)

Der Stoff zu dieser Geschichte stammt, wie derjenige zur «Lachmöwe», aus der Zeit, die Conrad als Erster Steuermann der *Vidar* in der malaiischen Inselwelt verbrachte, und geht auf ein wirkliches Vorkommnis zurück, was die Zerstörung der Brigg durch einen holländischen Marineoffizier und den Charakter des Eigners dieser Brigg betrifft. Derselbe Freund, ein im Fernen Osten ansässiger englischer Kapitän, der Conrad versicherte, seine Bücher würden dort draussen gelesen, und einen Schwall von Erinnerungen in ihm heraufbeschwor, sagte ihm auch: «Du solltest die Geschichte der *Costa Rica* schreiben. Es sind noch viele von uns am Leben, die sich an Sutton erinnern.»

Conrad ging also von der Katastrophe aus, zu der er sich eine romantische Vorgeschichte ausdachte. Freya ist eine erfundene Gestalt; das Vorbild für ihren Vater lieferte wohl entfernt jener aus Conrads Erstling bekannte Almayer (oder Olmeijer), der sich ein grosses Haus gebaut hatte, bei den holländischen Behörden schlecht angeschrieben war, und für den Conrad einst, nicht ein Klavier, wohl aber ein ebenso störrisches Pony an Land zu bringen hatte.

Der Erlebnisgehalt der Geschichte war also gering. Das, worum es bei Conrad sonst geht, das Motiv der Loyalität, spielt eine untergeordnete Rolle – Jasper Allen kann die von einer Hungersnot bedrohten Eingeborenen nicht im Stich lassen. Mit der Katastrophe hat das aber nur am Rande zu tun. «Freya von den Sieben Inseln» ist eine erfundene, nicht eine erlebte Geschichte; Conrad war innerlich nicht im selben Masse daran beteiligt wie bei den meisten seiner Erzählungen. Vielleicht ist das der Grund, warum der Schluss nicht recht zu dem Vorangegangenen passen will.

Es ist die Geschichte einer überschwenglichen Liebe, welche ein jammervolles Ende nimmt; ein schöner Wahn zerplatzt, als er mit der Wirklichkeit zusammenprallt. Wie hätte die romantische Geschichte weitergehen können – realistisch? «Dass zwei sich einer gefährdeten Seligkeit hingeben und deren Darstellung, das entbehrt jeder Spannung», sagt Conrad einmal in *«The Arrow of Gold»*. Doch die Frage ist natürlich nicht, ob auch ein glücklicher Ausgang denkbar gewesen wäre. Man hat behauptet, Freya als glückliche Hausfrau wäre weder glaubhaft noch vorstellbar. Nun, vielleicht nicht. Nach der Katastrophe jedenfalls nicht mehr. Das Scheitern oder der Untergang eines Schiffs hatte für Conrad eine über den Einzelfall hinausgehende Bedeutung; dergleichen bestätigte ihn in seiner tragischen Welterfahrung, die durch das Scheitern der Hoffnungen auf eine Wiederherstellung des polnischen Staats geprägt war. Für Conrad, der in einem Brief einst den Frühling mit den Worten begrüsste: *«che coglioneria!* Wieder so ein schöner Wahn zum Verderben der Menschheit», für Conrad konnte der Zusammenprall romantischen Überschwangs mit der Wirklichkeit nur tragisch enden. Und dass, wenn zwei in Zukunftsträumen schwelgen, die Katastrophe unmittelbar bevorsteht, weiss heute jeder Kinobesucher.

Fraglich ist nur, ob das Verhalten der beiden nach der Katastrophe, namentlich dasjenige Freyas, mit dem Charakter übereinstimmt, wie wir ihn im Laufe der Geschichte kennengelernt haben. Freya ist uns als ein sehr selbständiges Wesen geschildert worden; dass sie an der Freveltat, ohne einen Finger zu rühren, wie irgendeine bleichsüchtige Romangestalt jener moralisch enggeschnürten Zeit zugrunde geht, das empfindet man nicht ohne weiteres als wahr.

HERZ DER FINSTERNIS

(«*Heart of Darkness*», Erstdruck: *Blackwood's Magazine*, Februar–April 1899; in Buchform: «*Youth*», 1902)

Als Conrad 1889 vom Kommando der *Otago* zurückgetreten und nach England gefahren war, hatte er im Sinn, seinen Onkel in der Heimat zu besuchen, fand aber, dass sich das vorläufig noch nicht ohne Gefahr tun liess. Er sah sich deshalb neuerdings nach einem Schiff um, monatelang ohne Erfolg, so dass er sich schliesslich bei der *Société Anonyme Belge pour le Commerce du Haut-Congo* um einen Posten bewarb. Durch die Vermittlung von Marguerite Poradowska, der Frau eines entfernten Verwandten in Brüssel, erhielt er 1890 eine durch den Tod des bisherigen Inhabers gerade freigewordene Stelle als Kapitän eines Flussdampfers auf dem Kongo. Wie man sieht, hält sich die Geschichte ziemlich genau an die biographischen Tatsachen. Geplant war ein dreijähriger Aufenthalt in Afrika; in Wirklichkeit dauerte er dann nur vier Monate. Mit einem französischen Dampfer reiste er von Bordeaux aus nach Boma und von dort mit einem kleineren Dampfboot etwa sechzig Kilometer flussaufwärts nach Matadi, damals eine bedeutende Station mit hundertsiebzig Europäern und vier Faktoreien; auch wurde dort gerade an einer Bahnlinie gebaut, die nach Kinshasa führen sollte. Conrad musste die dreihundert Kilometer nach Kinshasa am Stanley Pool zu Fuss zurücklegen; der Marsch dauerte, mit Ruhepausen, sechsunddreissig Tage. Conrad hat darüber Tagebuch geführt, und zwar, ungeachtet der französischsprechenden Umwelt, auf englisch; dieses Tagebuch ist als einziges erhalten. Der Dampfer, den Conrad in Kinshasa übernehmen sollte, erwies sich als schwer havariert und musste erst wieder instandgesetzt werden; Conrad wurde einem andern Dampfer zugeteilt, um die Verhältnisse auf dem Kongo kennenzulernen. Dieses Boot sollte in Stanley Falls einen Agenten namens Klein abholen, der schwer erkrankt war und auf der Rückfahrt starb. Im Manuskript seiner Geschichte nennt Conrad den Mann anfänglich noch Klein, später dann Kurtz. Seine Geschichte, «Herz der Finsternis», hat er als einen Erlebnisbericht bezeichnet, der «ein wenig (nur sehr wenig) über den wahren Sachverhalt hinausgeht». Mit angeschlagener Gesundheit und angewidert von den Intrigen der Angestellten kehrte er gegen Ende des Jahres nach England zurück. Was er im Kongo hatte mitansehen müssen, konnte ihn in seiner Empörung über das, was sich auf der Welt hinter dem künstlichen Nebelschleier scheinheiliger Sprüche in Wirklichkeit abspielt, nur bestärkt haben.

Im Wesentlichen ist das Kongo-Erlebnis schon in eine der ersten Erzählungen Conrads, *«An Outpost of Progress»,* eingegangen, die 1896 enstand, drei Jahre vor «Herz der Finsternis». Die Geschichte handelt von der inneren Zerrüttung zweier Handelsagenten im Innern Afrikas, nachdem ihr Gehilfe, ein Afrikaner, das gesamte eingeborene Personal gegen einen Posten Elfenbein in die Sklaverei verkauft hat. «Es ist eine Geschichte aus dem Kongo», schrieb Conrad an seinen Verleger. «Die ganze Bitternis jener Tage, meine Verwunderung, worauf das alles hinauswolle, meine Entrüstung über die als Heilsbringer verkleideten Ausbeuter – alles das lebte während der Arbeit wieder in mir auf.»

«An Outpost of Progress» trug Conrad die Freundschaft mit Robert Bontine Cunninghame Graham ein, dem vornehmen schottischen Gutsbesitzer und Schriftsteller mit spanischem Einschlag, der ein mindestens so bewegtes Leben wie Conrad führte und es nebenbei in Literatur verwandelte – zwei wahlverwandte Seelen hatten sich lebenslänglich gefunden. *«Progress and other Sketches»* hiess ein Sammelband Cunninghame Grahams, der, wie Conrad, das Wort «Fortschritt» nur ironisch über die Lippen brachte, während damals noch alle Welt fortschrittsgläubig war. Seine Prosa bewegt sich noch mehr als diejenige Conrads auf dem Grenzgebiet zwischen Dichtung und Wahrheit, aber nur Conrad vermochte seinen Erlebnissen allgemeingültige Gestalt zu geben; die Prosastücke Cunninghame Grahams blieben «Skizzen». In einer

Hinsicht gingen ihre Auffassungen auseinander. Während Cunninghame Graham die Welt für heilbar hielt und sich für alle möglichen Weltverbesserungsprojekte einsetzte, glaubte Conrad, wie alle grossen Dichter, nicht an die Verbesserungsfähigkeit des Menschen.

Kurtz hingegen, ursprünglich auch Heilsbringer, ein Don Quijote, der aus einer angelesenen Vorstellungswelt kommt und somit zu den schönsten Befürchtungen berechtigt, muss im Innern Afrikas erkennen, wie es mit dem Menschen in Wirklichkeit steht, wie weit entfernt er von dem hehren Bild ist, das er sich von ihm (und damit von sich selbst) gemacht hat. Beide Geschichten, *«An Outpost»* und «Herz der Finsternis», handeln vom Einbruch urweltlicher Barbarei in die Seele des sogenannten Kulturträgers. Sowohl der Agent Kurtz als auch der Agent Carlier (in *«Outpost»*) sehen in ihrer Verzweiflung schliesslich keinen andern Ausweg, als die Wildnis auszurotten. Unmittelbar bevor er wegen einer läppischen Kleinigkeit erschossen wird, spricht Carlier von der «Notwendigkeit, die Nigger samt und sonders auszurotten, soll das Land bewohnbar werden». Und Kurtz kritzelt unten an den Rand seines frommen Gutachtens für die «Gesellschaft zur Abschaffung barbarischer Sitten und Gebräuche» die so ganz und gar nicht dazu passenden Worte: «Man rotte die Unmenschen allesamt aus!»

Schwieriger ist es, den Unmenschen in sich selber auszurotten. Nicht nur im Kampf mit den gleichgültig über ihn hereinbrechenden Elementen muss der Mensch sich bewähren, er muss auch den Kampf gegen die Schlechtigkeit der Mitmenschen und gegen seine eigenen inneren Anfechtungen bestehen, und nur wenigen vornehmen Menschen ist es gegeben, unter widrigen Umständen ihre Integrität zu wahren – darum geht es eigentlich in allen Geschichten Joseph Conrads, und insofern kann «Herz der Finsternis» als ein frühes Vermächtnis seiner Lebensanschauung gelten. Von Kurtz sagt er ausdrücklich, dass er, innerlich hohl, nicht der Mann war, um den Mächten der Finsternis zu widerstehen; aus dem Gesellschaftsgefüge mit seinem Bremseffekt entlassen, fällt er der Wildnis seiner lichtscheuen Triebe hemmungslos anheim – «grauenhaft!».

Auch das für Conrad kennzeichnende Motiv der Loyalität fehlt nicht: der Erzähler hält Kurtz, er weiss selbst nicht recht warum, die Treue, indem er dessen Nachlass dem Arbeitgeber nicht ausliefert und indem er dessen Braut mit der Wahrheit verschont.

Kurtz ist die Hauptgestalt der Geschichte, obwohl er erst ganz gegen das Ende auftritt; er ist aber von der Ankunft des Erzählers in Afrika an stets äusserst gegenwärtig. Man kann nur bewundern, wie Conrad den Charakter mittels mannigfacher, geschickt verteilter Rückblenden, Vorausblenden und Abspiegelungen im Urteil anderer aufgebaut hat. Zu den Plänen von Orson Welles, noch vor *«Citizen Kane»,* gehörte auch die Verfilmung dieser Geschichte von Joseph Conrad, wobei er sowohl Marlow als auch Kurtz zu spielen gedachte. In mehr als einer Hinsicht wäre es ein

Film wie «Der dritte Mann» von Carol Reed und Graham Greene geworden, in welchem ja Harry Lime (dargestellt von Orson Welles) wie Kurtz erst ganz am Schluss auftritt, nachdem er durch sein unsichtbares Vorhandensein den Verlauf der Handlung von Anfang an bestimmt und geprägt hat. Übrigens handelt auch «Der dritte Mann» von der seelischen Zerrüttung des Menschen im Dschungel (der Nachkriegszeit) und von unverbrüchlicher Freundestreue; die Unterwelt, in welcher der Film wortwörtlich endet, ist die ins Bild umgesetzte seelische Tiefenschicht, in die sowohl Harry Lime als auch Kurtz hinabsteigen und in der sie elend umkommen. Nicht nur der Kongo führt ins Herz einer gewaltigen Finsternis – man beachte den letzten Satz der Erzählung.

Einen Sonderfall stellt «Herz der Finsternis» im erzählerischen Werk Conrads insofern dar, als darin nebenbei auch von den Greueln der Kolonialherrschaft die Rede ist, also nicht von allgemein-menschlichen, sondern von zeitgebundenen Dingen; mit solchen hat sich Conrad sonst nur in Artikeln und Essays befasst. Doch seine Empörung über das, was sich unter dem Deckmantel der Kulturmission *(Association Internationale pour l'Exploration et la Civilisation en Afrique)* im Kongo geschah, war so gross, dass er noch ein Jahr vor seinem Tod in einem Aufsatz darauf zurückkam. Als er «Herz der Finsternis» schrieb, waren die Missstände im Kongo noch nicht bekannt; sie wurden erst ein paar Jahre später öffentlich angeprangert. Dass Conrad aber kein Traktat für die Zeit schreiben wollte, geht aus dem Anfang der Erzählung hervor, dem Rahmen, wo das Ausgreifen der europäischen Mächte nach Afrika in Beziehung zum Ausgreifen der Römer nach dem finster-nebligen England gesetzt wird, so wie Conrad später einmal beides mit dem Ausschwärmen der Konquistadoren verglichen hat – «nicht die Freisetzung einer gewaltigen menschlichen Kraft, eher die eines grossen unflätigen Raubtiers». Er sah die Vorgänge im Kongo in einer menschheitsgeschichtlichen Perspektive und als sekundär, was den Grundgedanken seiner Erzählung anbetrifft.

Zum zweitenmal tritt Conrad hier nicht selber als Erzähler seiner Erlebnisse auf, er lässt sie, wie schon in «Jugend», von einer Gestalt namens Marlow erzählen. Das hat gewisse technische Vorteile: er kann durch ihn, ohne selber an die Rampe treten zu müssen, seine Meinungen vorbringen – es ist dann Marlow, nicht Conrad, der zum Beispiel verallgemeinernde Behauptungen über die Frauen aufstellt; er kann beliebig Dinge klarmachen oder im unklaren lassen; er kann Einwände seiner Zuhörer (und damit des Lesers) vorwegnehmen und beantworten; er kann durch ihn Zweifel darüber anmelden, ob sich mit dem Mittel der Sprache das Lebensgefühl einer bestimmten Epoche unseres Daseins überhaupt mitteilen lasse, und so weiter. Vor allem empfand wohl Conrad das Bedürfnis, Marlow als Erzähler vorzuschieben, wenn es, wie hier, darum ging, sein Innerstes preiszugeben. Was Conrad hervorbrachte, war im wörtlichen

Sinn Hervorbringung: er holte es mühsam genug aus sich heraus, so dass es für ihn wohl eine Erleichterung bedeutete, es nicht in der Ichform hinschreiben zu müssen. Es ist auffällig, dass Marlow immer dann auftaucht, wenn es um Dinge geht, die schwieriger mitzuteilen sind, Dinge, die zur inneren Lebensgeschichte Conrads gehören; wenn das Schwergewicht auf dem äusseren Geschehen liegt («Das andere Ich», «Die Schattenlinie»), bedient er sich ohne weiteres der ersten Person Einzahl.

So oder so sind es immer gesprochene, nicht geschriebene Geschichten. Gesprochen wird aber Sprechsprache, Umgangssprache, nicht Schriftsprache - ein Sachverhalt, der im Englischen noch ausgeprägter ist als in anderen Sprachen. Dadurch, dass Conrad einen Erzähler vorschob, konnte er jederzeit, wenn er wollte, in einen umgangssprachlichen Ton verfallen. Zwar hat er sich nicht streng daran gehalten; manchmal legt er Marlow höchst kunstvolle Schilderungen in den Mund, aber die Möglichkeit der umgangssprachlichen Ausdrucksweise war durch den Rahmen der Sprechsituation gegeben. Jocelyn Baines, der Verfasser der massgebenden Conrad-Biographie, hat festgestellt, dass Conrad sich «in der umgangssprachlichen Ausdrucksweise eines Erzählers mit grösserer Leichtigkeit bewegte, als wenn er unpersönliche Prosa schrieb». Umfangreich, wie «Herz der Finsternis» ist, wurde die Geschichte doch in der für Conrad erstaunlich kurzen Zeit von zwei Monaten fertig, wie denn offenbar viele seiner Erzählungen zwischenhinein entstanden, wenn er mit einem Roman nicht vorwärts kam, und dann jeweils sehr rasch – nicht unbedingt zu ihrem Nachteil.

Conrads Lebenslage war unsicher und sein Gemütszustand düster, als er «Herz der Finsternis» schrieb; er schwankte damals noch immer zwischen dem Beruf des Seemanns und dem des Schriftstellers. Seit seiner Rückkehr aus dem Kongo im Januar 1891 war er anfällig für alle möglichen Krankheiten. Dennoch suchte er immer wieder zu einem Schiff zu kommen, erhielt aber kein Angebot, das ihm zusagte. Von Afrika hatte er genug. Erst gegen Ende des Jahres wurde ihm unverhofft die Stelle als Erster Steuermann auf der *Torrens* angeboten, einem der berühmtesten Klipper jener Zeit, auf der er 1891/92 und 1892/93 zwei Reisen nach Australien mitmachte. Das zweitemal lernte er auf der Rückfahrt John Galsworthy kennen, der in einem Brief nach Hause schrieb: «Der Erste Steuermann ist ein Pole namens Conrad und ein patenter Kerl, wenn auch von sonderbarem Aussehen; er ist weit in der Welt herumgekommen und verfügt über einen Vorrat an Geschichten, den ich immer wieder gern anzapfe.» Dass dieser sonderbar aussehende Schiffsoffizier mit dem fremden Akzent in seinem Spind ein Manuskript verwahrt hielt, das ihn schon in den Kongo begleitet hatte, davon bekam Galsworthy freilich nichts zu hören. Da Conrad, wieder in London, erneut stellenlos war, hatte er genügend Zeit, an seinem Roman weiterzuarbeiten. Dann wurde ihm der Posten des Ersten Offiziers auf der *Adowa* angetragen, einem englischen Dampfer, der im Hafen von Rouen lag. Conrad ging an Bord, doch die Reise kam nicht zustande, und nach zwei Monaten musterte er in London ab. Die *Adowa* sollte das letzte Schiff sein, auf dem er diente. Im April 1894 wurde der Roman fertig. Das Manuskript, einem Verlag angeboten, geriet dem Lektor Edward Garnett in die Hände, der es begeistert empfahl; 1895 kam *«Almayer's Folly»,* Conrads Erstling, in London heraus. Edward Garnett, der nicht nur ein gutes literarisches Urteil, sondern auch Menschenkenntnis besass, drang in ihn, «nochmals ein Buch zu schreiben» (und nicht etwa, «weiterhin Bücher zu schreiben» - so gut kannte er seinen Autor bereits). Dieser versuchte zwar noch jahrelang - bis 1898 - immer wieder, zu einem Schiff zu kommen, doch vergeblich. So schlitterte er denn ebenso ungewollt aus der britischen Handelsmarine heraus, wie er zwanzig Jahre zuvor in sie hineingeschlittert war. Aus Kapitän Korzeniowski war der Schriftsteller Joseph Conrad geworden.

Fritz Güttinger

Inhalt